복수 완수자의
인생 2회차
이세계담 2
"Fukushuu Kansuisha no Jinsei Nishuume Isekaitan"
Story by Hozumi Mitaka, Illustration by Tsubata Nozaki
미타카 호즈미 지음
노자키 츠바타 일러스트
주승현 옮김

복수 완수자의 인생 2회차 이세계담 2

"Fukushuu Kansuisha no Jinsei Nishuume Isekaitan"
Story by Hozumi Mitaka, Illustration by Tsubata Nozaki

미타카 호즈미 지음
노자키 츠바타 일러스트
주승현 옮김

크윈

크윈티 세레스티스 클리어베디비어

『하얀 영웅』. 영웅이라는 역할에서 벗어나고 싶다고 생각하고 있는 듯한데…….

쿠로 [쿠로노 코우스케]

쿠로노 쿠로우리스 나노란슬롯

주인공. 『검은 영웅』. 여동생의 원수를 갚은 후 자살하지만, 아클레어에 전생한다.

토와 [쿠로노 토와]

트와일라이트 쿠로이시스 신센텐스드아서

『붉은 영웅』. 코우스케보다 5년 먼저 아클레어에 전생했지만, 실은 쌍둥이 여동생.

루키우스

루키우세우스 루키우스리 파이카 그람류네이트

『푸른 영웅』. 항상 미소가 끊이지 않는 호청년. 과거에 후회를 안고 있는 낌새.

시로 [시로하라 카코]

와이트 화이트 티아이글레인

히로인. 술집 『생명의 우정』 간판 여종업원이자 왕도에서 내방자를 안내하는 안내인.

엘피

엘리피나페 포르반테드 로젠글라이스

『신유의 영웅』. 마법을 사용한 정신 간섭이 특기인 마법의. 토와의 주치의이기도 하다.

에코나

에코나 노이지 월엘레인

여덟 살 여자아이. 전 노예로, 현재는 코우스케와 함께 산다. 『생명의 우정』의 종업원.

Character

앨리스
앨리스글라이스 텐나이트 글라카라독

초대 『붉은 영웅』의 자손. 귀족이자 학생. 영웅의 아이를 낳고 싶다는 생각을 하고 있는데…….

그레이
그레이르폰 루크스 아키나

창백한 인상에 마른기침을 달고 사는 남자. 메레크트에서 연구 활동을 하던 마술사.

비네
비네르네

『생명의 우정』의 종업원. 글래머러스하고 요염한 분위기를 띤 미녀.

클라라

『생명의 우정』의 종업원. 타이가의 전 파티 멤버로, 트윈테일 츤데레.

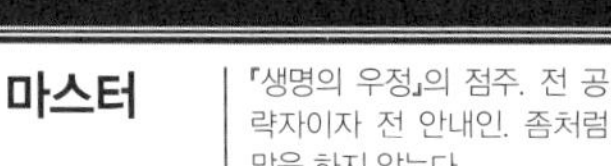

마스터

『생명의 우정』의 점주. 전 공략자이자 전 안내인. 좀처럼 말을 하지 않는다.

에스타
에스타크리페카

중난도 『암』 속성 미궁 포라다슈 경비대장. 묘령의 여성으로, 코우스케에게 호의적인 군인.

레이스
레이스포름

저난도 『화』 속성 미궁 제스트의 경비대장. 중년 남성으로, 코우스케에게 호의적인 군인.

리갈
리갈그레이르 브로시우스 안리스 돈아우렐리아누스

『벽력의 영웅』. 달트라의 영웅 중에서는 최연장. 호방하고 너그러운 남자이자, 왕성한 정력가.

파르페
파르펜디 필라티카 플라티카 멜라가웨인

『작단의 영웅』. 실력지상주의의 전투광. 크윈을 언니로 받든다.

플라스
플라스 라프라틱스 간오르게류즈

초대 『빛의 영웅』의 후예. 귀족이자 전 군인. 영웅을 목표로 하여 코우스케를 스승으로 섬긴다.

도르드
도르드레니크

리갈의 부관. 군인.

타이가

내방자. 공략자. 도끼 사용자. 험상궂은 인상의 거한이지만 의리가 두텁고, 코우스케에게 은혜를 느끼고 있다.

페퍼 마크

도서관 사서. 미인에 박식하지만, 이야기가 긴 데다 자주 탈선시킨다.

Contents

프롤로그

"야, 코우스케. 여동생 왔다."

그건 쿠로노 코우스케가 초등학교 3학년일 때의 기억.

쌍둥이 여동생인 토와와 코우스케는 반이 달라 점심시간에도 각자의 친구와 놀고 있었다.

남매라고는 해도 남자는 남자, 여자는 여자 그룹으로 나누어져 있었기 때문에 학교 안에서 나서서 어울리는 경우는 그다지 없다.

그날 점심시간도 코우스케는 친구들과 교정에서 축구를 할 생각, 이었는데.

막상 교실에서 나가려 한 타이밍에, 눈물이 그렁그렁한 여동생이 교실 문 너머로 이쪽을 보고 있는 장면과 조우하고 만 것이다.

"코우……."

휙휙, 하고 손을 움직여 불러들이는 몸짓.

"사이 좋은 남매네."

주위에서 놀리는 목소리를 대충 받아넘기며 여동생에게 가까이 다가갔다.

"뭐야."

약간 거칠게 말하자, 토와는 삐친 듯이 입술을 삐죽였다.

하지만 불평하지는 않고, 작게 중얼거렸다.

"오늘 치호가 안 와서. 사키랑 유미는 사쿠라네 그룹에 가 버렸고,

미호는…….”

“됐어, 그만. 이름 말해도 누군지 몰라. 어쨌든 놀 상대가 없는 거지?”

학교생활을 보내고 있으면 자연히 생기는 그룹이라는 단위. 많은 그룹에 낄 수 있는 아이가 있는가 하면, 반대로 하나의 그룹에밖에 끼지 못하는 학생도 있다.

코우스케는 어느 쪽이 잘났다든가 위라고는 생각하지 않지만, 하나에만 소속된 학생은 그것이 기능하지 않는 날이 되면 외톨이가 되어버린다.

아무래도 오늘, 토와는 외톨이인 날인 모양이다.

중학교에 들어갈 무렵에는 사교성이라는 가면도 두꺼워져 있었지만, 초등학교 3학년 무렵의 그녀는 나이에 걸맞은, 구태여 말하자면 약간 울보에 가까운 아이였다.

토와는 코우스케의 말에 고개를 끄덕끄덕하면서 코우스케의 소맷자락을 살짝 잡았다.

“야~, 코우스케. 먼저 간다. 여동생이랑 얼레리 꼴레리 하고 있어도 된다고.”

실실 웃으면서 놀리는 친구들을 “시끄러워”라며 쓴웃음을 지으며 보냈다.

“저기 말이야, 토와. 나 축구 하고 싶은데.”

“…………응.”

끄덕이면서도, 토와의 흑요석 같은 눈동자가 물기를 띠고 울먹이기 시작했다.

“너도 그 뭐야, 읽던 책 있었잖아. 그거 읽으면 되지 않아?”

“교실에서? 혼자? 창피해…….”

눈가에 톡 떠오르는 눈물을 보고, 코우스케는 한 번 눈을 감았다.

그러고 나서 천천히 한숨을 내쉬고, 그 뒤에 눈을 떴다.

그 사이 눈동자에 깃들인 건 체념의 빛.

“남매가 같이 책을 읽는 것도 꽤 창피하다고 생각하는데 말이지.”

토와의 눈동자가 파앗, 하고 반짝이더니 고개를 붕붕 도리질했다. 그 무렵부터 기르고 있던 윤기 나는 검은 머리카락이 들뜬 듯이, 그러면서도 부드럽게 찰랑거렸다.

“토와, 그렇지 않다고 생각해. 괜찮아, 독서! 운동만 하면 바보가 되어 버린다구.”

“그래, 그래.”

교실이면 눈에 띌 것 같기에 두 사람은 도서실로 이동했다.

코우스케와 토와가 다니던 학교 도서실에는 어째서인지 구석 쪽에 소파가 하나 있어, 그곳에 나란히 앉았다.

문득 옆을 보니 조금 전까지 울먹이던 눈이 거짓말처럼, 토와의 눈동자 속에서 즐거워 보이는 빛이 흔들리고 있다.

“코우가 읽어. 소리 내서.”

“뭐? 음독하라고?”

“대사 부분은 토와가 읽어 줄 테니까. 거기 힘내자, 응?”

“어째서 네가 잘난 것처럼 말하는 건데.”

"혼나는 거 싫으니까, 작은 소리로."

"……엄청 귀찮네."

불평했더니 뺨을 부풀린 여동생이 쿡쿡 찔렀다.

반격으로 코를 집자 "훔 모히게허~"라며 얼굴이 빨개지기에, 재미있어서 웃고 말았다.

"입으로 쉴 수 있잖아."

"스읍……힌하라."

정말로 놀랐다는 듯한 표정으로 말하기에, 코우스케는 한층 웃었다.

생각했던 것보다 큰 소리가 나와 버려, 그 탓에 성실해 보이는 도서위원 여자애가 이쪽을 노려봤다.

"도서실에서는 조용히, 야. 코우."

"…………젠장."

반론할 수 없는 코우스케였다.

기분을 다잡고 독서 개시.

주인공인 엘마라는 소년이 어떤 들고양이에게서 불쌍한 용의 이야기를 듣고, 사는 곳과는 다른 섬으로 구하러 가는 이야기.

코우스케는 가급적 평탄한 어조를 유념하며 읽었지만, 토와 쪽은 완전히 역할에 몰입하여 음색을 바꾸면서 읽고 있었던 게 조금 재미있었다.

애초에 중간까지 읽었던 책이기에 쉬는 시간 안에 다 읽었다.

아동용 이야기인 듯, 마지막에는 새끼 용을 구하는 이야기로 끝나 토와도 휴, 하고 안심했다.

쉬는 시간도 얼마 남지 않았기에 교실로 돌아가려고 생각하고 있는데, 옷 소매가 약하게 당겨졌다.

"……뭔데."

여동생은 다른 부분보다 약간 긴 오른쪽 앞머리 한 움큼을 손가락으로 집어 만지작거리며, 꺼질 듯한 목소리로 말했다.

"저기……코우는 말이야. 토와가 용이라도 구해 줄 거야?"

"용 여동생은 필요 없는데……."

"그, 그런 의미가 아니고!"

어깨를 도닥도닥 때리기에, 반격으로 손가락을 튕겨 이마를 꽁 때렸다.

"아웃."

양손으로 이마를 누르면서 원망스러운 시선을 보내는 여동생을 무시하고, 코우스케는 말했다.

"……그거, 네가 곤란해하고 있으면, 이라는 말이야?"

맞힌 모양이라 토와는 고개를 끄덕였다.

"그냥 곤란해하고 있는 게 아니야. 엄청 먼 데서 곤란해하고 있는 거야."

"다른 섬에서?"

"응. 그리고 말이야, 다른 세계라든가."

"다른 세계~?"

코우스케는 그렇게 말하면서도 금방 짐작이 갔다.

소년 · 소녀가 이곳이 아닌 다른 세계로 날아가고 만다.

문 너머나, 옷장 속이라든지, 동굴 안, 숲속의 길이나 마을의 거리나 거리 사이라는 것도 있었던가. 여러 곳과 세계는 이어져 있어, 주인공들은 다양한 이야기에서 그곳을 발견한다.

대체로 그 세계에서의 만남이나 주인공이 지닌 선천적인 용기 등이 상황을 타개하지만, 토와는 자신이 그렇게 되었을 때 코우스케더러 구하러 오라고 말하고 있는 것이다.

“싫어. 너 스스로 힘내.”

손을 휘휘 내저으며 어이가 없다는 듯이 말하자, 토와의 표정이 왈칵 흐려졌다.

“안 와줄 거야……?”

눈동자에 물기가 글썽글썽 차올라 일렁였다. 앞으로 10초도 지나지 않아서 무너질 거라고 말하는 것처럼 아슬아슬했다. 울면 어떻게든 된다고 생각하고 있는 게 아니라, 정말로 슬픈 것이리라.

“……귀찮네.”

토와는 코우스케가 자신의 편으로 있어 줬으면 하는 것이다. 기댈 수 있는 오빠로 있어 줬으면 하는 것이다.

그걸 번거롭다고 생각할 때는 있지만, 신기하게도 내던지고 싶다고 생각한 적은 없다. 그녀가 없으면 좋겠다고 생각한 적만큼은 없다. 그러니 분명 자기 자신도 오빠라는 게 싫지는 않은 것이리라.

코우스케는 성가시다는 듯이 뒷머리를 긁적이고 나서, 포기한 것처럼 중얼거렸다.

"……알았어."

"어?"

코우스케의 말을 듣고도, 토와는 의심하는 것처럼 입술을 삐죽이고 있었다.

"구하러 와주겠다는 거야?"

"그래. 옆 교실이든 다른 섬이든 다른 세계든, 구하러 가 줄게."

말하고 있자니 창피해지기 시작했기에, 쑥스러움을 숨기고자 이마를 딱 때리려 했지만 두 번은 당하지 않겠다는 것처럼 토와가 양손으로 이마를 지켰다.

"저기, 코우."

"……아직도 뭐가 있어?"

"정말로 구해 줄 거야?"

"……그래."

"정말로 정말?"

"끈질기니까 싫어지기 시작했는데~."

"어, 아, 으, 안 돼! 벌써 말했는걸! 토와 들었거든!"

"그럼 확인도 필요 없잖아."

"보, 보증이 없으면 말이지~, 이런 건 역시, 보증이 없으면."

헤실헤실하며 뺨이 잔뜩 풀어진 채였지만, 아직도 부족한 모양이다.

깍지를 끼고는 코우스케의 얼굴을 힐끔힐끔 보고 있다.

"보증이라니? 계약서라도 쓰는 거야?"

"그것도 좋지만, 지금은 종이랑 연필이 없으니까~, 손가락이라면 있지만 말이야~."

라며 능청맞은 유도를 했다.

"손가락 걸기……라. 뭐, 됐어. 자."

코우스케가 내민 오른손 새끼손가락에, 여동생의 새끼손가락이 겹쳐 얽혔다.

"손가락 걸고 약속, 거짓말하면~ 으음, 바늘 2천 개 삼키기!"

"원래보다 천 개 많지 않냐……."

"평범한 약속보다 두 배 중요하다는 의미니까! 알았어?"

단순히 착각한 것일 텐데, 그걸 얼버무리고자 얼굴을 새빨갛게 물들이며 말했다.

"예이, 예이."

"오오, 대답도 두 배다……."

인제 그만 귀찮아진 것뿐이지만, 그건 말하지 않았다.

예비종이 울렸기에 이번에야말로 두 사람은 일어섰다.

"코우."

"이번엔 뭐야."

깨나른하게 토와를 보자, 치뜬 눈으로 이쪽을 올려다보고 있었다. 뭔가를 확인하는 듯한 시선.

"약속, 깨면 안 된다?"

"……알고 있어. 바늘 2천 개는 무서우니까 말이지."

그제야 그녀가 안심한 듯이 미소 지었다. 하지만 어쩐지 재미가 없었기에 그 콧대를 손가락으로 튕겼다.

"아야……! 어째서 이런 짓 하는 거야?!"

화내는 그녀를 보고, 코우스케는 낄낄 웃었다.

이날 나는 약속을 떠올린 건, 몇 년 후에 여동생을 잃었을 때.

다른 섬은커녕, 이세계는 커녕, 손이 닿는 범위에 있었는데도 오빠의 역할을 다하지 못했던 때.

그때의 고통은 여동생의 원수를 갚고, 이세계(아클레어)에 전생하여 재회를 이룬 지금도 사라지지 않았다.

2천 개의 바늘을 삼켜 아무리 고통스러워진다 한들, 이 지옥 같은 비탄과 자기혐오에는 미치지 않으리라.

약속을 지키지 못했던 고통은 지금도 여전히 코우스케의 가슴 속에 남아 있다.

그리고 아마도, 영원히 사라지지 않을 것이다.

제 1 장

붉은 입술과 하얀 이, 흑을 뒤흔들다

(역주: 홍구백아(紅口白牙). 홍루몽에 나오는 구절. 아름다운 여성을 의미하는 말.)

세계 최고(最古)이자 최초의 국가라고 하면 달트라다.
인마대전에서 살아남은 인류는 다양한 이유로 각지에 흩어졌지만,
가장 많은 인간이 모인 곳은 영웅이 있는 곳이었다.
정확히는 신이 남긴 아이와 그를 따르는 영웅호걸들이 있는 곳.
그들이 사람들의 삶의 기반이 되는 건 필연이었고, 신의 아이가 왕으로서
떠받들어지는 것도 당연한 흐름이라고 할 수 있을 것이다.
집단은 국가라고 부를 수 있는 것으로까지 발전하고, 규칙이 법률로 변할 무렵,
영웅도 또한 그 이름과 역할을 바꾸었다.
귀족. 영웅의 우월성은 별반 무력에서만 찾아볼 수 있는 게 아니라,
능력이라고 부를 수 있는 일체의 힘에 미치고 있다.
인류에 대한 공헌이라는 한 부분만을 주시한다면, 그들에게는 하자나 흠결도 없고,
충분히 소임을 다할 수 있는 존재다.
하지만 이때, 인류는 생각하고 있지 않았다. 생각이 미치지 못했던 것인지,
생각하기를 미루었던 것인지. 영웅과 일반인의 혼혈은 영웅으로 태어났다.
혼혈 영웅과 일반인의 혼혈도 또한 영웅으로 태어났다.
어쩌면 그들은 목전의 안도를 원한 탓에 그들의 시야를 흐렸던 것일지도 모른다.
영웅의 혈족에서는 앞으로도 영원히 영웅이 태어나는 것으로 정해져 있다고,
맹목적으로 생각하고 만 것일지도 모른다.
그것이 착각이라는 걸 자각했을 무렵에는
태반의 귀족 가문이 돌이킬 수 없을 정도로 약체화되어 있었다.
그렇다. 영웅의 피는 옅어질수록 그 힘이 약해지는 부류의 것이었다.
그리고 현대. 이미 귀족에서 영웅이라고 부를 수 있는 자가 태어나지 않게 된 지도 오래되었다.
그래도 여전히 그들의 정신, 그것만큼은 영웅의 그것과 같은 것이어서.
저주라고 해야 할지, 그도 아니면 비극이라고 해야 할지 알 수 없는
영웅의 잔해만을 품은 혈윤(血胤)은
지금도 여전히 영웅으로서 존재하고자 계속해서 발버둥 치고 있다.

쿠로노 코우스케가 아클레어에 전생하고 2주 정도가 지났다.

13살 때 여동생을 잃은 코우스케는 그녀를 죽음에 이르게 한 원인을 만든 자들에 대한 복수를 결의했다.

5년이라는 세월을 들이면서도 혼자서 복수를 이룬 소년은 그 끝에서 자살을 선택했다.

하지만, 거기서 끝났을 터였던 인생은—— 전생이라는 형태로 이어지게 되었다.

보내진 곳은 불행한 자가 전생한다고 하는 이세계——아클레어.

그렇다면 여동생도 전생했을지도 모른다며, 코우스케는 수색을 시작했다.

여러 만남을 거치고, 전생할 때 얻은 강력한 스테이터스 보정 등도 있어 여동생과의 재회는 빨리 이루어졌다.

하지만 재회한 여동생에게 과거의 생의 기억은 없었고, 주치의가 말하기로는 봉인해 놓았다고 한다.

그래도, 여동생은 여동생임에 변함없다.

코우스케는 오빠로서가 아니라 전생자 쿠로로서 그녀와 접하기로 했다.

복수를 완수하고, 전생하고, 친구를 얻고, 여동생과 재회하고, 연인이 생겼다.

이야기라면 거기서 매듭 지어져도 좋았으리라.

긍정적인 엔딩이라고 할 수 있을지도 모른다.

하지만 현실은 매듭 지어지지 않고 계속된다. 엔딩 크레디트 같은 건 흐르지 않고, 기간도 두지 않고, 당연하다는 것처럼.

한 명의 복수 완수자의 인생은 이세계에서 두 번째를 맞이하고, 오늘도 또한 흘러간다.

언젠가 오게 될, 끝을 향해.

"큭, 꽤 하시는군요……! 하지만——【어둠을 물리칠 것을 명한다(에이빌 원)】!"

별들의 반짝임을 아로새긴 듯한 금발을 지닌 소녀다.

두 눈동자 또한 그 반짝임 일체를 보석에 담은 것처럼 아름답다.

조금이라도 시야를 확보하기 위해서인지, 카추샤를 착용하고 있었다.

성실해 보이는 생김새였고, 안경이 그런 분위기를 돋우고 있다.

플라스 라프라틱스 간오르게류즈.

영웅담에 등장하는 72명의 영웅 중에서도 특히 활약하는 7영웅 중 한 명, 『빛의 영웅』 로우라이트 간오르게류즈의 후손.

그 영웅은 코우스케가 발붙이고 있는 국가인 달트라 건국에도 관여했다고 한다.

신화시대, 세계를 구한 영웅들은 당시의 큰 적인 악신을 상대로 승리를 거뒀다.

나라를 만들어 가는 데 있어서도 그 우수함을 발휘한 그들은 후년에 귀족이라는 새로운 존재가 되었다.

하지만 전제로서, 일부의 예외를 제외하면 일체의 영웅이라는 존재는 이계에서 온 전생자다.

현지인보다도 우수한 인간의 피도, 현지인과 섞임으로써 필연적으로 옅어진다.

영웅의 혈맥은 그 태반이 세대를 거듭할 때마다 영웅으로서의 힘이 쇠퇴했다.

그래도 여전히 이 세계에서 인류의 평균을 크게 웃도는 존재라는 건 분명하지만, 그건 영웅의 이름을 칭하기에는 크게 미치지 못한다.

그래서 그녀── 플라스의 힘 역시 좋게 말해줘도 영웅이라고 부르기에 충분한 스테이터스는 아니다.

하지만 그 의지는 진짜다.

많은 이가 지켜보는 가운데, 귀족인 그녀는 코우스케에게 무릎까지 꿇어 보였다.

자랑이나 허영 때문이 아니라, 그것이 소원이기에 강해지고 싶은 것임을 증명했다.

까닭에 코우스케는 그녀의 훈련에 어울려 주기로 한 것이다.

"후, 후훗. 이겼다, 이겼습니다! 보셨습니까, 쿠로 공! 불초 플라스 라프라틱스 간오르게류즈, 보라보라 일곱 마리를 단신으로 격파하였습니다!"

그녀는 전투로 인해 상기된 얼굴로, 흥분을 숨기지 않고 외쳤다.

숨을 헐떡이면서도 표정은 상쾌했다. 무릎에 손을 대고 몸을 앞으로 숙이면서, 어떻게든 숨을 고르려 하고 있다.

"그래, 보고 있었어. 확실히 성장하고 있네."

코우스케의 말을 듣고 그녀의 미소는 더욱 깊어졌다.

태곳적 옛날, 인류는 악신에게 승리했다.

하지만 악신도, 그 휘하인 마물도 사라지지는 않았다.

또한, 인류의 편을 든 신도 휴식 시간에 들어갔다고 한다.

인류는 마물을 지상에서 쫓아내는 데 성공했고, 마물은 거처를 지하로 옮겼다.

악령이라 불리는 마술적 공간에서 발생하는 마물들은 내버려두면 지상으로 진출한다.

그걸 미연에 방지하고 마물을 토벌하는 것이 공략자의 주된 역할이다.

지하 미궁인 악령과는 별개로, 천공으로 뻗은 탑 미궁인 신역이라 불리는 것도 있지만, 거기에 마물은 없다. 각각 악신과 신의 영역이라 전해지고 있다.

마물은 일반인이 상대하기에는 너무 흉악하기 때문에 마술 적성이 뛰어난 자――대부분이 내방자――가 공략자를 맡는다.

귀족이 공략자가 되는 건 현대에서는 드물다던가.

그날, 코우스케와 그녀, 덧붙여 또 한 명의 동행자가 찾아간 곳은 악령이다.

거점으로 삼고 있는 제도 · 왕도 길티어스의 북문에서 나와, 마차로 북북동으로 향하길 30분.

숲이 있고, 그 속을 어느 정도 나아가면 샘이 있다.

그리고 샘에서 불과 몇 미터밖에 떨어지지 않은 위치에 동굴이 있다.

반지름 5미터 정도의 커다란 구멍.

그것이 악령의 입구.

거기서 밧줄로 슬슬 내려가는――게 아니라, 마력을 동력으로 하는 마동식 승강기가 배치되어 있으므로 그걸 이용하여 내려간다.

햇빛이 닿지 않게 되고 나서도 한동안 더 내려가면 그제야 땅에 닿는다.

처음에는 외길. 빛은 없으므로 마법으로 비추면서 나아가면 단숨에 샛길이 늘어난다.

이미지를 우선해서 말한다면, 광산 타입 지역이었다.

중난도『암』미궁――포라다슈.

몬스터의 강함보다도 복잡한 내부 구조가 난도를 높이고 있다.

게다가 미궁은 부정기적으로 내부 구조를 일변시킨다고 하니, 오래 탐험하여 지도를 만드는 행위도 장기적으로는 의미가 없다.

그래서, 이런 미궁을 공략하는 데 도움이 되는 건『인식』속성 마법이다.

마법의 분류는 이하의 네 종류.

『화』『수』『풍』『지』『뇌』『광』『암』의 일곱 가지를 가리켜——자연 속성.

마술 적성을 지닌 인간의 실로 8할에서 9할은 이중 어느 하나, 혹은 복수의 적성을 지닌다.

『절단』『분쇄』『관통』『연신(延伸)』『감축』『위요(圍繞)』『치유』 등을 가리켜——사상 속성.

이들 마법에 적성을 지닌 인간은 비교적 드물다. 용도도 단순하고 사용하기 편리하다.

『백』『흑』『홍』『창』『취』 등을 가리켜——색채 속성.

코우스케나 다른 한 명의 동행자가 이에 해당하지만, 보유자는 극히 희소하다.

기본적으로 적성을 지니지 않는다는 사실은 '적성을 지닌 자보다도 그걸 다루는 재능이 뒤떨어진'다는 의미에 불과하지만, 색채 속성과 후술할 개념 속성에서는 사용 불가를 의미한다.

『공간』『시간』『무』『차원』 등을 가리켜——개념 속성.

이건 신의 권능이라고 하는 기술이 있을 뿐이고, 인간 쪽에 적성을 지닌 자가 확인된 예는 없다.

『인식』은 사상 속성에 포함된다.

코우스케 일행은 자신의 공간 인식 능력을 비약적으로 상승시키는 【나, 그 땅을 망라할지니(클라베리 캐버리)】로 헤매지 않고 공략을 진행할 수 있었다.

전 7층 중 2층째다.

이 근방에 출몰하는 건 보라보라라고 불리는 무장한 해골 병사다.
인체 골격 모형이 갑옷을 걸치고 검을 가지고 있다고 하면 알기 쉬울까.
단지 이건 죽은 자가 움직이고 있는 게 아니라, 어디까지나 마물이다.
바로 지금, 플라스가 마지막 한 마리를 저급 『광』 마법으로 쓰러뜨렸다.
그녀는 중급 마법까지라면 어려움 없이 다루지만, 힘을 아끼고 있는 건 아니다.
단순히 마력이 부족했던 것이다.
광구가 격돌하여 가죽 갑옷을 장비했을 뿐인 보라보라가 산산이 부서졌다.
뼈가 와르르 떨어지고, 전투가 종료됐다.
보라보라는 사지를 떨어뜨려도 움직이지만, 두개골을 부수면 행동을 멈춘다.
"그렇죠, 그렇죠! 소관도 그렇게 느끼고 있던 참입니다."
성장하고 있다는 코우스케의 말이 어지간히 기뻤는지, 웃음 짓는 그녀의 표정은 무척이나 즐거워 보였다.
존재하지 않는 재능이 개화할 일은 없다.
다만, 의식을 바꿈으로써 성과 효율이 상승하는 건 누구든지 충분히 기대할 수 있다.
특히 그녀는 근면한 노력가다.

토양은 있었던 것이리라.

처음에는 두 마리가 한계였지만, 요 일주일 정도로 일곱 마리까지는 혼자서 쓰러뜨릴 수 있게 되었다.

참고로 코우스케와 또 한 명의 동행자——크윈도 가만히 서 있었던 건 아니다.

작은 땅굴에서 무수히 나오는 보라보라를 모조리 쓰러뜨려, 플라스가 전투에 집중할 수 있도록 조정했다.

주위를 보니, 지면은 빼투성이다.

의도치 않더라도, 걷는 것만으로도 그걸 밟아 부수고 만다.

빠각빠각, 하는 소리를 울리면서 크윈이 코우스케한테 가까이 다가왔다.

"……쿠로, 오늘, 이제, 끝, 이지? 플라스, 마력 제로, 고."

크윈이 "흐암" 하고 작게 하품을 하면서 말했다.

처음에는 플라스에게 차갑게 대응했던 그녀였으나, 최근에는 협력적이게 되었다.

단지, 애초에 그다지 관심이 없는 것 같다는 게 문제다.

도와주고 있다기보다, 코우스케를 따라오고 있다는 편이 정확할지도 모른다.

크윈티 세레스티스 클리어베디비어.

당대의『하얀 영웅』, 그 본인이다.

내방자가 아니라 현지인이 영웅이 된 극히 희귀한 케이스이며, 또한 그녀 자신이 영웅이기를 바라지 않는다.

오히려 어떻게든 그만두려고 꾀하고 있다.

무심코 시선을 빼앗기는 수준을 넘어, 영혼이 빨릴 것 같을 정도의 미인.

그 자체가 빛을 발하고 있는 게 아닐까 하고 의심할 정도로 아름다운 금발을 무릎 근처까지 기르고 있다.

귀 위쪽 부분은 바깥으로 뻗쳐 있고, 앞머리는 윗부분과 아랫부분이 각각 교차하고 있었다.

홍옥에 선혈을 흘린 듯한 눈동자에 생기는 없고, 공허한 눈은 심중을 알 수 없게 한다.

몸에 걸친 로브는 흰색 기조에 금으로 된 의장이 놓인 것으로, 목부터 그 아래를 완전히 감쌀 수 있는 사이즈다.

그리고 무슨 이유에서인지, 그 안에 입고 있는 건——하얀 비키니였다.

외투로 다소 가려지고 있다고는 해도, 풍만한 가슴을 감싸기에는 조금 부족하여 복부를 포함한 상반신은 백자 같은 살결이 드러나 있다. 허리부터 그 아래는 붉은색 파레오 덕분에 노출도는 약간 내려가 있지만, 공략자가 아니라 거리를 걷는 보통 사람으로서도 일반적이라고는 할 수 없는 차림이다.

단지, 일반적이지는 않아도 이유는 생각할 수 있다.

코우스케를 포함한 이계에서 온 전생자——내방자들은 기본적으로 현지인보다도 각종 능력이 뛰어나다.

영웅 정도 되면, 평범한 사람이라면 육체가 찢길 마물의 일격을 받고도 스친 상처로 그칠 수준.

즉, 갑옷은 방해밖에 되지 않는 것이다.

몸에 걸칠 가치가 있는 것이라고 하면, 무기와 특수한 은혜를 얻을 수 있는 장비품 정도.

그녀의 허리에는 원형 고리와 원형 고리를 잇는 형태로 연속된 체인이 이중으로 감겨 있고, 보석이 몇 개인가 매달려 있다. 아마 이것도 단순한 장비품이 아니라 마법구 종류일 것이다.

부츠를 연상케 하는 형상의 신발로 뼈를 밟아 부수며 천천히 코우스케한테 다가오더니, 그녀는 얼굴을 살며시 가까이 가져다 댔다. 그때, 부드러운 향기가 콧구멍을 살랑 간질였다.

"돌아가자?"

귓가에서 그녀의 얇은 입술이 열리고, 숨결이 섞인 속삭임이 들려왔다.

문득 플라스를 보니, 봐서는 안 될 것을 본 듯한 표정으로 고개를 획 돌리고 있었다.

뺨이 약간 붉어져 있고, 이쪽을 힐끔힐끔 살피는 것처럼 시선을 보내고 있다.

플라스와 크윈은 둘 다 금발이지만, 플라스가 군복풍 복장에 가슴이 평탄하고 빈약하며, 거기다 안경이나 카추샤 등으로 차별화되어 있기 때문인지 두 사람을 잘못 본 적은 한순간도 없다.

플라스의 반짝임을 하늘에서 빛나는 별이라고 한다면, 크윈의 그것은 아름다움을 돋보이게 하는 테에 끼워진 연마된 보석류 정도가 될까.

자연적인 아름다움과 자연에 인간의 손길이 더해진 아름다움.

크윈의 예술적이기까지 한 아름다움은 그런 까닭에 어딘가 인공적인 것이 느껴지고 만다.

하지만 그런 실례되는 말을 할 수도 없는 노릇이라, 코우스케는 두 사람을 둘러보고 난 뒤 말했다.

"응, 그러네. 플라스도 일단 오늘은 끝내도록 하자. 검술도 그럭저럭 갖추어지기 시작했지만, 『광』 마법이 없으면 이곳의 마물을 쓰러뜨리는 건 힘들잖아."

플라스는 다소 아쉬워하는 것 같긴 했지만, 부정하지 않고 순순히 끄덕였다.

"네. ……그나저나, 소관은 나날이 강해지고 있다는 걸 실감하고 있습니다. 이것도 오로지 쿠로 공, 그리고 클리어베디비어 경 덕분입니다!"

그녀는 땀을 닦고 양손으로 주먹을 꽉 쥐면서 건강한 미소를 이쪽에 향했다.

그에 대한 크윈의 반응은 플라스와는 반대로 냉담했다.

"딱히. 난, 아무것도, 안 했으니까."

쑥스러워하고 있는 게 아니라, 정말로 그렇게 생각하는 모양이다.

플라스가 일곱 마리를 상대하는 사이에, 코우스케와 크윈은 각각 30마리 정도를 쓰러뜨렸다.

그것이 바로 그녀의 착실한 성장을 보조하고 있었던 것임을 자각하고 있지 않은 듯하다.

그렇긴 해도, 코우스케 역시 은혜를 입힐 생각은 없었다.

"그래. 크윈의 말대로야. 지금의 전투 결과는 네가 노력해서 손에 넣은 거야."

그렇게 말하자 그녀는 참을 수 없다는 것처럼 표정이 풀어졌다.

"그, 그런 걸까요……. 아, 아뇨, 그렇겠군요! 소관은 강해졌습니다! 쿠로 공과 나란히 설 날도 가깝겠지요!"

크윈이 그녀에게 들리지 않을 정도의 작은 목소리로 "천년이 있어도, 무리"라고 중얼거렸지만, 코우스케는 타박하지 않았다.

성량으로 봐서 혼잣말일 테고, 플라스한테도 들리지 않는다.

얼굴을 마주 보고 직접 말하지 않는 것만 해도 훌륭하다고 생각하고 흘려들었다.

그러고 나서 세 사람은 입구까지 돌아가 승강기를 이용하여 지상으로 돌아왔다.

신역이나 악령을 불문하고 미궁 주위에는 군이 배치되어 있다.

만에 하나 마물이 기어 나왔을 때 대처하고, 자격이나 능력을 지니지 않은 일반인의 침입 등을 막기 위해서다.

경비대장은 마흔 정도의 여성으로, 자신의 이름을 에스타크리페카라고 했다.

에스타가 애칭인 모양이라 그렇게 부르기로 했다.

영웅이 자신에게 존댓말을 쓰는 건 싫다고 하기에, 조금 주저

했으나 그 뜻에 따라 주기로 했다.

에스타는 실제 나이를 잊게 할 정도로 생기발랄한 여성이었다.

붉은 파마머리와 호박색 눈동자를 지녔다. 왼쪽 뺨에 상흔이 하나 남아 있고, 몸은 날씬하지만 탄탄하다. 이를 드러내며 웃는 표정은 호쾌하여 함께 있는 사람들을 편안한 기분으로 만들어 주는 매력이 있었다.

"수고했어. 두 영웅 공과 간오르게류즈 가의 차녀님. 오늘은 몇 층까지 갈 수 있었지?"

군은 숲 주위를 봉쇄하고 있어, 통행구로 인정되고 있는 건 한 군데다.

그곳을 지날 때 가까이 있던 그녀가 말을 걸었다.

플라스는 군에 있었을 때의 버릇인지, 순식간에 경례 자세를 취했다.

코우스케는 에스타가 쓴웃음을 지으며 "편히 있어"라고 말하는 걸 기다리고 나서 대답했다.

크윈은 말없이 마차를 인수하러 갔다.

"2층이야. 원래부터 수호자가 목적인 건 아니지만, 역시 광산 타입은 나아가는 것만으로도 시간을 잡아먹으니까 큰일이야."

"하하. 그런가, 그런가. 영웅이 두 명 있어도 시간 문제는 역시나 해결이 안 되는 건가. 그것도 그러네."

에스타는 즐거운 듯이 입가에 웃음을 지었다. 씨익, 하고 하얀 이가 보였다.

거기에 빈정거리는 기색은 없기에, 코우스케도 "영웅은 신이 아니야"라고 웃으면서 받아쳤다.

"좋네, 그 대답. 너는 자신이 인간이라는 걸 분명히 알고 있는 것 같아."

에스타는 턱을 쓰다듬은 뒤 계속해서 말했다.

"나는 평범한 인간이지만 말이지, 너보다는 아주 약간 오래 살았어. 오래 사는 비결은 분수를 아는 거야. 도전과 무모함은 다른 것이고, 후퇴와 도주도 별개의 것이야. 자신을 잘 알아 두지 않으면 시답잖은 착각이나 실수를 하지. 그러다가 죽는 녀석이 참 많아. 뭐, 너한테는 이런 말을 할 필요도 없을 테지만 말이야."

코우스케는 쓴웃음을 짓는 에스타에게 고개를 가로저으며 부정했다.

"아니, 걱정해 주는 사람은 귀중해. 앞으로도 부디 우리를 어린애 취급해 줘."

코우스케가 영웅이 되고 아직 얼마 지나지 않았지만, 그래도 전생 이전과는 다른 점이 있다.

관계를 맺는 사람의 대부분이 코우스케를 18살의 소년이 아닌, 뛰어난 영웅으로서 취급하는 것이다.

코우스케에게 있어 그것은 다소 갑갑했다.

분명, 무책임한 신뢰도, 남들이 지나치게 치켜세우는 것도 자기 자신이 바라지 않기 때문이리라.

그러니까 영웅이 되어도 여전히 소년의 몸을 걱정해 주는 사람이라는 건 고마웠다.
코우스케의 대답이 의외였는지, 한순간 눈이 휘둥그레진 에스타는 이윽고 허벅지를 두드리며 크게 웃었다.
"이거 좋구만! 정말 재미있는 꼬맹이야, 넌."
어지간히 재미있었는지 눈가에 눈물까지 띤 에스타는 기분이 좋아져 플라스를 봤다.
"간오르게류즈의 아가씨도 좋은 걸 찾아냈네. 열심히 하도록 해."
"넵!"
"좋은 대답이야. ……그렇긴 해도, 이 정세에 언제까지 소년이 자유롭게 있을 수 있을지 모르겠지만."
에스타의 미소에 그늘이 졌다.
그렇다. 달트라는 현재 한창 전쟁 중인 것이다.
영웅은 원칙적으로 군속이 되기에, 전장에 투입되는 일도 드물지 않다.
영웅 말고는 공략 불능이라 전해지는 초난도 지정 미궁이 존재하기 때문에, 국내의 영웅 모두를 전장에 내보낼 수는 없지만, 코우스케는 주전력인『새벽의 영웅』라이크를 죽였다.
그때, 그의 역할을 이어받겠다고도 나라에 약속했다.
대신은 아니어도 후임으로서 배치될 가능성은 크다.
복수 대상도, 소중한 사람을 상처 입힌 쓰레기도 아니라.
국가가 적이라고 인정했다는, 자신이 아닌 다른 이가 준비한 이유와 논리로 사람을 죽이게 될지도 모르는 것이다.

사랑하는 사람의 죽음이 무겁고, 타인의 죽음에 실감이 따르지 않듯이, 죽음의 가치는 주관에 따라 변동한다.

살인에 걸리는 부담도 또한 마찬가지다.

죽여야만 한다고 자신을 납득시킬 수 있는 것과 그렇지 않은 것은 정신에 걸리는 부담이 현저히 다르다.

과연 자신은 명령을 이유로 사람을 죽일 수 있을 것인가.

그러한 의문이 코우스케 안에도 있다.

하지만, 답은――.

"가자."

마침 그때, 크윈이 마동마차 인수를 끝내고 운전하여 왔다.

이전에 식전 때 탔던 것과는 유형이 다른, 바구니가 아닌 평범한 마차를 연상케 하는 디자인이다.

포장마차라고 하는 거였는데, 목제 지붕에 장막이 쳐져 있다.

좌석 같은 것은 없고, 억지로 당겨 앉으면 십 수 명은 들어갈 수 있을 법한 크기다.

마동식은 널리 보급된 건 아니나, 많은 마력을 가진 사람에게는 편리하다.

반대로 대부분의 사람이 미량의 마력밖에 가지고 있지 않기 때문에 보급되지 않는다.

가동하는 데는 말이 아니라 운전사의 마력이 필요하다.

플라스는 마력이 고갈되었고, 코우스케는 에스타와 이야기를 하고 있었기에 그녀가 운전하여 온 것이리라.

"타."

크원이 재촉하여 두 사람은 탑승했다.

운전사가 앉는 위치에 수정이 박혀 있고, 거기에 마력을 흘려 보냄으로써 바퀴가 움직인다.

자동차처럼 바퀴의 구동 범위가 넓기에 방향 전환도 자유롭다.

"그럼 잘 가고. 조심하도록 해."

에스타의 배웅을 받으며 한동안 숲속을 주행했다. 숲 입구에서 악령이 있는 곳까지 길이 정비되어 있기에 흔들림도 적다.

천천히 뺨을 어루만지는 바람이 무척이나 상쾌했다.

태양은 이미 기울어 있어, 석양에서 희미한 빛이 비쳤다.

문득 플라스를 보니 꾸벅꾸벅 졸고 있었다. 어지간히 지쳤던 모양이다.

가만히 내버려 두기로 하고, 크원 옆에 앉았다.

"운전 바꿔줄까?"

"괜찮아."

그녀의 경우, 사양하는 게 아니라 문제없다는 의사표시다.

"그것보다, 쿠로."

"어."

"기부, 했다면서."

"……용케 알고 있네."

과거의 생으로 말하자면 억만장자일까. 이곳에 온 지 2주 정도밖에 되지 않았는데 코우스케는 이미 거금을 손에 쥐고 있었다.

그건 마법구 보유 마물이라 불리는 몬스터를 쓰러뜨림으로써 오리지널이라고도 불리는 마법구를 단기간에 두 번이나 회수한 것, 그 마법구를 국가에 봉납한 데 따른 보상에 의한 것이 태반이다.

하지만 코우스케는 돈에 강한 집착이 없었다.

욕심이 없는 건 아니다. 그저 필요한 곳에 필요한 만큼 있으면 된다고 생각한다.

코우스케에게는 과한 돈이었다는 것뿐.

그래서 기부한 것이다.

전시 중이기도 하여 고아나 난민, 물자 부족 등의 문제는 산적해 있다.

그들을 지원한다는 기치를 내건 단체나 시설을 찾아서는, 보상으로 얻은 돈을 기부했다.

자신보다 훨씬 많은 돈이 필요하다는 건 명백했으니까.

"저기, 쿠로. 부자가, 갑자기 기부를 시작할 때의 이유, 알아?"

"글쎄. '좋은 일을 하고 싶다'라든가?"

그녀는 바람에 지워지지 않을 아슬아슬한 성량과 평탄한 어조로 말했다.

"'죄악감을 얼버무리고 싶다', 야."

"…………."

꽤 신랄한 비아냥이다.

경쟁이 타인을 떨어뜨린다는 측면을 가지듯이. 높은 곳에 이르는 길이라는 건 선행만으로 걸을 수 없다. 사람들이 부러워하는 지위에 있는 자의 대다수는 남에게 말할 수 없는 행위를 무언가 하고 있다.

그건 폭언 같으면서도, 완전히 헛소리라고도 잘라 말할 수 없는 것이다.

목적을 이룰 때 모든 인간이 정공법을 선택하느냐는 질문에 네, 라고 대답하는 건 어린애나 바보뿐이다.

코우스케 역시 복수를 위해서라면 어떤 것이든 했다.

하지만 복수 그 자체는 후회하고 있지 않다.

"……너는, 뭘, 후회하고 있는 거야?"

"!"

아아, 그렇다. 거기서 겨우 깨달았다.

죄악감은 딱히 목적이나 거기에 이르기까지의 과정에서 기인한다고만은 할 수 없다.

목적을 내세우게 된 이유야말로, 코우스케를 괴롭히는 고통의 출처다.

여동생이 죽은 건 5년 전의 어느 날, 코우스케가 그녀 곁에 없었으니까.

있어 줄 수 있었는데, 본래라면 있었어야 했는데, 노는 것을 중요시해서 그 자리에 없었으니까.

그때부터 줄곧 품고 있는 죄의식이 이번 기부의 무의식적인 이유라는 건가.

닦아도 지워지지 않는 죄를 앞에 두고, 선행이라도 쌓아 얼버무리려 하는 듯한.

기분이 침울해졌을 때, 기분 전환을 꾀하는 듯한.

올바른 일을 함으로써 과거의 잘못이 낳는 괴로움을 달래려 했다?

그렇다고 한다면 자신은 어찌 이리 천박하단 말인가.

"쿠로?"

크윈의 붉은 눈동자가 코우스케를 똑바로 바라보고 있다.

대답을 기다리고 있는 건가. 그렇다 할지라도 어떻게 이런 말을 내뱉을 수 있을까.

머뭇거리는 코우스케에게 그녀가 끝까지 캐묻는 일은――없었다.

그녀가 표정을 찡그렸고, 마차가 갑자기 정지했다.

진로 위에 사람의 모습이 튀어나왔기 때문이다.

소녀, 처럼 보였다.

탁한 은색 장발은 두 갈래로 나누어져 있고, 각각 나선을 그리듯이 컬이 들어가 있다.

은회색 눈동자에 동안. 떠올리는 표정은 자신감에 가득 차 있어 거만한 인상을 받았다.

코우스케의 어휘로 그 복장을 나타낸다면―― 고딕 로리타. 화이트 고딕이라고 하는 것인지, 병적이기까지 한 순백색.

채 발육되지 않은 몸에 판타지 같은 차림은 덧없는 느낌이라

고도 할 수 있겠지만, 태도가 그걸 모조리 지워버리고 있다.

"……어째서 여기 있는 거야."

벌레라도 보는 듯한 크윈의 시선에 소녀는 가슴을 꽉 껴안으며 황홀한 표정을 띠었다.

"아아, 언니! 사랑하기 때문에 찾아온 저에게 차가운 말과 차가운 시선을 보내시다니! 멋지어요!"

그 발언으로 그녀가 상식적인 인간일 가능성은 덧없이 사라졌다.

"………쿠로."

"뭔데."

"쳐도, 돼? 책임은, 질게."

그렇게 말한 크윈의 얼굴에는 드물게 감정의 빛이 깃들어 있다. 무척 성가시다는 듯한 표정이다.

"저 애가 껄끄러운 건 알겠어. 아는 사이야?"

쓴웃음을 지으며 물어봤지만, 대답이 돌아오기 전에 소녀 쪽이 끼어드는 것처럼 큰 목소리를 냈다.

"뭘 수군수군 이야기하고 있는 것인가요?! 아니, 그보다! 당신, 언니와의 거리가 너무 가까운 것 아닌지?! 2초 드릴 테니 가급적 속히 반경 8메일 이상 떨어지도록 하세요!"

그러면 마차에서 내려야만 한다.

참고로 메일은 길이의 단위다.

"……언니라. 또 상당히 강하네."

물론 개성이 말이다.

"나는 쿠로. 갑자기 마차 앞에 뛰어드는 건 비상식적이고, 그 이상으로 위험해. 네 이름과 정체를 들려주지 않겠어?"

이름도 모르는 소녀는 코우스케의 말에 코웃음을 쳤다.

"흥. 제게 격돌했다 한들, 위험한 건 마차 쪽이라고요? 어째서냐고요? 좋아요, 이름을 묻는 말에 대답하지 않는 건 영웅의 수치. 그 귀에 제 목소리가 들어가는 행복에 눈물을 흘리도록 하세요――무엇을 숨기랴, 제가 바로 『작단의 영웅』 파르펜디필라티카플라티카 멜라가웨인이어요! 달트라를 수호하는 검이자, 언니의 유일한―― 애제자랍니다!"

"쿠로, 저거, 거짓말. 나, 제자, 안 받아."

크원은 철저히 냉정했다. 혐오까지는 아니더라도, 귀찮다는 듯이 그녀를 보고 있다.

제자라는 건 거짓말이라고 쳐도, 영웅이라는 건 진실이리라.

크원이 부정하지 않았던 것도 그렇고, 무엇보다도 마력 반응으로 보아 명백하다.

"네 태도에서 어쩐지 관계성이 훤히 보여."

참고로 플라스는 급정지로 발라당 드러누운 자세가 되어 있었지만, 눈을 뜰 낌새는 없다.

"그래서, 그 영웅이 무슨 볼일로?"

"흥, 남자치고는 잘 물어봤다고 해야 하려나요. 좋아요. 하지만 명령 위반이네요. 당신, 여전히 언니 가까이에 앉아 있어요. 권고를 무시하는 건 적의의 표현. 당신, 제게 적대할 셈이군요?"

"아~, 그렇게 되는 건가……."

"당연하지요! 뭐, 『검은 영웅』이라는 사람의 실력도 시험해 보고 싶었으니, 마침 좋은 기회라고 해야 할지도 모르겠네요. 자, 검을 뽑도록 하세요. 죽고 죽이는 싸움을 시작하겠어요!"

현대 달트라에서 표면상 영웅으로 취급되고 있는 인간은 일곱 명. 『하얀 영웅』『붉은 영웅』『푸른 영웅』『벽력의 영웅』『작단의 영웅』『신유의 영웅』, 그리고『새벽의 영웅』을 대신한『검은 영웅』.

코우스케가 만난 영웅으로서는 여섯 명째. 남은 건『벽력의 영웅』뿐이라는 것이다.

『작단의 영웅』. 어떤 인물이려나 싶었는데, 꽤 호전적인 성격이다.

그런 인간이 크윈에게 심취하고 있는 걸 보면, 강자에게는 경의를 표하는 타입인 걸까.

"쿠로, 이거, 치자? 난, 괜찮, 으니까."

사모 받는 쪽은 상당히 진저리가 난 듯하지만…….

"아니, 받아들이겠어."

폴짝 뛰다시피 마차에서 내려, 파르펜디 쪽으로 걸어갔다.

"어머, 남자 주제에 깔끔하네요. 포인트 높아요."

마주 보자 그녀가 칭찬하는 것처럼 미소 지었다.

"흐음, 영광인데. 지금 몇 포인트지?"

"5포인트 가산해서 누계 마이너스 95랍니다."

"0부터 시작하는 게 아닌 거군……."

평가가 마이너스부터 시작하다니 놀랍다.
쓴웃음을 띠는 코우스케 앞에서, 그녀의 표정이 처음으로 흐려져 갔다.
"……저, 사실이라면 실로 용서하기 어려운, 그런 소문을 들었답니다."
"소문?"
그녀는 공포로 몸을 떨다시피 하며, 입에 담는 것조차 꺼려진다는 듯이 공허한 눈으로 이야기했다.
"크, 크윈 언니가…………『검은 영웅』이라는, 남자를 사모하고 있다는, 아무런 근거도 없는 헛소문이에요! 근거 없는 헛소문이지요?! 그렇게 말해 주시어요!"
후반은 크윈을 향해 애원하는 것처럼 말했다.
하지만 크윈은 별것 아니라는 듯이 긍정했다.
"응, 쿠로, 좋아해. 정말 좋아해."
"크흑."
파르펜디가 풀썩 주저앉았다.
그래도 어떻게든 고개를 들고 최후의 희망에 매달리는 것처럼 크윈을 바라봤다.
"차, 참고로 언니. 저에 대해서는 이 남자의 몇 배로 사랑해 주고 계시나요?"
사랑받고 있다는 전제인 게 대단하네, 하고 코우스케는 감탄했다.

"……애초에, 싫어하는데."

"크헉."

파르펜디가 지면에 쓰러졌다.

또다시 곧바로 고개를 들고 자신에게 되뇌는 것처럼 무언가를 중얼거리고 있다.

"……………………말로는 싫다고 하셔도, 사실은 좋아하는 게 틀림없어요."

불굴의 정신이다.

일어선 그녀의 눈동자가 젖어 있는 것 같은 느낌이 들었지만, 코우스케는 지적하지 않았다.

살짝 털어 내는 것만으로도 옷에 묻었던 흙먼지가 깔끔하게 떨어져 나갔다. 평범한 고딕 로리타는 아닌 모양이다.

어쨌든 싸움은 하는 것 같으니까 문제없다.

다음 순간, 파르펜디에게서 투지가 발산되었다.

전사만이 발산할 수 있는 격렬한 패기.

"…………언니에게 접근하는 해충한테, 죽음을."

거기에 사적인 원한이 잔뜩 섞여 있다.

"아무래도 좋다만, 싸우겠다면 여자라든가 그런 건 상관없어."

결투 신청을 받아들인 건 딱히 싸우는 걸 좋아하기 때문이라는 것만은 아니다.

동료에게 인정받지 못하는 데 따른 불편이나 지장은 때로 치명적인 사태로 이어진다.

힘으로 그걸 해소할 수 있다면 빨리 끝내는 편이 나중을 위해서도 좋다.

"좋은 마음가짐이네요. 포인트를 가산해 드리지요."

"……지금 몇 포인트?"

"5포인트 가산해서 누계 마이너스 1090이에요."

5를 더하는 한편, 자연스럽게 1천을 빼고 있다.

"0까지가 한없이 멀군."

그렇게 말하면서 칼자루에 손을 댔다.

"파르펜디 필라티카플라티카 멜라가웨인. 지금 여기서 당신을 없애고, 언니가 눈을 뜨게 만들겠어요. 꼴사납게 바닥에 길 준비는 되었나요?"

"쿠로노 쿠로우리스 나노란슬롯. 너야말로 그 하얀 옷에 흙을 묻힐 준비는 됐냐."

"죽으세요."

그녀의 눈이 살기를 띠는 것과 코우스케의 마법이 전개되는 건 거의 동시였다.

코우스케는『흑』색채 속성을 보유하고 있다.

그 힘은『집어삼키는』것. 집어삼킨 것을 자신의 힘으로 바꾸는 마법.

『흑』의 성능을 자각했을 때, 가장 먼저 습득한 건【흑전】【흑식】【흑장】의 세 개로, 효과는 각각 '흑을 두른다', '흑을 날린다', '흑을 설치한다'는 것.

또한, '한계 이상의 흑을 끌어내는'【흑도야】라는 마법도 있는데, 이것은 정신 오염이라는 스테이터스 이상을 일으키고 이를 촉진하기 때문에 어지간한 일이 아니라면야 사용할 수 없다.

코우스케는 우선【흑전】과【흑식】을 병렬 발동했다.

그 몸이『검은』갑옷에 둘러싸이고, 오른손에 검이 생성되었다.

공중을 쓸어버리듯이 휘둘러진 검의 궤도에 맞춰,『검은』격류가 발생했고, 파르펜디를 향해 덮쳤다.

"어머어머, 어쩜 이리 더러운 마법일까요! 우아하고 아름다우며 아취(雅趣)가 넘치는 저의『작단』마법에 끊어져 정화되도록 하세요!"

『작단』이라는 건 확실히 잘라서 끊는다는 걸 의미하는 단어다.

아마도『광』을 극한까지 끌어올린 영웅이 그 속성을『빛』으로 칭하는 게 허용되는 것과 마찬가지.

그녀는『절단』을 극한까지, 그야말로 인간의 영역을 넘어 활용할 수 있으므로『작단』을 칭하고 있다.

그 순간, 그녀를 집어삼키고자 대규모로 밀어닥친 방대한『흑』이 두 개로 쪼개졌다.

거기서 멈추지 않고,『흑』을 끊어낸 무언가는 코우스케를 향해 다가왔다.

마치 모세의 기적처럼.

아니, 모세라 할지라도 손을 내민다는 동작은 했을 터다.

그녀는 가만히 서서 움직이지 않은 채.

코우스케는 혀를 찼고, 이를 받아 내는 걸 선택했다.

여하간 등 뒤에는 마차가 있다.

크윈의 『백』 속성이 지닌 『부정』의 힘이라면 『없었던 것』으로 할 수 있겠지만, 자신의 싸움으로 생겨난 여러 가지 것들을 타인에게 전가하는 짓은 하지 않는다.

“【흑장 원순(圓盾) · 백존(白拵)】.”

코우스케는 파르펜디의 『작단』이 『절단』을 날려 보내는 것으로 추정했다.

더욱 정확하게 말하자면, 『풍』 속성으로 만들어 낸 바람의 칼날에 『절단』을 두르고 있다.

코우스케가 아클레어 내방 후에 곧바로 사용했던【악신을 베는(슬래클러) 칼날이(헤이즈) 되어라】처럼, 날카로움을 폭발적으로 상승시키는 등의 보조 마법으로써 사용되는 것이 『절단』이다.

다른 마법과 조합함으로써 진가를 발휘하는 속성이라는 것이 통설.

그녀는 그 효력을 최대한 발휘하는 마법을 고안해 냈다.

원래부터 사람의 눈에는 비치지 않는 공기를 ‘칼날’로 삼고, 그 날카로움을 상승시킴으로써 보이지 않는 명도(名刀)를 만들어 내는 것 아닐까.

그것뿐만이 아니다.

마력 반응이나 공기를 가르는 소리마저도 은닉하고 있다. 그런 데다 평범한 사람에게는 반응조차 허락하지 않는 신속(神速)

이다.

확실히, 대인전에서 이렇게까지 성가신 상대도 좀처럼 볼 수 없다.

하지만 표정을 일그러뜨리게 된 건 파르펜디 쪽이었다.

보이지 않는다 하더라도, 『흑』을 벤 것으로부터 궤도는 읽을 수 있다.

그렇다면 마련할 수단은 몇 가지 있다.

회피를 버리고, 코우스케가 선택한 것은 방어.

마법은 요컨대 현실미를 띤 상상력의 결정이다.

불가능을 가능하게는 만들 수 없다. 단지 가능한 범위의 넓고 좁음은 술자의 능력에 따라 변동한다.

그 순간의 자신에게 필요한 마법을 곧바로 짜는 것도, 이론적으로는 가능하다.

그걸 실행할 수 있는 사람은 이 대륙 전체를 찾아다닌다 한들 그리 많지는 않으리라.

코우스케는 그중 한 명이었다.

공중에 둥근 방패가 출현했다. 표면이 『하얗게』 칠해진 『검은』 방패다.

끼릭, 하고 금속끼리 마찰하는 듯한 소리가 났다.

방패 표면에 닿은 『작단』은 『백』과의 접촉면이 『없었던 것』으로 취급되고, 나머지는 『흑』에 의해 부분적으로 『집어삼켜』지면서 방패의 형태를 따라 진로를 변경했고, 궤도가 틀어져 허공을 향해 갔다.

"…………어머. 이 정도에는 대응할 수 있는 모양이네요. 일단은 영웅급이라는 걸까요."

역시나 영웅급의 마법이라고 해야 할지, 공격 하나하나의 마력 밀도가 범상치 않다.

그 위력은 『흑』을 찢어버리고도 여전히 약해지지 않을 정도.

그 속도는 찰나의 순간마저도 앞지를 정도.

정면에서 상쇄하는 게 가능한가 불가능한가는 제쳐 두고서라도, 마력 소비가 막대하다.

최소한의 마력과 리스크로 직격을 회피하려면 궤도 그 자체를 틀어버리는 게 편하다고 판단.

회피도 충돌도 아니라, 유도를 선택한 것이다.

그리고 그것은 성공했다.

방패가 사라지고, 다시 그녀와 시선이 교차했다.

코우스케는 이쪽을 보면서 여유롭게 엷은 미소를 띠는 파르펜디에게 내뱉었다.

"이러쿵저러쿵 시끄럽네. 이제 공격해도 되겠어?"

"……아, 핫."

그녀의 기분이 나빠진 건가 싶었는데, 반대였다.

자신의 행위를 부끄러워하는 것처럼 고개를 젓고, 다음 순간 그녀가 띤 것은.

사냥감을 앞에 둔 짐승과 같은—— 처절한 미소.

"…………저도 참, 싸움 한중간에 정말 꼴사나운 짓을 해버렸네요. 네, 좋아요. 적의 농지거리 같은 잡음은 신경 쓰지 말고 덤비도록 하세요?"

그녀가 먼저 걸어온 싸움이다. 싸움 한중간에 하는 말 따위, 그야말로 쓸데없는 말에 불과하다.

코우스케의 발치에서 폭발적으로『흑』이 퍼져 나갔다. 샘에서 물이 솟는 것처럼 콸콸, 하고.

금세 일대를 적신『검은』수면 위에 영웅이 두 명.

"【흑장 · 군생 인형】."

코우스케가 살아가는 데 있어 가장 중요시하는 건 계속되는 사고다.

어떠한 사태에 직면하더라도, 자신이 바라는 미래를 붙잡기 위해 멈춰 서지 않고 계속해서 생각하는 정신력.

전투에서도 그건 변하지 않는다.

강적을 앞에 두고 있기에 비로소 보이는 것도 있다.

코우스케의『흑』은 타인의 능력을 자신의 것으로 만드는 것.

자기 손안의 패를 무한히 늘릴 수 있는 마법. 하지만 그걸 사용하는 건 자신의 머리다.

선택지는 무턱대고 늘린다고 좋은 게 아니다.

둘 중 하나와 백 중 하나. 선택지의 증가로 인해 망설임이 생겨나는 일도 있다.

그건 촌각을 다투는 사태에서는 명확히 쓸데없는 일이다.

무수히 많은 카드 중에서 무엇을 낼지, 조합이 필요하다면 어떻게 할 것인가.

상상 속에서 만으로 계산을 끝내는 건 어렵다.

코우스케는 이해하고 있었다. 자신의 성장을 촉진하는 건, 자신을 몰아넣을 수 있는 적과의 싸움이라는 것을.

『흑』의 샘에서 일제히 인형이 등장했다.

그 모습은 【흑전】을 발동할 때의 코우스케와 매우 흡사했고, 전원이 모두 『검은』 서양식 검을 손에 쥐고 있다.

그 수는 서른.

"이건——."

파르펜디가 의아하다는 듯이 눈가를 찌푸렸다.

그도 그럴 터.

마법은 프로그램 같은 것이다.

어느 때 어떻게 움직일지를 전부 사전에 설정해 두지 않으면 안 된다.

단순 명령이라면 모를까, 복잡한 판단이 요구되는 꼭두각시는 만들 수 없다.

인형을, 그것도 서른 개라는 건 허세라고밖에는 생각할 수 없으리라.

하지만 코우스케는 불가능을 가능하게 만드는 스킬을 가지고 있다.

『소그르스 두에 누메오라르트의 꼭두각시 조종술』.

죽은 자를 조종하는 악의 길을 기꺼이 나아가고 있었던 마물——『화』 미궁 제스트의 수호자.

코우스케는 이전에 『집어삼킨』 녀석의 스킬을 습득하고 있었다.

코우스케의 판단 능력을 복사함으로써 자율 행동이 가능하고, 생명력을 나누어 줬다는 연결점을 지님으로써 적절한 지시를 내리는 것도 가능하다.

『흑』으로 구성되어 있어 상처 대부분은 곧바로 아무는 데다, 어중간한 공격이라면 『집어삼킨』다.

그야말로 코우스케의 분신. 그 전력은 영웅을 상대하기에 충분할—— 터였다.

"방해—— 되는군요."

그녀를 포위하고 있던 꼭두각시들이 상반신과 하반신—— 두 쪽으로 쪼개졌다.

분신이라고는 해도, 코우스케가 지닌 많은 것들이 꼭두각시에게는 부족하다.

수를 갖춰도 교전하는 것조차 불가능한 모양이다.

하지만 코우스케의 사고는 단절되지 않았다.

꼭두각시가 쪼개졌을 때, 이미 소년은 질주하고 있었다.

꼭두각시가 잘려나가는 걸 통해, 그녀의 『작단』의 형상을 파악했다.

역시, 칼날이다.

아마도 그것은 자루가 없는 초승달 모양의 칼날로서 발산되고 있다.
극히 작은『절단』이 엉망진창으로 난무하고 있는 게 아니다.
단면은 매끈하여,『절단』은 한 번에 한 방향으로만 생겨나고 있다.
때문에 코우스케는 머리가 지면에 닿는 것 아닐까 싶을 정도로 앞으로 숙인 자세로『작단』을 돌파했다.
한순간 뒤, 후방에서 나무가 쓰러지는 소리가 났다. 회피는 성공하고, 머리 위를 지나간 칼날에 수목이 벌채된 모양이다.
그녀는 그런 코우스케를 보고 환희에 몸을 떨고 있었다.
싸울 가치가 있는 자의 등장에 황홀함마저 느끼고 있었다.
이미 그녀 안에서 코우스케에 대한 혐오나 분노 따위는 티끌도 느껴지지 않는다.
눈앞의 맛있는 먹이에 침을 흘리는, 한 마리의 짐승이 이곳에 있었다.
"즐거워."
어린애 같은 감상은 과연 어느 쪽의 입에서 나온 것이었을까.
알 수 없다.
코우스케의 입가에도 미소가 떠올라 있었으니까.
그녀의『작단』자체에는 그것을 간파할 수 있게 만드는 흠은 없다.
궤도를 알려면 자기보다 먼저 잘려나가는 존재를 준비할 수밖에 없었다.

하지만 모든 꼭두각시는 한순간에 두 쪽이 났다.

"후, 후후후."

하지만 코우스케가 그걸 예상하지 않았을 리가 없다.

마법이라는 건 어느 때 어떻게 움직일지 사전에 정해 두는 것이다.

그러니 부서지는 걸 전제로 하여 이후의 움직임을 입력해 두기만 하면, 마법이 두 쪽으로 쪼개진 후라 할지라도, 마법식은 계속해서 움직인다.

부서진 인형들은 바야흐로 다음 기능을 보이기 시작하고 있었다.

어떤 것은 끊어진 부위를 그대로 접합하여 그녀에게 덤비고, 어떤 것은 폭발하여 『검은』 물보라를 그녀에게 발사하고, 어떤 것은 『검은』 수면에 떨어진 뒤, 지면에서 튀어나오는 창이 되었다.

몇 개는 수복된 뒤 코우스케의 벽이 되도록 이동했다.

그녀가 웃고 있는 건 코우스케의 마법이 임시방편이 아니었기 때문이리라.

대응책이면서, 포석이기도 했다. 뒤이어지는 전투에 한 수 전의 공격이 작용한다.

영웅인 그녀에게 있어 공방이 성립하는 적이라는 건 실로 희소한 존재.

그 미소가 떠오르고 사라지기까지의 찰나에 그녀의 행동은 끝나 있었다.

덤볐던 것은 엄청난 기세로 튕겨 날아가고, 물보라는 공중에서 보이지 않는 벽에 가로막히고, 창은 전부 산산이 쪼개지고, 벽이 된 것은 십자로 잘렸다.

단 하나의 용법에 고집할 수는 있어도, 영웅이면서 그것밖에 할 수 없다는 건 있을 수 없다.

그녀는 단순히 족쇄를 하나 풀었을 뿐.

초승달 모양의 칼날에 한정하지 않고 마법을 시전했을 뿐이다. 앞의 두 개는『풍』만이고, 뒤의 두 개는『절단』의 응용.

벌 수 있었던 시간은 한순간.

벽 역할을 한 인형으로 형상을 파악한『작단』의 극히 작은 틈새를 누비며 빠져나갔다.

앞으로 한 걸음이면 검이 닿는 거리다.

"베어버리세요."

그녀가『작단』을 발산하기에는 충분하고도 넘치는 거리였다.

그건 코우스케의【흑전】을 베고, 살을 찢기에 충분한 일격.

하지만——.

"——뭣"

파르펜디는 처음으로 동요했다.

전혀 예상하지 않았던 사태에 직면하여 '다음에 무엇을 할 것인가'라는 사고에 지연이 생겼다.

그도 그럴 것이 코우스케는 상처 하나 없이 그대로 돌진해 온 것이다.

그녀의『작단』은 확실히 기능했고, 그리고—— 상쇄되었다.

코우스케의 『작단』에 의해.

몇 번이나 그녀에게 『흑』을 날린 건 극히 조금씩이나마 『작단』을 『집어삼키기』 위해서이기도 했다.

파르펜디 역시 그건 이해하고 있었을 터다.

문제는 쓸 수 있다는 사실이 능숙하게 다룬다는 사실과 반드시 이어지지는 않는다는 것.

『집어삼킨』다는 것은 강탈에 불과하다. 상대의 것을 자신의 것으로 삼은들, 현실적으로 그것이 무슨 의미가 있을까.

총의 명수에게서 총을 빼앗는다고 하여 자신에게 백발백중의 실력이 깃드는가? 불가능하다.

그렇다. 때문에 『작단』의 구성을 파악하였다고 하여 그녀만큼의 『솜씨』를 손에 넣는 건 불가능한 것이다.

그녀 자신의 육체를 『집어삼키기』라도 하지 않는 한은.

하지만 코우스케는 처음부터 완전하게 다룰 수 있을 거라고는 생각하지 않는다.

재현한 것은 출력뿐. 그것도 그저 전력으로 내뿜었을 뿐이다. 단련 끝에 그녀가 몸에 익힌 기술은 손톱만큼도 모방하지 못했다.

그래도 『풍』에 『절단』을 감싸 그녀만큼의 위력을 발휘하는 방법은 손에 넣었다.

한 걸음 버는 것. 그것뿐이라면 불완전해도 문제는 없다.

코우스케를 강적이라고 인정했기 때문에, 그녀는 예상을 그르쳤다.

한 걸음 나아가는 것. 그것만을 위해서 자신의 마법을 불완전한 형태로 쓸 거라고는 생각하지 않았다.

『검은』 서양식 검에 의한 참격이 그녀의 몸통을 베는 궤도를 탔다.

"아직——!"

사고에 공백이 생긴다 한들, 그녀는 틀림없는 영웅호걸.

뇌를 재기동하기까지 걸린 시간은 한순간.

양팔로 자루를 쥐는 듯한 자세를 취하고 내리쳤다.

보이지 않는 검을 만들어 요격하는 자세.

검과 검이 교차하는——일은 없었다.

『검은』 검이 직전에 사라졌기 때문이다.

그리고 검을 칠 생각이었던 그녀의 몸은, 갈 곳 잃은 힘 때문에 자세가 살짝 무너졌다.

코우스케의 손이 허리에 찬 칼자루로 뻗었다.

그건 영웅으로 인정받은 날에 제3왕녀에게서 받은 보검.

신의 아이인 왕족이 지닌, 신업이라고도 불리는 기적을 받은 파괴되지 않는 검.

"크, 으……!"

텅 빈 그녀의 목을 향해 검이 세차게 내질러졌다.

킹, 하는 맑은 소리가 났다.

궤도를 읽은 그녀가 『작단』을 발산한 것이다.

하지만 보검은 깨부술 수 없다.

부서지지 않음을 이 세계가 약속하고 있기에.

그리고 어찌어찌 버틴 파르펜디의 목덜미에 검이 갖다 대어졌다.

"…………불괴의, 보검."

파르펜디가 잊고 있었다는 듯이 표정을 찌푸렸다.

그렇다. 코우스케는 처음부터 이 그림을 그리고자 움직이고 있었다.

절대로 부서지지 않는 검이라면『작단』에도 대응할 수 있으리라.

하지만 보란 듯이 뽑아서는 경계 당한다.

그러니 사용하는 건 딱 한 번뿐이라고 정해 놓고 있었다.

그때까지 그녀를 얼마나 정신없게 만들 것인가. 보검의 존재가 예측에서 빠질 정도의 정보량으로 그녀의 사고를 계속해서 압박할 수 있을 것인가. 거기가 열쇠였다.

그리고, 그것은 성공한 것이다.

"군사력으로는 모르겠지만, 오늘의 싸움은 내 승리군."

"……………………그러, 네요."

그녀에게서 전의가 사라진 걸 확인한 뒤 코우스케는 검을 칼집에 넣었다.

털썩, 하고 파르펜디가 지면에 무릎을 꿇었다.

"……훌륭했다, 는 말씀을 드리도록 하겠어요."

전투광이라고 해도, 아니, 그렇기 때문에야말로 싸움의 승패를 깨닫는 능력이 뛰어난 것이리라.

그녀는 변명하지 않고 패배를 인정했다.

"아아. 그래서 그런 건 아니지만, 나와 크윈이 친구라는 걸 허용해 준다면 기쁘겠어."

뒤돌아보고 크윈에게 승리를 보고하자, 그녀는 불쌍히 여기는 것처럼 코우스케를 봤다.

그 표정의 이유를, 코우스케는 곧바로 알게 된다.

"나노란슬롯 님."

이름을 부르기에 다시 그녀 쪽으로 시선을 돌렸다.

기분 탓인지 목소리가 황홀하게 바뀌어 있는 듯한 느낌이 든다.

"뭐야?"

그녀는 일어서서 가슴 앞에서 손을 모으고, 뺨을 물들이면서 말했다.

"조금 전까지의 거듭된 무례, 실례되는 언동, 깊이깊이 사죄드리겠어요. 부디, 모쪼록, 제발, 용서해주시길 부탁드려요."

변모. 가히 그렇게밖에 말할 방도가 없을 정도로 그녀의 태도가 조금 전까지와는 정반대로 변했다.

"……아니, 신경 쓰지 않아. 하지만 마차 앞에 뛰어드는 건 그만두는 편이 좋아. 다치지 않는다고 해도 역시 위험하고, 마차 쪽은 손해를 입어."

"다정하셔…… 두근."

사랑에 빠질 때 날 법한 소리를, 그녀가 입으로 냈다.

코우스케는 자기가 뭔가 잘못한 게 아닐까 하고 생각하기 시작했다.

하지만 이미 늦었다.

"저, 앞으로 나노란슬롯 님을—— 오라버니라고 부르고 싶사와요!"

"아……."

깨달았다.

크윈을 강자라고 인정하기 때문에 사모하고 있었던 거라면.

그녀를 이긴다는 건 다시 말해 그녀의 호감을 산다는 게 되지 않을까.

파르펜디는 열에 달뜬 듯한 표정으로 코우스케의 가슴에 교태 어리게 기댔다.

그리고 오른손 손가락으로 코우스케의 가슴팍을 스으윽, 하고 쓰다듬으며 치뜬 눈으로 이쪽을 올려다보고는 속삭였다.

"부디 제게 오라버니에 대해서 잔뜩, 차분히, 충분하게 가르쳐 주시겠어요?"

그녀의 표변한 모습에 당황하는 코우스케의 뒤쪽, 마차 위에서 크윈이 무언가를 중얼거리는 게 들렸다.

"…………역시, 칠 걸, 그랬어."

"저기…… 이건 어떻게 된 거야?"

눈앞에서 한 명의 소녀가 우뚝 버티고 서 있다.

은백색 머리카락은 허리까지 닿고, 햇빛을 반사하는 은사처럼 반짝인다. 그녀 쪽에서 봐서 왼쪽 옆머리는 땋아져 있고, 검은 곱창밴드로 포니테일로 묶여 있다. 동그란 눈동자의 색깔은 검은색.

일하는 곳인 술집의 급사복은 어깨와 옆구리가 노출된 것으로, 소맷부리 방향으로 넓어져 가는 암 커버 같은 것을 별도로 착용하고 있었다.

까치발로 섰다가 발뒤꿈치를 착지시키는 독특한 움직임이 몇 번인가 반복되고, 그때마다 그녀의 풍만한 가슴이 출렁이며 흔들렸다.

"아니, 이건 그런 게 아니야……."

코우스케는 해명하고자 말했다.

마물 토벌의 공략 정보를 확인하고 보수를 지급하는 시설——판단국에는 내일 들르기로 하고, 귀족 거리에 있는 마동마차 대여상에 마차를 반납한 뒤 술집 · 생명의 우정에 입점한 직후의 일이다.

마대 걸레를 쥔 거유 귀신이 있다.

그녀가 바로 코우스케의 은인이자 내방자의 안내인이며, 술집 간판 여종업원에다 연인이기도 한—— 시로였다.

은백색 머리카락은 꼬리처럼 흔들리고 있고, 귀여운 얼굴로 분노를 표현하고 있다.

이유는 코우스케의 양팔에 있었다.

“오라버니. 소 같은 젖을 품위 없게 흔드는 이 천박한 여자는 뭔가요? 착각이라면 좋겠지만, 불손하게도 오라버니를 노려보고 있는 것처럼 보여요. 상냥하신 오라버니를 대신해서 제가 『작단』하는 걸 부디 허가해 주실 수 있을까요?”

왼팔에는 파르펜디가 달라붙어 있고.

“……파르페. 시로, 화내고 있어. 네가, 쿠로한테, 들러붙어, 있으니까.”

오른팔에는 크윈이 달라붙어 있다.

나라 전체에 일곱 명밖에 없는 영웅이 한 술집에 세 명 모이는 건 이상 사태다.

평소라면 말을 걸 친숙한 단골손님들도, 멀리서 사태의 추이를 지켜보고 있었다.

구태여 말하자면 도와주길 바랐지만, 아무래도 바라 봤자 헛일인 모양이다.

“저, 저기 말이죠. 클리어베디비어 경. 쿠로한테 달라붙어 있는 건 당신도 마찬가지거든요.”

시로가 어떻게든 평정을 유지했지만, 그래도 눈썹을 씰룩이며 말했다.

크윈은 마치 이국의 언어를 들은 것처럼 어안이 벙벙한 얼굴로 고개를 갸웃했다.

“……? 나, 쿠로랑, 친구, 인데? 친한 사이는, 달라붙는 거. 보통, 이잖아?”

이야기가 통하지 않는다고 생각했는지, 시로는 한숨을 쉰 뒤 코우스케를 노려봤다.

"저기 말이야, 쿠로. 나도 딱히 교우관계에까지 참견할 생각은 없어? 하지만 말이지, 있잖아. 한도 같은 게. 여자애가 달라붙어서 기쁠지도 모르겠지만, 그런 부분은 사……귀는 사람……이 있으니 네 쪽에서 거부라든가, 해야 하는 거 아니야? 해야 한다고 생각하는데? 어서 하지그래?"

사귀는 사람, 이라는 부분만 우물거리고, 기분 탓인지 얼굴이 빨개진 그녀였지만, 곧바로 화난 표정으로 돌아왔다.

"파르페, 크윈. 놓아 줘."

파르페라는 게 파르펜디의 애칭인 듯, 여기 오기 전에 그렇게 불러 달라는 말을 들었다.

그녀는 코우스케의 말에 의아한 듯한 표정을 지었다.

"저기 혹시, 그럴 리 없다고는 생각하지만요. 오라버니는 이 젖소녀와 연인 사이인가요?"

"젖소라고 하지 마. 큰 가슴은 좋은 거라고."

"그렇게 편드는 거 최악이야."

코우스케는 시로의 명예를 위해 말한 셈이었는데, 소녀는 마음에 들지 않았던 모양이다.

"아니 그보다…… 저기, 멜라가웨인 경이지요……. 예전에 정보문지에서 얼굴을 뵐 기회가 있었어요. 그래서, 저기, 『작단의 영웅』 님이 우리 쿠로와 어떤 관계로?"

시로는 경의를 표하는 척 겉꾸리면서, 매우 불쾌하다는 듯이 물었다.

"어머. 평범한 국민치고는 정보통이네요. 좋아요. 이름을 묻는 말에 대답하지 않는 건 영웅의 수치. 그 귀에 제 목소리가 들어가는 행복에 눈물을 흘리도록 하세요── 무엇을 숨기랴, 저는 『작단의 영웅』 파르펜디 필라티카플라티카 멜라가웨인이어요! 달트라를 수호하는 검이자, 크윈 언니의 유일한 애제자이며, 쿠로 오라버니의 첩이랍니다!"

주위가 술렁이고, 코우스케는 두통을 참는 것처럼 이마를 눌렀다.

"이거, 거짓말. 나, 제자, 안 받아."

크윈이 끝까지 자신의 페이스를 유지한 채 말했다.

시선을 돌리자 주방에서 나온 에코나와 눈이 마주쳤다.

그녀는 한순간 파앗, 하고 표정을 반짝였지만, 이내 코우스케의 양팔을 보더니 슬프게 눈을 내리떴다.

가슴이 욱신거리며 아파졌다.

"나도 마찬가지야. 파르페와는 방금 처음 만났고, 아무것도 하지 않았어. 맹세해도 좋아."

흑흑흑, 하고 파르페는 고딕 로리타 옷의 소매로 눈물을 닦는 시늉을 보이며 슬픔을 표현했다.

꾸며낸 티가 너무나 역력해서, 도리어 존경하게 될 것만 같아질 정도의 연기였다.

"그런. 아무것도 하지 않으셨다니, 너무해요. 오라버니. 그렇게 격렬하게 서로의 마음을 부딪쳤지 않았나요. 저는 오라버니가 과감하게 찔러 주셨던 때의 고양을 평생 잊지 못할 거예요."

"싸움 말하는 거다? 싸웠을 때의 이야기니까 말이야? 실력을 겨루어 보자는 흐름이 된 것뿐이니까."

"단 한 번밖에 잃을 수 없는 저의 소중한 것을, 그렇게나 격렬하게 원해 주시지 않으셨나요."

"목숨 말하는 거다? 싸움이라고 해도 역시 살기 같은 건 진짜여야만 하니까 말이야."

"…………호오오오?"

의심쩍다는 듯이 코우스케를 물끄러미 바라보고 있던 시로였으나, 별안간 실소를 터뜨렸다.

"뭐야, 그 불안해 보이는 얼굴. 네가 어떤 인간인지 정도는 알고 있어. 조금 놀린 것뿐이야."

아무래도 그녀의 분노는 연출된 것이었던 모양이다.

그런 것치고는 박진감이 넘쳤다만…….

"그래도, 화를 안 내고 있는 건 아니니까."

그렇게 말하고는, 그녀가 코우스케를 코를 손가락으로 톡 튕겼다.

"선은 확실히 그을 수 있는 남자가 좋은데?"

치사하다, 고 코우스케는 생각했다.

그녀의 기대나 요구에는 응하지 않을 수 없다. 그런 마력이 담겨 있다는 생각이 들게 한다.

그건 어쩌면 자신에게만 작용하는 마법일지도 모르지만.

거역하려는 생각이 들지 않는 시점에서, 코우스케의 패배다.

어떻게든 해서 두 사람을 떨어뜨려 놓았다.

파르페는 엄지손가락 손톱을 깨물면서 분한 듯이 시로를 보고 있었다.

"……으, 으그극…… 서민 주제에 이 무슨 본처력…… 경계할 필요가 있겠어요."

아무래도 라이벌 의식을 불태우고 있는 모양이다.

크윈 쪽은 딱히 신경 쓰는 기색도 없이 나무 맥주잔에 입을 대고 있다.

그러자, 그때 옆을 지나가는 여자아이가.

"에코나."

그녀를 불러 세워 손짓한다.

에코나는 가녀린 미소를 짓고, 망설이는 낌새로 천천히 다가왔다.

"어째서 평소처럼 그쪽에서 와주지 않는 거야?"

"……폐, 폐가 되려나 해서요."

머리카락을 손으로 만지작거리며 아래를 보고 말하는 에코나를 봤더니, 가슴을 찌르는 듯한 아픔이 다시 소년을 엄습했다.

그녀가 가까이 다가가기 어렵다고 느끼는 상황을 만들어 버린 걸, 코우스케는 미안하게 여겼다.

"네가 있어서 불편한 때는 없어. 쓸쓸하니까 다음부터는 신경 쓰지 말고 와줘."

그러자 그녀는 조금 시간을 들여서, 하지만 확실하게, 활짝 웃어 주었다.

"……네. 그러면, 저기……어서 오세요. 코우스케 씨."

"응, 다녀왔어."

겨우 한숨 돌릴 수 있겠다, 싶었지만 그럴 일은 없었다.

"오라버니. 영웅호색이라는 말도 있고, 무엇보다도 달트라는 일부다처제를 채용하고 있으니까 법적으로도 윤리적으로도 저와 오라버니의 사랑을 방해하는 것은 없답니다?"

봤더니 나무 맥주잔의 내용물을 단숨에 들이킨 파르페가 새빨간 얼굴로 콧김을 씩씩거리며 말하기 시작했다.

"……그런 걸 할 수 있는 그릇이 아니야."

"겸, 허……!"

파르페는 "두근!"이라고 말하며 탄환에 꿰뚫린 것처럼 가슴을 누르고는, 바닥에 무릎을 꿇었다.

"싸울 때의 거치면서도 자신에 찬 모습은 물론이거니와, 평상시 또한 매력적이어요……."

이쪽의 발언을 전부 긍정적으로 받아들이고 마는 상대일 때는 어떻게 하면 좋은 걸까.

코우스케가 진지하게 고민하기 시작했을 때, 시로가 어딘가 경계심을 남긴 표정으로 말했다.

"저기. 그래서, 결국 멜라가웨인 경은 어째서 왕도에? 쿠로 외의 영웅은 전부 다 바쁜 것 아닌가요?"

쿠로 외라는 부분에 가시가 느껴졌지만, 코우스케는 기분 탓이라고 판단했다.

참고로 크윈은 코우스케와 만나기 위해 일을 앞당겨서 정리했다고 한다.

코우스케는 "그래"하고 끄덕이고 나서, 판단을 묻는 것처럼 크윈을 봤다.

그녀가 작게 끄덕인 것을 확인한 뒤, 다시 시로 쪽을 향했다.

"지금, 영웅이 전부 길티어스로 향하고 있어."

예상 밖이었던 것이리라. 시로는 의아하다는 듯이 눈을 휘둥그레 떴다.

코우스케는 한 박자 뜸을 두고는 계속해서 말했다.

"내일은 각 영웅이 담당할 문제를 결정하는── 영웅 회의가 있어."

◇

아클레어. 그것이 코우스케가 전이된 세계의 이름이다.

바다에 둘러싸인 대륙이고, 그 한층 바깥을 짙은 안개가 뒤덮고 있는 세계. 안개 너머는 편도라 들어갔다가 돌아온 자는 없다. 대륙이야말로 아클레어의 유일한 대지라고 할 수 있으리라.

신, 마물, 마법이 존재하고, 이 세계에서 봤을 때 이계에 해당하는 온갖 세계에서 죽은 자를 전생시키고 있다.

전생자는 과거의 생에서 불행을 경험하고, 전생 후에는 보정이라 불리는 강화를 받는다. 이에 의해 현지인으로는 곤란한 마물 토벌조차 가능하게 되고, 전생자의 대다수는 그걸 생업으로 삼아 생활해 간다.

개중에서도 월등히 우수한 자는 영웅 규격이라고 불리며, 전이된 국가에 따라 다양한 취급을 받는다.

이곳 달트라에서는 신화시대에 사용된 칭호인 『영웅』을 적용한다.

현재 달트라에서 정식으로 영웅으로 인정되고 있는 인간은 일곱 명.

영웅이란 건 인격을 가진 병기라고 바꿔 말할 수 있을 정도의 전력이다.

그리고 세계는 그걸 필요로 하고 있다.

신의 시련이 준비된 신역 및 마물이 도사리는 악령 중, 영웅 규격 외에는 공략이 인정될 수 없는 초난도 지정 미궁 공략.

전자는 차치하고서라도, 후자를 방치하면 대다수의 인류에게 대처할 수 없는 위협이 지상으로 유출되게 된다.

극단적으로 말하면, 이 세계는 영웅이 없으면 존속할 수 없는 것이다.

각국의 의도는 있을지언정 자국령에 있는 초난도 영웅, 특히 악령의 공략 요원으로서 영웅은 빼놓을 수 없다.

하지만 근래에 영웅을 운용하는 데 차이가 생기고 말았다.

전쟁이다.

인격을 지닌 병기의 대인 운용.

대국 아크스바오나에 의한 침공은 지금도 여전히 온 세계를 위협하고 있다.

영웅 회의라는 건 영웅 전력을 적절하게 분장하기 위해 열리는 것이다.

코우스케의 영웅 취임 식전 때, 모든 영웅이 모이지는 못했다.

하지만 이번에는 다르다. 그만큼 중요한 것이라는 뜻이다.

그리고 아마도 이에 의해 코우스케도 또한 정식으로 영웅으로서 취급받게 될 것이다.

직함뿐만 아니라, 상응하는 직무가 주어질 터다.

코우스케도 그걸 받아들이고 있다.

받아들이고 있지만…….

"쿠로."

이름을 부르는 목소리가 났다.

코우스케는 생명의 우정 카운터석에서 우유를 마시고 있었다.

몸에 걸치고 있는 건 예전에 식전에 참가했을 때 착용했던 예장. 검은 군복풍 의상으로, 그 위에 빨간 줄이 들어간 망토를 걸치고 있다.

영웅 회의 시간이 가까워졌다.

들려온 것은 잘 아는 여종업원의 목소리.

회의는 왕성 안의 회의실에서 열린다.

왕족이 보러 올 일은 없지만, 그렇다고 해서 칠칠하지 못한 차림으로 가도 좋을 리가 없는지라.

영웅은 원칙적으로 예장을 착용하고 참가해야 한다는 암묵적인 양해가 존재했다.

집을 세울 수 있을 정도의 돈이 들어간 의상은 여전히 익숙해지지 않는다.

문득 시선을 돌려보니 눈이 마주친 단골손님들이 한결같이 "여어! 영웅님!"이라든가 "옷이 널 입고 있는 거 아니냐, 영웅님!"이라며 놀려 대기에 "시끄럽네, 『집어삼킨』다"며 되받아쳤다. 반응은 더할 나위 없이 좋아서, 거칠긴 해도 어딘가 편안한 웃음소리가 가게 안 이곳저곳에서 울렸다.

테이블을 행주로 닦고 있던 에코나가 "그, 그렇지 않아요! 잘 어울리세요!"라고 말해 주어서 마음이 치유된다.

시로는 주방에 있는 모양이라, 모습이 보이지 않는다. 그밖에는 검은 머리를 사이드 테일로 묶은 여종업원인 클라라가 일하고 있었다. 코우스케의 친구인 타이가의 예전 공략 파티로, 조금 전에 들린 것은 그녀의 목소리다.

"불렀어?"

"……그 옷, 안 어울려."

"거참 고맙다."

그녀의 발언에 가시가 있는 건 언제나 있는 일이기에 쓴웃음으로 흘려 넘겼다.

"지금 들어온 손님이 밖에서 말이 끌지 않는 마차를 봤대."

"아마 마중 나온 걸 거야."

마동마차는 마력으로 구동한다. 반대로 말하면 마력이 부족한 인간은 운전도 뜻대로 할 수 없다.

대다수 인간은 마동마차를 장시간 구동시킬 정도의 마력을 가지고 있지 않기에, 자연스럽게 수요도 적다.

즉, 우연히 마주치면 남들한테 자랑하고 싶어질 정도로 희귀한 물건이 마동마차란 이야기.

그때, 코우스케의 귀가 소리를 포착했다.

바퀴가 돌바닥 위를 구르는 소리. 주행 소리다. 발굽 소리는 나지 않으므로, 마동마차다.

앞서 언급했던 대로 일반인이 쓸 수 있는 것은 아니기에, 내방자이거나 운전사를 대동한 귀족이다.

가게 앞에서 멈춘다면, 생각할 수 있는 건 코우스케를 마중하러 온 것이리라.

하지만 예상은 어긋났다.

들어온 것은 남자.

나이는 마흔에서 쉰 사이. 코우스케보다 거의 24살 가까이는 연상이리라.

과거 생의 지식으로 말하자면 라틴계에 가까워 보인다.

굴곡이 깊은 얼굴에, 이목구비도 뚜렷하다. 큰 몸집에 잘 단련되어 있다는 걸 알 수 있는 체구. 키는 190 정도일까. 체격과 맞물려서 주위에 위압감을 안겨줄 것 같지만, 신기하게도 그런 건 느껴지지 않는다.

크롬 옐로 색깔의 머리카락은 올백으로 넘겨져 있고, 토파즈 같은 눈동자엔 생기가 가득하다.

그가 띤 쾌활한 미소나 그를 감싼 분위기 때문인지, 호방하고 너그러운 인상을 받았다.

모르는 타인과 상대할 때, 과거 생의 경험을 바탕으로 항상 경계심을 품었던 코우스케는 자신의 감정에 당혹스러워하고 있었다.

조심스럽게 말하자면, 과도하게 호의적으로 받아들이고 있다.

어떠한 종류의 마법이 아닐까 하고도 의심했으나, 그러한 흔적은 없다.

그 말인즉 이러한 뜻이 된다.

눈앞의 남자는 코우스케의 몸에 배어 있던 버릇마저 초월하여 안심감을 안겨줄 정도의 오라를 걸치고 있다.

"호오, 이곳이 생명의 우정인가. 활기를 보건대 생명의 천정(泉亭)이라고 해도 통하지 싶은데!"

크하하, 하고 자신의 농담에 자기가 웃고 나서, 남자는 코우스케를 눈여겨보았다.

어린애처럼 눈을 반짝인 뒤, 저벅저벅 가까이 다가왔다.

남자는 머리카락과 같은 크롬 옐로 색의——예장을 몸에 걸치고 있었다.
군복에 가까운 디자인인 그것은 각 영웅마다 본인을 상징하는 색으로 된 것이 주어진다.
"그대가 당대의 『검은 영웅』인가! 이야, 젊구먼! 그 몸으로 아클레어에 오다니, 과거의 생이 필시 괴로웠으리라고 추측되네! 허나 그대는 그런데도 영웅이 되었어! 들었다네. 이쪽에 오고 얼마 지나지 않았는데, 이미 갖가지 무공을 올리고, 선행을 거듭하고 있다고 말이야! 참으로 훌륭하군! 나는 그대와 같은 사람이 등장하길 진심으로 고대하고 있었다네!"
이미 의심할 것도 없다.
그가 바로 달트라의 7영웅 중 한 명.
"응? 아아, 이건 실례했군. 멋대로 찾아와서 멋대로 지껄이다니, 무례했군. 사과토록 하지. 그러니 다시금 내 소개를 하게 해줬으면 하네. ――나는 리갈그레이르 브로시우스안리스돈아우렐리아누스다! 같은 영웅이니, 리갈이라고 불러 줘도 상관없네. 그 대신이라는 건 아니지만, 그대를 쿠로라고 부르는 허가를 받을 수 있겠나?"
『벽력의 영웅』이 코우스케 앞에 있다.
어떻게든 경계심을 일깨워 대응했다.
"……아아. 저야말로 만나서 영광입니다. 리갈 공."
리갈은 크하하, 하고 웃으며 코우스케의 어깨를 팡팡 치고는 푸근한 미소로 말했다.

"됐어, 됐어. 먼저 태어난 것 정도로 거드름 피울 생각은 없어. 같은 영웅이라고 했잖아. 친구한테 하는 것처럼 말하면 돼. 물론 그대만 개의치 않는다면, 말이지만."

코우스케는 부드럽게 쓴웃음 지었다.

"……고마워. 좋게 자라질 못해서, 존댓말이 어색하거든."

완전히 거짓말도 아니지만, 리갈은 농담이라고 받아들인 모양이라 유쾌하다는 듯이 크게 웃었다.

"재미있는 말을 하는군! 정말로 질 나쁘게 자랐다면, 일시적이라고는 해도 타인에게 경의를 표하는 것도 불가능할 텐데."

"그러려나. ……그런데 『벽력의 영웅』이 이곳에는 무슨 용건으로?"

그렇다.

방문 이유가 불명이었다. 이곳에 오지 않더라도 금방 얼굴을 마주하게 되는데.

그는 주먹 쥔 오른손을 펼친 왼손에 부딪치고는 "오오, 그렇지!" 라며 웃었다.

그리고 카운터 너머에서 잔을 닦고 있던 마스터에게 시선을 향했다.

"그대가 점주인가?"

질문을 받은 그는 말없이 고개를 끄덕여 긍정했다. 그 사이에도 잔을 닦는 손은 멈추지 않았다.

"흠, 그런가. 그러면 또 한 명, 와이트 화이트 티아이글레인이라는 여자는 있나? 아니, 시로, 라는 이름 쪽이 잘 통했던가?"
"어? 나? 지금 누가 불렀어?"
마침 주방에서 나온 시로가 카운터 너머에 있는 마스터 옆으로 다가갔다.
코우스케는 눈살을 찌푸렸다. 그에게서 시로의 이름이 나올 거라고는 생각하지 않았기 때문이다.
시로를 본 리갈은 부드럽게 미소 지은 뒤, 슬픈 듯이 표정을 흐렸다.
"『벽력의 영웅』씩이나 되는 사람이 이런 장사 안되는 술집의 점주와 여종업원에게 어떤 용건인지."
영웅을 앞에 두고 조금도 평상심을 무너뜨리지 않는 마스터. 과거 실력 좋은 공략자였다는 소문도 있는데, 두둑한 배짱은 역전의 전사보다 나으면 나았지 뒤떨어지지는 않는다.
코우스케의 그런 감탄은 금방 경악으로 덧칠되었다.
리갈은 허리에 손을 돌려 거기에 걸쳐 놓았던 가죽 주머니를 붙잡더니, 카운터 위에 놓았다.
"…………이건?"
소리로 보아 동전이리라. 아마도 금화가 가득 담겨 있다.
"먼저 말해 두겠지만, 이런 것으로 용서될 거라고는 생각하지 않네. 하지만 인간이 사죄의 뜻을 보이는 방법은 그리 많지 않아. 어디까지나 그 일부분이라고 받아들여 준다면 고맙겠네. 그리고, 지금부터 보이는 꼴사나운 행동도 그 일환에 지나지 않는다는 걸 염두에 둬 줬으면 함세."
리갈은 그렇게 말하고 곧장── 무릎 꿇고 엎드렸다.
정기적으로 걸레질을 하고 있다고는 해도, 많은 사람이 흙발로 다니니 청결하다고는 할 수 없는 목제 바닥. 그곳에 머리를 찧었다.
이 나라에서 공식적으로 단 일곱 명밖에 인정되지 않는 영웅 중 한 명이, 말이다.
"이번에 『새벽의 영웅』 스트라이크 스트라노스 킬파로미데스가 생명의 우정 및 그대들에게 끼친 막대한 피해! 왕실을 대표하여 내가 사죄하러 왔다!"
가게 안이 쥐 죽은 듯 고요해졌다.
『새벽의 영웅』, 다시 말해 라이크다. 코우스케에게 창피를 당한 데 분노한 그는 시로를 유괴, 마스터나 손님에게 상처를 입히고 가게를 엉망으로 만들었다. 코우스케와 다시 싸우는 것만을 위해 무고한 사람들을 해쳤다.
그렇다, 나라의 수치라고 해도 틀린 말은 아니다. 그 후의 관리, 냉정하게 말하자면 뒤처리는 빼놓을 수 없다.
사죄나 기타 등등이 있어도 좋다고 한다면, 확실히 그 말대로다.
하지만 설마 그걸 나라의 상징인 영웅이 직접 가게에 와서 행할 거라고는 꿈에도 생각지 않았다.
"이 머리, 국민의 상처 입은 영혼을 치유하기에는 다소 지나치게 가볍지만, 그래도 꼭 숙여야하네. 영웅으로서 해서는 안 될 행동을 하고 만 그 녀석을, 본래라면 내가 벌해야만 했어! 그것마저도 영웅이 된 지 얼마 되지 않은 쿠로에게 맡기는 결과가 된 것은 전적으로 나의 무력함 때문일세! 아무런 변명도 하지 않겠네! 하지만 하다못해 사죄의 말을 입에 담는 것만은 허락해 주었으면 하네. 정말로── 미안했다!"

코우스케는 이날 알게 된다.

목적을 이루기 위해서가 아니라, 여동생의 가까이에 있기 위해서가 아니라, 살아가는 데 형편이 좋기 때문이 아니라.

더욱 좋은 세상을 위해. 올바르고, 상냥하고, 하지만 약한 사람이라도 정당하게 보답받는 세상을 위해서.

올바름을 위해서 목숨을 쓸 수 있는, 영웅이라는 존재가 실제로 있다는 것을.

◇

"고개를 들어 주게, 『벽력의 영웅』 공."

역시나 영웅이 무릎을 꿇은 걸 앞에 두고 평상시대로 행동할 수는 없었는지, 닦던 잔을 내려둔 마스터가 떨떠름한 목소리로 말했다. 그래도 표정은 평소와 다름 없다.

"애초에 귀공에게 원인이 있는 사건이 아니잖나."

"아니, 그렇지 않네. 나는, 나뿐만이 아니라 많은 사람이 녀석의 위험성을 파악하고 있었어. 하지만 녀석이 가져다주는 성과에 눈을 감는 걸 용인해 왔어. 악취미이기는 해도 악랄한 건 아니라며, 나는 나 자신을 속이고, 그릇된 평가를 내린 것이네! 그 결과가 이것이야! 녀석의 대역무도하기 짝이 없는 짓은, 내 미숙함이 초래했다고 해도 과언이 아닐세……!"

코우스케는 두 종류의 사죄가 있다고 생각한다.

용서를 구하기 위한 사죄와 미안하다는 마음을 전하기 위한 사죄다.

본래 사죄라는 건 후자의 의미로만 사용되어야 한다.

하지만 현실적으로 사죄를 하는 인간 중에는 사죄를 받아들여 주지 않는 데 화를 내는 인간마저 있다.

사과한다는 행위는 의례가 아니라 마음의 형태일 터인데.

그걸 착각한 사람이 많은 가운데, 리갈은 미안하다는 마음을 전하기 위한 사죄를 하고 있다.

한 마디도, 한 구절도, 용서해주길 바란다고 받아들일 수 있는 말을 입에 담지 않았다.

그저 머리를 숙여야만 한다고 생각해서, 성의조차 아닌 당연한 행위로서 사죄하고 있는 것이다.

"그렇다면 귀공은 더더욱 고개를 들어야만 하네. 세상에 시간을 되감을 방법은 없고, 일어난 사태에 관해 구해야 할 것은 해결 말고는 없으니까. 그리고 그건 거기 있는 소년인 쿠로가 이루었어."

"아아, 점주의 말씀대로일세! 하지만 그대들에게는 화낼 권리가 있어!"

"……그런가. 하지만 이곳은 술집. 바닥에 머리를 박는 남자를 비웃는 자리도 아니거니와, 주문을 받지 않고 대금을 치를 것만을 요구하는 자리도 아니네."

"그러면, 어떻게 하면."

마스터는 시선으로 그것을 가리켰다.

"이 작은 주머니에 들어있는 건 돈인가."

"그렇다네."

"이대로 받을 수는 없어."

"…………그렇다면?"

코우스케는 마스터의 의도를 알아차리고 웃었다.

그리고 그것은 시로도 마찬가지인 모양이다.

"즉, 이런 말이에요. 돈아우렐리아누스 경. 사죄는 받아들일 수 없어요. 그래도 당신이 그걸 저희에게 표해 주시겠다고 한다면, 그저 돈을 건네는 게 아니라, 손님으로서 매상에 공헌해 주세요. 설마 영웅 공의 벌이가 밤에 마시는 술 한 잔 몫이라고는 생각되지 않으니까, 사용처는 생각해 주실 필요가 있지만 말이에요."

시로의 그 발언에 리갈은 전부 이해한 모양이었다.

진지한 표정을 풀고, "마음 씀씀이, 황송하네"라며 다시 한번 머리를 숙이고 난 뒤 일어섰다.

주위 손님들을 둘러보고 호탕하게 말했다.

"그런 이유다, 제군! 지금부터 이 돈이 다할 때까지 마음껏 먹고 마셔 주게! 그렇게 해주면 어리석은 내 마음이 조금이나마 편안해지니 말이야!"

오오오!! 하고, 손님들이 함성을 질렀다.

크하하, 하고 웃고 난 뒤 리갈은 다시 코우스케에게 다가갔다.

"그러면 슬슬 회의에 갈까."

코우스케가 그렇게 말하자 그는 "아니" 하고 고개를 가로젓고는 계속해서 말했다.

"실은 오늘 온 이유는 두 가지가 있다네. 사람을 찾는 일이 남아 있어."

조금 놀라면서도, 코우스케는 깊게 묻지는 않았다.

"……그런가. 그 녀석의 이름을 물어도 되겠어? 내가 알고 있는 녀석이라면 소개할 수 있다만."

"오오, 부탁할 수 있나. 내가 찾고 있는 건 기보르네인 여자아이야. 이름은── 에코나라고 하지."

코우스케는 한순간 경직되었다.

그래도 어떻게든 곧바로 대꾸했다.

"에코나한테, 무슨 볼일이?"

코우스케의 반응에 리갈은 난처한 듯이 웃으면서 뺨을 긁적였다.

"내 여성 편력에 관해서는 익히 들었을지도 모르지만, 그리 경계하지 말게나. 내가 반응하는 이상형은 확실하게 정해져 있어. 서른을 넘은 이의 성숙한 아름다움 말고는 흥미가 없네. 어린아이는 물론이고, 그대의 짝을 빼앗을 생각도 없어! 크하하!"

"그러냐. 딱히 그런 걱정은 하지 않지만, 그것과는 다른 부분에서 안심했어."

"흠. 그러면 순수하게 이유가 의문이었나. ……라이크가 담당하던 문제에 기보르네 침공이 있었던 걸 알고 있나?"

리갈은 성량을 낮추어 말했다.

안 그래도 가게 안의 소란으로 소리는 잘 전해지지 않았지만, 코우스케의 귀는 확실하게 들었다.

『새벽의 영웅』 라이크는 빈말로라도 선량하다고는 할 수 없는 인격의 소유자였다.

왕도의 선대 안내인인 시로의 모친과 악령으로 간 날, 마법구 보유 마물에게 습격당한 그녀를 저버렸을 뿐만 아니라 그녀가 살해당하는 모습을 관찰하고, 그걸 통해 후일 마법구 보유 마물을 토벌했다. 어렸을 때의 시로에게 폭력을 행사하고, 영웅 취임 후에도 온갖 악한 짓을 저질렀다.

주위의 눈이 있는 가운데 플라스를 모욕하고 시로를 유괴하여 상처입힌 것도 그렇지만, 에코나의 조국인 기보르네 사람에 대한 취급은 최악이라고 할 수 있었다.

"아아, 엄청 자랑하고 있었지. 노예상과도 연줄이 있다나 뭐라나."

"바로 그 건이야. 나는 한동안 아크스바오나와의 전투에 참여했는데, 그 폐해인지 다른 영웅의 동향에 주의가 미치지 않게 되어 버려서 말이야. 녀석의 부정행위를 두 눈 뻔히 뜨고서도 놓치는 꼴이 되어 버렸어. 그대들에게 끼친 피해도 그렇고, 큰 것으로 말하자면―― 기보르네 사람에 대한 무도한 짓이네."

"…………적을 죽이고, 쓸 수 있는 인간을 노예로 삼는 건 개인적으로 최악이라 생각하지만, 국가의 판단으로서는 그렇게 드문 것도 아니라고 생각하는데."

"나로서도 동감이네. 감정적으로 받아들일 수 없더라도, 제도로서 존재하는 것을 영웅의 독단으로 소멸시킬 수는 없어. 하지만 본래 달트라가 원했던 건 기보르네 영토 내에 존재하는 신전 및 미공략 미궁군(迷宮群)이지, 기보르네의 영토 그 자체도 아니거니와 노동력으로서의 노예도 아니야. 원래는 교역 관계에 있었던 우호국이니까 교섭하는 자리에 앉는 게 도리라는 거지."

수는 그리 많지 않지만, 기보르네에도 내방자가 전생하는 신전은 있다. 하지만 수나 질적 부족으로 인해 마물 토벌은 우호국인 달트라의 공략자가 주로 담당하고 있었다.

하지만 그것은 지상으로 진출하는 걸 저지하는 정도의 싸움이고, 공략과는 거리가 멀다.

마법구 보유 마물, 수호자 토벌을 목적으로 공략 행위를 진행하기 위해, 그리고 내방자의 공급로를 늘리기 위해 부분적인 영토 할양 혹은 조차(租借)를 요구한다. 거기까지는 코우스케도 이해할 수 있는 부분이다.

아크스바오나와의 전쟁에 한 명이라도 많은 전력, 하나라도 많은 마법구가 필요하기 때문이리라.

그것들을 빼앗는 게 아니라, 교섭할 터였다.

코우스케는 표정이 일그러지는 걸 멈출 수 없었다.

자연히 내뱉는 말도 무거워졌다.

"…………설마 싶지만, 그거 라이크를 보낸 건 아니겠지?"

"왕실과 군부는 바쁜 나 대신에 루키우스를 조정역으로 추천했어. 하지만 라이크가 그에 반발한 거다. 알고 있는 대로, 나 이외의 영웅은 모두 젊어. 나이 많은 나라면 모를까, 루키우스는 너무 젊다는 이유에서였지. 유감스러운 일이지만, 어린 사람을 국가의 대표로 파견하는 건 타국에 무례하다고 받아들여지는 경우도 적지 않아."

"그건, 알겠지만……."

많은 사람의 가슴속에는 의식적이든 무의식적이든 '책임을 지닌' 존재는 어리고 미숙한 자가 아니라, 상응하는 나이와 직역을 겸비한 자였으면 좋겠다는 바람이 있는 걸지도 모른다.

영웅이라고 해도 젊은이. 그렇게 생각되어서는 교섭이 불리해진다.

그렇지 않다고 하더라도, 상대가 무례하다고 받아들일지도 모른다.

하지만 진지하게 교섭하러 왔다는 자세를 보이기 위해서는 일곱 명밖에 없는 영웅을 동행시킨다는 어필은 빼놓을 수 없다. 성격적으로도 능력적으로도 루키우스로 부족할 거라고는 생각되지 않지만, 라이크는 나이라는 면에서만은 루키우스보다 우세했다.

그 점을 강하게 주장하여 임무를 따냈다고 한다.

"잠깐 기다려 줘. 그럼 뭐지? 당신이 아크스바오나와 싸우고 있어서, 왕실과 군부가 라이크 따위에게 설득당했기 때문에 죽지 않아도 될 기보르네인이 죽고, 불행해질 필요 없는 인간들이 노예가 되었다는 건가? ……그런 게, 용납될 리가 없잖아."

그것이 불합리하다는 걸 알면서도, 그에게 건네는 말이 날카로움을 띠고 만다.

"……물론 본직 조정자의 보좌라는 형태로, 다. 하지만 녀석이 독단적으로 행동하는 건 누구나가 잘 알고 있어. 교섭은 눈 깜짝할 사이에 침략 전쟁으로 변했지."

할 말을 잃는다는 건 그야말로 이런 것이었다.

코우스케가 원래 있던 세계에서도 단 한 발의 총알로 전쟁이 시작된 예는 있다.

즉, 총알 한 발로 충분한 것이다.

방아쇠를 당기는 인간이 한 명 있으면, 사람은 집단으로서 싸움을 시작하는 게── 가능해지고 만다.

장전된 총알을 마법, 방아쇠를 당기는 인간을 영웅으로 바꾸어도 구도는 바뀌지 않는다.

이참에 난폭하게 단언해 버리겠지만.

라이크 때문에 에코나는 노예로 전락하였다.

"……만약 당신이 그걸 에코나한테 사죄하러 온 거라고 한다면, 미안하지만 사양해 줘. 사과를 받았다 한들, 그 애의 마음이 껄끄러워질 뿐이야."
이에 갈린 듯한 목소리가 나왔다.
하지만 코우스케의 예상은 적중하지 못했던 모양이다.
"확실히 자네의 말을 듣지 않았더라면 사죄했을지도 몰라. ……그 점은 배려가 부족했다는 걸 인정하고, 그대에게 사죄토록 하지. 미안했어. 하지만 내가 그녀와 만나기를 바란 건 딱히 무의미하게 머리를 숙이기 위해서가 아니야."
"그럼, 뭐라는 거지."
리갈은 코우스케의 물음에 대답했다.
"이번에 내가 기보르네와의 화평 교섭을 맡게 되었어. 이미 라이크와 관계가 있었던 것으로 인정된 노예상도 없애고, 많은 주인으로부터 노예도 회수했어. 현재는 엘피의 진료소에서 조율을 받은 뒤에 임시 거주 구역으로 이주토록 하는 참이야."
"……즉."
"그래. 기보르네와의 전쟁은 끝나. 알력이 금방 메워지지는 않겠지만, 그 부분은 내가 전력을 다해 해결할 생각이야. 즉, 이런 말이다. 쿠로. 기보르네 사람은 그들의 나라로 돌아갈 수 있어. 자네 품에 있는 소녀에게도 그걸 전하러 온 거야."

"쿠로."

리갈과 가게 안에서 대화를 하고 있자, 마스터가 말을 걸었다.
그는 2층에 있는, 한때 코우스케와 에코나가 숙박했던 방을 아주 잠깐 바라보고는, 끄덕였다.
그 방을 써도 된다, 는 것이리라.
호의에 감사하며 에코나를 불러들인 뒤 셋이서 계단을 올라갔다.
그녀는 저항하지는 않았지만, 어딘가 긴장한 표정으로 침대 위에 정좌했다.
세 사람이 설 공간은 어떻게도 확보할 수 없을 것 같았기 때문이다.
코우스케는 책상이 없는 쪽 벽에 기대고, 리갈은 입구에 섰다.
"……호오, 이건 또 귀여운 여자애구먼. 장래 아름다워지리라는 게 이렇게나 잘 그려지는 여자애는 드물 터……. 쿠로, 그렇게 노려보지 마. 어디까지나 어른으로서의 감상이야."
"알고 있어. 농담 같은 거다."
"그렇다면 좋겠다만……. 너, 딸에게 추파를 던지는 남자를 견제하는 아버지 같은 눈을 하고 있었다고."
그가 턱을 쓰다듬으며 어딘가 흐뭇하다는 듯이 말했다.
"뭐야, 그게."
"나도 일단 아비니까 말이지, 그런 기분은 잘 알아."
"……그러냐."
능숙하게 부정하지도 못하고, 코우스케는 애매하게 끄덕였다.
"저, 저기……. 어째서 절 부르신 것인가요……?"

에코나가 조심스럽게 손을 들면서, 표정에 불안한 기색을 드러냈다.

"아아, 이 아저씨한테서 중요한 이야기가 있어. 리갈."

다음 이야기를 맡기겠다는 듯이 시선을 보내자, 그는 끄덕였다.

그리고 어린아이라도 이해할 수 있을 듯한 말을 고르며, 코우스케한테 조금 전에 이야기했던 내용을 전했다.

"……에코나야, 다시 말해서 너는 자기 나라로 돌아갈 수 있다는 거야. 마을 재건도 부흥 지원이라는 명목으로 이루어져. 달트라가 도와준다는, 뭐 그런 식의 발표가 되겠지. 무척 미안해서 괴로울 따름이지만, 국가로서는 사죄라는 형태를 선택할 수는 없어서 말이야……."

그건 어쩔 수 없는 것이었다.

원래 있던 세계에서도 여전히 과거의 전쟁에 관한 사죄를 하지 않는 국가는 많이 있다.

잘못을 인정하지 못하는 것이다.

잘못을 인정한 끝에 요구받을 속죄 또한 국가적인 규모가 되리라는 걸 알고 있으니까.

이번의 이것은 국가로서 할 수 있는 최대한의 양보였다.

라이크 한 명이 잘못한 것이라 하더라도, 라이크가 소속된 곳은 다름 아닌 달트라다.

때문에 '잘못했습니다. 미안합니다'라고는 입이 찢어져도 말할 수 없다.

그러니 이번 건은 국가적으로는 '방침 전환'에 지나지 않으며, 노예 해방이나 위법적으로 노예를 사들인 상인 체포 등은 '화평 교섭을 하겠다는 의사표시'인 것이다.

본래 그것 역시 간단히 진행될 이야기는 아닐 터다.

아마도 리갈은 예전부터 준비하고 있었겠지.

애초에 커다란 위협을 앞에 두고, 거기서 타국과의 전쟁을 벌이는 건 좋은 계획이 아니다.

라이크는 무훈과 노예 욕심에 전쟁을 시작했다. 그가 투입된 전투는 차치하고서라도, 기보르네의 토지는 북방 산악지대다. 험하고 추운 지역에서의 전투는 달트라군에 압도적으로 불리하다. 우세한 병력 차이는 유감스럽게도 압도적 승리로는 이어지지 않았다.

라이크가 한 행동은 장기적으로 보면 어리석은 계책이라고까지 할 수 있었다.

하지만 조금 전에 마스터가 말했다시피 시간을 되감을 수는 없다.

일어나 버린 일에는 대처할 수밖에 없는 것이다.

리갈의 이야기를 들은 에코나는 무척 복잡해 보이는 표정을 지었다.

"저, 저기……기보르네 사람들 모두가 해방되는 건 정말로 기뻐, 요. 게다가, 전쟁도 끝나서, 모두가 나라로 돌아갈 수 있는 것도, 울음이 나올 만큼, 기뻐요."

실제로 안도했기 때문인지 그녀의 눈동자는 젖어 있었다.

"……하지만, 전, 이 나라에 남고 싶어요. 그렇게 생각하고 있어요. 그건, 용납되지 않는 것일까요."

그 대답에 리갈은 의외라는 듯한 표정을 지었다.

"……허허, 이거야 놀랍군. 에코나야, 그렇게 대답한 건 네가 처음이란다. 생각건대, 너는 기보르네인 노예로서는 기적이라 할 만큼 좋은 만남을 가질 수 있었던 모양이구나. ——아니, 미안하다. 생각할 필요도 없는 것이었어. 여하간 쿠로는 만난 지 얼마 되지 않은 너를 영웅으로서 올린 공의 보상으로 명예 신민으로 만든 남자야. 점주도 너를 고용해 주는 편견 없는 선인이고. 그렇구먼, 쿠로. 나는 지금 무척 감동했다!"

그렇게 외친 그가 이쪽을 봤다.

그 표정은 세상을 축복하는 듯한 환희로 칠해져 있다.

"훌륭해! 이건 가능성이야! 다른 피를 가진 사람끼리여도, 인연에 의해 이어질 수 있다는 증명이야! 크크큭, 크하하하하! 너는 아직 모르겠지만, 이건 대단한 거라고! 너는 세계의 구조에 저항하고, 성공을 향한 좁은 길에 발을 내디뎠어! 그건 기적이나 다름없지만, 기적을 일으키는 것이 바로 영웅이지!"

슬픈 일이지만, 이 세계에도 차별 의식이라는 것은 존재한다.

이 가게에서는 좀처럼 보지 못하지만, 에코나도 코우스케가 없을 때 배려 없는 말을 듣는 일이 있다고 한다.

또한, 일반인 중에도 내방자에게 기피감을 지닌 자는 많지는 않아도 확실하게 있다.

자기와 다르다는 사실을, 자기가 위협받고 있을지도 모른다는 공포를 혐오로 변환하는 자는 드물지 않다. 그렇게 함으로써 평정을 유지하려 하는 건 마음의 방어 본능 같은 것이다.

단지 그것이 공격성으로 표출됨으로써 이루어지는 모든 것은 틀림없는 악.

코우스케 역시 차별 의식을 전혀 가지고 있지 않다고 단언할 수는 없다.

그래도 최소한 차이를 이유로 타인을 해하는 일이 없도록, 자신을 제어할 수는 있다.

그걸로 괜찮은 것이다. 그것만으로.

그 너머에야말로 공존하는 미래가 성립한다.

"에코나야!"

리갈은 다시 에코나를 바라보고는 소리쳤다.

"네가 쿠로의 곁에 있고 싶다고 한다면, 그 의사를 존중하마! 하지만 말이다, 그에 상응하는 현실이라는 걸 직시하고, 선택하지 않으면 안 돼! 한번 붙은 '이전 노예'라는 인식은 간단히는 사라지지 않겠지. 이러한 국가에서 살아간다고 하면, 너는 괴로운 일을 수없이 겪게 될 거란다. 그러니 물으마, 네가 머무는 이유라는 것은 무엇이니? 쿠로에게 어리광부리고 싶다는 소망이라면 자신의 나라로 돌아가는 걸 권하겠다만?"

한순간 끼어들 뻔했지만, 어찌어찌 단념하였다.

리갈의 말은 무엇 하나 잘못되지 않았기 때문이다.

이대로 술집 여종업원으로 평생을 끝낼 수도 없는 노릇이리라. 10년 후, 20년 후까지 계속 코우스케의 집에서 가사 도우미로서 살아가는 게 그녀 자신의 행복이 될 거라고도 볼 수 없다.

허구가 아닌 현실을 살아가는 것이니, 미래를 상정하여 움직이지 않으면 안 된다.

코우스케가 해도 좋은 건 협력까지. 그것이 비호로 이르러서는 애초에 했던 약속을 어기는 것이 된다.

코우스케와 에코나는 동료일 터이니까.

어린 그녀에게는 아직 빠른 것처럼도 생각되지만, 달트라에서는 15살이면 성인이다.

즉, 스무 살이 성인인 일본보다 5년 빨리 어른으로 취급된다.

인간은 기본적으로 육체의 성장에 맞추어 정신의 양태를 바꾸어 가는 생물이다.

육체에 맞는 이상적인 정신은 국가나 시대에 따라 다른 게 당연하다.

일본 역시 성인이 되는 게 15살이었던 시대와 현대에서는, 같은 15살이라도 달랐을 것이다.

'어른'으로의 변화가 요구되는 나이가 5년이나 낮아지면, 나이에 대해 요구되는 정신 수준이 높아지는 건 당연한 이치다.

이 나라에서는 에코나 정도의 나이에 장래를 생각해도 이상할 게 없는 것이다.

코우스케 역시 구태여 에코나를 몰아넣고 싶은 건 아니다.

단지 리갈의 설명에는 선택을 종용할 만한 가치가 있다.

에코나의 마을은 많은 남자와 노인들이 살해당했다. 남자는 저항했기 때문에, 노인은 노예에 적합하지 않기 때문이다.

하지만 모든 남자가 살해당한 건 아니고, 촌락에 사는 인간이 전멸한 것도 아니다.

친부모가 없을 뿐이지, 피가 이어진 친척들이 살아 있다.

리갈은 에코나를 그 사람들과 만나게 해 주겠다고 하는 것이다.

더 나아가서는 그들 쪽이 에코나를 걱정하고 있다고.

그녀에게는 그녀의 몸을 걱정하고, 함께 살기를 원하는 가족이 있다.

그쪽을 선택하지 않고 코우스케 곁에 있겠다는 건 고향을 버리는 것과 다름없다.

그렇다면 그에 합당한 이유를 표할 필요가 있다는 건, 이상한 이야기가 아니리라.

잠시 기다려도 에코나가 입을 열지 않자, 리갈은 미안한 듯한 표정을 지었다.

"……아니, 갑자기 들이닥쳐서 대답을 강요하다니, 너무 성급했구나. 생각할 시간은 필요하겠지. 오늘은 이만 가보마. 다른 날에 다시 찾아오도록 하지."

"저, 저기."

돌아서려던 리갈에게 에코나가 말을 걸었다.

그는 자세를 되돌리고 부드러운 미소를 띤 채, 그저 기다렸다.

에코나는 아직 망설이고 있는 모양이었지만, 이윽고 말하기 시작했다.

"……저, 저기. 전, 적성이 있는 마술 속성이, 많아서. 그런 건, 학원에 입학하는 데 유리해질 거라고 클라라 씨에게서 듣기도 했거든요. 그, 그래서, 저기, 코우스케 씨 집에 있는, 마법구를 보고, 대단하다, 싶어서. 저도, 그런 걸, 만들 수 있는 사람이, 될 수 있을까, 해서요. 그래서, 물어봤더니, 학원에 마녀 육성과와 마술사 육성과라는 게 있다길래, 저, 그게, 마술사 육성과에, 흥미가 있어서요. 그래서, 돈을 모아서, 언젠가 들어가고 싶다고 생각해서……."

코우스케는 놀랐다.

그녀에게서 들은 적 없는 이야기였기 때문이다.

자신의 의견을 전하면 코우스케가 곧바로 입학 절차를 밟으리라는 걸 알고 있었던 것이리라.

언젠가 갚으면 돼, 라며 분명 그렇게 말했을 것이다.

하지만 그녀 입장에서 보면 그건 조르는 거나 다름없다.

그녀는 자신의 돈으로 자신의 미래를 열어나가려 하고 있었다.

코우스케가 생각하는 것보다도 훨씬 '어른'이었던 것이다.

이에는 리갈도 무척 감탄한 모양이라 "호오, 호오"라며 연신 끄덕이고 있었다.

참고로 마녀가 마법구를 연구하는 사람이고, 마술사가 마법구를 만드는 사람. 각각 전문직이다.

학원이라는 건 마술 적성을 가진 사람이 다닐 수 있는 교육 기관.

단, 기본적으로 귀족의 혈족이 아니라면 입학시험을 돌파할 수가 없다.

학비 면에서도 그렇지만, 애초에 내방자의 피가 섞여 있지 않은 사람이 높은 스테이터스를 가지는 건 극히 드물기 때문이다.

다만, 불가능하지는 않다.

"그렇구먼~. 내 친구 중에도 마술사 남자가 있는데, 그 녀석은 대단해. 발상을 실현함으로써 사람들의 생활을 풍요롭게 만들지. 이 세계에서 내가 가장 신뢰하고, 평생의 벗이라고 망설임 없이 단언할 수 있는 건 그 녀석 정도야. 그의 공적은 우리 영웅에게도 뒤떨어지지 않을걸…… 어이쿠, 이야기가 벗어났군. 그러면 에코나, 너는 마술사가 되기 위해 달트라에 남겠다. 그 말이로구나?"

"네, 네……!"

리갈은 기쁜 듯이 끄덕이고는 코우스케를 봤다.

"훌륭한 뜻이야. 하지만 그렇다면 좋은 일은 서둘러야만 한다고 했어. 젊음을 헛되이 하지 말거라."

리갈은 그렇게 말하고 코우스케 쪽을 힐끔 봤다. 무언가를 기대하는 듯한 시선이다.

코우스케는 알고 있다는 것처럼 끄덕이고는 에코나에게 다가갔다.

"놀랐네. 에코나가 그런 생각을 하고 있었다니, 전혀 몰랐어."

여자아이는 코우스케가 불쾌함을 느꼈다고 생각한 건지, 어깨를 움찔 떨고는 움츠러들었다.

"죄, 죄송해요…… 폐를 끼치고 싶지 않아서요."

"폐라고 생각할 리 없어."

그녀 앞에 쪼그려 앉아 그 부드러운 뺨을 양손으로 다정하게 감쌌다. 에코나의 뺨이 말랑, 하고 형태를 바꾸었고 곤혹스러워하는 기색이 깃든 푸른 얼음 같은 눈동자가 코우스케를 향했다.

"에코나가 하고 싶은 걸 찾았다면, 응원하고 싶은 게 당연하잖아."

"저기…… 하지만, 그렇지 않아도 신세를 지고 있는데, 이 이상은……."

에코나는 아직 코우스케에게 사양하는 부분이 있다.

은혜를 느끼는 것도 무리는 아니지만, 그러는 한편으로 대등하게 접하는 것도 동료라면 가능할 터다.

코우스케는 그것을 끌어내고 싶다.

"그러면 장래에 결과로 되돌려 줘."

"장, 래."

"그래. 미래의 에코나가 만든 마법구로 누군가가 웃게 된다면, 나는 누군가의 미소에 공헌한 게 되잖아?"

"아……으, 하지만."

에코나는 망설이고 있는 모양이다.

그렇다고는 해도 지금 이 자리에서 대답을 내야만 하는 것도 아니리라.

"곰곰이 생각해 줘. 나는 할 수 있다면 미래의 마술사에게 빚을 만들어 두고 싶지만 말이야."

코우스케는 웃는 얼굴로 그렇게 전하고는 일어섰다.

"그럼, 다녀올게."

마지막에 머리를 쓰다듬자, 에코나는 무언가를 말하려고 입술을 움직였다.

하지만 그녀의 입에서 나온 것은 본래 하려고 했던 말이 아니었다,

"……네. 잘 다녀오세요."

금방은 어려울 것이다. 그거면 된다.

생각하고, 고민한 끝에 그녀가 낸 답을 뒤에서 밀어줄 뿐이다.

◇

리갈의 제안으로 그와 같은 마동마차를 타고 왕성으로 향하게 되어, 예전 식전 때 탑승했던 것과 비슷한 디자인의 마차에 둘이서 올라탔다.

"그건 그렇고 자네, 보호자 역할에 능숙하구만. 과거 생에서 남동생이나 여동생이라도 있었든가, 그도 아니면 가정을 쌓았었나?"

"……글쎄. 그런 것보다 회의에 관해 듣고 싶은데. 처음인 건 나뿐이잖아?"

다소 억지로 얼버무렸는 데 수상쩍어하지도 않고, 리갈은 “음, 그렇군”이라며 끄덕였다.

“영웅 회의라는 건 통칭이고, 실제는 왕실의 명령을 정리하여 어느 임무에 누가 적임인지를 정하는 거다. 영웅은 어디까지나 실행자. 즉, 영웅 회의라는 건 현장 사람으로서의 의견을 존중하기 위해 준비된 자리인 거지. 이 설명으로 충분한가?”

“아아, 이해됐어.”

나라의 입장상, 영웅에게 국정에 관한 결정권을 주는 건 위험하다. 내방자에게 큰 권력을 주는 건 타국 사람을 국가의 중추로 받아들이는 것과 마찬가지. 영웅 규격에 대한 취급은 그 전력과 필요성으로 인해 표면상으로는 그와 같지만, 실태는 다르다는 것이리라.

충분히 이해할 수 있는 부분이다. 이게 반대로 영웅이 멋대로 할 수 있는 시스템이라고 한다면 나라가 제정신인지 의심했을 것이다.

영웅 회의라는 건 요컨대, 준비된 일을 몇 개 정도 제시받고 그걸 누구에게 배정할지를 영웅끼리 결정하는 것.

라이크는 그걸 이용했다고도 할 수 있다. 기보르네와의 교섭 보좌라는 역할에 맞는 건 본래 리갈이었지만, 그는 다른 임무 사정으로 받아들일 수 없었다. 그리고 루키우스에게 맡겨질 터였던 그것을 라이크가 억지로 맡은 것이다.

“기보르네 건 말인데, 라이크 때문에 달트라 전체의 인상이 나빠지지 않았나? 내가 원래 있던 세계라면 타국에서 엄청나게 추궁할 것 같은데.”

그에 대해 리갈은 복잡해 보이는 표정을 지었다.

“으음…… 그게 말이지……. 설명이 아무래도…… 아아, 그 전에 말이야, 자네는 아클레어에 온지 얼마 되지 않았지. 이 세계에 관해서는 어느 정도 알고 있나?”

“시간을 내서 공부라고 해야 하나, 정보 수집 같은 건 했으니까 기본적인 거라면.”

예전에 『흑』이나 각국 정보 등에 관해 가르침을 받은 도서관 사서 페퍼와는 그 이후에도 몇 번인가 만났다.

영웅이 된다고 하니, 세계정세 등은 최소한 파악할 필요가 있다고 느꼈기 때문이다.

“그건 훌륭한데, 훌륭해. 그러면 신창(神創) 동맹에 관해서는 어떻지?”

“아아, 알고 있어.”

페퍼가 해 주었던 설명을 떠올리면서 코우스케는 작게 끄덕였다.

외눈 안경을 걸친 갈색 머리 미인은 말했다.

‘네 세계에서는 실로 다종다양한 종교가 있었지. 하지만 이 세계에서는 종교라고 하면 대개 아클레어 신교를 가리켜. 어디까지나 현재로서는이라는 이야기지만. 그중에서도 종파가── 아, 이건 길어지니까 생략하지. 어쨌든 아클레어 신을 신앙하는 종교가 많은 사람의 마음을 매혹하고 있어. 달트라에 한하지 않고

말이야.'

"흠. 그러면 그 발상지라고나 할까, 그것이 종교 국가 게둔드라라는 것은?"

"그것도 들었어."

'알다시피 세계 최고(最古)의 나라는 일반적으로 달트라라고 여겨지고 있어. 신의 아이와 영웅이 일으킨 나라지. 보통이라면 종교의 기원으로서 어울리는 건 달트라 쪽이라고 생각하잖아? 하지만 아니야. 어째서인가. 게둔드라의 수도——정확히는 성도라고 하는데——거기는 신이 잠들었던 장소야. 인간에게 협력하고 악신을 쓰러뜨린 신의 침소. 신이 휴식의 땅으로 선택한 신역. 신의 취침을 지키고자 모인 자들의 집단이 후에 국가로까지 발전하고, 그들의 신앙심은 종교라는 형태를 얻기에 이르렀지.'

신의 잠을 수호하여 온 사람들의 말이, 시간을 들여 사람들에게 전파되어 가는 데 위화감은 없다.

신은 실재하고, 세상에는 마물의 위협이 남아 있다. 기도를 올리는 것이 어디가 이상하랴.

"그러면 이해가 빠르겠군. 아클레어 신교에서는 인류는 하나의 군체라고 보고 있어. 간단히 말하자면 인류는 모두 형제라는 사고방식이지. 인마대전 당시 마물이라는 공통된 큰 적이 지상에 만연한 가운데, 인간끼리 싸우지 않게 하려는 방편일지도 모르고, 단순히 사실을 알렸을 뿐인 걸지도 몰라."

아득한 옛적의 신대, 악신이 이끄는 마물은 지상을 침략했다.

힘에서 달리는 인류의 무기라고 하면 지혜와 수, 그리고 내방자의 마법 정도.

적도 마법을 쓸 수 있다는 걸 고려하면 그야 확실히 내분을 일으키고 있을 여유 따위 없다.

동료 의식을 높이기 위한 말을 남기고 있는 건 진의는 어떻든 납득은 되는 것이다.

"아아, 그래서 게둔드라는 신창 동맹을 제안한 거군. 국가라는 틀이 여럿 생겨남으로 인해 '인간'에서 '어딘가의 국민'으로 나누어져서, 일찍이 신이 남겼던 말만으로는 동료 의식을 유지할 수 없으니까."

"표현은 조금 거칠지만, 대체로 그 말대로다. 가맹국 사이의 전쟁 행동을 금하는 이것은 오랫동안 정상적으로 기능하고 있었어. 대관절 약탈을 일으킬 이유가 없지. 각국에 내우(內憂)는 있어도 외환은 없고, 평화로운 균형을 유지하는 데 아무런 이론(異論)이 없었던 거야── 어느 시점까지는, 그렇게 생각하고 있었어."

분위기가 지나치게 무거워지지 않도록, 리갈은 억지로 미소를 띠었다.

그것이 도리어 그의 정신적인 피로를 느끼게 했다.

"만약 이를 깨면 교도 자격이 박탈된다……는 규칙이 있었지. 하지만 아크스바오나가 타국에 대한 침략 행위에 손을 댔어."

"그것에도 또한 복잡한 경위가 있다만…… 어쨌든 그에 의해 달트라는 국력을 강화해야만 하는 상황에 부닥치게 돼. 원래부터 광활한 국토에 많은 악령을 품고 있는 처지이기 때문에 비상시에 대비해 군비는 갖추어 놓고 있긴 했지만, 곧바로 대인 전쟁에 투입할 수 있을 리도 없고. 준비 기간의 차이는 전황과 직결되게 되었지."

이것 또한 당연하다. 철저히 준비한 자와 그렇지 않은 자가 싸우면 수가 같다 할지라도 전자가 승리하리라. 혹여 수가 배라 할지라도.

"달트라가 함락되면 아크스바오나의 세계 정복을 막을 국력을 지닌 국가는 달리 없어. 요컨대 말이다, 우리는 어떻게 해서라도 아크스바오나를 저지해야만 했어. 조금이라도 많은 전력을 찾고, 그것이 정비될 때까지 조금이라도 오래 시간을 벌어야만 했던 거다."

그것이 달트라가 라이크와 같은 문제 있는 인간을 처분할 수 없었던 이유이리라.

3년 전에 여섯 명이나 되는 영웅을 잃었다는 사실도 크게 연관되어 있을 게 분명하다.

어찌할 수 없는 인재부족에 빠져 있는 것이다.

코우스케가 라이크를 죽이려 했을 때, 반대의견이 나온 것도 수긍이 간다.

그들 입장에서 보면 이 상황에서 커다란 전력인 라이크를 내버리는 건 어불성설.

다른 사람이 찬동한 것은『흑』이『새벽』을 병합하고 거기다 코우스케가 적극적으로 달트라에 협력하는 편이 더욱 국익과 이어진다고 판단해서 그런 것.

그렇게 되면 코우스케에게 2주 정도라고는 해도 자유시간을 준 것 역시 달트라 나름의 온정일지도 모른다.

어쨌든 달트라에는 즉효성이 있는 국력 강화 및 시간 벌이가 필요했다.

"방어라면 모를까, 본래 타국에 대한 침략 행위는 용납되지 않아. 하지만 일전의 아크스바오나에 의한 타국 침략 행위와 각국의 불안한 군사력 등이 겹쳐서, 동맹국들 입장에서는 달트라는 패배하면 곤란한 나라가 되었지."

아크스바오나는 대륙의 서쪽에 위치하며, 대다수의 국가는 달트라보다 동쪽에 국토를 보유하고 있다.

즉, 그들에게 있어 달트라는 건재한 한 벽으로서 기능하는 것이다.

조력은 할지언정, 탄핵하고 있을 상황은 아니다.

"그러니까 기보르네 사람에게 무도한 짓을 해도 크게 비난받지 않는다는 건가?"

리갈에게 잘못이 없다는 걸 알고 있어도, 말에 가시가 돋치고 만다.

코우스케는 알고 있으니까. 노예들이 매정한 귀족의 미궁 공략에 이용되고, 마물에게 먹히고 있던 것을. 라이크가 자랑스럽게 이야기했던 잔혹한 짓을. 에코나가 어떻게 다루어지고 있었는가를.

기보르네 침공이 어떻게 하여 허용되었는지 따위를 들었다 한들 코우스케의 마음은 그걸 용서할 수 없다.

하지만 심정을 제외하고 생각했을 때, 이해할 수 없다고는 말할 수 없었다.

평시에 허용되지 않는 일이 비상시이기 때문에 묵인되는 건 별달리 드문 일도 아니다.

“물론 이유는 하나가 아니야. 에코나와 함께 지낸 자네라면 알아챘을지도 모르지만, 기보르네 사람이 신앙하고 있는 건 아클레어 신이 아니라네.”

추위가 혹독하여, 사냥을 하며 살아가는 민족인 기보르네 사람에게 있어 마물보다도 위협인 건 자연이다.

신격화할 것이 있다고 한다면 그건 자연 그 자체. 아클레어 신교에서 말하는 실재하는 신에 대한 신앙은 희박하다. 그리고 편의상 국가로 정의되어 있기는 해도, 명확히 정부라고 부를 수 있는 것이 없으며 당연히 국가원수도 존재하지 않는 기보르네는 신창 동맹에도 가맹되어 있지 않다.

“즉 기보르네는 가맹국도 아니고 애초에 이교도이니까, 침략해도 엄밀하게는 동맹의 규정에 위반되지 않는다는 변명이 성립하는 건가……. 머리가 돌아가는 쓰레기만큼 다루기 어려운 건 없군.”

아니, 라이크가 거기까지 생각했을지 어떨지는 의심스럽다.

추측에 불과하지만, 나중에 갖다 붙인 변명이리라.

원래 있던 세계의 역사에서도 종교적인 이유로 발발한 전쟁은 많다.

이교도를 죽이는 과격한 짓도 허용된 싸움도 몇 개나 있었다.

중요한 것은 전쟁을 벌인 쪽에선 그것이 얼마나 부당하지 않은지, 정당한지를 증명하는 것.

피해자 쪽에 있어서는 어떻든 간에, 타인이 규탄할 여지를 얼마나 줄일 수 있을지 하는 것.

그 점에 관해 달트라의 사후 대응은 능숙한 대처였다.

라이크가 아니라 국가를 지키기 위해. 하지만 동시에 기보르네 사람에게 고통을 강요하게 된 것도 분명하다.

"만약 태평한 세상이었다면 비판도 있었겠지. 자국의 이익만을 추구하는 국가로서 말이야. 아클레어 신교는 이교도를 차별하지 않아. 그렇지 않았더라면 애초에 기보르네와 우호국으로서의 관계도 쌓을 수 없었을 거야. 아크스바오나에 의한 침공이 그걸 간과할 수밖에 없는 상황을 만들고 만 것이고."

리갈이 무겁게 한숨을 내쉬었다.

"근래 아크스바오나의 확대 정책은 심해지고만 있어. 동맹 제명 권고를 받기 전에 탈퇴 선언을 하고, 마술 국가 엘소드샤랄을 침공해 이미 그 영토 절반을 빼앗았어. 저항하는 자는 죽이고, 부족한 노동력은 노예로 삼은 타국 사람들로 보충하고 있지. 반발하는 교도도 태반은 처형되었다는 이야기야. 영웅은 총

10 명이라는 말도 있고, 20명이라는 말도 있어. 요컨대 말이다, 타국은 지금 달트라를 비난할 수는 없는 거야."

달트라가 동맹에 소속된 국가 중에서도 가장 큰 군사력을 가진 나라이기 때문이다.

"달트라는 동맹국으로서 엘소드샤랄 및 로엘비나프에 파병한 상태야. 강대한 군사력도, 전쟁에 돌릴 수 있는 영웅도 적은 동맹국 국가들에겐 우리나라야말로 생명선인 거지. 그리고 영웅의 수에서 뒤지고 있는 달트라는 어떻게 해서든 영웅 획득 확률을 높여야만 했어."

라이크는 악인이고, 죄인이었다. 그건 뒤집을 수 없는 사실이다.

하지만, 그래도 영웅이었다.

동맹으로서는 자진하여 전쟁을 일으킨 아크스바오나를 용납할 수 없다.

하지만 아크스바오나는 용납하지 않아도 상관없다는 듯이 침공을 계속한다.

그에 대항할 수 있는 건 달트라뿐. 하지만 어디까지나 대항할 수 있다는 것뿐이다.

아크스바오나의 확대가 이어지면 언젠가 세력은 역전되고, 추세는 기운다.

달트라가 멸망했을 때, 그것은 동맹국들의 파멸을 초래한다.

그렇기에 라이크의 독단적인 행동도 호의적으로 받아들여지지 않는 것과 동시에 표면적인 비판도 받지 않았다.

그는 코우스케의 손에 죽었지만, 세간에 발표된 내용은 다르다.
라이크는 초난도 미궁을 공략하다 목숨을 잃은 것으로 되어 있다.
당연하다. 이 정세에 국가의 상징인 영웅이 불상사를 일으켜 처형되었다고는 공표할 수 있을 리가 없다. 국민의 불안과 불신을 부채질할 뿐만 아니라, 아크스바오나에게 틈을 보이는 것이나 다름없으니까.
공인의 죽음은 개인의 죽음으로 취급하기에는 영향력이 너무 크다. 그에 대한 취급은 말하자면 정치적 범위 안이다.
코우스케는 물론이고, 시로나 관계자들의 양해를 얻고 행한 조치다.
결과적으로 라이크는 맹장으로서 죽음을 애도 받게 되었다.
신민에게 끼치는 영향을 최소한으로 그치기 위해.
그리고 그들의 마음에 드리워진 그늘이 사라지도록, 코우스케의 존재 또한 대대적으로 알려졌다.
『새벽』을 잃기는 했으나, 『하얀 영웅』에 이은 『검은 영웅』까지 달트라에 재림했노라고.
"이해는 했어. 납득이 될지는 별개이지만 말이야."
"그거면 족해. 오히려 그래야만 하는 게 정상이다. 마음마저 전쟁을 정당화한다면, 우리를 아크스바오나와 구별 짓는 유일한 것이 상실되고 마니까 말이지."
리갈은 자조하는 것처럼 입가를 일그러뜨렸다. 그 자신이 전혀 납득하지 못하고 있는 것이리라.

그래도 공격해 오는 적을 앞에 두고는 싸울 수밖에 없고, 일어나 버린 일에는 대응할 수밖에 없다는 걸 알고 있으니까 그렇게 하고 있는 것이다.

이상론도, 정의도 현실로 만들 수 없다면 허언에 불과하다. 현실도피와 규탄을 위해 이용되는 그것들에 비하면 해야만 할 것을 하고, 하지 않으면 안 되는 걸 하는 인간이 훨씬 더 유익하다.

코우스케는 영웅이다. 그렇게 되는 걸 받아들이고, 역할을 수락했다.

하지만 망설임이 없다고 하면 거짓말이 된다.

여동생의 원수를 갚기 위해서라는 것과도 다르다. 자신들을 죽이려 하는 마물을 쓰러뜨리는 것과도 다르다.

적이라는 이유로 타인의 목숨을 계속해서 빼앗는 것.

코우스케의 마음은 그것을 순순히 승낙해 주지는 않는다.

그런데도, 마차는 나아간다.

시간과 마찬가지로, 코우스케에게 결단을 강요하고자.

그로부터 얼마 뒤, 왕성에 도착했다.

운전사 남자는 리갈의 부관이기도 한 모양이라, 그의 안내하에 두 사람은 왕성 안을 나아갔다.

이윽고 좌우 여닫이문 앞에서 부관이 멈춰 섰고, 문을 열었다.

리갈이 "음" 하고 끄덕이고, 안으로 들어갔다. 코우스케도 뒤따랐다. 마지막으로 부관이 입실하고 문을 닫았다.

넓은 공간 중앙에 원탁이 배치되어 있다. 원 중심이 도려내어져 있고 희안한 장치가 설치되어 있다. 탑을 연상케 하는 디자인의 기계다. 끝부분에 거대한 수정 같은 것이 떠올라 천천히 회전하고 있다.

자리는 이미 다섯 개까지 채워져 있고, 다섯 명 중 두 명의 뒤에는 부관이라 여겨지는 사람이 대기하고 있었다.

"……쿠로, 늦어. 자, 내 옆에, 앉아."

탁, 하고 옆자리를 두드린 건 영웅을 그만두고 싶어 하는 영웅 크윈. 회의에 참석한다고 하여 그녀의 복장은 하얀 예장이다.

크윈을 영웅의 자리에 계속해서 옭아매고 있는 것 또한 대륙의 정세가 크게 연관되어 있다.

"자자, 오라버니. 제 옆이자 언니의 옆이기도 한 이 자리에 앉아 주시어요?"

유혹하는 것처럼 미소 짓는 건『작단의 영웅』파르페.

"내 옆도 비어 있어~."

농담조로 그렇게 목소리를 높인 건 정신 조율 마법의이자『신유의 영웅』이기도 한 여성 엘피.

연분홍색 머리카락과 눈동자를 지녔고, 오른쪽 눈의 눈물점과 간질이는 듯한 표정이 요염하다.

테가 가느다란 안경을 쓰고, 머리나 눈과 같은 색조의 예장을 입고 있다.

"토와 옆도 비어 있지만, 딱히 환영은 하지 않아. ……거부도 하지 않지만 말이야."

얼핏 흥미 없어 보이지만 그 후에 힐끔힐끔하며 시선을 향하는 건 『붉은 영웅』 토와.

검은 머리카락은 오른쪽 앞머리가 길게 길러져 있고, 네모나게 가공된 붉은 보석이 달린 머리 장식 네 개를 연결하다시피 하여 오른쪽 머리에 착용하고 있다.

원래 눈매가 나쁜 것도 있어 기분이 안 좋은 것처럼도 보인다. 다만 코우스케는 알 수 있었다.

입술을 삐죽이고, 길게 자란 부분의 머리카락 끝을 만지작거리는 그녀는 기분이 나쁜 게 아니라, 안절부절못하고 있을 뿐이라는 걸.

그 정도는 판단할 수 있다.

그녀는 여동생이고, 코우스케는 오빠이니까.

"이건 저도 뭔가 말하는 편이 좋을까요? 죄송합니다, 쿠로, 리갈. 제 양옆은 이미 꽉 차고 말았습니다."

무상한 표정으로 사죄한 청년은 『푸른 영웅』 루키우스.

심해와 같은 색조의 머리카락과 눈동자. 앞머리는 한가운데에서 나누어져 있고, 긴 옆머리는 고리 모양 머리 장식으로 고정되어 있다. 뒷머리도 등 언저리까지 자라 있어 전체적으로 선이

가느다란 인상을 받는다.

"내 이름을 불러 주는 건 루키우스뿐인 거냐……. 나 참, 늙은 이에게 친절하지 못한 녀석들이구만."

삐친 것처럼 말하면서, 리갈은 엘피와 토와 사이에 앉았다.

의도가 있어서 그런지 어떤지는 판단이 되지 않는다.

깊게 생각할 것도 아닌가, 하며 코우스케는 크윈과 파르페 사이에 앉았다.

자리 순서는 크윈부터 시계 방향으로 코우스케, 파르페, 토와, 리갈, 엘피, 루키우스다.

리갈이 부자연스럽게 헛기침을 했다. 시작한다, 라는 신호이리라.

"그러면 지금부터—— 영웅 회의를 개시한다."

회의는 예상보다도 빨리 진행되었다.

"그러면 정리하지.

『벽력의 영웅』인 내 담당은—— 기보르네와의 화평 교섭. 그리고 교섭이 매듭지어지는 대로 엘소드샤랄로 향한다.

『푸른 영웅』 루키우스 및 『신유의 영웅』 엘피의 담당은—— 초난도 악령 『암흑 미궁』 코퀴쿠스토스 공략. 주로 루키우스가 전투를 담당하고, 해당 미궁을 공략하는 데 필수인 조율을 엘피에게 일임.

그 후 두 명은 별도의 명령이 내려질 때까지 대기하는 것으로 한다.

『작단의 영웅』 파르페의 담당은—— 로엘비나프 전역(戰役).

그랑드골 장군의 지휘 아래로 들어가라.
『하얀 영웅』 크윈의 담당은── 요전에 구조 변화가 확인된 초난도 악령 『옥염(獄炎) 미궁』 플레게트스라, 『고충 미궁』 아케론, 『준별 미궁』 에레가스뉙스 공략.
『검은 영웅』 쿠로 및 『붉은 영웅』 토와의 담당은── 고난도 악령 『공간 미궁』 파이 공략.
이상이다. 뭔가 하고 싶은 말이 있는 사람 있나?"
다들 아무 말 없었기에 코우스케는 손을 들었다.
"음. 신선해서 좋군, 쿠로. 손은 들지 않아도 돼."
코우스케는 손을 내리면서 얼버무리는 것처럼 헛기침했다.
그러고 나서 입을 열었다.
"우리만 고난도인 건 어째서지?"
배정된 임무는 주로 초난도 **악령** 공략과 전역(戰域) 투입이다.
본래 현대 영웅의 임무라고 하면 전자다. 악령에 도사리는 마물은 지상으로 기어 나올 수 있다. 그걸 사전에 막는 것이 공략자의 중요한 역할 중 하나다.
특히 영웅 규격이 아니고서야 공략도 쉽지 않은 초난도 지정이라면, 마물의 진출로 인한 피해는 재해에 필적하는 것이 된다. 실제로 3년 전, 그에 의해 여섯 명의 영웅이 목숨을 잃었다.
코우스케가 처음 미궁으로 들어갔을 때와 마찬가지. 맨티코어를 연상시키는 수호자 크레센메메오스와 대치한 코우스케는 에코나와 시로가 도망칠 수 있도록 녀석과 정면으로 맞섰다.

단순히 상대하는 것뿐만이라고 한다면 방법은 얼마든지 있지만, 코우스케가 막지 않으면 크레센메메오스는 표적을 소녀들로 변경했을 것이다. 누군가를 지키는 싸움은 자신의 전법 선택지를 몹시 좁히는 것이다.

지상에 나타난 초난도 악령 마물의 맹위에서 무력한 사람들을 지키려 한 결과, 여섯 명의 영웅을 잃었다.

행동을 제한당하면 영웅이라 할지라도 목숨을 잃을 정도의 위협. 전시에도 미궁 공략이 우선이라는 건 수긍할 수 있다. 그건 아크스바오나도 마찬가지.

딱히 전장으로 내보내 달라는 말은 아니지만, 초난도 미궁 공략을 명령받는 것 정도는 상정하고 있었다.

"네 공략 실적은 저난도 악령까지잖아. 아니, 현재는 중난도였던가. 어느 쪽이건, 단계를 밟을 필요가 있다고 판단됐어. 즉각적인 전력인 건 분명하지만, 조금이라도 조정은 필요하다고 말이야."

"그래서 토와가 따라와 주는 건가. 모두가 초난도 미궁에 들어가거나, 전쟁을 하는 사이에."

"그래."

코우스케의 시선을 정면에서 받아들이며, 리갈은 미소를 지우고 말했다.

"쿠로. 너의 실력은 의심하지 않아. 염려하고 있는 건 전쟁에 적성을 가졌는지 어떤지다."

"________."

"알고 있겠지만, 너를 얕보고 있는 건 아니야. 하지만 말이다, 적성도 파악되지 않았는데 전장에 투입할 수는 없는 거야. 싸우는 게 맞지 않는 사람에게 전황을 맡길 수는 없어."

간파당하고 있었다.

리갈에게도, 왕실에도. 아니, 애초에 당연히 생각해야 할 문제라는 것이리라.

내방자 중에는 전쟁 경험자도 있겠지만, 모두가 그런 건 결코 아니다.

코우스케처럼 전쟁을 경험하지 않은 세대의 사람이 보내지는 경우도 많을 것이다.

그런 사람이 영웅 규격이었을 때, 단순히 강하니까 전쟁에 이용하자고 생각하는 쪽이 어리석다.

사람이 적이라는 것만으로 사람을 죽이는 행위는 정상에서 벗어나 있다.

모든 인간이 군인의 임무를 수행할 수 있는 것이 아니듯이, 영웅이라 해도 병사로서 일할 수 있는지 반드시 확인하여야 한다.

경시나 과보호도 아니거니와 모욕도 아니며, 필요한 순서를 밟고 있는 것뿐이다.

이 세계에서의 경험을 쌓게 함으로써 분별해 낼 셈인 것이리라.

다행히 콘택트렌즈 타입 만능기기인 글래스에 의해 공략할 때의 영상도 기록된다. 판단 재료는 싸우는 것만으로 모이는 것이다.

"지금의 달트라로 말하자면, 토와나 엘피는 전사에 어울리지 않아. 하지만 그건 결코 부끄러운 게 아니야. 사람에겐 각자 적성이 있으니까."

"……하지만 나라가 『흑』에 기대하고 있는 건 전투력이잖아."

"부정은 않겠지만, 우선은――."

"죽일 수 있어."

회의실의 분위기에 균열이 간 것만 같았다. 혹은, 긴장이 고조된 것인지.

"라이크를 죽였어. 자국 사람이고, 영웅인데. 적이라고 판단했으니까, 죽였어. 죽일 수 있었어."

초조함이 있었다.

코우스케가 이 세계에서 살고자 한 것은 토와도 전생했을지도 모른다고 생각했기 때문이다.

그녀는 엘피에 의해 기억이 봉인됨으로써 정신의 안녕을 유지할 수 있고, 코우스케에 대해서도 기억하고 있지 않다.

하지만 그래도 재회할 수 있었다. 자신은 오빠이고, 토와는 여동생이다.

한때 자신의 태만으로 여동생을 잃었기 때문에, 이번에야말로 오빠로서의 책무를 다하고 싶다.

자신이 죽게 만들고 말았기 때문에, 두 번째 인생에서는 행복한 길을 걸어 주었으면 한다.

하지만 지금은 전쟁 중이라고 한다. 지면 어떻게 되지?

토와뿐만 아니다. 시로나 에코나, 술집의 모든 이, 코우스케에게 친절하게 대해 주었던 모든 사람들은.

불행해진다. 최악의 경우에는 살해당한다.

싸울 힘을 지닌 코우스케가 적성이 없다고 판단되는 것이 그 원인 중 하나가 될 가능성만은, 절대로 받아들일 수 없다.

“그게 필요하다면, 할 수 있어. 나는 괜찮아.”

“쿠로, 너…….”

“적성 판단이 필요한 건 알았어. 하지만 시간을 들일 필요는 없어.”

리갈은 복잡한 표정으로 탁상에 시선을 떨궜다. 망설이고 있는 것이다.

“문제없지 않나요? 오라버니라면 괜찮겠지요. 제게 이겼을 정도이고요.”

“그러네. 엄청 여유로운 것도 아니니, 단계를 생략하는 정도는 괜찮지 않을까? 쿠로도 마법을 다루는 데 익숙해지기 시작했고, 시련에 도전하는 걸 허가해 주는 게 어때?”

“토와는 아직 반대야. 이곳에 온 지 얼마 안 됐어. 아무리 쿠로가 색채 속성 보유자라고 해도…….”

“어렵군요…… 리갈의 말대로 실력에 불안은 없습니다. 하지만 토와의 말대로 성급하다는 것도 부정할 수 없군요.”

“……나는, 딱히, 어느 쪽이든.”

다섯 명이 각자의 생각을 말했고, 짧게 신음한 리갈이 고개를 들었다.

"너는 아크스바오나가 침략을 개시한 이유를 알고 있나?"

"……그래."

아크스바오나는 딱히 뜬금없이 침략을 시작한 건 아니다.

아클레어 대륙은 동서남북 순으로 습한 땅 · 메마른 땅 · 온난한 땅 · 한랭한 땅, 그리고 중앙이 비옥한 땅으로 되어 있다.

아크스바오나의 국토는 그 태반이 불모의 대지인 것이다.

역대 아크스바오나 황제는 그 문제를 개선하는 데 힘을 쏟았지만, 기껏해야 임시방편밖에 되지 못했다.

필연적으로 부족한 농작물은 무역과 조금이나마 존재하는 기름진 토지에서 보전하게 된다.

전자는 차치하고서라도, 후자의 대상이 된 토지의 소유주들이 불만을 품는 것도 필연적. 폭발하는 때를 맞이하는 건 시간문제였다.

그리고 그것은 실제로 일어나고 만다.

로엘비나프 독립전쟁이다.

하나의 국가, 그 영토 내에 있는 일부 지역이 풍족한 우량 자원 때문에 과잉 징수당하는 것도, 그에 참지 못하고 독립을 목표로 하는 것도 허무맹랑한 이야기는 아니다.

여기까지는 아크스바오나 국내 문제.

하지만 달트라는 로엘비나프의 독립에 협력했다.

괴로움에 신음하는 사람들을 구제한다는 대의명분 아래, 지원이 이루어지고 독립이 달성되었다.

구제받은 사람은 많았다. 하지만 근근이 살아가던 사람들은 더욱 괴로운 상황에 부닥치게 되었다.

선악을 논하는 건 무의미하다. 적어도 지금 이 자리에서 코우스케가 이야기하는 것에 의미는 없다.

누군가를 구하는 것이, 다른 누군가를 괴로운 지경에 빠뜨리는 것으로 이어진다.

상냥한 허구와는 달리, 현실의 구제는 따뜻함만으로는 끝나지 않는 경우가 많다.

이에 대하여 선대 아크스바오나 황제가 선택한 것은── 체념이었다.

포기한 것이다. 황족과 일부 권력자를 오래 생존시키는 것을 최우선시하고, 제국 국민을 저버렸다.

번영은커녕, 국가를 유지하는 것의 포기.

이에 대해 당시 황태자였던 현 아크스바오나 황제는 선제를 시해하고, 황제 편에 섰던 모든 자를 처형했다.

그리고 선언한 것이다── 자신은 백성을 행복하게 만들겠노라고.

민심을 생각하면, 자신들을 배신한 정부를 타도하고, 구제를 선언한 그에게 절대적인 지지가 모이는 것도 당연한 일이다.

그리고 메마른 토지밖에 가지지 못한 그들이 로엘비나프를 원조한 달트라나 그를 제지하지 않았던 각국에 대해 교섭의 여지를 찾아내지 않으리라는 것도, 그 끝에 침략 전쟁을 선택하리라는 것도 이해할 수 없는 것은 아니다.

"리갈…… 그한테 그 이야기는?"

"아니, 아직 하지 않았어. 그거야말로 시기상조라는 것이지 싶어서."

루키우스와 리갈이 작은 목소리로 말을 나눴다. 내용을 묻기 전에 리갈이 코우스케를 똑바로 바라봤다.

"알면서도 여전히 달트라 편에 서겠다고? 그것이 무얼 의미하는지, 이해 못 할 자네가 아니잖나."

어느 쪽이 옳다고도, 잘못되었다고 할 수 없다. 그렇게 되면 어느 쪽에 붙을지는, 대부분 출생지에 따라 결정할 것이다. 이 나라에서 태어났으니까. 거기서 애국심이나 사랑하는 사람을 지키고 싶다는 마음 등 싸울 이유를 생각해 내는 경우는 있어도, 대다수 병사에게 선택의 자유는 없다.

하지만 내방자는 다르다. 전이된 국가에 협력할 의리는 조금도 없다.

달트라에 협력한다면, 그 책임을 고스란히 스스로 짊어지게 된다.

황제를 믿고 자국을 풍요롭게 만들고자 싸우는 아크스바오나 병사를 죽인다는 선택의 책임을.

그런 의미에서 토와가 적성이 없다고 판단된 것은 코우스케에게 있어 기쁜 일이었다.

적어도 여동생이 살인에 이용되지는 않으리라는 것이니까.

"그래. 나는 내 의사로 달트라 편에 서겠어. 그게 아크스바오나를 적대하는 행위라 하더라도."

싸울 이유는 이미 충분하고도 넘칠 정도로 수중에 있었다.

"그러냐……."

무거운 침묵이 깔린다.

이윽고 긴 한숨이 그것을 깨뜨렸다.

"잘 알았다. 그러면 명령을 변경하지. 쿠로 및 토와 두 명은 초난도 **신역**『정원 미궁』클로리스로라 공략으로 향하라. 변경에 관해서는 내가 왕실에 보고해 두겠다."

……신역?

"잠깐, 리갈?!"

코우스케가 의문스럽게 여기는 와중에, 토와가 당황한 기색으로 일어서 이의를 제기했다.

"오오, 토와. 왜 그러지."

"왜 그러지가 아니야! 아무리 그래도 시련은 너무 이르잖아!"

초난도 악령이 아니라 신역이라는 것, 조금 전부터 듣는 시련이라는 단어. 코우스케는 모르겠지만 특별한 의미가 있는 모양이다.

"본인이 그걸 바라고 있어. 다른 사람의 추천도 있고. 애초에 제지해도 듣지 않을 거다."

"그렇다고 해도!"

토와가 코우스케를 찌릿 노려봤다. 하지만 그 시선에 깃든 건 걱정이었다.

코우스케가 오빠라는 건 기억하고 있지 않아도, 지인으로서의 쿠로라는 소년을 염려해 주고 있는 듯하다.

"……걱정해 주고 있는 거야?"

화끈, 하고 그녀의 얼굴이 빨개졌다.

자리에서 일어서서까지 소리친 자신을 되돌아보고, 새삼 부끄러워진 모양이다.

"하, 하아? 아니거든요? 걱정 따위, 전혀, 요만큼도 안 했습니다만? 어울려 줘야 하는 이쪽 처지도 되어 봤으면 하는 것뿐이니까!"

"그러면, 내가, 갈래. 순서가 바뀔 뿐, 이니까."

크윈이 무표정으로 제안하고, 리갈이 끄덕였다.

"흠, 그렇군……네가 그렇게 말한다면야——"

"크윈은 임무가 쌓여 있잖아! 토와가 갈게. 뭐, 후배를 돌봐주는 건 선배의 역할이라고도 할 수 있고? 이걸 계기로 상하관계를 확실히 가르쳐 주는 것도 좋을까나, 같은."

"신경 안 써도, 돼. 싫으면, 내가 대신할래. 나, 싫지 않으니까."

"~~!, 토, 토와도 딱히 싫다고는 안 했거든?"

"……큭, 저도 오라버니랑 함께 가고 싶은데……!"

"그래그래~, 거기 사랑에 눈먼 소녀 세 명, 진정하자고요."

엘피가 입가에 유쾌하다는 듯이 미소를 띠며 가볍게 손뼉을

쳤다.

"쿠로는 여전히 인기인이군요."

루키우스가 넋을 잃을 것만 같은 웃는 얼굴로 말했다.

여성진의 이야기는 아직 계속되고 있었지만, 리갈은 질린 것처럼 쓴웃음을 지으며 마무리를 지었다.

"문제없이……는 아니지만, 이야기는 정리됐군. 그러면 이로써 폐회토록 하지."

◇

"그런데 리갈. 쿠로한테도 역시 할 생각입니까?"

회의가 종료되어 기분 탓인지 이완된 분위기 속에서, 루키우스가 쓴웃음을 지으며 물었다.

미청년의 물음에 리갈은 "물론!"이라고 대답하고는 호쾌하게 웃었다.

"하다니, 뭘? 환영회라도 해 주는 건가?"

코우스케는 고개를 갸웃하며 주위 사람들을 둘러봤다.

토와는 어이가 없다는 듯한 표정을 짓고 있다.

엘피는 "남자는 그런 거 정말 좋아하네~"라며 유쾌하게 미소 짓고 있었다.

크윈은 내키지 않는 듯, 초점이 잡히지 않은 시선으로 허공을 바라보고 있다.

파르페가 일어서서 눈동자를 반짝이며 코우스케를 봤다.

"오라버니! 지금이야말로 오라버니의 힘을 알릴 때예요!"

그 대사로, 이어질 전개가 왠지 모르게 파악된 코우스케였다.

"아~, 즉 리갈과 신입인 내가 모의전이라도 하는 건가."

과연. 확실히 행사로서는 재미있다.

신입이 선배에게 한 수 가르침을 받는다는 건 형태는 다를지언정, 어디에든 있는 통과의례이리라.

혹은 그래, 이것도 하나의 적성 시험일지도 모른다.

자타가 공인하는 전사인 리갈과의 싸움에 어떻게 도전할 것인가. 직접 싸워 봄으로써 보이는 것도 있으리라.

어떠한 의도가 있든지 간에, 코우스케한테 거절할 이유는 없다.

"호오……! 파르페하고 있었던 일은 들었지만, 싸움이라고 들은 순간 그 눈이라니, 자네 꽤 잘 알고 있구만. 루키우스에게도 이만한 기개가 있다면 좋겠는데 말이야."

"다툼은 피하는 게 제일이다, 라는 게 제 지론입니다. 그건 변함이 없어요."

루키우스는 조금도 무너지지 않는 미소에, 흔들리지 않는 의사를 담아 말했다.

싸움을 선호하는 파르페와 달리, 루키우스는 불가피한 싸움에만 응한다는 태도인가.

하지만 코우스케는 이전에 그가 라이크의 전략급 마술을 한순간에 소멸시킨 걸 목격했다.

루키우스에 한해서는 변명 같은 게 아니라 단순히 성격의 문제라는 걸 이해할 수 있었다.

코우스케는 책무를 다할 힘을 가졌다면, 주의 · 주장이 다르다고 해서 문제는 없다고 생각한다.

"균의 투기장을 빌려 놓았다. 다들 곧바로 가자고! 크하하!"

파르페를 제외한 여성진과 루키우스는 내키지 않는 것 같지만, 저항도 하지 않았다. 저항해도 헛수고라는 걸 깨닫고 있기 때문일지도 모른다. 쓴웃음을 지으며 코우스케도 모두의 뒤를 따랐다.

그러자 금방 왼팔에 파르페가 달라붙고, 오른팔에 크윈이 매달렸다.

재미있어한 엘피가 뒤에서 코우스케 목에 팔을 감았다.

세 종류의 좋은 향기가 코우스케가 들이쉬는 공기에 섞인다.

오른팔과 등에 닿는 물컹한 감촉에 의식이 집중되고 말 것만 같았다.

안타깝게도 왼팔은 딱히 그런 게 느껴지지 않는다.

"흠……. 쿠로, 너는 시로라는 여자와 연인 사이라고 들었는데? 아니, 됐어. 구구절절 말하지 않아도 알아. 요컨대 나랑 동류라는 것이잖은가."

"아니거든? 착각하지 말아 줘……."

다 같이 나아가는 와중에 스쳐 지나가는 사람들이 기이한 눈으로 쳐다봤다.

"부끄러워할 게 뭐가 있나. 달트라는 일부다처제를 채용하고 있어. 죄가 아니야. 금전적인 문제로 많은 가정을 부양할 능력이 부족하기 때문에 일반적으로는 침투되어 있지 않지만, 너라면 아내를 열 명을 들이건 스무 명을 들이건 어떻게든 되겠지. 네가 있던 세계에도 그런 말이 있지 않았나? 뭐라더라, 영웅……."

"……호색?"

"그래! 애초에 수컷이란 건 암컷이 자기 아이를 낳게 만들고 싶어서 견딜 수 없는 존재라고. 그걸 이성이나 규칙으로 제어하고 있을 뿐인 거지. 많은 여자를 행복하게 만들 수 있다면야, 그렇게 하는 게 뭐가 나빠! 과거 세계의 규칙에 얽매여 있는 거라면 시시하다, 쿠로! 자신의 본능에 따라 여자를 사랑하도록 해!"

그가 하는 말은 별반 잘못되지 않은 것처럼 느껴졌다.

"훌륭한 말이에요! 오라버니 정도 되는 분이 한 명의 여자로 만족하시다니, 그거야말로 모독직이에요! 그릇에 걸맞은 교제를 해 주시겠어요?"

다만 잘못되지 않아도, 옳더라도, 코우스케가 받아들일 수 있는가는 또 다른 이야기다.

"본능은 모르겠지만, 나는 내 의사로 선택하고 있어."

코우스케는 그렇게 말하면서 세 사람을 살며시 뿌리쳤다.

리갈은 한순간 의아해한 뒤, 껄껄 웃었다.

"그런가, 그런가! 시로라는 여자는 행복한 사람이구먼! 자자, 여자 영웅들, 쿠로에게서 떨어지라고. 득 볼 거 없으니까!"

"……그래도, 난, 쿠로, 좋아해."

"저도 사모하고 있답니다!"

"나는 흥미진진하다는 느낌일까나~."

루키우스는 자신과는 상관없다는 듯한 표정으로, 토와는 떨떠름해 보이는 표정으로 그걸 보고 있다.

"……파르페 말이야, 쿠로를 오라버니라고 부르는 거 그만둬 주지 않겠어? 토와, 어쩐지 부글부글해."

그건 아마도 자신의 오빠를 다른 누군가가 오라버니로서 흠모한다는 상황에 대한 위화감이리라. 기억은 잃었어도 무의식적으로 느끼고 마는 걸지도 모른다. 기억이 수반되지 않기에 단순한 위화감으로 남는다.

"오호호. 그러면 당신도 그렇게 부르면 되지 않나요? 자아, 말해 보세요. 쿠로 오라버니, 라고."

자랑하는 듯한 표정과 함께 도발적인 말을 하는 파르페.

"하, 하아? 딱히 토와는 그런 거 아니고. 애초에 토와랑 쿠로는 같은 나이이고. 아니, 그보다 애초에 파르페는 연상이잖아! 여러모로 이상하잖아!"

토와는 뺨을 약간 붉게 물들이고는 초조해하는 것처럼 받아쳤다.

"훗, 어리석군요. 토와. 남매나 자매라는 표현은 딱히 혈연에 한정되는 게 아니랍니다? 나이 차이와 무관하게 세상에는 사형이나 사저라는 말도 있으니까요."

코우스케는 조금 감탄했다.

예를 들면 두 사람이 같은 사람을 사사했을 때.

가르침을 청하는 게 늦은 쪽이 사제, 사매가 된다. 거기에 나이는 무관하다.

연하인 사형이라는 건 현실적으로 성립하는 것이다.

자기보다 위인 영웅이라는 의미로 언니 · 오라버니라고 부르고 있는 거라고 한다면, 과연 수긍할 수 있는 이유이기는 하다.

사람을 나이가 아니라 실력만으로 보고 있다는 것도 단순하며 시원시원하다.

"그러면 어째서 쿠로랑 크윈만인 거야. 엘피랑 리갈 같은 경우는 선배 영웅이잖아."

전생한 순서는 잘 모르지만, 그 말투나 지금까지의 정보를 참작하면 리갈 · 엘피 · 파르페 · 루키우스 · 토와 · 코우스케라는 순서라는 모양임을 알 수 있다.

크윈은 내방자는 아닌데, 과연 몇 살 시점에 영웅이 된 것일까.

코우스케의 의문과는 상관없이, 두 사람의 대화는 계속되었다.

"엘피는 이렇다 할만한 전투 능력을 갖추고 있지 않잖아요. 리갈은 강하다는 건 인정할 수 있지만, 불손하게도 저를 어린아이 취급하는 점이 몹시 마음에 들지 않아요. 루키우스는 애초에 싸움에 응하지 않고, 토와 당신에 이르러서는 순수하게 —— 약해서 말할 거리도 못 된답니다."

파르페의 발언에 토와의 관자놀이가 움찔움찔 경련했다.

"……이거 좀 화나네. 지금은 그럴지도 모르지만, 금방 따라

잡아서 찍소리도 못하게 만들어 줄 거니까."

화가 나 있을 텐데, 토와는 허세를 부리지 않고 자신의 부족함을 인정했다. 그런 한편으로 향상심을 내보인 그녀에게 파르페도 즐거운 듯이 미소를 지었다.

"기대하지 않고 기다리도록 하겠어요."

그 후 일행은 왕성 밖으로 가서, 부관들이 선도하는 형태로 얼마간 걸었다.

부관들이지만, 철저히 그렇게 하고 있는 것인지 대부분 입을 열지 않고 있다.

리갈, 루키우스, 파르페 세 명에게는 부관이 있지만, 다른 세 명은 대동하고 있지 않다.

물어보니 영웅은 각각의 재량으로 소수 부대를 편성하는 허가가 주어져 있다던가.

예전에 라이크 건으로 루키우스의 도움을 받았는데, 그때 동원된 병사가 그것이었으리라.

"그러고 보니, 조금 전에는 미처 못 물어봤는데…… 시련이라는 건 뭐지?"

코우스케의 의문에 대답한 건 루키우스다.

"알고 계시는 바와 같이, 신역은 신의, 악령은 악신의 지배 영역입니다. 악령 공략이라는 건 마물 토벌을 가리킵니다만, 신역에 마물은 서식하고 있지 않습니다. 그 장소에 있는 건 신의 시련이에요."

"……마물을 쓰러뜨리는 게 아니라, 그 시련이라는 걸 돌파하는 게 공략이라는 말인가?"

"그렇습니다. 시련을 돌파함으로써 공략자는 마법구와 가호를 얻을 수 있습니다. 하지만 시련을 돌파하지 못했을 경우, 이후 그 신역에 도전할 권리를 잃고, 게다가 저주를 받게 됩니다."

"……저주라. 온당치 못하네."

"이 경우 저주의 내용은 금제에 가깝다고 할 수 있겠지요. 일정 기간 스테이터스에 이상이 발생하는 게 많고, 평생 남는 저주가 확인된 예는 없습니다."

즉, 하나의 신역에 한 사람이 들어갈 수 있는 건 한 번뿐. 실패하면 벌칙이 있다는 건가.

"토와는 왜 당황했던 거지? 시련이라는 게 그렇게까지 가혹하다는 건가?"

이름이 나온 토와는 조금 전의 일을 떠올렸는지 얼굴이 약간 빨개져서는 부루퉁하게 말했다.

"시련이라고 해도, 그런 건 거의 무리니까……. 애초에 초난도 미궁의 평균 권장 공략 레벨은 영웅 규격 기준으로 20이거든? 쿠로 지금 몇이더라?"

"으음, 어제 또 올라서, 지금은—— 9네."

한순간. 지금까지 표정의 변화조차 보이지 않았던 부관들까지 포함해 전원이 멈춰섰다.

"……뭔가 이상한 말이라도 했나?"

"이, 이상한 말이라고 할까……."

토와가 아연실색하고 있다.

"……쿠로, 이 세계에서 레벨이 지니는 의미에 관해서는 알고 있습니까?"

"그래. '본인의 성장 한계점'을 '100'이라고 정의했을 때의 현재 수치잖아."

"……그 말대로입니다. 가령 라이크는 56이었습니다만, 이건 그가 전생한 이후부터의 기간을 고려해도 상당히 우수한 숫자입니다. 그렇지만 조금 전의 설명으로부터 아실 수 있다시피, 우월한 레벨이 반드시 우월한 실력으로 이어지는 건 아닙니다."

그것도 그렇다. 성장 한계점은 개인마다 다른 게 당연하니까 레벨 등의 스테이터스에도 자질에 따라 차이가 크게 생겨나는 것이리라.

"현재 리갈이 61, 제가 42, 크윈이 41, 파르페가 35, 엘피가 27, 토와는 21입니다. 토와는 내방 5년째입니다만, 이건 매우 순조로운 페이스라고 할 수 있겠지요."

레벨이 오를 때마다 상승에 필요한 성장치가 많아진다면, 대부분의 게임 등이 그렇듯이 레벨이 높아질수록 레벨 업은 어려워진다.

내방 1개월 미만에 9라는 건 어쩌면 나름 우수한 부류일지도 모른다.

"현재 당신의 능력은 영웅 규격이라는 걸 고려해도 9 정도의 수준이 아닙니다."

"…………다시 말해서?"

"레벨과 실력이 맞지 않는 겁니다. 이유는 불명이지만……저희가 품고 있는 감정을 한마디로 표현한다면…… 장래가 두렵다, 라는 게 될까요."

"그건……."

뭐라고 하면 좋은 걸까.

짐작이 가는 점은── 없다고는 할 수 없다.

코우스케가 지닌 『흑』은 타인의 힘을 자신의 것으로 만든다.

가령, 『집어삼킬』 때마다 『성장 한계점』이 경신되는 거라고 한다면?

후천적으로 얼마든지 다른 요소를 추가할 수 있는 코우스케이기 때문에, 한계 같은 건 얼마든지 변할 수 있다. 어떤 능력을 얻기 전후로 『성장 한계점』에 변경이 생기는 건 당연하다.

그 결과 레벨 100은 멀어지고, 레벨별 스테이터스는 통상적인 경우보다도 높아진다.

강해질 때마다, 얻은 힘의 성장 한계가 레벨 진단에 고려되는 것이니까.

"뭐…… 딱히 문제가 없는 모양이라면 다행이군."

코우스케가 픽 웃자, 미묘한 분위기가 흐른 뒤 리갈이 크게 웃었다.

"큭, 하하핫! 정말로 거물이구만. 남들과 다른 걸 두려워하지 않고, 우월하다고 교만하지도 않을 줄이야!"

당장에라도 배를 움켜쥘 것만 같을 정도로 크게 웃는 리갈 외에도, 파르페는 두 손을 모으며 도취한 표정을 떠올리고 있었다.

"어제의 그것이 레벨 9…… 후후후, 어쩜 이리도── 멋질까요."

교태 어린 시선을 받자, 오싹오싹오싹, 하고 등줄기에 전류가 흐르는 듯한 감각이 엄습했다.

"이건 나도 방심할 수 없겠군."

리갈이 기쁜 듯이 웃고 나서 걷기 시작했고, 다른 면면도 떠올렸다는 듯이 그에 뒤따랐다.

군 시설은 왕성에 인접해 있었다.

도착한 곳은 투기장이라기보다 연무장이라고 하는 게 용도에 맞을 것 같은 장소.

천장 없는 넓은 필드에 관객석이 배치된 시설이었다.

온 하늘 가득한 별과 달이 비추어 주기 때문에 어둡지는 않지만 약간 불안하다.

그런데 그 순간, 벽면에 설치된 기구에 일제히 불이 켜졌다.

마동식 화톳불인 모양이다.

그리고 사람의 기척이 단숨에 불어났다. 아니, 어둠이 파헤쳐짐으로써 선명해진 것이다.

"……과연, 영웅이 올 때마다 항상 하는 행사이니 사람이 모이는 것도 당연하겠지."

사전에 고지라도 하여 모은 것이리라. 구경꾼이 들어차기 시작했다.

얼핏 본 바로는 일반 서민은 없고, 군인과 귀족으로 한정된 듯하다.

영웅 취임식 식전에서도 생각한 것이지만, 양쪽이 사이가 좋지 않은 듯 각자 떨어져 있다.

"참고로 진 쪽이 모두에게 한 잔 산다는 규칙이다. 거절해도 괜찮다고."

놀리는 듯한 리갈의 말에 코우스케는 웃음으로 되받아쳤다.

"아하하. 여기까지 와서 거절했다간 관객이 폭동을 일으키겠지. 괜찮아, 받아들이겠어."

"미안하지만 봐주지는 않는다. 그래서 기록은 지금까지 나의 전승이다."

"호오, 그건 기대되는데."

코우스케의 대답이 몹시 마음에 들었는지, 리갈은 한층 크게 웃었다.

"크하하! 좋아, 좋다고 쿠로! 젊은이는 그래야지! 그래! 늙은이 같은 건 앞지르고 가라! 그 기개 좋아! 하지만 늙은이도 그냥은 지지 않는다!"

울려 퍼지는 리갈의 목소리에 반응하여 장내가 환성으로 가득 찼다.

루키우스가 심판을 맡는 모양이라, 다른 네 명과 그 부관은 조금 떨어진 곳으로 이동해 있었다.

"공평을 기하기 위해 국왕 폐하께서 내게 내려 주신 성장(聖裝)에 대해 말하도록 하지."

이 세계에서는 **마**력으로 **법**칙을 제어하는 **술**식을 가리켜 마법 · 마술이라 호칭한다.

이건 어디까지나 제어, 간섭하는 수단으로, 기존의 섭리를 뒤엎는 건 불가능하다.

불꽃을 조종할 수는 있어도, 가령 세상에 존재하지 않는 공격 수단을 창조하는 건 불가능하다.

존재하는 것에 대한 간섭이 마법의 한계라는 뜻이다.

그 너머는 신의 영역.

남들보다 상위인 권한을 권능이라 부르는데, 현재 역사에서 그 일부를 행사하는 게 허용된 혈족은 두 개 존재했다.

달트라 왕가, 아크스바오나 황가이다.

그 두 가문의 사람에게는 일부의 권능── 신업이 개방되어 있고, 한정적이라고는 해도 섭리를 비트는 것이 가능하다.

성장이라는 건 신업에 의해 초월적인 힘을 깃들인 국가의 보물을 말하는 것이다.

코우스케가 이전에 하사받은 보검 『흑사무쌍』은 불괴, 즉 『절대로 파손되지 않는다』는 파격적인 능력을 지녔다.

리갈은 자신의 왼팔에 걸친 고리를 보여줬다. 검은 팔찌 같았다.

"이름은 『일기통섬(一騎統閃)』이라고 하지. 이것 덕분에 나는 내 마법에 의한 대미지를 받지 않는 거다!"

코우스케는 한순간 의아하다는 듯한 표정을 지었다고 생각한다.
하지만 금방 이해했다.
자기 마법의 영향을 받지 않는다면 가령 자신째 주위를 폭발시키는 자폭 행위를 감행해도 상처 하나 없이 그친다.
본래 자신의 마법이 자신에게 끼치는 피해를 막기 위해서는 복잡한 마법식 설정이 불가결하다. 하지만 그렇게 하면 영웅 규격이라고 해도 마법 발동에 지연이 생긴다. 렉을 제로로 만들 수 있다면, 유용할 게 틀림없다.
"내 건 허리에 매달고 있는 이거야. 이름은『흑사무쌍』, 능력은 불괴."
서로 필드 중앙까지 걸어가서, 이윽고 조금 거리를 벌리면서 대치했다.
"리갈그레이르 브로시우스안리스 돈아우렐리아누스, 간다."
리갈이 자신의 주먹을 맞대면서, 골목대장처럼 이를 드리내며 웃었다.
환성이 사라졌다. 아니, 코우스케의 의식이 쓸모없다고 판단하여 차단한 것이다. 얕게 날숨을 내쉰다.
이건 단순한 행사가 아니다. 적어도 코우스케의 적성을 가늠할 시금석이라는 측면은 가지고 있다.
까닭에 코우스케는 보여주지 않으면 안 된다.
라이크의 빈자리를 메우고도 남을 정도의 인재라는 것을.
"쿠로노 쿠로우리스 나노란슬롯, 내 전력을 다해서 상대하도록 하겠어.”

루키우스가 팔을 올렸다가── 내렸다.

모의전이 시작되었다.

코우스케가 전신에 『흑』을 두르고, 검에 손을 댔을 때── 리갈은 이미 시야에서 사라진 상태였다.

“────!”

순간적으로 모든 방향에 『작단』을 발생시켰다. 어떠한 수단이든 요격하기 위해서.

“판단이 빠른 건 훌륭하군.”

등 뒤에서 목소리와, 뭔가가 부서지는 소리가 났다.

뒤돌아보면서 검을 뽑았고.

리갈이 웃는 얼굴로 서 있었다.

“소문으로는 들었지만…… 그새 파르페의 마법을 쓰는 건가. 아직 수행이 필요한 것 같지만 말이야.”

그녀의 기술은 하루 이틀 정도로 정복할 수 있는 영역이 아니다. 그런 건 코우스케도 알고 있다.

하지만 그렇다고 쳐도.

신속(神速)으로 움직이는 걸 포착하고, 신속보다 빠르게 움직여서, 신속으로 움직이는 걸 깨부수다니──.

순간이동으로는 『작단』을 파괴한 데 대한 설명이 되지 않는다. 즉, 순수하게 속도.

적어도 구풍(颶風)으로는 그를 쫓기에 부족한 모양이다.

뇌광이 튀고 있다. 리갈의 몸에서 방전하고 있는 것처럼.
"내 몸은 천둥소리보다 빠르지. 네가 날 따라잡을 수 있을까?"
원리는 짐작이 간다.
『뇌』 속성으로 생체 전류에 간섭하여, 사고와 정보 · 명령 전달을 가속한다.
그런 걸 해봤자 만화처럼 재빠르게 움직일 수 있을 리는 없다. 육체가 명령에 버틸 수 없기 때문이다. 하지만 리갈은 영웅 규격. 그것도 그 몸은 오랜 시간에 걸쳐 철저히 단련되어 있다.
또한, 사고 가속으로 과도하게 빨라져 있는 육체에 사고가 바짝 뒤따르고 있다.
거기다 보구다. 그것으로 인해 그의 육체는 소모는 될지언정 손상에는 이르지 않는다.
자신의 마법으로 상처를 입지 않는다. 영향을 받지 않는 게 아니라, **부상을 당하지 않는다**.
과연, 불괴의 검과 막상막하인 파격적인 능력이다.
조합이 그것을 한층 강력한 것으로 만들고 있다.
코우스케가 다시 『작단』을 발동했다. 이번에는 보이지 않는 위장도 입혔다.
"……설마, 이 정도는 아니겠지."
리갈은 눈동자에 낙담한 기색을 내비치고는, 어떻게 감지하고 있는 것인지 정확하게 『작단』을 주먹으로 깨부쉈다.
그리고, 낙담은 당혹감으로 바뀌었다.

"……이건, 너."

그도 깨달은 모양이지만, 이미 늦다.

코우스케의 육체가 뇌광에 둘러싸여, 사라졌다.

"————크!"

리갈의 신음.

그의 품에 파고든 코우스케는 퍼 올리는 듯한 검섬(劍閃)을 내질렀다.

순간적인 후퇴가 늦지 않아서, 그와의 거리가 급속히 벌어졌다.

"훗…… 아니, 미안하구만. 자네를 한순간이라도 깔본 것을 사죄하지."

"아무래도 좋아. 더 주절거릴 생각이라면, 혀를 깨물지 않도록 최대한 조심하라고."

리갈은 『작단』에 대응할 수 있다. 그러다 보니, 그는 회피가 아니라 요격을 선택했다. 만에 하나 마법식이 회피를 전제로 하여 짜여 있다면 성가시다. 가능하다면 그것이 현명하기는 하다.

그러니까, 두 번째 『작단』에는 『흑』을 섞었다. 표면상으로는 보이지 않는다. 알아차리는 건 부수고 나서.

그때에는 이미 그 자신의 주먹에서 미량이나마 마법을 『집어삼키고』 있었다.

하지만 파르페의 『작단』과 마찬가지로 기술적인 부분을 빼앗는 건 육체를 빼앗지 않는 한 어렵다.

코우스케는 리갈의 수십 분의 일이라도 훈련하여 최적의 조절

지점을 찾아야만 한다.

그게 없이는 그의 속도를 모방하는 건 본래라면 불가능하다.

코우스케가 그와 같은 영웅 규격이자 항상 사고 판단에 무게를 뒀던 것이 영향을 준 것인지, 그러한 스킬들이 뛰어났고, 조정 실패에 의한 손상을 예전에 얻은 『크레센메메오스의 마력 재생』으로써 즉시 치유 가능했기 때문에 재현은 성공할 수 있었다.

"……이 이상 창피한 모습을 보일 수도 없지. 그래, 네 말대로다. 이미 말할 필요도 없군."

리갈에게서 미소가 사라지고, 빛이 폭발했다.

밤의 어둠조차 물리치는 빛의 정체는, 번쩍인 뇌광.

그를 중심으로 발산된 뇌광의 파도가 코우스케를 덮치고, 【흑전】에 닿아―― 한순간에 소멸시켰다.

『흑』의 허용량을 초과할 정도의 마력 공격이다.

주위가 그의 마력으로 가득 차, 감지 기능이 무력화되었다.

코우스케의 시각은 어찌어찌 기능했고 대미지도 이미 치유되었으나, 리갈이 사라진 상태였다.

직후, 복부에 충격이 느껴졌다.

소년이 주위를 경계하려던 순간, 정면에서 출현한 것이다.

바로 정면에서 허를 찔려 몸이 날아갔다.

기세 좋게 걷어차인 공처럼 지면을 튀면서 굴렀다.

떨어질 때 손의 힘으로 억지로 지면을 치고, 그걸 반복함으로써 위력을 죽인다.

그 사이에도 마법식을 구축하고, 전개.

『새벽』──『광열』 속성에 의한 레이저 공격이다.

천둥소리보다 빠르다면, 음속보다 빠른 공격을 하면 그만이다.

공중을 포문 삼아 12줄기의 광선이 발사되었다.

거기에 코우스케는 『검은』 검 30자루를 공중에 전개하여 발사했다.

리갈의 주먹에서 전류가 튀어나와 짐승의 발톱을 연상케 하는 토시가 되었다.

빛의 화살과 칠흑의 검이 일제히 투사되었지만, 그를 멈출 수는 없었다.

그는 『새벽』의 궤적만을 전력으로 회피하고, 검들은 적절히 파괴하면서 뛰어다녔다.

부서진 검은 파편에서 칼날의 형상으로 변화되었다. 소형화하면서도 분열하여 다시금 추적을 개시.

리갈이 공격을 모조리 피하고 있는 이유를 뒤늦게 깨달았다.

뇌전의 격류로 인해 주위는 리갈의 마력으로 가득 차 있었다. 즉, 모든 공격은 그의 마력 속을 나아가는 것이 된다. 속도는 문제가 아니다. 시작점도, 궤도도 전부 그에게는 훤히 보이는 것이다. 총구가 겨누어진 곳에 더해, 방아쇠를 당기는 순간을 아는 것이 가능한 거나 마찬가지다. 그 정도쯤 되면 그걸로 충분하다.

반달 모양의 칼날이라고 할 수 있을【흑식】을 아무렇게나 발사했지만, 그에게는 맞지 않았다.

그리고, 그를 포착하는 데 성공했다.

"――――이, 건."

그는 근접 공격으로 유효타를 가하려 하고 있었다. 그렇다면 간단하다. 도중에 붙잡히지 않는다면, 종착점에 망을 치면 그만이다.

모든 공격은 그걸 간파당하지 않기 위한 것.

그의 발치에서 창(蒼)이 급속히 퍼져, 순식간에 허리까지 얼어붙었다.

불괴의 검을 휘둘렀다.

전류로 된 발톱을 끊고, 그의 목덜미에.

"……왜 그러지, 쿠로. 삐친 어린아이 같은 표정 하고선."

"봐주지는 않는다……? 터무니없는 거짓말쟁이군."

봐줬다기보다, 핸디캡이라고나 해야 할까. 그는 명백히 자신의 몇 가지 수단을 봉인하고 있었다.

우선 무엇보다도, 원거리 공격. 【흑전】을 벗길 수 있을 만한 공격을 연발할 수 있을 터인데, 그러지 않았다.

"그래서 화가 난 건가. 유망해, 너는. 하지만 말이다, 쿠로――항복이라고 한 적은 없다고."

귀가 그 소리를 들은 건 기적에 가깝다. 아니, 강화된 청각으로는 당연한가.

어느 쪽이건 간에, 들렸다.

아득한 상공. 구름의 영역에서 무언가가 서로 마찰하여, 뇌전이

형성되는 소리.

"──【벽력】."

『벽력의 영웅』은 거짓된 이름이 아니다.

그렇다. 까닭에 그것도 역시 가능한 것이리라.

번개의 철퇴를 내린다는 마법도.

제한을 가하고 있기는 했어도, 봐주고 있었던 건 아니라는 건 아주 거짓말은 아닌 모양이다.

주위를 자신의 마력으로 채우고, 감지 기능을 빼앗은 건 이걸 발동할 시간을 벌기 위해.

근접 공격만 한 것은 코우스케의 선택지를 요격으로 좁히기 위해.

리갈을 요격할 때, 코우스케 역시 그 자리에 머문다는 것이 된다.

상대의 발을 한순간 묶어 놓으면, 그걸로 종료. 뇌정(雷霆)은 적만을 공격한다.

그것은 뇌운으로부터 코우스케를 향해 쇄도했다.

하지만 코우스케 또한 그에 관해서 고려하지 않았던 건 아니다.

시선을 약간 위로 향한 리갈이 의아한 표정을 지었다.

그걸 형용하는 건 어렵다. 검으로 형성된 첨탑의 골조라고 하는 게 겉보기에 들어맞을까.

리갈을 쫓게 했던 흑검 및 반달 모양의 【흑식】은 그 후에 전부 상공으로 이동시켜 놓았다.

그것도 몇 개로 분열된 상태로.

소리보다 빠르게 빛이 번쩍였다.

"설마."

그의 입에서 맥없는 목소리가 나왔다. 역전의 영웅이라도 여기까지는 상정하지 않았던 모양이다.

골조 끝에 떨어진 벼락은 우선 거기서부터 네 갈래로 나누어졌다. 네 개의 검이 전류로를 나누기 위해 이어져 있었기 때문이다. 그 후에는 그것이 몇 번이고 몇 번이고 연속되었다. 『흑』은 그때마다 튀어 나가 사라졌지만, 벼락은 흑이 사라지기보다 먼저 이를 통과해 지나갔다.

그리고 소량씩이기는 하지만, 『흑』이 방대한 마력을 『집어삼켜』 갔다.

최종적으로.

찰나에 1천 갈래 이상으로 분기한 뇌전은 코우스케를 공격하지 못하고 『흑』에 삼켜져 사라졌다.

리갈이 반격에 나설 수 없도록, 그 사이에도 그에게서 의식을 떼지 않았다.

파트너가 소실된 것을 모르는 천둥소리가 그제야 공기를 진동시켰다.

"……언제부터 눈치채고 있었지?"

"눈치채고 있었던 게 아니야. 그저, 처음부터 고려하고 있었어."

"크,"

리갈의 표정이 즐거워서 어쩔 줄 모르겠다는 듯 풀어졌다.

“크크큭, 크하하! 그런가! 그렇겠지! 『벽력의 영웅』이니 말이다! 중요한 타이밍에 번개 한둘쯤은 떨어뜨리겠거니, 하고! 생각하는 게 당연하지! 이쪽이야말로 예상 당하는 걸 상정해 뒀어야 했어! 그걸 게을리했다는 시점에서, 그래! 내 패배이고말고!”

검을 물린 순간, 리갈이 다가와 기쁜 듯이 등을 두드렸다.

“좋아, 좋다고, 쿠로! 그 성장 속도! 강함! 너는 달트라 사상 가장 강한 영웅으로서 후세에 이름을 남길 거다! 내가 보증하지!”

“……그거, 고맙군.”

코우스케는 납득하지 않고 있었다.

그의 의도를 읽을 수 있었기 때문이다.

이 승부, 아니 굳이 시합이라고 고쳐 말하겠지만 그 승리는 코우스케의 것이 분명하다.

하지만 이것이 진짜 승부였다면, 결투 같은 게 아니라 죽고 죽이는 싸움이었다면.

과정은 크게 달랐을 테고, 결과는 알 수 없었을 것이다.

“모두들 보았나! 이것이 당대의 『검은 영웅』이다! 본 바와 같이 이미 나를 능가하는 힘을 가지고 있다! 안도하라! 『검은 영웅』 있는 곳에 패배는 없고, 『하얀 영웅』 있는 곳에 죽음은 없다! 우리나라는 필승의 가호를 얻었다! 아크스바오나를 타도하는 날도 머지않았다!”

리갈의 패배라는 결과에 멍해져 있던 관객이 그의 말에 촉발되어—— 환성을 폭발시켰다.

그렇다. 요컨대 정치와 군사를 담당하는 사람들에게 새로운 영웅을 인정받기 위한 의식이기도 했던 것이다.

리갈과 싸워 힘을 증명함으로써 그들은 새로운 영웅의 힘을 실감하게 된다. 실감이 되는지 아닌지는 매우 중요한 요소다. 신뢰하는 동료와 남들에게서 우수하다고 듣기만 했을 뿐인 사람 간에는 같은 일을 맡길 때 심중이 크게 달라지는 것과 마찬가지다. 실력이 같다고 해도, 사람은 자신의 감정을 납득시킬 수 있는지에 무게를 두기 마련이다.

이 때문에 그들 누구나가 인정하는 리갈을 통해 코우스케의 힘을 주지시키는 건 필수다.

적어도 이 자리에 있는 사람들이 코우스케한테 일을 맡기는 것에 불안을 품지 않도록.

언젠가 플라스가 말했던 것의 실전이다.

영웅은 병사를 고무하고, 백성을 안도시키는 존재라고.

지금 이 순간, 그의 행동과 말에 의해 틀림없이 그들은 고양되어 있었다.

사기를 진작시킨 것이다. 적을 죽이지 않고. 누군가를 욕보이지 않고.

승리했다고는 하지만 승패에 신경 쓰고 있었을 뿐인 소년과 그 너머를 바라보고 있던 남자.

승자가 어느 쪽인가는 아무래도 좋은 일이다. 틀림없이, 영웅이라는 건 그── 리갈을 가리킨다.

"쿠로, 승자가 그렇게 삐친 듯한 얼굴을 하는 거 아니다. 보라고, 모두 너를 칭찬하고 있어."

둘러보니 아는 얼굴이 이곳저곳에 조금씩 보인다. 처음 공략한 미궁 앞에 주둔하고 있는 경비대 사람들, 요전에 만난 참인 에스타와 그 부하. 당연히 토와나 영웅들도.

명실공히, 라는 말이 있다만 확실히 그건 얼마나 어려운 일인가.

영웅이라 칭하는 걸 허용받고, 영웅이라 불리고, 영웅으로서의 책무가 부과되어도, 여전히 부족하다.

사람들을 인도하고, 승리를 가져와야 비로소 영웅으로서의 실상을 얻을 수 있는 것이리라.

코우스케는 서투른 미소를 띠고, 어색하게 주위에 손을 흔들었다. 환성이 기세를 더했다.

필드 입구에서 서빙 카트 같은 손수레가 몇 대나 들어왔다.

웨이터나 웨이트리스가 미는 그것 위에는 술이 올려져 있다.

관객들이 잇따라 필드로 내려왔다.

"자아, 다들 새로운 영웅의 등장에 축배를 들자! 여태까지 공짜 술을 들이켜 왔던 만큼, 오늘 밤의 맛있는 술은 내가 사도록 하지!"

그러고 보니 처음에는 진 쪽이 사는 거라는 이야기였던가.

하지만 그의 성격상 신인에게 돈을 요구하지는 않을 터다.

실제로 다가온 루키우스가 "말은 저렇게 하지만, 우리 중 누구 한 사람도 술값을 낸 적은 없습니다"라며 귀엣말을 했다.

정말로 대단한 사람이다.

자칫하면 공포의 대상이 될지도 모를 정도의 힘을 가진 것이 영웅이라는 존재다.

그것을, 리갈은 이미 나라에 인정받은 자신과의 싸움을 모두에게 보여주고, 그 후에 자기 자신이 모두의 눈앞에서 인정한다는 장면을 보여줌으로써 받아들이게 한 것이다.

당연하지만 코우스케 자신이 '인정해 주십시오'라며 말하고 돌아다니는 것과는 효과가 차원이 다르다.

이곳에 없는 사람들에게도 소문이 퍼지게 되고, 이후의 공적 나름으로 인정받게 되리라.

최초의 허들을 한 번의 결투로 돌파시킨 것이다.

파르페가 '어린애 취급한다'라고 했던 것도 당연하다.

자신들은 그와 비교하면 정말로 어린아이에 불과하다.

그는 관점부터가 영웅이니까.

"리갈."

코우스케는 이미 알코올로 얼굴이 새빨개진 그에게 말했다.

"다음은 이기겠어."

그 말에, 리갈은 진심으로 기쁜 듯이 웃었다.

코우스케는 한동안 모여든 사람들을 상대하고 있었으나, 적당한 곳에서 양해를 구하고 무리에서 빠져나왔다.

대체로 알코올뿐이지만, 주스 종류도 조금은 준비되어 있었다.

거의 아무도 손을 대지 않은 것도 있어 꽤 남아 있다. 그중에서 사과 주스 같은 색깔의 액체가 든 잔을 두 개 들고, 코우스케는 목표 인물에게 다가갔다.

벽에 등을 대고 재미없다는 듯이 하늘을 보고 있는, 『붉은 영웅』이다.

"토와."

그녀의 머리 움직임에 따르는 것처럼, 윤기 있는 검은 머리카락이 바람에 나부꼈다.

말은 건 것이 코우스케임을 알아차리자, 그녀의 얼굴에 희미한 미소가 지어졌다.

"아, 쿠로."

"주스 가지고 왔어."

"음, 수고하였노라."

그녀는 과장되게 끄덕이고 나서, 잔을 받아 들었다.

작은 입으로 주스를 홀짝홀짝 마신다.

"이야~, 살았어. 저쪽은 남자들뿐이라 다가갈 수가 없어서 말이야."

전생 후의 그녀는 루키우스나 코우스케 같은 일부를 제외한 남성을 꺼리게 되어 있었다.

"그러면 딱히 무리해서 참가하지 않아도 되잖아."

그렇게 말하자 그녀는 코우스케의 얼굴을 힐끔 보고 나서,

주스 쪽으로 시선을 떨궜다.

"그렇긴, 한데 말이야. 왠지 모르게, 기다리고 있으면 쿠로가 오려나 싶어서."

그런 귀여운 말을 했다.

같은 대사라도 누가 그걸 말하느냐로 받아들이는 방식이 바뀐다.

신경 쓰이는 이성에게 고백받으면 기쁘지만, 싫어하는 사람에게 고백받아도 기뻐할 수 없는 것과 마찬가지.

그건 당연한 일이고 더러운 감정 따위가 아니다.

여동생한테 여동생으로서 그런 말을 들으면, 그건 오빠로서 신경 써 줄까 싶은 생각이 드는 말이다.

하지만 지금의 토와는 코우스케의 여동생이라는 기억을 잃은 상태다.

그 말은 한 명의 남자를 향해서 한 것이다.

그래서 코우스케의 가슴속에는 형용하기 어려운 감정이 생겨나, 눌러앉았다.

"조금 전부터 이쪽을 힐끔힐끔 보고 있었으니 말이지."

"알고 있── 뭐, 뭐어? 안 봤거든? 자, 자의식 과잉 아니야?"

옛날 일을 떠올렸다. 주위의 시선이 있을 때, 그녀는 코우스케에게 직접 말을 걸지 않는다.

코우스케의 시야가 닿는 어딘가에서, 낌새를 살피듯이 오빠를 본다. 코우스케 본인이나 주위 사람이 알아차릴 때까지 계속 그러고 있다. 대체로 뭔가 부탁이 있을 때이기에, 자기가 말을 걸면 응석을 부리는 것으로 받아들여질지도 모른다며 창피해하고 있었던 걸지도 모른다. 어느 쪽이건 간에, 주위는 그렇게 받아들였겠지만.

"그러냐."

"그, 그것보다! 좀 전의 거, 아주 약간이긴 하지만 감탄했어. 설마 이겨 버릴 줄이야."

"아…… 뭐, 고맙다."

이미 몇 번이고 몇 번이고 칭찬의 말을 들었고, 그때마다 어떻게든 미소로 대응할 수 있었지만, 그녀 앞에서 영웅의 가면을 쓸 필요도 없다고 판단했다.

"뭐야, 그 반응. 아아, 리갈이 진심이 아니었다고 생각하는 거지?"

"생각하는 게 아니라, 사실이야."

"우와, 오만해~. 진짜로 진심을 낸 리갈과 싸우고 싶었다는 거야?"

"그것도 있지만…… 단순히 분해."

"지는 걸 싫어하는구나."

짓궂은 미소를 띠면서 토와가 놀림조로 말했다.

"질 필요가 있다면 그렇게 할 거고, 그걸 분하다고도 생각하지 않아. 그저……."

"그저……?"

자기보다 우수한 인간은 얼마든지 있다. 싸움도 그렇고, 분야를 넓혀 가면 그야말로 무한히.

그러니까 그런 건 문제가 아니다. 중요한 건 최종적으로 목적을 달성할 수 있는가, 라는 것.

그걸 위해서 계속 생각하는 힘만은, 상정만은 뒤떨어져서는 안 된다.

하지만 코우스케는 리갈에게 있었던 관점을 가지고 있지 않았다.

그건 이후의 코우스케에게 꼭 필요한 것이고.

그걸 배울 수 있었던 건 유익하지만, 마음에 약간의 분함이 남아 있었다.

"……아니, 그러네. 지기 싫어하는 걸지도."

코우스케는 애매하게 쓴웃음을 지었다.

상대가 어떤 사람인지는 상관없다. 자신의 특기인 분야에서 뒤떨어진 게, 코우스케는 분했던 것이다.

"그건 그것대로 거물이지만 말이야. 그도 그럴 게 리갈이 상대라구? 토와는 평범하게 어쩔 수 없다고 생각해 버리는데."

"당연한 거라도, 분한 건 분한 거야."

그 대답에 토와가 부드럽게 웃었다.

"그런 거려나. 그런 걸지도 모르겠네. 저기 말이야, 그런 지기 싫어하는 남자에게 질문이 있는데."

"여자친구라면 이미 있어."

"그런 거 아니거든. 바보세요? ……아니, 그보다. 있구나."

토와는 차가운 눈으로 노려보고 나서, 약간 의외라는 듯이 중얼거렸다.

"그래. 왕가슴이고 가슴이 커."

"같은 말을 두 번 하고 있는데요. 가슴이라니, 여자친구 자랑이라고 쳐도 최저의 부류인데요."

토와가 과장되게 코우스케에게서 한 발짝만큼 거리를 벌렸다.

그녀가 어떻든 간에 기억이 없는 여동생이 이성으로 보는 건 거북하기에 그 방면에서의 평가는 낮춰 두고 싶었는데, 효과 만점인 모양이다.

"그래서, 가슴을 크게 만드는 방법이었나? 유감이지만 18살이나 됐으면 이미 성장은……."

"그런 말 안 했지? 말할 리도 없고 말이야? 애초에 신경 안 쓰니까. 화낸다?"

가까이 왔나 싶더니만, 코우스케의 발을 공들여서 꾸욱꾸욱 밟고 있다.

"벌써 화내고 있는 것 같다만."

"미소녀 영웅한테 밟히다니, 영광이잖아?"

"미소녀? 어디?"

과장되게 두리번두리번 시선을 돌리자 토와가 분한 듯이 입술을 삐죽였다.

"……열 받네~. 그쪽이야말로 시원찮은 얼굴인 주제에."

"그러냐. 현재로서는 불편함도 없고, 나한테는 이걸로 충분해."

"흥…… 어째서인지 인기 폭발이니 말이지? 팔자도 좋으셔."

그녀는 한 번 더 세게 코우스케를 밟고는, 한숨 돌린 뒤 발을 뗐다.

“그래서, 결국 질문이라는 건 뭐야? 잡설이 길다고.”

“화제를 바꾼 건 너거든? ……뭐, 됐어. 묻고 싶은 건 이유야.”

“무슨?”

“네가, 영웅이 되고 싶어 하는 이유.”

“……그런 걸 물어서 어쩌려고.”

“너라는 사람을 잘 알 수 없어. 기록으로는 무골호인처럼 느껴져. 노예를 구하고, 막 만난 참인 공략자에게 협력하고, 술집 여종업원을 구하기 위해 영웅에게도 도전하고. 영웅에게 동경하는 귀족을 동료로 삼고, 번 돈은 거의 다 기부. 기분 나쁠 정도로 선량하고, 자기희생을 마다하지 않아. 토와가 있던 세계에서는, 너 같은 사람은── 정의의 편이라고 해.”

“지나친 칭찬이군. 하지만 그건 정확하지 않아. 내가 있던 세계에서는── 자기중심적인 녀석이라고 하지.”

코우스케는 자신에 대해서만 생각할 뿐이다. 누군가를 구하는 건 코우스케의 정신 안정을 위해.

자신이 더는 후회하고 싶지 않기 때문이라는 이유 하나로 행동하고 있다.

“신경 쓰인단 말이지. 라이크와 목숨을 걸고 싸우고, 파르페와 결투하고, 리갈과 즐겁게 싸우기도 하고. 어쩌면 미궁 공략도 포함해서, 네가 전투광이기 때문일지도 모른다고 생각했어. 하지만 그것도 아니란 말이지.”

"그런가?"

"사람을 죽일 수 있냐는 이야기가 나왔을 때, 너는 말했어. '필요하다면 할 수 있다'라고. 그 말투는, 가능하다면 죽이고 싶지 않다는 것으로 들려. 불필요하다면 하고 싶지 않다는 거잖아. 싸움을 즐기는 너의 천성은 건전한 부류야. 그러니까 더더욱 알 수 없어. 너는 어째서 사람을 구하는 거야? 영웅이 되는 이유는?"

사람을 돕는 게 좋다는 것과 병사가 되는 것을 등호로 연결하기에는 요소가 너무나 부족하다.

단순히 싸움을 좋아하는 것과 죽고 죽이는 싸움을 좋아하는 건 명확히 다르다.

그런데도 어째서 나서서 거기에 몸을 드러내는 건지, 신경이 쓰이는 것이리라.

"세계를 구해 보고 싶기 때문이라든가, 그런 건 어때?"

"말하고 싶지 않다는 거야?"

처음에 영웅이라는 입장을 목표로 한 건, 토와와 다시 만나게 될 가능성을 생각해서였다.

그것이 이루어지고, 기억을 잃은 여동생을 보고 코우스케는 결심했다.

과거를 잊은 채인 그녀와 관계를 재구축하고, 그 상태에서 여동생의 행복에 공헌하자고.

이 세계에 있는 이상, 전쟁으로부터는 벗어날 수 없다. 다행인지 불행인지, 남매 모두가 영웅 규격.

선택지는 기껏해야 어느 쪽에 서느냐 하는 것이리라.

경위는 어쨌건, 침략을 그만두지 않는 아크스바오나와 노예화 등의 잘못을 바로잡으려는 의사를 지닌 달트라라면 후자 쪽이 그나마 낫다고 생각된다.

하지만 가장 큰 이유는 여동생이 달트라 쪽에 서 있기 때문이리라.

그걸 그대로 전할 수는 없다.

"아~…… 그럼, 먼저 네 쪽의 이유를 알려 줘."

"토와의?"

"그래. 남의 이름을 묻기 전에 먼저 자기 이름을 댄다. 남이 영웅이 되는 이유를 묻기 전에 먼저 자기 이유를 말한다. 상식이잖아?"

"뒤쪽은 좀처럼 없는 일이라고 생각하는데……."

"사소한 건 신경 쓰지 마. 안 그래도 키도 작고 가슴도 작은데."

"그게 무슨 상관인데? 있어도 용서 안 할 거지만 말이야. 말해 둔다. 홍두깨 세 번 맞아 담 안 뛰어넘는 소 없으니까."

"하루 세 번?"

"리셋에 기대하지 마……아아, 진짜! 그럼 먼저 토와가 말할 테니까, 잠자코 들어."

"그래, 얼른 해."

"이, 이 남자는……!"

원망스럽다는 듯이 주먹을 쥔 토와는 어찌어찌 숨을 고른 뒤 이야기를 시작했다.

"……너는 말이야, 이렇게 생각한 적은 없어? 이 세계에 전생하는 사람에게 조건이 있다고 해도, 그건 '불행'뿐만인 건 아니지 않을까, 하고."

"그건——."

생각하고 있던 것이다.

아클레어에 전생하는 자는 원칙적으로 과거에 불행을 경험한 사람이어야 한다.

하지만 신이 죽은 자를 건져 올리는 행위에 조건을 부과하고 있다 쳐도, 요소가 불행 하나라는 건 말도 안 된다. 그걸로는 무수하게 존재하는 이계에서 한정된 인간만을 선별하는 이유가 되지 않는다.

불행하다는 것만으로 전생할 수 있다면, 아클레어는 한참 전에 전생자로 미어터졌을 것이다.

그렇게 되지 않은 건, 수를 극소수로 줄일 만한 조건이나 이유가 있으니까.

하지만 그것은 생각해도 답이 나오지 않는다고 결론을 내린 것이기도 하다.

"불행한 것뿐만이 아니라, 다른 판단 기준이나 요인이 있다고는 생각했어. 방대한 수의 내방자로부터 정보를 모아서 경향을 분석하면 가설은 세울 수 있을지도 모르겠군. 그게 너와 뭔가 상관이 있는 건가?"

"그런 걸 말이지, 연구하는 사람도 있어. 마도사라고 하는 모양인데, 뭐 어쨌든 어떤 마도사가 이런 가설을 세웠어. 신은 인간의 세상에 영웅을 주고 싶은 건 아닐까, 하고."

코우스케로서는 그런 것보다 그녀가 영웅을 하고 있는 이유를 듣고 싶었지만, 이야기를 가로막을 이유도 생각나지 않았기에 일단 조금 더 어울려 주기로 했다.

"아아, 그럴듯하네. 안 그래도 초난도 미궁의 위협이 있어. 지금의 아클레어는 영웅이 없으면 존속 불가능하게 되어 있지."

"신화시대는 악신이 있었고 말이야. 아클레어 사람은 대처할 수 없는 위협에 맞설 사람이 필요했던 것 아닐까."

"답답한 방식이지. 마음에 든 현지인에게 힘을 주면 빠를 텐데. 그러지도 못할 사정이 있는 걸까. 게다가 영웅을 원하는 거라면, 영웅 규격이 아닌 많은 내방자는—— 잠깐, 설마."

코우스케의 반응에 토와는 고개를 끄덕였다.

"맞아. 요컨대 '전생시킬 때까지 신도 그 사람이 어떤 스테이터스를 얻을지 모르는 것 아닐까'라는 설이야. 토와 같은 사람들은 뽑기 같은 거라고 봐. 아마도. 어떠한 시리즈로 통일은 되어 있지만, 무슨 레어리티일지는 돌려볼 때까지 알 수 없는 식으로. 토와나 쿠로는 다른 사람들과 뭔가가 달라서, 최상급 레어리티 경품이었다는 거지."

적어도 곧바로 부정할 만한 재료는 떠오르지 않았다.

내방자를 전생시키는 것이 신이라는 존재임은 틀림없다.

죽은 자를 전생시킬 정도의 존재는 신이라고 불러도 좋으리라.

전생에 필요한 요소 중 하나가 『불행』이라는 것도 틀림없어 보인다.

그 외의 요소는 불명이라고 전해진다.

성별도 나이도 체격도 빈부도 국적도 외모도 관계 있을 거라고는 생각되지 않는다.

신의 목적이 영웅이라고까지는 하지 않더라도, 현지인에게 불가능한 미궁 공략을 맡길 수 있는 인재 확보라고 가정하는 건 그리 부자연스럽지는 않으리라.

하지만 그런 것 치고는 실력이 제각각이다.

그도 그렇지 않은가.

술집에서 알게 된 친구인 타이가의 동료는 미궁의 수호자에게 살해당했다.

만약 공략시키는 것이 목적이라면, 전생자는 모두 강하게 만들어야만 한다.

즉 신의 목적을 오해하고 있거나, 그게 아니면 전생자의 힘을 신이 결정할 수 없거나다.

죽기 직전에만 말을 걸고 그 이후로는 아무 말도 하지 않는 것도 부자연스럽다고 하면 부자연스럽다.

이 세계의 신은 신이라는 단어에서 연상되는 전지전능함은 지니고 있지 않은 걸지도 모른다.

"전생(前生)에서 나보다 비참한 꼴을 겪었는데, 아클레어에서 나보다 약한 사람은 잔뜩 있다고 생각해. 즉, 불행은 전생 그 자체에 필요한 요소이지, 힘과는 직접 연관되는 것이 아니다?"

"아니, 그렇다고는 단언할 수 없지 않을까나. 신이 이계의 인간을 어디까지 보고 있는지는 모르지만, 만약 그 내면까지 엿볼 수 없다면 객관적인 판단으로는 한계가 있다는 것뿐일지도 모르고."

지당한 의견이었다.

가령 코우스케가 여동생의 복수를 하고 있다, 는 것을 신이 보고 있다고 하자.

내면까지 마음껏 엿볼 수 있다면 코우스케가 무슨 생각을 하고 있는지를 알 수 있다. 자기 혐오로 점철된 인간이라는 사실을 파악할 수 있다.

하지만 그게 불가능하다면.

코우스케가 도중에 가학적인 기쁨에 눈을 떠, 살인 그 자체가 목적으로 변했더라도 알아차릴 수 없다.

그대로 코우스케를 전생시키는 걸 선택하면, 정상이 아닌 인간을 두 눈 멀뚱히 뜨고 불러들이는 것이 된다.

객관적인 사실만으로는 절대적인 진실을 꿰뚫어 보기에는 부족한 것이다.

신의 권능이 어느 정도 수준의 것인지는 모르지만, 자신이 직접 움직여서 세계를 평화롭게 만들지 않는 것으로 보아 만능은 아니라는 것만은 확실할 것이다.

불완전하니까, 완벽하게 전생시킬 수 없는 것인가.

리갈 같은 사람이 있는 반면, 라이크 같은 인간마저도 불러들이고 마는 것으로부터도 기준에 성격이 포함되어 있지 않은 건 명백하다. 설령 성격을 포함하여 판단하고 있다고 해도, 평범한 인간이 판단하는 호불호나 선악과는 무관하게 선별하고 있는 것이리라.

미궁 공략만이라면 성격은 상관없지만, 라이크가 아클레어를 평화로 이끌 영웅의 그릇이냐고 물어보면 고개를 갸우뚱할 수밖에 없다. 오히려 솔선하여 파괴하고 다닌 듯한 인간이다.

그럼, 내방자는 모두 동등한 영웅 후보이고.

일부 인간만이 의도한 대로 영웅이 된다는 것인가.

전생할 때까지 스테이터스에 어떤 보정이 걸리는지, 신도 알 수 없으니까.

"그래서, '신도 마음속까지는 보이지 않는 설'을 보강하는 가설이 있어. 이건 영웅을 포함한 많은 내방자를 대상으로 이루어진 조사로부터 도출된 건데, '전생(前生)에서 무언가를 갈구하고, 그 마음이 강할수록 전생(轉生) 후의 스테이터스 보정치도 커진다'라는 가설이야."

유리가 깨지는 소리가 연이어졌다.

첫 번째는 코우스케의 손가락이 유리잔 다리를 깨 버림으로써.

두 번째는 그에 의해 지면에 낙하한 유리잔이 깨짐으로써 울렸다.

"우왓, 왜 그래 쿠로."

"아니, 힘 조절을 잘못했어. 영웅이 쥐어도 깨지지 않는 유리잔 같은 거 없으려나."

곧바로 미소를 지어 얼버무렸지만, 마음속은 평온하지 못했다.

지금 당장 그녀에게 매달려, 울면서 사과하고 싶었다.

만약 그 설이 옳다면.

여러 명의 남자에게 끔찍한 짓을 당한 뒤에 동사한 여동생이, 『화』에 유례가 드문 적성을 보인 것은.

죽기 직전까지 강하게, 강하게 『따뜻함』을 갈구했기 때문이 아닐까.

춥다면서, 죽을 때까지 계속 얼어붙어 있었기 때문이 아닐까.

옆에 있어야만 했던, 부모님에게도 그렇게 부탁을 받았던 오빠인 자신이 그걸 게을리하고 친구와 놀고 있는 사이, 줄곧!

"쿠로의 경우에는 어때? 짐작이 가는 게 있어?"

밝은 목소리를 유지하는 건, 무척이나 어려웠다.

"……그 말을 듣고 보니, 그럴지도 모르겠네."

보정의 내용은 과거 생의 결핍과 갈구에 의한다고 표현하면 적절할까.

무엇이 부족했고, 그걸 해소하기 위해 무엇을 원했는가.

과거 생에서 자신의 미숙함과 무력함을 저주하고. 복수를 위해 타인을 이용했으나, 그에 기대지는 않고.

자기 혼자서 목적을 달성하는 것을 목표로 한 소년은, 영웅 규격으로서 이계에 소환되었다. 『무력함으로부터의 해방』과 『집어삼키는』 힘을 받은 것도 과연 납득이 간다.

이건 코우스케의 희망과 살아가는 방식을 구현한 것이다.

누가 제창했는지는 모르지만, 그 설은 분명 올바르다.

신은 이계인의 마음속까지는 엿볼 수 없는 것이리라.

객관적 사실로부터 불행을 판단하고, 그 외의 여러 판단 기준하에 선별한 뒤, 나머지는 전생시킬 뿐.

어떤 스테이터스가 될지는 전생하고 나서의 재미.

전생자 중에서 특히 강한 감정으로 무언가를 갈구했던 자에게는 특별한 보정이 걸린다.

불행으로 세계의 축복을 받고, 욕구로 힘을 획득한다.

내방자라는 건 그러한 존재.

"파르페는 과거 생에서 좋은 집안 아가씨였던 모양인데, 그 때문에 자유롭지 못한 생활을 강요받았을 뿐만 아니라 인간관계도 질척질척해서, 생각했대——."

"전부 끊어 버리고 싶다, 지? 상상이 돼. 그 마음이 『절단』을 『작단』으로 만들 만큼 강했다. 그러면 라이크는 뭘까. 각광을 받고 싶었다, 열광시키고 싶었다?"

"그럴지도 모르겠네. 『새벽』은 『광열』 속성이라고도 하고. 루키우스랑 엘피, 리갈은 비밀이라고 했어. 뭐, 말하고 싶지 않은 것이기도 하겠지. 분명."

여기다.

아마, 토와도 여기서 이야기를 이을 생각이었던 것이리라.

"그래서, 토와는?"

"맞아. 거기서 조금 전 이야기로 이어지는 거야. 기억을 봉인한 다음에 말이야, 엘피는 '영웅 같은 게 되지 않아도 괜찮아'라고 말해 줬어. 토와가 바란다면 학원에 들어가도 좋고, 의원에서 조수로 고용해도 좋고, 하고 싶은 걸 찾을 때까지 돌봐주겠다고 했어. 아마, 그렇게 동정받을 정도로 비참했던 것 아닐까. 과거가. 하지만 토와는 그건 좀 아니라고 느꼈어."

토와의 담당의는『신유의 영웅』엘피다. 그녀는『치유』속성이 극에 이른 마법의로, 정신에 간섭하는 것마저 가능하다. 그렇게 하여 토와의 기억을 봉인했다.

달트라는 영웅을 원하지만, 코우스케에 대한 배려 등으로 보아 억지로 강요한다고는 느껴지지 않는다. 토와에게도 그랬던 것이리라.

"아니라니, 뭐가……?"

"의미가 있다고 생각했어. 모두가 명확하게 신의 목소리를 듣고, 부름을 받아 이 세계에 다시 태어난 거라구? 그렇다면 힘을 가진 토와 같은 사람들이 해 주었으면 하는 게 있는 거라고 생각했어. 그렇다고 한다면, 그걸 해 주고 싶다고 생각했어. 그도 그럴 게, 토와는 불행했잖아? 기억을 지우고 싶어질 정도로 비참한 꼴을 겪은 거잖아? 하지만 신은 전부 잊고 살아갈 길을 주었어. 그러니까 은혜를 갚고 싶다고 생각한 거야. 토와에게 원하는 것이 영웅으로서의 역할이라면, 이루고 싶다고."

살짝 눈꺼풀이 올라갔다. 여동생의 사고방식은 코우스케에게는 없는 것이었다.

동시에, 기쁘다고도 생각해 버렸다. 은혜 갚기. 즉, 신에게 은혜를 느끼고 있다. 그녀에게 있어 전생 이후의 인생은, 적어도 감사할 가치가 있는 것이었다는 말이기에. 그것이 참을 수 없이, 기쁘다.

"……하지만, 역할을 다함으로써 불행해질지도 몰라. 미궁 공략 역시 깊게 들어가면 목숨을 건 일이야. 지금은 좋아도, 전쟁에 나가서 적병을 죽여야 할 때가 올지도 몰라."

솔직히 코우스케는 계속 그게 마음에 걸렸다.

그녀가 살아 있는 건, 무척 기뻤다.

과거를 잊은 것도, 그녀의 정신 안정을 생각하면 최선의 상태라고 할 수 있다.

하지만, 영웅으로 괜찮은 건가?

오빠로서 걱정해 버리면, 어떻게 해도 친구의 그것을 넘어 버리고 만다.

그 위화감에, 그녀의 기억의 덮개가 열려 버릴지도 모른다.

그러니 말할 수 없다. 오빠로서는 행동할 수 없다.

가능하다면, 안전한 장소에서 행복하게 살아 줬으면 한다.

그걸 바라기 위해서라면, 코우스케는 그녀의 임무를 전부 자기가 짊어져도 좋다고 생각하고 있다.

하지만 그건 불가능할 것이다. 실현되지 않는 망상이다.

그러니 코우스케는 멀리 돌아가는 것임을 알면서도 친구로서 그녀의 마음을 알 기회를 찾고 있었다.

토와는 시선을 아래로 내리면서도 대답했다.

"그야, 무섭고, 싫지만 말이야……. 토와 같은 사람들만 할 수 있는 거라면, 역시 하고 싶어."

"정말로? 무리해서 말하는 거 아닌가?"

토와는 코우스케의 말에 의아하다는 듯한 표정을 지었다.

코우스케를 불쾌하게 만들지 않기 위해서인지, 뒤이어 미소를 짓는 것처럼 표정을 풀었다.

"……이상하네. 그런 걱정을 다 하고. 마치 토와더러 영웅을 그만두게 하고 싶어 하는 것 같아. 크원 같으면 기뻐하겠지만, 토와는 자신의 의지로 영웅을 하고 있는 거야. 역할을 다하고 싶어. 쿠로도…… 언젠가 분명 알아줄 거라고 생각해. 너는…… 사람이 좋은 것 같으니까."

제지할 수 없다.

적어도, 동료라는 입장에서는.

싸우게 하고 싶지 않다는 건 오빠의 에고에 불과하다.

쿠로로서 그 말을 하면, 모욕이 되고 만다.

"……어떠려나. 하지만 역할은 다하겠어."

그러니, 그녀의 마음을 더럽히지 않는 범위에서, 친구로서 부자연스럽지 않은 범위에서 그녀를 위험으로부터 멀리 떼어 놓는다.
미궁이 안전하다고는 하지 않겠지만, 그녀가 영웅 규격이고 5년분의 경험을 쌓은 걸 생각하면 전선에 투입되는 것보다는 나으리라.
"그래……. 그럼 쿠로는 어째서?"
그녀는 영웅으로 있는 이유를 이야기했다. 다음은 코우스케 차례라고 말하고 싶은 것이리라.
"하고 싶은 일이 있어."
"하고 싶은 일?"
"옳은 일을 하고 싶어. 자신이 옳다고 생각하는 일을."
잘못되었다는 걸 알면서도, 그 유혹에 져서 소중한 사람을 잃었다.
교훈으로 삼기에도, 잊고 떨쳐버리기에도, 잃어버린 사람은 너무나 커서.
여동생과 재회할 수 있었다는 기적은, 그것만으로 신에게 감사를 바칠 수 있을 만큼 무겁다.
그녀의 도움이 되는 것이, 구할 수 있는 인간을 구하는 것이, 코우스케가 올바르다고 생각하는 것.
그러니 있는 힘을 다해 그 일을 한다.
"그것뿐이야. 만족하셨으려나, 트와일라이트 님."
얼버무리듯이 어깨를 으쓱이는 코우스케를 보고 토와는 잠시 무언가를 확인하는 것처럼 얼굴을 들여다보고 있었지만, 갑자기 살짝 미소 지었다.

"……역시, 사람이 좋잖아."

"끈질기네. 아니라고 하잖아."

코우스케는 일찍이 여동생에게 그랬던 것처럼, 그녀의 이마를 손가락으로 튕겼다.

"아야! 어째서 이런 짓을 하는 거야?! 아프잖아!"

"아하하."

"웃어 넘길 수 있을 거라고 생각하지 말라구?! 아~, 진짜! 정말 코우는 만날만날 토와한테 심술만 부리고 말이야~, 그런 점 진짜로 좋지 않……── **코우**라니, 뭐야?"

토와는 자신이 입 밖에 낸 말을 미심쩍어하는 것처럼, 입가에 손을 댔다.

"……미, 미안해, 쿠로. 뭔가, 갑자기 이상한 이름? 이 나와서……. 코우? 옛날 지인이려나……?"

심장이 튀어나오는 게 아닐까 하고 초조해했다.

코우스케는 강하게 후회했다. 무의식이라고는 해도, 옛날의 남매 사이를 재현하는 듯한 짓을 해 버리다니.

"……기억이 없어져도, 버릇은 지울 수 없다고 하니 말이야. 그만큼 자주 입에 담는 이름이었겠지. 남자친구 같은 거 아니야?"

"그, 그러려나. 그럼, 토와 같은 엄청나게 귀여운 여자친구가 죽어서, 남자친구 불쌍하네."

"……그러게나 말이다."

아하하, 하고 둘이서 어색하게 웃었다.

슬슬 이야기를 끝맺고 가야만 하겠다고 코우스케가 생각했을 때, 토와가 말했다.

놓치지 않겠다는 것처럼 코우스케의 팔을 붙잡고, 공포를 느낄 정도로 진지한 얼굴로.

"그런데 말이야, 전에 쿠로의 본명 들은 적이 있었지. 미안. 잊어버렸는데, 어떤 이름이었더라?"

"소우스케다. 쿠로키 소우스케."

망설여서는 안 되는 장면이었다.

그래서 코우스케는 그저 물어봤으니까 대답했다는 것처럼 거짓 이름을 입에 담았다.

지극히 자연스럽게. 설령 자신이 판단하는 쪽이었다 하더라도, 거짓말임을 알아차릴 수 없었을 태도로.

하지만 토와는 손을 놓아 주지 않았다. 그러기는커녕, 바보 취급하는 것처럼 웃었다.

"아하하. 그런가. 소우스케인가. 그럼, 코우가 아니네."

"당연하지. 아클레어에서 그녀와 재회하면, 아무리 그래도 이름은 대."

"토와 말이야, 이상하다고 생각했어."

"……토와?"

"쿠로는 자신의 주장을 밀고 나가지만 예의를 모르는 녀석은 아니지. 그런데 어째서 처음 만난 토와를 앞에 두고 인사도

하지 않고, 갑자기 토와라고 불렀던 걸까.”

의심은 처음부터 있었던 것이리라.

“긴장하고 있었어.”

“기본적으로 모두에게 상냥한데, 토와한테만 짓궂게 말하는 건?”

그 위화감은 차츰 커졌을 터다.

“기분 탓이야.”

그녀는 바보가 아니다. 요소가 몇 가지 갖추어지면, 가능성 하나나 둘쯤은 감으로 찾아서 모아 보인다.

“같은 일본 출신에, 나이랑 생일이 같고, ‘코우스케’인 주제에 ‘소우스케’라고 거짓말을 하는 사람은, 토와의 뭘까?”

꾸우욱, 하고 그녀가 손에 힘을 주어 갔다.

“……타인이다.”

팔이, 한층 더 꽉 조였다.

표정이 고통스럽게 일그러지고, 비명이 작게 새었다.

“저기 말이야……! 아니, 말하고 싶지 않은 이유는 알아. 토와의 기억이 돌아올지도 모른다고, 아마 엘피가 못이라도 박은 거겠지. 그러면, 딱히 상관없어. 쿠로는, 쿠로로서 토와랑 관계를 맺기로 한 거지? 그럼, 토와도 『붉은 영웅』으로 있어 줄게. 그러니까, 하나만 들려줘. 이 질문에는 거짓말로 답하지 마.”

코우스케는 더는 저항할 힘을 낼 수 없었다.

“……내가, 대답할 수 있는 거라면.”

“토와가 죽어서, 아빠랑 엄마는, 불행해졌어……?”

눈을 마주치고 있을 수가 없어서, 코우스케는 시선을 돌렸다.
기억조차 하고 있지 않은 부모가 그 후에 어떻게 됐는지가, 유일하게 알고 싶은 것이다.
토와는, 그런 인간이다.
그렇기에, 진실을 알리는 게 괴로웠다.
"……그래."
"그런, 가……."
그녀는 코우스케에게서 손을 떼고 고개를 숙였다.
"토와 때문이구나."
그 말만은 들어넘길 수 없었다.
그녀의 어깨를 쥐고, 한 번은 돌린 시선을 다시 맞췄다.
눈물이 흘러넘치는 흑요석 같은 눈동자를 똑바로 바라봤다.
"아니야……! 그날, 그때, 너는 잘못된 짓을 하지 않았어……!"
어머니는 후회했을 터다. 학원 같은 곳에 다니게 한 것을.
아버지는 후회했을 터다. 일을 우선하여 차로 마중 나가 주지 못했던 것을.
코우스케는 후회하고 있다. 학원을 빼먹고 친구와 노는 데 정신이 팔렸었던 것을.
하지만, 토와만은 잘못이 없다.
후회 따위, 해서는 안 된다.
코우스케의 말에 그녀는 끅끅댔다.
눈물을 참는 것처럼, 몇 번 정도 그걸 반복했다.

"……역시, 토와를 알고 있잖아, 쿠로. 거짓말쟁이야."
"……미안."
그녀는 일부러 악역처럼 웃은 뒤, 그러고 나서 말했다.
"토와를, 지키고 싶은 거지? 하지만 안 돼. 거짓말쟁이한테 주는 벌이야. 애초에 토와는 영웅이고, 쿠로보다 선배인데, 걱정이라니 주제넘은 거 아니야~?"
코우스케는 힘없이 그녀에게서 손을 뗐다.
뭐지, 이 상황은.
타인도 아니다.
친구도 아니다.
남매도 아니다.
기억상실에 걸린 사람에게, 옛 지기임을 인정받았다.
말로 표현하자면, 그런 거다.
하지만 그 상태에서 어떻게 접하는 게 정답인지, 알 수 없다.
"그러기는커녕, 토와가 쿠로를 지켜 버릴 테니까."
"……어?"
멍하게 있는 코우스케를 제쳐 두고, 토와는 힘 있는 미소를 띠고 있다.
"왜냐면 토와 쪽이 선배니까. 신역 공략도 토와한테 맡기도록 해."
동료료 있자, 라는 것인가.
아주 조금 거리감을 좁혀서.
그녀가 그걸 바란다면 코우스케에게 거절할 이유는 없다.

"그래, 잘 부탁해."

어찌어찌 미소 지을 수 있었다.

토와도 쑥스러운 듯이 마주 웃어 주었다.

"오라버니~! 이런 데 계셨군요!"

분위기를 끊어 버리는 것처럼 파르페가 나타났다.

코우스케의 오른팔에 팔을 단단히 감았다.

알코올 향이 조금 났다. 나이 측면에서는 문제없지만, 파르페의 얼굴이 술기운으로 빨개져 있다는 건 조금 불안해지는 광경이었다.

"저기 말이야, 파르페. 지금 쿠로랑 토와가 얘기하고 있던 거 보이지? 몰랐던 걸까나?"

"어머, 토와. 있었나요."

"……진짜 열 받네. 토와 조금 불쾌해져 버렸어."

"어째서죠? 당신 설마, 오라버니의 매력을 뒤늦게나마 깨달았다든가?"

"저기, 애초에 파르페도 쿠로의 힘이 마음에 든 것뿐이지? 기본적으로 너도 남자를 싫어했었고."

"남자는 남자라는 것만으로 잘난 체하는 사람이 많아서 마음에 들지 않는 거랍니다. 저보다도 약한 인간을 어떻게 인정할 수 있을까요. 전부 마이너스 100점, 내세에서 추가 시험을 치러야만 할 거예요."

그러고 나서 코우스케를 치뜬 눈으로 올려다보고는, 그 가슴팍을 손가락으로 스으윽 훑으면서 말했다.

“참, 고, 로! 오라버니의 지금 점수는~! 웬걸, 무한점이에요~!.”

취했구만, 하고 코우스케는 어이없어했다.

안 그래도 기운이 넘치는 사람이 취해서 그걸 더욱 상승시키면 이렇게 된다.

“쿠로! 너, 이렇게 공짜 술을 마실 수 있을 때 잔뜩 마시지 않고 어쩌려고. 자기 돈으로 마시는 것과는 다른 맛이 있다구, 공짜 술에는! 마시렴! 잔뜩 마셔!”

엘피가 술이 놓인 서빙 카트째 이쪽으로 다가왔다.

코우스케에게 술을 밀어붙일 때, 귓가에서 속삭였다.

“토와의 기억, 아무래도 돌아오지 않은 것 같네.”

“……그래. 하지만 나에 대해서는 눈치챈 것 같아.”

“원래부터 의심하고 있었던 거겠지. 그런 만큼 마음에 받는 충격이 적어서 기억 영역이 강하게 자극받지 않고 끝난 걸지도 몰라. ……앞으로도 가능한 한 그런 사태는 피해.”

“알고 있어. 그런데, 그것뿐만이라면 안겨들지 않아도 되지?”

그녀는 정면에서 코우스케를 끌어안고 있었다.

풍만한 가슴이 코우스케의 가슴팍에 닿아 형태를 바꾸고, 아름다운 얼굴이 코앞에 있다.

“어머, 방해돼? 나, 방해되는 걸까?”

남자로서 아쉽게 느끼는 마음이 없다고 하면 거짓말이 되지만, 그래도 시로에 대한 마음을 우선하여 코우스케는 그녀에게서 떨어졌다.

술만을 고맙게 받았다.

“넌 정말로 재미가 없네~. 보통 그런 힘을 손에 넣으면 제멋대로 하고 싶어질 텐데.”

“충분히 내 마음대로 살고 있어. 주위에 좋은 녀석들뿐이니까 그렇게 보이지 않는 것뿐일지도 모르겠네.”

“아니아니. 좀 더 짐승처럼 이 여자 저 여자 낚아채고 다녀도 아무도 불평할 수 없을 거라는 말이야.”

“……됐어. 불만은 없으니까.”

“우와아…… 취기가 깰 정도로 한결같네~. 예이예이, 잘 먹었습니다~.”

그녀는 자신이 가져다 놓은 술을 엄청난 기세로 꿀꺽꿀꺽 정리해 갔다.

코우스케가 마실 수 있는 몫은 그리 많지 않아 보인다.

토와와 파르페의 설전은 격화되어 있었다.

싸울 정도로 사이가 좋다는 거겠지, 하고 코우스케는 호의적으로 해석했다.

깨닫고 보니 크윈이 눈앞까지 와 있었다.

언제나 갑자기 나타나기에 코우스케도 별반 놀라지 않았다.

그녀는 구운 과자가 든 커다란 은접시를 그대로 들고는 코우스케 앞에서 멈췄다,

“과자, 가져왔어. 같이, 먹자?”

엘피도 그렇고 그녀도 그렇고, 영웅은 매너라는 걸 신경 쓰지 않는 모양이다.

그쯤은 허용될 정도로 국가에 공헌하고 있다고 받아들여야 할까.

코우스케는 쓴웃음을 지으면서도 고맙다는 말을 한 뒤, 그걸 입에 넣었다.

"어이~, 젊은 애들끼리 모이지 말고, 늙은이랑도 어울려 주라고!"

리갈까지 나타났다.

술은 약한 모양이라, 루키우스의 부축을 받은 채 비틀거리고 있었다.

"아, 신인한테 진 최연장자다."

토와가 놀림조로 말했다.

"관객의 호응 같은 걸 신경 쓰니까 꼴사나운 모습을 보이게 되는 거랍니다."

드물게 두 사람의 의견이 일치했다.

"……나는, 딱히, 아무래도 좋아."

크윈은 그렇게 말한 뒤 구운 과자를 입안에 휙 던져 넣었다.

"뭐, 화려해서 좋았던 것 아닐까. 그래도 설마 리갈이 질 거라고는 생각하지 않았지만."

리갈은 부루퉁해진 듯이 "으음" 하고 신음한 뒤, 코우스케를 봤다.

"너희들, 늙은이를 괴롭히면 즐겁냐! 이제 됐어! 루키우스, 너는 내 편이겠지?!"

루키우스는 우아하게 쓴웃음을 지었다.
“쿠로가 유망하다고는 해도, 저 역시 리갈이 승리할 것으로 생각했습니다만…….”
“크읏, 루키우스, 너마저……!”
리갈은 배신당했다고나 말하고 싶은 것처럼 루키우스에게서 떨어졌다.
“이제 됐어! 늙은이는 화났다고! 모두 한꺼번에 덤비라지! 이번에야말로 온 힘을 담아 상대해 주마. 자, 와라! 때려 눕혀주겠어!”
그렇게 말하면서도 그의 걸음은 불안정했다.
그걸 보고 모두가 웃었다.
강하고 멋진 어른이라도, 아무래도 약점은 있는 모양이다.

◇

주연은 휴식의 측면이 컸던 모양이라 그리 오래 이어지지 않았다.
초난도 신역 공략은 모레. 내일 하루를 사이에 끼고, 그다음 날에는 여동생과의 미궁 공략이라는 거다.
돌아가는 마동마차가 준비되었는데, 무슨 이유에서인지 운전사가 리갈의 부관이었다.
안으로 들어가자 아니나 다를까, 리갈이 앉아 있다.
“배웅토록 하지. 아니 뭘, 네게 이야기해 두고 싶은 것이 있어서 말이야."

"……상관은 없는데. 취하지 않았을 때가 더 좋지 않나."

"내가 그 정도로 취할 성싶은가."

"곤드레만드레 취한 상태였다고 생각하는데……."

"눈의 착각이라네."

"그런가…… 뭐, 됐어."

확실히 보는 바로는 조금 전처럼 고주망태가 되도록 취한 기미는 없다.

그가 괜찮다고 하는 거라면, 그걸 강하게 부정할 것도 없으리라.

동승하고, 잠시 후 마차가 움직이기 시작했다.

"오늘, 널 보면서 생각한 게 있다."

그가 그렇게 말을 꺼냈다. 코우스케는 잠자코 다음 말을 기다렸다.

"너는 토와랑—— 남매인 것 아닌가?"

"————."

동요, 하고 말았다. 너무나도 갑작스럽고 예상치 못한 말에 반응이 늦어 버렸다.

그 지연이 치명적인 대답이 되고 만다는 걸 알면서도.

"역시나. ……걱정하지 마라. 누구에게도 말할 생각은 없어."

토와의 정신 안녕을 유지하기 위해서만은 아니다. 코우스케와 그녀가 남매라는 건 알려져서는 안 된다.

약점이 되기 때문이다. 예를 들어 코우스케가 아크스바오나의 위협이 되었다 치고, 『붉은 영웅』이라면 친구에 불과하지만, 육친이라면 인질로서 커다란 효력을 가진다고 생각하는 자는 많을 것이다.

쓸데없는 리스크를 받아들일 이유는 없다. 그러니 코우스케는 그걸 가능한 한 은닉할 생각이었다.

엘피나 크윈과 같이 정보를 가볍게 누설할 일이 없는 상대조차, 누설될 위험은 제로가 아니다.

리갈의 말투로 보아 정보를 얻었다기보다 꿰뚫어 봤다는 편이 가까우리라.

더더욱 최악이다.

토와에 대한 태도 그 자체가 어떠한 의구심을 품게 할 만한 것이었다는 의미니까.

리갈 이외에도 낌새를 알아차린 자가 나올지도 모른다. 아니, 이미 있을지도 모른다.

"그거다. 너의 진짜로 특이한 점은 『흑』이 아니라, 그 상태다. 사고정지를 한없이 배제하고, 계속시키려고 노력하지. 재빠르게, 재빠르게, 현실을 바싹 따라가, 미래마저도 앞지르려 하는 그것이야말로, 오늘까지 널 지탱한 힘이겠지."

"……이야기라는 건?"

"그리 무서운 표정 짓지 말라고. 딱히 잡아먹으려는 게 아니야. 그저 확인하고 싶었던 거다."

"신용할 수 있을지 어떨지를?"

"의심하고 있었던 건 아니다. 하지만 확실히 봐 두어야만 했어. 너라면 알 수 있지 않나."

당연하다.

갑자기 나타나, 언뜻 보기에 올바른 행동을 되풀이한다. 자기는 큰 보상을 요구하지 않고, 나라에서 내려 준 것은 자선에 쓸 뿐. 그리고 이번에는 애착도 없는 국가를 위해 전쟁에 참여하겠다고 한다.

그런 걸 덮어놓고 신용하는 편이 이상하다.

'어째서'인지를 추궁해 마땅하다.

"먼저 말해 두지. 루키우스는 뭔가를 느낀 모양이지만, 그밖에 알아챈 녀석은 없어."

"당신이 그렇게 생각한다는 것뿐이잖아."

"지금까지 만난 사람 전원의 머리라도 엿보겠나?"

도저히 현실적이지 않다.

현재로서 코우스케와 토와가 공적으로 만난 건 식전과 오늘의 두 번. 의심할 재료조차 거의 없다.

"어째서 남매라고?"

"토와를 보는 눈이 말이지. 누나인지 여동생인지는 그 뭐냐, 성격으로 추측한 것에 불과하지만, 맞힌 모양이군."

다른 여성진을 대할 때와 토와를 대할 때의 태도가 달랐던 걸지도 모른다.

그걸 알아차릴 수 있었던 건 그의 경험에 의한 부분도 크겠지만…….

"여동생이 전생했었기 때문이야. 그걸로 날 신용할 수 있는 건가."

"그래, 더할 나위 없이."

리갈은 확신을 나타내듯이 크게 끄덕였다.

"납득이 갔다. 이제 염려는 없어."

"……어째서 그렇게 되지."

"내 입으로 말하게 하고 싶은 건가?"

"…………."

코우스케와 토와가 남매라면, 코우스케가 했던 행동의 이유도 상상이 된다. 여동생을 찾고, 재회를 바랐을 뿐이라는 것. 하지만 코우스케는 그 도중에 비합리적인 행동에 나섰다.

죽을지도 모르는데 노예를 구하고, 필요한 성과를 낸 후에 악령의 수호자에게 도전했다.

리갈은 분명 이렇게 생각하고 있다.

쿠로는 여동생을 생각하는 선인이다, 라고. 그 정도까지는 아니더라도 올바른 행동을 할 수 있는 인간이라고.

"……당신은 분명 착각하고 있어."

"저기, 쿠로. 칭찬을 솔직하게 받아들일 수 없는 사람이 속에 무엇을 품고 있다고 생각하나."

코우스케의 말을 듣고, 그는 질문으로 받아쳤다. 기분이 좋다고는 할 수 없는 코우스케는 그것을 감추지도 않고 거칠게 대답했다.

"글쎄."

"내가 생각하기에, 말과 현실의 어긋남에 괴로워하고 있는 것 아닐까. 자신은 그런 말을 들을 자격이 없다고, 그렇게 느끼기 때문에 거절하는 마음에 사로잡히는 거겠지."

말이 막혔다.

아무 생각도 할 수 없었기 때문이 아니다. 정곡을 찔렸기 때문이다.

선한 품성이나 선행을 칭찬받고 솔직하게 기뻐할 수 없는 건, 코우스케 자신이 자신을 칭찬받을 가치가 없다고 생각하고 있기 때문. 이유는 말할 필요도 없이, 5년 전의 씻을 수 없는 실패다.

그 후회는 평생 마음에서 지울 수 없을 것이다. 여동생 한 명 제대로 지키지 못하는 인간의 대체 어디에, 긍정 받을 가치가 있다는 것인가. 그렇다. 그렇기에 리갈이 한 말은 정확했다.

"하지만 그건 악은 아니다 하더라도, 잘못이라는 건 이해하고 있나?"

"잘못?"

머리에 피가 확 오르는 걸 알 수 있었다.

"잘못한 것을 잘못하였다고 후회하는 게, 잘못이라고?"

코우스케의 분노를 받고서도, 리갈은 동요하지 않고 계속해서 말을 이었다.

"지울 수 없는 후회 같은 건 무수히 많다. 그중 하나에 구애된 나머지, 현재를 놓쳐서야 아무 의미 없지 않나."

"무슨 말을 하는 거야."

"누군가를 행복하게 만들기를 원한다면, 먼저 자신의 행복을 추구하라는 거다."

리갈은 어디까지나 냉정하다.

그리고, 적확했다.

여동생을 행복하게 만들고 싶다고 바라면서, 코우스케가 한 것이라 하면 무엇이 있는가. 속으로 괴로워하고, 후회에 시달리고, 자기연민에 젖어 있었을 뿐. 억지웃음 뒤에서 괴로워하고 있을 뿐인 남자가 한 명 늘어났다 한들, 어떻게 한 명의 소녀가 행복해질 수 있을까.

그녀를 불행에서 멀리 떼어 놓으려고 한 나머지, 살인마저 도맡아 하려는 어리석은 자가 존재한다는 것을 언젠가 토와가 깨닫게 되면, 그 사실이 그녀에게 가져다주는 건, 그것이야말로 행복과는 가장 거리가 먼 감정이 되리라.

그렇다고 하더라도.

"그게 이야기하고 싶었던 건가?"

"……으음. 꽤 심각하구만."

설마 한 번의 설교로 코우스케의 생각을 고칠 수 있으리라고 생각했던 건 아닐 테고, 리갈은 입술을 오리처럼 내밀고 신음했다.

"중년이 삐쳐도 귀엽지 않다고."

"아니아니, 이게 마누라들한테는 꽤 평판이 좋아서 말이지."

"아무래도 좋아."

어찌어찌 쓴웃음을 지을 수 있었다.

마차가 멈췄다.

“도착한 것 같은데, 이야기는 끝인가?”

“아니. 이제부터가 비로소 본론이라고 해야 하겠지만, 그건 다음 기회로 미루지.”

“그런가. 그럼, 또 보자고.”

“쿠로.”

“응?”

“건드리지 않았으면 하는 부분이었겠지. 미안하다.”

“……아니, 됐어.”

그의 말은 조언에 불과하다. 거북하다고 느낀 건 그것이 코우스케 자신의 잘못이라는 걸 이해하고 있었으니까.

재차 인식할 수 있었다고 생각하면, 조금 전까지의 분노도 사죄받을 만한 것은 아니다.

마차에서 내려 문을 닫았다.

달리기 시작한 마차가 시야에서 사라질 때까지, 코우스케는 그걸 눈으로 계속해서 좇았다.

◇

영웅 회의 다음 날.

자택의 거실에서 에코나와 아침 식사를 마친 후의 일이다.

앞치마 차림의 에코나가 부지런히 식기류를 개수대로 가지고 갔다.

코우스케가 도우려 하자 그녀가 "제가 하게 해 주세요"라고 강하게 말했기에, 그냥 맡기기로 했다.

집안일을 어린 소녀에게 전부 맡기는 현재 상황은 도무지 건전하다고 말하기 힘든 느낌도 들지만, 그녀로서는 함께 살게 해주는 만큼의 대가를 치르고 싶은 걸지도 모른다. 그렇게 생각하면 그녀의 뜻을 무시하기도 망설여졌다.

그녀는 현재 주 사흘에서 나흘을 술집에서 일하고 있다.

그 외의 날은 집안일을 하거나, 장을 보기도 하는 모양이다.

노예가 아니라고는 해도 기보르네인 여자아이를 혼자 돌아다니게 하는 것이 불안했기에, 혼자 외출하는 건 가급적 삼가도록 말해 놓았다.

코우스케가 같이 가 주는 날도 있지만, 매일 그럴 수는 없다.

그럴 때, 비번인 종업원이나 미궁 공략 예정이 없는 공략자가 같이 가 주는 모양이다.

에코나는 부지런하고 착한 아이이기에, 모두에게 사랑받는 것도 수긍할 수 있었다.

특히 타이가와 클라라는, 의외라고 하면 실례지만 에코나와 사이 좋게 지내 주는 듯하다.

"에코나, 오늘은 일 쉬는 날이지?"

그녀는 그릇을 씻으면서 고개만을 돌려 대답했다.

"네! 코우스케 씨는 미궁 공략을 하러 가시나요?"

"아니, 그건 내일이니까 오늘은 쉬는 날이야."

에코나의 표정이 희색으로 환하게 빛났다.

"그러면 함께 있을 수 있는 건가요?"

"그래."

기뻐요, 라며 그녀가 만면 가득한 미소를 띠었다.

그것만으로 하루하루의 피로가 날아갈 것 같은, 치유되는 미소다.

"그래서 말인데, 어제 만난 아저씨 기억해?"

에코나는 으음, 하고 조금 뜸을 들인 뒤 입을 열었다.

"리갈…… 씨 말인가요? 네, 기억하고 있어요."

"그 리갈이 말이지, 학원 학생이랑, 정확히는 그 부친과 아는 사이인 듯해서 어제 이야기를 해 놓은 것 같아."

뽀득뽀득, 하고 익숙한 모습으로 그릇의 물기를 닦던 에코나는 고개를 갸우뚱 기울였다.

"……그 말씀은?"

"학원에 견학하러 가자. 들어갈지 어떨지는 제쳐 두고서라도, 알아 두는 것도 좋잖아?"

에코나는 한순간 굳었다. 그러고 나서 그릇을 내려놓고는 망설이는 기색으로 말했다.

"겨, 견학, 인가요."

"에코나가 오늘 쉬는 건 알고 있었으니까, 언제가 괜찮은 날이냐고 하길래 오늘이라고 말해 버렸는데 곤란했으려나. 물론 뭔가 볼일이 있다면 다른 날로 할 수 있어."

코우스케의 말에 그녀는 고개를 붕붕 가로저었다.

"아, 아뇨. 그런 건 아니지만요……. 기, 긴장해 버려서."

땀을 닦듯이 몇 번이나 앞치마에 손을 문지르는 모습을 보고, 코우스케는 절로 미소가 지어지는 것 같았다.

"그런가. 괜찮아, 나도 따라갈 생각이고."

"그, 그러면, 네……."

보호욕을 자극하는 작은 동물 같은 시선에 코우스케는 똑바로 끄덕여 주었다.

"그리고, 다니게 된 후에도 안심해. 오가는 마차 편은 마련할 거고, 갈 수 있을 때는 내가 마중하러 갈게. 귀족가에 있어서 조금 머니까 도보는 힘들고."

"그런, 저는 괜찮아요. 잔뜩 걷는 거, 괜찮으니까요."

힘을 어필하기 위해서인지 그녀는 주먹을 쥐었지만, 귀여움밖에 느껴지지 않았다.

"흐음. 그래도 걱정이네. 다른 학생은 기숙사에 살거나, 그게 아니면 마차로 통학하는 게 보통이라고 들었는데. 마차가 싫다면 기숙사에라도 들어가는 편이 안심이려나."

장난스럽게 웃으면서 말하자, 에코나가 당황한 기색으로 머리를 흔들었다.

"…………아, 아뇨! 마차! 마차……로, 부탁드려요. 만약, 다니게 된다면…….”

“그럼 결정이네. 안내해 주는 게 리갈이 아는 사람의 딸이라는 것 같으니까, 시간을 낼 수 있는 게 점심시간이래. 거기에 맞춰서 가자.”

에코나는 끄덕였다가, 그러고 나서 난처한 표정으로 코우스케를 봤다.

“저, 저기……! 하, 학원에 갈 때는 어떤 옷을 입으면 될까요…… 저, 그런 건 잘 몰라서…….”

“아~, 그런가. 학생이 되면 교복이 있으려나? 다들 디자인이 같은 옷을 입거나 해. 하지만 견학이니까 평범한 옷으로 괜찮지 않을까?”

“아, 알겠어요…… 평범…… 평범…… 평범?”

에코나는 왼손은 오른쪽 팔꿈치에, 오른손은 입가에 대고 자못 그럴듯한 몸짓으로 끙끙 고민하고 있다.

“너무 깊게 생각하지 말고, 평소 입는 복장이면 돼.”

몇 시간 뒤, 에코나가 고른 것은 셔츠에 미니스커트였다. 겉옷은 처음 만났을 때 코우스케가 건넨 코트. 그녀에게 맞게 다시 수선된 그것을, 그녀는 즐겨 입고 있었다.

“……너, 그 코트 정말 좋아하는구나.”

“코우스케 씨에게서 처음으로 받은 것이니까요.”

보물을 보여주는 것 같은 미소로 그렇게 말해서야, 그 이상 아무 대꾸도 할 수 없다.

"저기! 코우스케, 씨."

슬슬 나갈까 싶던 차에, 에코나가 이름을 불렀다.

그녀는 양손으로 꼼지락꼼지락 깍지를 끼며 얼굴을 붉히면서도, 뭔가 진지한 기색으로 말을 꺼냈다.

"이 코트를 받았을 때의 일을 기억하고 계시나요?"

"아아, 물론."

"제, 제가, 언젠가 답례를 하겠다고, 말한 것 같은, 아니, 분명히 그렇게 말했는데요."

사양하는 에코나에게 프레젠트니까 받아 줬으면 좋겠다고 말하고는 코트를 건넸다. 그때, 그녀 쪽도 프레젠트를 주겠다고, 확실히 그렇게 말했었다.

"……기억하고 있어."

그녀의 얼굴이 수증기라도 나올 것만 같이 빨개져 있다. 긴장 때문인가 몸은 파들파들 떨리고 있고, 목소리는 조금 높아져 있었다.

왠지 모르게 이야기의 흐름은 파악되었지만, 코우스케는 그녀의 용기를 짓뭉개 버리지 않도록 잠자코 기다렸다.

이윽고 그녀는 주머니에서 어떤 것을 꺼냈다.

그것은 끈목 같았다. 코우스케가 원래 있던 세계에 있던 유사품을 예로 들면, 미산가일까.

몇 줄이나 되는 형형색색의 실이 짜여 모양을 그린다.

"기, 기보르네에서는, 여성이 집을 지키는 존재라고 해요. 남자는 사냥에 나서 사냥감을 잡고, 여자가 지키는 집으로 돌아온다. 그런 것이라고 말이에요. 여자에게는 지키는 힘이, 남자에게는 싸우는 힘이 있다고 해서 쌍방이 서로를 존중하는 거예요. 그리고, 여자는 남자가 싸움에서 무사히 돌아올 수 있도록 기도를 담아, 자신의 지키는 힘이 깃든 이것을, 선물해요."

살펴보니 실 중에는 하늘색도 섞여 있다. 지키는 힘을 선물로. 자신의 일부분을 넣어 짬으로써 지키는 힘이 착용자에게 닿도록. 그러한 바람이 담긴 장식품인 것이다.

"머, 머리카락이 섞여 있다니 기분 나쁘실지도 모르고, 어디까지나 기보르네의 문화라서, 코우스케 씨에게는 친숙하지도 않으실 테고…… 이런 거, 필요 없을지도 모르지만요."

코우스케가 아무 말도 하지 않자, 하다못해 그 자리가 침묵에 휩싸이지 않도록 하기 위해서인지 에코나는 계속 말했다.

"여, 여러 가지로 생각은 해 봤지만, 제가 살 수 있는 것 중에서 필요한 것은 직접 준비하고 계실 테고, 요리는 평소에 만들고 있고, 그렇게 되면 더는 건네 드릴 수 있는 게 없어서…… 하지만 이거라면, 하고 생각해서…… 그게, 폐가 된다면, 저기."

코우스케는 그녀의 눈에 눈물이 맺히고 그걸 집어넣으려 했을 때가 되어서야 겨우 움직였다.

"아니."

그녀의 곁에 쪼그려 앉아, 그녀의 손째 부드럽게 감싸 쥐었다.

에코나는 놀란 듯한 표정을 지었지만, 저항하지 않았다.

"날 위해 만들어 준 거지?"

"……네, 네. 제가, 코우스케 씨에게 줄 수 있는 건, 이것밖에, 떠오르지 않아서."

리갈이 했던 말은 이런 것이었으리라.

지금까지 코우스케의 사고는 한 방향이었다. 누군가를 구하는 것도, 이번에야말로 여동생을 행복하게 만들겠다고 움직이는 것도.

그것도 그렇다. 코우스케는 자신을 위해서만 움직이고 있으니까.

에코나가 준 원형 팔찌를 봤다. 코우스케는 사냥에 나서는 기보르네 남자는 아니지만, 더욱 위험한 미궁에 들어가는 공략자다. 그래서 그녀는 부디 코우스케의 몸이 안전하기를 빌면서 이것을 만들어 주었다.

코우스케를 걱정해서.

누군가를 구하고, 누군가를 걱정하는 가운데, 코우스케는 관심을 쏟고 있지 않았던 것이다.

마찬가지로 자신의 몸을 걱정해 주는 사람의 마음에.

오랫동안 그런 일방통행인 행위를 옳다고 여기며 살았다. 복수의 길을 걷고 있던 폐해일 것이다.

자신을 걱정하는 어린 소녀 한 명 안심시키지 못하고, 어떻게 누군가를 행복하게 만들 수 있을까.

과연, 자신의 마음에 달라붙은 후회는 차치하고서라도, 그것이 유발하는 행위는 틀림없는 잘못이다.

후회를 지우지 않더라도 과오를 범하지 않도록 힘쓰는 것은 가능할 터.

에코나는 안절부절못한 기색으로 시선을 올렸다 내렸다 하고 있다. 코우스케의 반응을 기다리고 있는 모양이다.

가슴이 꾹 옥죄였고, 그러면서도 따뜻한 것으로 채워졌다.

"고마워. 이런 걸 해 준 건 에코나가 처음이야. 정말로 기뻐."

꽉 쥐어진 그녀의 손을 살짝 풀고 받아 든 그것을, 코우스케는 왼쪽 손목에 걸쳤다.

끈으로 둘레를 조절할 수 있게 만들어져 있어, 코우스케는 그것이 빠지지 않도록 꽉 조였다.

"……저, 정말인가요? 코우스케 씨는 상냥하니까, 그……."

"설마. 나는 정말로 기뻐하고 있어. 인제 와서 돌려달라고 해도 안 줄 거니까 말이야."

짐짓 경계하는 듯한 표정을 짓자, 에코나는 그제야 쿡쿡 웃었다.

그런 뒤, 웃음은 기쁨의 미소로 변해 갔다. 붉었던 얼굴은, 뺨이 분홍색으로 물들 정도로.

코우스케는 코우스케대로 쑥스러워져서 얼버무리듯이 헛기침을 했다.

"아…… 이거, 원래 있던 세계에 있던 미산가라는 거랑 비슷하네. 그건 끊어지면 소원이 이루어진다든가 그런 느낌이었는데."

에코나 쪽도 마찬가지라, 손을 챙처럼 만들어 코우스케와 눈이 마주치지 않도록 하고 있었다.

"이, 이건 로로 라라고 해서, 기보르네 말로 '신의 사랑'이라는 의미예요. 여자의 기도를 받고, 신이 남자의 죽음을 로로 라로 한 번 옮겨 준다고 전해지고 있어요."

"그럼, 내가 죽을 위기에 처하면 이것이 끊어진다는 거야?"

"네. 코우스케 씨의 목숨을 지켜 줘요."

"그럼, 죽지 않도록 해야겠네. 모처럼 만들어 줬는데, 끊어지는 건 싫으니까 말이야."

손목을 가볍게 흔들며 코우스케가 미소 짓자, 에코나는 쑥스러움을 잊은 것처럼 황급히 고개를 들었다.

"몇 번이든……! 몇 번이든, 만들 테니, 안심해 주세요. 물론, 죽을 것 같은 사태와 마주치지 않는 게, 제일이지만요…… 언제나, 걱정, 되고요."

불쑥 새어 나온 진심은, 지금이기 때문에 더욱 가슴에 꽂혔다.

"그래, 조심할게. 걱정해 줘서 고마워."

그녀의 머리에 손을 뻗어, 살짝 쓰다듬는 것처럼 머리카락을 훑었다.

선물뿐만 아니라, 코우스케에게 깨달음도 준 어린 소녀는 쑥스러운 듯 수줍어했다.

◇

약속한 시각이 다가오고 있었다.

사전에 마동마차를 빌린 코우스케가 운전하여 학원으로 향했다.

왕도 길티어스는 5중 성벽으로 둘러싸인 도시로, 원을 그리는 벽 하나별로 구획이 바뀐다. 가장 안쪽을 왕성 및 군 시설로 하고, 제1외주를 귀족 거주구, 제2외주를 귀족가, 제3외주가 평민 거주구, 최종 제4외주가 평민가로 되어 있다.

성문은 가장 안쪽인 왕성을 감싸듯이 전개된 것을 제외하고, 모두 환형 성문이라고도 불리고 있었다.

동서남북으로 준비된 그것을 통과하려면 구획에 따라 허가가 필요해진다.

영웅이 된 코우스케와 함께라면 명예 신민인 에코나도 통과는 가능하다. 정식으로 학원에 입학할 수 있다면, 학생으로서 귀족가까지 통행하는 게 허가된다고 한다.

에코나는 긴장한 모양이라 딱딱하게 굳어 있다.

변덕으로 볼을 꼬집어 보자 말랑, 하고 형태를 바꿨다. 문제없이 부드러운 채인 것 같다.

“코, 코우흐헤 히?”

긴장도 잊고 난처한 듯한 표정을 짓는 에코나를 보고, 자연히 웃음이 나왔다.

그런 코우스케를 보고 그녀도 미소 지었다.

지리 정보는 사전에 글래스에 입력했기에 헤매지 않고 목적지에 도착했다.

교문 옆에 마차를 세우고 둘이서 내렸다.

거대한 대문이 있고, 그것이 두 사람을 맞이하는 것처럼 열렸다.

"이, 이것도 마법식, 인 걸까요?"

에코나가 신기하다는 듯이 자동으로 열리는 문을 보며 중얼거렸다.

"그럴지도 모르겠네."

부지 내에 발을 들이자, 다시금 감탄이 새어 나왔다.

"넓네……."

"커, 커다래요."

앞뜰이라고도 하면 좋을까. 그 시점에서 터무니없이 광활했다.

교사 앞까지 마차로 가야 했나 하는 생각이 들 정도로는 거리가 있었다.

"네~에, 제가 그 학교 안내 담당을 지시받은 여학생이에요~."

한 명의 소녀가 천천히 손을 흔들며 다가왔다.

부채꼴을 그리는 눈꺼풀 안쪽에 자리 잡고 있는 건 붉은 석류 같은 눈동자. 그와 같은 색깔인 머리카락은 허리까지 곧게 자라 있었다.

피부는 눈을 떠올릴 정도로 하얗고, 그 몸은 한 번 끌어안으면 부서지리만치 가냘팠다.

그렇다고 해서 건강하지 못하다는 인상이 느껴지지 않는 건 그 미소와 분위기 때문일까.

하얀색과 붉은색을 기조로 한 교복으로 몸을 감싸고, 정중하게 인사해 보였다.

"쿠로 씨와, 에코나 씨지요? 아, 성함으로 부르는 편이 좋을

까요? 저한테는 부디 편하게 대해 주시면 고맙겠어요~. 이쪽은 어떻게 할까요? 희망하시는 데 맞추어 드릴 텐데요~."

귀족의 자제가 많이 다닌다고 해서 어떤 인물이 올지 싶었는데, 의외로 가볍다.

경박하다고 할 정도까지는 아니지만, 지나치게 딱딱하지 않은 건 분명하다. 코우스케로서도, 아마 에코나로서도 다소 대하기 편하여, 그 점에서는 다행이라며 코우스케는 가슴을 쓸어내렸다.

"아니, 호칭도 태도도 그대로면 돼. 그러니까……."

"아아, 실례했어요. 이름 말이지요~? 그쪽 분의 이름은 들었습니다만, 제 이름은 전해지지 않았던 걸까요? 뭐, 리갈 아저씨답지만요. 그러면 다시금 제 소개를 할게요. 앨리스글라이스 텐나이트 글라카라독이라고 해요. 모쪼록 앨리스라고 불러 주세요~."

"잘 부탁해, 앨리스."

"자, 잘 부탁드립니다. 앨리스 씨."

앨리스는 고개를 꾸벅 숙이는 에코나를 잠깐만 봤다.

생긋 미소 지었지만, 이내 코우스케한테 시선을 돌렸다.

"네~. 그런데 쿠로 씨. 저희 가명을 들으신 적이 있지 않나요~?"

"가명? ……글라카라독, 이지. 그러고 보니 어딘가에서……."

조금 생각하고, 금방 생각이 미쳤다.

"신화의 7영웅인가."

코우스케는 성전도 영웅담도 읽지 않았기 때문에 자세히는 모르지만, 이름 정도는 기억하고 있다.

『하얀 영웅』 스노우더스트 피네랄크스 클리어베디비어.
『붉은 영웅』 하트드러그 글라카라독.
『푸른 영웅』 크로우즈보토닐 더그닛트.
『녹색 영웅』 조이드 네리브러드.
『빛의 영웅』 로우라이트 간오르게류즈.
『검은 영웅』 엘마 엘도 아마릴리스.
즉, 앨리스는——.
"저희 글라카라독 가(家)는 『붉은 영웅』을 시조로 지닌 귀족가여서요~, 학원 창설과 운영에도 관여하고 있는데 말이죠~. 슬프게도 『홍(紅)』 보유자는 오랫동안 태어나지 않았고, 이런 저도 『화』에 적성을 가지고 태어나 다행이네, 정도의 취급이에요~. 어떻게 생각하세요? 동정이라든가 대환영이랍니다~?"
동정하지 말라는 게 아니라 동정해 줬으면 좋겠다니, 본심이건 농담이건 묘한 말을 다 한다.
이야기를 따라갈 수 없어 곤혹스러워하는 에코나를 제쳐 두고, 앨리스는 계속했다.
"그런 무능한 딸에게 요구되는 건, 유능한 아이를 낳는 것 정도란 말이죠~. 그렇다고는 해도, 모체가 무능한데 남편까지 무능해서야 이야깃거리도 안 되죠. 이 이상 홍의 계승자를 약체화시킬 수는 없는 노릇이랍니다~."
자기소개라고 하기에는 말하는 내용이 너무 생생하다.
"……잠깐. 너는 무슨 이야기를 하는 거지."

"중요한 이야기지요~? 저에게는 의무가 있고, 그걸 다할 의사가 있어요. 단지, 의사로는 바꿀 수 없는 것도 있어서요~. 모처럼 만날 기회를 얻었으니, 여기는 있을까 말까 한 용기를 쥐어짜서, 사랑에 빠진 소녀답게 달콤한 마음을 말해야 하려나~ 하고요."

안 좋은 예감이 들었다.

그녀는 웃고 있다. 상냥하고, 덧없고, 아름답고, 단정하고, 그러면서도 어쩔 도리가 없을 만큼 **멀다**.

마치 회화(繪畫) 같다고 코우스케는 생각했다.

이쪽을 보고 있는 것처럼 느껴질 뿐이고, 차원의 벽은 의사소통을 허용하지 않는다.

그녀는 살아 있는 인간이고 대화도 가능한데, 어째서 그렇게 느낀 것인가.

"어떤 것이든 할 테니, 당신의 아내로 삼아 주시지 않겠어요~?"

결혼 신청은 만난 지 1분 만에 이루어졌다.

그러고 보니 아클레어에 오고 나서 원래 있던 세계에서는 생각할 수 없을 만큼 이성의 관심을 끌고 있구나, 하고 어딘가 남의 일처럼 생각했다.

별 볼 일 없던 중학생 때는 연이 없었고, 위험을 돌아보지 않게 된 복수자 시절에는 다소. 그런데 전생하고 나서는 그에 비할 바가 아니다. 솔직하게 기뻐할 수 없는 건 코우스케의 정신 상태도 있겠지만, 관심을 받게 되는 이유가 크게 연관되어 있다.

크윈에게는 몇 번이나 좋아한다는 말을 들었지만, 그건 그녀가 영웅을 그만두고 싶어 하고 있고, 코우스케만이 그걸 긍정해 주니까. 즉 이해자 후보이기 때문이리라.

엘피는 코우스케의 『흑』이나 『정신 오염』, 영웅이라는 신분에 호기심을 자극받아서다.

플라스에게서는 은의나 받들고 숭배하는 마음을 느끼지만, 그 이상의 것은 아니라고 생각된다.

파르페는 결투를 거쳐 코우스케한테 호의적으로 변했지만, 그것도 강자에게 끌리는 인물이니 명확하다.

토와는 애초에 여동생이고, 그녀도 이제 코우스케를 이성으로는 인식하고 있지 않을 것이다.

그리고 이번에는 코우스케의 재능을 목적으로 구혼하는 여학생.

자신에게 향하는 호의를 솔직하게 기뻐할 수 있는 상대는 실상 시로와 에코나 정도였다.

"미안하지만 거절하겠어."

"가능하다면 데릴사위로 와주시면 좋겠다고 생각하지만, 제가 시집가는 패턴도 괜찮답니다."

"……거절하지."

"? 아아, 첩이라도 괜찮아요. 전혀 문제없답니다. 최악의 경우라도 쿠로 씨의 아기만 낳게 해 주시면, 성가신 것은 아무것도 원하지 않아요. 남성분은 그런 형편 좋은 관계를 바라는 법이니 말이지요~."

발언 한 번에 문제 되는 부분이 너무 많아 어디서부터 어떻게 말하면 좋을지 알 수 없어지는 코우스케였다.

"원하지도 않고, 바라지도 않아."

"그럼 몸뿐인 관계로 괜찮아요~. 한 달에 두세 번만이라도 괜찮으니까요. 뭣하면 본처분께는 비밀로 하는 데 협력하는 것도 거리낌이 없을 정도고요~."

무서울 정도로 대화가 성립하고 있지 않았다.

"…………내 말을 듣고 있었나?"

앨리스는 진심으로 의아하다는 듯이 고개를 갸웃했다.

"가명에 상응하는 아이를 낳는 것이 귀족 집안의 딸에게 주어진 사명이고, 저는 그걸 수락했어요. 나머지는 쿠로 씨가 고개를 끄덕이는 것뿐이죠~?"

"그럴 생각은 없어."

"어째서인가요? 무엇 하나 부자유를 강요할 생각은 없답니다~? 사랑이 어쨌느니 하는 말씀을 하실 생각이라면 안심해 주세요. 저는 쿠로 씨를 사랑해요. 당신에게 사랑받지 않아도, 계속 사랑할 수 있어요~."

거기에 이르러서야 겨우 코우스케는 그녀에게 공포에 가까운 감정을 느꼈다.

위협으로서의 공포가 아니라, 말하자면 어린아이가 유령을 두려워하는 듯한, 미지에 대한 공포다.

코우스케는 딱히 모든 허위를 꿰뚫어 보는 힘 따위 가지고 있지 않다.

그래도 남의 낌새에는 예민하다고 생각한다. 그렇기 때문에야말로, 무서웠다.

사랑한다고 한 말에는 감정이 담기고, 연모하는 마음이 배어 있는 것처럼 들렸으니까.

마음을 끌기 위해 그럴듯한 말을 하는 게 아니라, 그녀는 진심으로 말하고 있는 것이다.

오늘 막 만난 남자가 영웅이라는 것, 단지 그것만을 이유로.

"……거절한다."

"어째서일까요~? 제 외모, 취향이 아니신가요~? 가슴은 나름 있고, 처녀예요. 햇과일이라고요. 안는 느낌은 그리 좋지 않을지도 모르지만, 명령하시면 어느 정도 살도 찌울 테고, 불만스러운 점은 가능한 한 개선할 생각이에요~. 어디가 마음에 들지 않으시는 거죠?"

여전히 생글생글 웃고 있지만, 이미 대화하기 쉽다는 인상은 무너졌다.

그 눈 속에는 제정신을 나타내는 등불이 깃들어 있었다. 즉, 그녀로서는 지금 상태가 정상인 것이다.

이상하다는 걸 이상하다고 느끼지 못하고, 타인과의 차이를 '상대가 이상하다'라는 형태로밖에 인식할 수 없다.

리갈에게도 에코나에게도 미안하지만, 코우스케는 말을 꺼냈다.

"학원을 안내해 줘. 지금 당장. 그렇지 않으면 돌아가겠어."

이대로는 해결이 나지 않는다. 다른 날에 다시 다른 사람에게 부탁하고자 생각했다.

하지만 그녀는 한순간에 태도 전환을 끝내고, 에코나에게 미소를 지었다.

그것이야말로 만류하는 데 가장 알맞다는 것을, 그것만은 알고 있었다는 것처럼.

"오래 기다리셨어요, 에코나 씨. 글라카라독 학원에 어서 오세요. 마술사 육성과를 소개할게요?"

빛의 계승자인 플라스는 자기 자신이 영웅이 되는 걸 고집하고 있지만, 그녀는 다른 모양이다.

자기 자신을 어디까지나 영웅의 후손으로 취급하고, 그 힘을 발휘할 수 없었던 무능함을 인정하고, 아이를 낳는 기계가 되는 것에 망설임이 없다.

본가의 결정에 따르는 것도 아니고, 진심으로 그 선택을 옳다고 믿고 있다.

그것 자체는 그녀의 자유이지만, 코우스케가 그걸 받아들여 주지 않는 것을 전혀 이해할 수 없는 모양이다.

그 올곧음은 섬뜩하기까지 했다.

그렇지만, 안내 담당 역할을 다해 준다면 현재로서는 문제없다.

"그럼, 우선은 어디부터 안내할까요. 보건실로 할까요."

"어째서야."

"침대가 있으니까요~."

"몸 상태가 안 좋은 사람은 아무도 없어."

"또 그런 말씀을~. 남녀가 침대가 있는 방으로 가는 거라고요? 할 일은 하나 아닌가요, 아이참~."

문제는 있었다. 문제밖에 없었다.

"미안, 에코나. 오늘은 돌아갈까."

"거짓말, 거짓말이에요. 그럼 여자 기숙사는 어떨까요. 모든 귀족가가 왕도에 모여 있는 건 아니지만, 유명한 학원이라고 하면 이곳이기에 각처에서 귀족의 자녀가 모인답니다. 필연적으로 기숙사의 수요가 생겨나는 거죠."

"……에코나는 집에서 다닐 생각이야."

"아뇨, 그래도 말이죠. 각 방에도 역시 침대가……."

"미안, 에코나——"

"거짓말, 거짓말이에요. 일일이 돌아가려고 하지 말아 주세요."

"일일이 교육에 안 좋은 말을 하는 거 아니야."

"차려진 밥상을 먹지 않는 건 남자의 수치라는 걸 모르는 걸까요~?"

삐친 것처럼 중얼중얼 말하면서, 그녀는 결국 떨떠름한 기색으로 안내를 시작했다.

본교사가 아니라, 마술사 육성과 학생이 주로 사용하는 시설로 우리를 데리고 갔다.

"연구실이라 불리는 장소에요. 마술사 육성과 학생은 다들 섬세하니까 조심해 주세요. 얼마나 섬세한가 하면, 눈의 결정

정도로 섬세해요."

체온 정도라도 녹아 버리는 모양이다.

"신경 쓰이는 게 있어도 본인들이 아니라 저를 통해 주세요."

코우스케와 에코나가 끄덕이는 걸 확인하고, 앨리스는 건물 안으로 들어갔다.

연구실의 외관은 붉은 벽돌조로, 거대한 창고를 연상케 했다.

안으로 들어가자 창고라는 인상이 정답이라는 걸 알았다.

사람과 뭔가의 기재 및 부품이 그 안을 가득 채우고 있다.

"후와아……."

에코나는 눈을 반짝였다.

"저, 저건 뭘까요."

학생은 다들 교복 위에 백의를 걸치고 있다. 교복 말고 다른 옷을 입은 사람도, 도저히 학생으로는 보이지 않는 사람도 많이 섞여 있다. 교직원이나, 그밖에도 인재가 출입하고 있는 건가.

어떤 한 구역에 몇 명이 백의 차림으로 모여 있었다.

그 근처에서는 유일하게 백의를 걸치고 있지 않은 인간——이 아닌, 인간형의 무언가가 움직이고 있었다.

"아아, 마동인형이네요~. 관상용이나 장난감이 아니라, 주로 노동력으로 운용하는 걸 염두에 둔 시제기예요~. 단지, 인간의 움직임을 재현하는 건 매우 어려운 모양이라 난항을 겪고 있다던가. 일부 마물이 이용하는 꼭두각시 조종술이라 불리는 스킬에 대한 연구가 진행되면, 진전을 볼 수 있을지도 모르겠네요~."

확실히 움직임은 아직 어색하다. 그야말로 실로 움직이는 인형처럼.

"대, 대단해요. 저, 저기……! 그러면 저건?"

몇 마리의 새가 날고 있다. 이쪽은 움직임도 부드럽다. 부자연스러울 정도로.

"저건 군의 요청으로 개발 중인 조류형 척후네요~. 군인이 아니라 생물형 인형을 사용하면 적병에게 들키지 않고 색적이 가능해진답니다~. 사람보다는 낫다고 해도, 생물의 움직임을 완전히 모방하는 데도 시간이 걸리기 때문에 실용화는 아직 미래의 일이겠지요~."

생물형 비행 드론이라는 건가.

『빛의 계승자』 간오르게류즈 가문이 장사에 손을 댐으로써 성공을 거뒀듯이, 글라카라독 가문도 또한 다른 길을 개척하고 있었다. 마법구 관련 연구 개발이다.

사재를 투자하여 우수한 인재를 모집함으로써, 그때까지 기술 국가와 크게 차이가 벌어져 있던 연구 개발 기술의 수준을 메우려 하고 있었다. 전쟁으로 인해 필요성이 폭발적으로 높아진 지금은, 이미 국가에 있어 불가결한 존재다.

학원은 연구 기관과 제휴하고 있기에 우수한 인간이라면 학생일 때부터 커다란 프로젝트에 관여하는 것이 허용된다.

점심시간임에도 작업에 열중한 그들의 모습에서는 진지함과 집중력을 엿볼 수 있었다.

"그, 그러면 저건?"

완전히 흥분한 기색인 에코나가 다음으로 본 것은 하늘을 나는 융단이었다.

"『풍』 속성을 이용한 비행형 마법구네요~. 사용자에 의해 고도나 속도, 방향 전환이 가능해질 예정인데요, 적재량과 조종에 걸리는 마력, 거기다 생산 비용을 계산하면 용도가 매우 제한되고 마는 게 단점이네요~. 하늘을 날 수 있는 건 이점이지만, 여러 문제점을 고려하면 말로 충분하다는 결론을 낼 수밖에 없고, 병사를 태우기에도 마력퇴(魔力堆) 만큼의 비용이 증가하므로 역시 각하예요~."

마력퇴라는 건 마력 전지라고 할 수 있다. 대부분 인간이 소량의 마력밖에 만들어 낼 수 없는 것을 생각하면, 인공 마법구 가동에 필수라고도 할 수 있는 물건이다.

"그러고 보니 에코나 양. 마술사를 목표로 한다는 건 발상과 그 실현에 인생을 쏟는 게 되는데요, 뭔가 만들고 싶은 건 정해져 있나요?"

"……어라, 그러고 보니 연구 개발은 마녀의 역할 아닌가? 마술사는 생산 직업 아닌지?"

"어머어머, 쿠로 씨. 질문에 대답해 주길 원하신다면 저와의 밀회를 지금 여기서 약속하——."

"그럼 됐어."

"차가우셔라~……."

어깨를 떨구면서도, 앨리스는 대답해 주었다.

"마녀는 연구직이에요. 구조, 장치를 규명하고, 그것들의 이용법을 모색해요. 마녀직에 있어서의 개발이라는 건 확실한 사실과 그것들이 가져다주는 가능성을 도출하여 마술사로 하여금 활용시키는 것을 가리켜요. 신기술, 인공마법구의 실용화라는 의미에서의 개발은 마술사의 영역이 되는 거지요~. 이상, 앨리스 선생님의 개인 지도였습니다~."

"에코나가 되고 싶은 건 마술사가 맞아?"

"네!"

에코나는 끄덕끄덕, 하고 힘차게 끄덕였다.

"그런데 앨리스 선생님의 개인 지도 말인데요, 야간부는 예약하시겠어요~?"

"그래서, 에코나. 어떤 걸 만들어 보고 싶다든가 그런 건 있어?"

"어째서 무시하는 걸까요~? 소녀의 마음에 금이 가버렸답니다~. 갈라진 틈에서 새어 나오는 내용물은 눈물이니까 말이에요~? 흑흑………… 힐끔."

코우스케는 우는 척하기 시작한 앨리스를 완전히 내버려 뒀지만, 에코나는 신경이 쓰이는 모양이다.

그래도 코우스케의 질문에는 대답하려고 입을 열었다.

"저기, 흐린 날에 빨래가 마르지 않는 건 조금 난처하니까, 『풍』 마법으로 건조시키는 마법구 같은 게 있으면 좋겠다 싶어서요."

"아아, 건조기군요~."

아무 일도 없었던 것처럼 부활한 앨리스가 에코나의 말에 반응했다.

"이미 있나요?!"

"있어요~. 쓸데없이 커다란 데다 가격도 비싸서 귀족만 사지만요."

"그, 그럼, 많은 식기를 『수』 마법으로 씻을 수 있는 마법구 같은 건……."

"식기세척기 말이군요~."

"이미 있나요?!"

"있어요~. 이쪽도 자리를 차지하는 데다 가격 문제로 일반적으로는 보급되지 않았지만요."

"그, 그러면. 먼지나 쓰레기를 『풍』 마법으로 한데 모으는 마법구는 어떨까요?"

"청소기일까요~."

"이미 있나요?!"

계속 같은 미소를 띠고 있던 앨리스의 표정에 감탄이 섞이는 걸 알 수 있었다.

"있어요~. 하지만 대단하네요~. 머리가 상당히 유연한 것 같아요. 무책임한 말을 하자면, 적성이 있다고 생각해요. 단지 발상이 좀 사용인 시점에 치우친 느낌도 들고요~. 발상의 근원은 경험이니까, 좀 더 세상을 보는 편이 좋답니다~."

코우스케는 철렁했다.

확실히 일과 집안일뿐인 생활을 보내고 있기에, 에코나의 세계는 얼마 안 되는 외출로밖에 넓어지지 않는다.

"……이제부터는 같이 외출하는 날을 늘리자. 가고 싶은 곳이 있으면 말해줘. 내가 무리라도, 에코나 같은 착한 아이라면 누군가가 데리고 가 줄 거야."

단지, 코우스케 자신이 그녀를 데리고 가는 건 어려우리라. 머잖아 모두에게 상담해 두어야겠다.

"……저, 저기. 네. 감사합니다."

대개의 것에는 우선 사양부터 하는 에코나가 솔직하게 끄덕인 것에 코우스케는 조금 놀랐다.

그만큼 그녀가 진지하다는 것이리라.

"저도 쿠로 씨와 가고 싶은 곳이 있는데요, 그것도 데리고 가 주시겠어요~?"

"학원은 어떤 시스템이지?"

어차피 거절해도 듣지 않으니까, 처음부터 대답하지 않기로 한 코우스케였다.

"슬슬 울 거예요~? ……당 학원은 5세 이상 15세 미만의 재능 있는 자만이 입학 허가를 받을 수 있어요. 수업에서의 성적, 실기에서의 성과 등으로 '1'부터 '7'의 허가권이 발행되고, 그에 따라 시설 이용, 프로젝트 참가가 가능해지는 거랍니다~. 참고로 숫자는 큰 쪽이 높은 등급이에요."

"15살을 지나면?"

"15살을 맞이한 시점에서의 허가 레벨에 따라 진로를 선택하게 돼요. '5' 이상이라면 이곳에서 개발을 계속할 수도 있고, 마법구 제조 성지인 메레크트에 가는 사람도 있네요~. 아아, 리갈 아저씨의 친구로 달트라 제일의 마술사라 칭해지는 아키나 씨 같은 분은 유명하지요."

"'4' 이하라면?"

"글쎄요? 대부분 귀족이고, 길거리를 헤맬 일도 없으니까요~. 자기가 원해서 학원에 들어온 게 아닌 유형의 인간은 군에라도 들어가지 않을까요? 아, 학원에는 있을 수 없답니다?"

철저한 실력주의, 성과주의라는 건가.

"저, 저기, 앨리스 씨는, 그."

"아하하. 괜찮아요~. 숨길 것도 아니니까요~. 앨리스 씨는 싱그러운 15살에 허가 레벨 '6'인 우수한 인재랍니다~. 천재에 이르지 않는 점이 슬프지만요~."

"15살이라는 건 정확히는 학생이 아닌 건가?"

"아뇨, 정식으로 졸업 절차가 끝날 때까지는 학생이에요~. 싫네요~, 아이참~. 그런데 실제로 어떤가요? 어른의 미색과 소녀의 향기라면, 쿠로 씨는 어느 쪽이 취향일까요~?"

그녀는 스커트를 살짝 들췄지만, 코우스케는 이미 그녀 쪽을 보고 있지 않았다.

"에코나, 실제로 보니 어땠어?"

양손을 가슴 앞에서 꽉 쥐고, 흥분이 가시지 않는다는 기색으로 코우스케를 올려다봤다.

"무척……! 대단하다고 생각했어요!"

"그럼, 들어가 보고 싶어?"

"네……! 아, 하지만…… 애초에 들어갈 수 있을지 어떨지……."

"심사는 계절마다 한 번이라서, 가을 심사를 받을 생각이라면 한 달 뒤네요~. 들은 바로는 적성 마술 속성도 많고, 마법을 사용할 수 있을 정도의 마력 생성 능력도 있다는 모양이니. 보증은 할 수 없지만, 아마도 합격할 것으로 생각해요~."

한순간 얼굴이 밝아진 에코나였으나, 금방 고개를 숙이고 말았다.

"하지만, 저는, 기보르네 사람이고……."

"예전 노예라고 해서 깔보는 패거리는 거의 없어요~. 그래도 확실히 쾌적하다고는 할 수 없을지도 모르지만요~. 심사에 관해서도, 불안하시다면 저희 가문 쪽에서 추천장이라도 쓸게요~."

"꽤 협조적인데."

"장수를 쏘려면 먼저 말을 쏘아라, 고 하지요~?"

"입 밖에 낸 탓에 허사가 되었지만 말이야."

에코나에게 친절하게 대함으로써 코우스케의 인상을 좋게 만들고자 하는 속셈이었던 모양이다.

의도야 어쨌든, 도움이 된다는 건 분명하다.

"일단 수업 같은 것도 들어볼 수 있도록 준비했는데요, 어떻게 하시겠어요~?"

에코나를 보니, 아무래도 흥미진진한 모양이다.
"그럼, 부탁할 수 있을까."
"물론이고 말고요, 후후."
앨리스가 입가에 손을 대고 기쁜 듯이 미소 지었다.
"왜 그러지?"
"쿠로 씨와 1초라도 오래 있을 수 있는 게 기쁘답니다~."
순수한 호의에서 오는, 올곧은 말.
하지만 그건 코우스케의 마음까지는 닿지 않는다.
그녀와 보통 사람을 멀리 갈라놓는 벽에 가로막혀서.

다음 날 아침이 되어도 에코나는 들뜬 채였다.
어젯밤 에코나와 상담을 하였다. 에코나는 학원 입학을 목표로 하겠다는 듯하다.
그녀는 코우스케에게 협력을 부탁했고, 코우스케는 승낙했다.
아침을 먹은 뒤 정리가 끝나자, 에코나는 일을 하러 갔다.
기분 탓인지 그 발걸음은 평소보다 가볍게 느껴졌다.
미궁 공략은 점심이 지나서부터. 그 전에 약속이 하나 있었다.
이윽고 기다리던 사람이 찾아왔다.
도어노커가 문을 조심스럽게 두드리는 소리.
식사 테이블의 의자에서 일어나 현관으로 향했다. 문을 열자,

그곳에 있던 건――.

"……아, 안녕."

시로다.

은백색 머리카락은 풀어져 있고, 예전에 선물한 곱창밴드는 오른쪽 손목에. 동그란 눈동자는 무슨 이유에서인지 바쁘게 움직였고, 안절부절못하면서 손으로 머리를 정리하고 있다.

기장이 짧은 원피스 위에 재킷을 걸친 모습은 활발한 그녀에게 잘 어울렸다. 원피스는 윗부분이 까만색이고 아랫부분은 하얀색으로 되어 있으며, 군데군데에 단출한 레이스가 장식되어 있다. 재킷은 차분한 감색이고, 소맷부리와 옷깃 언저리에 하얀 장식이 달려 있었다.

귀엽다든가, 잘 어울린다든가 하는 그런 말만이 떠올랐지만, 그걸 정직하게 입에 담을 정도로 코우스케는 솔직하지 않았다.

"갈아입을 속옷은 제대로 챙겨 왔어?"

입 밖으로 튀어나온 건 그런 농담. 평소의 시로라면 차가운 눈으로 노려보거나, 어이없어하거나, 화내거나의 셋 중 하나겠지만, 코우스케는 그중 어느 것도 싫지는 않았는데…….

오늘의 그녀는 조금 달랐다. 아니, 조금 정도가 아니다.

그녀는 당황한 듯한 표정을 짓고는, 그러고 나서 미안한 듯이 어깨를 움츠렸다. 뺨은 상기되었고 눈동자는 물기를 머금었다. 치뜬 눈으로 이쪽을 바라보는 모습은 너무 가련해서 눈을 떼는 것을 허락하지 않았다.

그리고, 얇은 입술이 떨렸다.

"아, 안 가져왔어……. 그런, 거, 잘 몰라서, 저기, 미안, 가, 가지러 돌아가는 편이 좋을……까나? 좋겠, 지. 그, 금방, 가지고 올 테니까!"

"……………………."

"코, 코우스케?"

불안한 듯이 이쪽을 올려다보는 그녀에게, 놀리고 있는 듯한 낌새는 없다.

코우스케는 떠올렸다. 자신은 뭐라 말하고 그녀를 불러냈던가.

중요한 이야기가 있다고 말하고 불러냈다. 다른 누구도 듣는 걸 원치 않았기에 자택에서, 그리고 에코나가 일을 하러 나간 날, 시간대를 골랐다.

하지만 코우스케와 시로는 연인 사이인지라.

상대 혼자밖에 없는 집으로 부른다는 것은, 확실히 그런 것을 연상해도 어쩔 수 없다.

그렇게 생각하면, 처음 한 농담은 악수(惡手)다.

이곳에 올 때까지 여러 갈등이나 상상이 있었을 것이다. 그런 가운데 직접적으로 상상과 현실을 결부하는 듯한 발언을 듣고, 그녀는 진지하게 고민했다.

여기서 농담이라고 하면, 곧바로 돌아갈지도 모른다. 아니, 확실히 돌아가고 만다.

"아……, 아니, 괜찮아. 일단 들어와 줘."

그녀는 자신이 치명적인 실수를 한 것 아닐까 하고 생각했던 것이리라. 진심으로 안도한 듯한 표정을 지은 뒤 고개를 끄덕이고는 현관문을 지났다.

"다행이야……. 없으면 없는 대로, 어, 어떻게든 되는, 그런, 느낌……?"

부끄러운 듯이 그렇게 쭈뼛쭈뼛 묻는 그녀에게 "아아, 뭐 그렇지"라고 애매하게 대답하고는, 의자에 앉게 했다.

"뭔가 마실래?"

"어?! 무, 물이라든가?!"

긴장한 탓인지 별것 아닌 말에도 당황하는 시로였다.

"그래, 물이라든가. 그밖에도 있지만."

"물, 을, 받을 수 있을까? 방금 막 이 닦은 참이고."

어미도 이상하고, 쓸데없는 정보까지 덧붙이고 있다.

코우스케는 말없이 유리컵에 물을 따르고, 그걸 건넸다.

양손으로 감싸듯이 컵을 든 시로는 목이 말랐는지 단숨에 꿀꺽꿀꺽 마셨다.

"……푸하. 그, 그래서? 이야기라니?"

표면상의 이유라고 여기고 있다 해도, 그녀 역시 일단은 불러낸 이유를 기억하고 있는 모양이다.

언제까지나 얼버무릴 수 있는 건 아니기에 코우스케는 한 박자 뜸을 둔 뒤, 결심하고 말했다.

"상당히 진지한 이야기라, 그게, 그러니까, 저기…… 네가 상상하는 것 같은 일은 일어나지 않을 건데."
텅, 하고 컵 바닥이 탁상에 놓였다.
"헤?"
10초. 20초. 30초. 그녀는 멍해진 듯이 입을 작게 벌리고 있었다.
이윽고.
불이라도 뿜을 것 같을 정도로 얼굴이 빨개져서는, 몸이 부들부들 떨리기 시작했다.
그도 그럴 것이다.
자기만 그런 생각을 하고 있었다니, 코우스케가 시로의 입장이어도 견딜 수 없다.
"..................갈래."
천천히 일어서더니, 그녀는 유령 같은 발걸음으로 현관을 향해 갔다.
"아니아니아니."
코우스케는 약간 초조해하면서도 순간적으로 그녀의 팔을 붙잡았다.
"에에이, 이거 놔! 오늘은 더는 이야기할 기분이 아니야! 아니, 그보다 앞으로 일주일은 얼굴 보는 것도 싫어! 가게에도 오지 마! 연락도 하지 마!"
성난 어린애처럼 버둥버둥 날뛰는 시로.
"기다려 줘. 나도 미안했어. 그러니까──."
"그래! 애초에 뭐가 갈아입을 속옷이야! 그런 거 알까 보냐!

소풍 책자처럼 필요한 건 미리 인쇄물에 정리해서 고지하라고! 자고 가는 것도 아닌데 그런 게 생각나겠냐!"

"화내는 부분을 잘 모르겠어……!"

시로는 상처받은 듯한 표정을 지었다.

"되, 되레 화냈어…… 사과한 다음 순간에 되레 화냈어……."

"…………죄송합니다."

"어쨌든 이거 놔! 갈래! 가서 앵돌아 자는 것 말고는 생각할 수 없어!"

미궁 공략에 가기 전에 어떻게 해서든 이야기하고 싶은 것이 있었는데, 말 붙일 건더기도 없다.

억지로 앉혀서 말을 듣게 할 수 있을 리도 없어서, 코우스케는 포기하고 손을 놓았다.

시로는 뒤돌아보지도 않고 도망치다시피 돌아가 버렸다.

그녀가 떠나간 문을 잠시 바라보고, 그 후 힘없이 의자에 앉았다.

과연 그녀가 진정할 때까지 어느 정도 걸릴까.

자기가 본격적으로 전쟁에 투입되기 전이라면 좋겠는데…….

양손으로 얼굴을 감싸고 아아~ 하며 의미 없이 신음하고 있자, 문을 똑똑 두드리는 소리가 났다.

에코나가 돌아오기에는 이르고, 손님이 올 예정은 없다.

일어설 기력도 없기에 멍하니 앉아 있는 코우스케였지만, 이번에는 글래스에 메시지가.

『열어.』

상대는 확인할 것까지도 없다. 코우스케는 튀어 오르는 기세로 일어서서는 문을 열었다.

은백색 안내인은 불만스러운 듯이 한쪽 뺨을 부풀리고 있었다.

"왜 안 쫓아와!"

"뭐, 뭐어?! ……이야기할 기분도 아니고, 얼굴을 보는 것도 싫다고 했잖아."

"그래도 쫓아오는 법이잖아! 내가 읽고 있는 소설에 그렇게 쓰여 있었어!"

그런 걸 내가 어떻게 아느냐고 말하려다가, 꾹 참았다.

"다음부터 그렇게 할게."

"아니, 애초부터 도망치고 싶어지는 상황을 만들지 말아 줄래?"

도끼눈으로 날 노려봤다. 여전히 눈동자는 젖어 있었기에, 미안함보다도 보호욕이 솟아났다.

"……조심할게."

"좋아."

그녀의 얼굴에서는 아직 붉은 기가 가시지 않았지만, 그건 지적하지 않았다.

그녀 나름대로 다잡아 준 것이다. 긁어 부스럼을 만드는 우는 범하지 않는다.

시로가 의자에 털썩 앉았다.

"그래서, 중요한 이야기라는 건 뭐야?"

물론 이야기할 생각이긴 했지만, 조금 전까지의 분위기가 어딘가 잔류한 상태에서는 꺼내기 어렵다.

헛기침. 시로의 빈 컵에 물을 따랐다. 자신의 몫도 준비했다. 거실 안을 배회.

"……코, 코우스케?"

코우스케의 태도에서 시로도 안이하게 말할 수 없을 정도의 것임을 이해해 준 모양이라, 그 표정에 걱정의 빛이 깃들었다.

그걸 보고 코우스케는 그녀의 좋은 점을 다시 인식했다.

그렇다. 시로라는 소녀는 화를 낸 상대에게, 화를 내면서도 다정하게 대할 수 있는 흔치 않은 인간이었다. 아무리 기분이 상해도, 당연하다는 듯이 조력과 염려를 잊지 않는다.

그건 미덕이다. 인간적인 매력. 그런 소녀이기에, 숨겨 두는 건 공정하지 않다.

크윈에게서 들은 말을 떠올렸다. 코우스케의 선행은 과거의 죄악감에 기인하고 있는 걸지도 모른다.

리갈에게서 들은 말을 떠올렸다. 긍정 받아도 솔직하게 기뻐할 수 없는 건, 무엇보다 자기가 자신을 그럴 가치가 없다고 생각하고 있기 때문이라고.

이해해 봤자, 개선책 같은 건 알 수 없다.

스스로는 어쩔 도리도 없다. 그러니 들어 줬으면 좋겠다고 생각했다. 그리고 물어보고 싶다고 생각했다.

의자에 앉아 그녀의 눈동자를 똑바로 바라봤다.

그녀의 눈동자에 비치는 자신은 참으로 한심한 얼굴을 하고 있었다.

그에 쓴웃음을 짓고, 입을 열었다.

과거 생에서의 이야기. 시로와 만날 때까지의, 첫 번째 인생의 기록.

여동생을 찾고 있는 건 이야기했다. 전생 직후에 자살을 시도한 건 그녀도 이미 알고 있다. 부분적으로 내심을 토로한 적은 있어도, 상세하게 이야기하는 건 이게 처음이다.

눈부실 정도로 선량한 소녀는, 라이크를 죽인 코우스케에게 용서의 말은 건네지 않았다. 하지만 옆에 있는 것을 선택해 주었다. 그러나 어떨까. 코우스케가 한 짓은, 복수의 내용은, 너무나도 처참하다.

미움을 받는다는 말조차 가볍다. 거절당하는 것도 충분히 생각할 수 있다.

하지만, 그렇기 때문에야말로 이야기해 둬야 한다.

그렇다. 코우스케는 어쩌면 자기가 아는 사람 중에서 가장 아름다운 그녀가, 자신의 더러움을 재단해 줬으면 했던 걸지도 모른다.

얼마나 시간이 지났을까.

실내에는 정적이 가득 차고, 침묵이 오랫동안 이어졌다.

"……바보네."

불쑥 새어 나온 말에는 성량과 마찬가지로 작은 미소가 곁들여져 있었다.

"전에도 말했지만, 너는 자기 자신을 그다지 좋아하지 않는 것 같네."

기억하고 있다. 그 후에 그녀가 해준 말도. 무슨 이유에서인지, 그게 기뻤던 것도.

"확실히 너는 좋은 사람은 아닐지도 몰라. 잘못을 거듭하고, 나쁜 짓도, 심한 짓도 잔뜩 했지. 그건 없었던 일로 만들 수 없고, 그래서 어떻게 해도 마음에 걸려서 떨어지지 않아."

그렇다. 그래서 선량하다고, 옳다고, 영웅이라는 말을 들어도 기뻐할 수 없다. 신뢰도 친애도 존경도, 솔직하게 받아들일 수 없다. 그것들이 자신에게 쏟아져도 튕겨 내고 만다. 마음에 스며들지 않는다. 그때마다 자기 혐오나 후회가 재발하여 답답해진다.

싸움이 있는 곳에 자진하여 뛰어드는 이유의 일부도 거기에 있을지도 모른다. 이기는 것을 계속 생각하는 동안은 다른 것에 사고를 할애하지 않고 그치니까. 육체적인 도전이나 대치가 정신적인 도피가 된다니, 얄궂은 일이다.

"하지만 마찬가지로, 네가 한 올바른 일도 없었던 것으로는 되지 않아."

어느샌가 아래를 향했던 시선이, 그 말로 그녀에게 되돌아갔다.

그녀의 말만이 강고하고 비뚤어진 마음의 껍질을 투과하는 이유를 이해했다.

"복수를 한 건 상대를 용서할 수 없었으니까. 인생을 내던지고 말 정도로, 여동생이 소중했으니까 그런 거잖아. 그렇지 않다면 너는 아클레어에 왔을 때, 내 말을 듣지 않고 자신을 죽였을 거야. 그러지 않았던 건 자신의 분노보다, 여동생의 아픔을 생각할 수 있는 사람이니까."

그녀의 말은 행동이 아니라 심정을 보고 하는 말이다.

옳은 일을 했으니까, 옳다고 평가한다. 그것이 보통이다.

하지만 그녀는 그렇게 생각하고 있었던 거네, 나는 이렇게 생각해, 라는 식으로 마음에, 움직임에 자신의 생각을 곁들여 준다.

"너의 행동이 죄악감에서 온 것이라 치고, 그건 뭐가 나쁜 걸까. 죄의식으로 사람을 구하면, 그 사람들의 목숨의 가치는 없어지는 거야? 그러면 에코나는 구조받지 못해도 좋았던 거야? 타이가의 동료나 공략자들의 유해는, 되찾지 못해도 좋았던 거야? 플라스 씨는 현실을 한탄한 채로 좋았던 거야? 라이크는 그대로 내버려 둬도 좋았어? ……나와 너는, 만나지 않아도 좋았던 거야?"

아니야, 라고. 그것만은 확실하게 느낀다.

"싫은 것일수록 머릿속에서 사라지지 않는 법이야. 다들 마찬가지야. 그러니까, 그건 어쩔 수 없어."

"그럼, 어떻게 하면."

"자기가 싫어하는 부분을 생각하고 만다면, 어떤 자신을 좋아하게 될 수 있을지 생각하면 돼. 지울 수 없는 과거에 번민한다면, 후회가 남지 않는 미래를 생각하면 돼. 그래도, 어쩔 도리가 없어지면."

"없어지면?"

"너를 좋아해 주는 사람들에게 말하면 돼. '나는 나 자신이 싫단 말이지~'라고. 다들 분명 멍해져서는, 웃고, 그러고 나서 아주 약간 화내 줄 거야. 너는 바보라고."

스스로도 놀랄 정도로, 그 상황이 뇌리에 떠올랐다.

시로가 고개를 기울여 부드럽고 따뜻한 미소를 띠었다.

"네가 얼마나 자신을 싫어한들, 그 이유 전부가 부정할 수 없는 것이라 한들, 그래도 우리 역시 알고 있는 게 있어. 코우스케, 너는── 상냥하잖아."

"────."

"그것만은, 아무리 네가 아니라고 말해도 헛수고야. 자신에게는 어울리지 않는다고 생각해도 의미가 없어. 왜냐면 우리는 그걸 절실하게 느끼고 있으니까."

기묘한 감각이었다. 영혼을 태울 정도의 분노와는 다르다. 체온 상승을 촉진하는 흥분도 아니거니와, 몸 표면이 열로 달아오르는 치욕도 아니다. 그래도 확실하게, 뜨겁다. 아니, 이 편안한 기분은 따뜻하다고 해야만 할까.

양손으로 살며시 마음을 감싸는 듯한 온기.

자기 혐오와 죄악감을 부정하지 않고, 마주 보는 것을 강제하지도 않고, 끌어안은 채 다른 것에도 눈길을 주라고 한다. 엄청난 난제를 다 던져준다. 그렇게 간단히 요령 좋게 행동할 수 있다면 고생하지 않는다.

하지만, 마음이 가벼워진 것 또한 사실이었다.

"…………고마워."

코우스케의 말에 그녀는 밝게 웃었다. 여느 때와 다름없는 햇살 같은 미소.

"훗훗후, 귀여울 뿐만 아니라 마음 씀씀이도 완벽한 연인에게 감사하는 게 좋아."

진지한 분위기를 망가뜨리는 그런 말을 한다.

그러니 코우스케도 그에 웃고, 그에 따랐다.

"……그래, 가슴 큰 여자친구가 있어 행복해."

"잠깐! 행복 포인트가 거기라니, 너 최악이네!"

시로는 양팔로 가슴을 감싸고 가급적 보이지 않기 위함인지 몸을 앞으로 숙였지만, 그것이 역으로 가슴을 강조하는 결과가 된다.

"그러고 보니 돌아올 때까지 그럭저럭 시간 걸렸던데, 갈아입을 속옷 가지러 돌아간 거야?"

화끈, 하고 그녀의 얼굴이 홍조를 띠었다.

모처럼 한 번은 넘어간 화제가 도로 언급되자 자리에서 일어섰다.

"그, 그 이야기는 하지 말아 주겠어?!"

"신경 쓰지 마. '없으면 없는 대로, 어, 어떻게든 되는, 그런, 느낌'이니까."

그녀가 충격 받은 듯한 표정을 짓더니, 입술을 부들부들 떨었다.

"어, 어쩜 이리 악독한 녀석이지……! 에에잇, 거기에 앉아! 너의 나쁜 점을 열거해 주겠어!"

"그런 걸 생각하기보다 어떤 자신을 좋아하게 될 수 있는지 생각해야지. 생각한 걸 솔직하게 말할 수 있는 자신을 좋아해. 응."

“남의 조언을 악용하지 마! 너만큼 솔직하다는 말이 어울리지 않는 녀석도 없으니까!”

그럴지도 모른다.

고맙다는 말로는 이루 다할 수 없을 정도의 감사와, 울음을 터뜨릴 것만 같은 정도의 기쁨과, 충동적으로 끌어안고 싶어질 정도의 사랑스러움을, 멋쩍음으로 인해 숨기고 말 정도니까.

“그러고 보니, 우리 집에 오는 건 처음이지. 안내할게. 우선 2층이 침실인데 말이야.”

“어째서 침실부터야! 아니, 그보다 침실로 안내한다니 뭐야! 욕망이 너무 그대로 드러나잖아!”

새빨개진 얼굴로 성을 내며 소리치는 그녀를 보고, 코우스케는 웃었다. 진심으로.

제 2 장

아름다운 꽃이 흐드러지게 핀 미궁에서

(역주: 분홍해록(紛紅駭綠). 당나라의 시인 유종원의 시에서. 꽃이 흐드러지게 핀 광경을 의미.)

미궁이라 불리는 것은 크게 나누어 두 가지.
악신의 영역이자 마물의 서식처인 악령. 신의 영역이며 갖가지 시련이 준비된 신역.
마물의 지상 진출이라는 구체적 위협이 있는 악령에 반해, 신역에는 공략이 강제될 이유가 없다.
공략을 통해 손에 들어오는 것도 악령은 마물 토벌에 의한 보수.
수호자 토벌에 의한 마법구 획득 또는 그를 봉납함으로써 얻는 보상 등 여러 가지지만,
신역은 그렇지 않다.
시련을 돌파한 데 대한 보수는 신역마다 다르지만, 대체로 스테이터스 상승이다.
신역 공략에는 악령 공략과는 다른 능력이 요구되는 경우도 있어, 많은 공략자는
애초에 답파를 목표로 하지 않는다.
하지만 대부분의 국가는 공략을 권장하고 있다. 이유는 여럿이지만, 주된 이유는 두 가지다.
하나, 신역 공략, 즉 시련 돌파야말로 신이 부활하는 것을 돕는다고 여겨지기 때문이다.
시련 같은 게 준비되어 있다는 것에서 의미를 찾아낸 자의 망언이라고 해도 믿는 사람은 많다.
악신이 사라지지 않았다는 사실이 있는 이상, 언젠가 오게 될 부활의 때에
신이 때맞춰 회복하지 못하면 곤란하다며 불안을 품는 신도는 적지 않은 것이다.
둘, 신역은 이전 공략으로부터 딱 11년이 경과할 때까지 새로운 공략자가 나타나지 않을 경우,
폐쇄되고 만다. 어떤 사람도 출입할 수 없는 거대한 이물로 전락하고 마는 것이다.
그것을 신의 분노, 혹은 신에게 버림받은 것이라며 한탄하는 자들을 무시할 수 없다.
안 그래도 시련이라는 이름이 붙은 이상, 극복할 수 있다는 걸 전제로 하는 것이리라.
신이 설정한 일정 기간 내에 그것을 달성하는 자가 나타나지 않으면,
신은 기대가 어긋났다고 판단하여 시련을 중지한다.
그렇게 생각하고 마는 것은 딱히 이상한 것이 아니다.
그 밖의 여러 사정이나 이유로, 신역 공략은 강하게 권장되고 있다.

약속 시각에는 아슬아슬하게 늦지 않았다.

집합 장소인 남문에는 마동포장마차가 서 있었고, 가까이 가자 이미 소녀가 앉아 있었다.

토와다.

검은 머리카락은 낮은 위치에서 두 갈래로 나누어 묶어, 뒤로 늘어뜨리고 있다. 나폴레옹 재킷에 반바지라는 차림으로, 색은 둘 다 빨간색. 다리는 밀리터리 부츠 같은, 소녀가 신기에는 투박한 디자인의 신발로 감싸져 있다. 머리 장식도 건재하고, 오른손 중지에 검은 반지를 끼우고 있었다.

"후호!"

쿠로! 라고 부른 것이리라.

그녀는 고기와 야채가 끼워진 바게트를 볼이 미어터지도록 입에 넣고 먹는 중이었다.

우물우물 씹고는, 삼킨 뒤에 말하려나 싶더니만 아니었다.

다리를 덜렁덜렁 흔들면서, 가죽제 수통에 든 물을 꿀꺽꿀꺽 마신다.

"후우. 이야~, 좀 출출해서 말이지~."

코우스케는 운전을 대신하겠다는 듯이, 소녀의 무릎을 가볍게 때려서 그녀를 뒤로 보냈다.

운전석에 앉고 나서 말했다.

"아직 반도 안 먹었잖아. 내가 운전할 테니까 먹고 있어."

"아니, 무리니까. 움직이는 마차 안에서 먹으면 차멀미해. 다 먹을 때까지 기다려."

"…………."

그런 인간이었다. 그러고 보니.

"아, 쿠로가 말했던 연인이라는 거 시로라는 사람이지?"

시간을 때우기 위해서이리라. 그녀가 화제를 던졌다.

"……응? 어떻게 알고 있는 거야."

"생명의 우정에 가서 종업원 언니한테 들었으니까~ 엇차."

흘릴 뻔한 야채 조각을 입으로 덥석 물고 우물우물.

"에코나하고도 만났어. 착한 애라서 귀엽네. 이렇게, 보는 것만으로도 치유되는 느낌?"

"그렇지, 그렇지."

"거기서 쿠로가 자랑스럽게 끄덕이는 건 기분 나쁜데……."

"남의 연인을 파헤치려고 자주 가는 가게에 들이닥치는 녀석이 더 기분 나빠."

"하, 하아? 어, 어쩌다 아침 일찍 일어나서, 어쩌다 약속한 시각까지 할 게 없어서, 그럴 때 어쩌다 쿠로가 가는 가게를 떠올리고, 그러고 보니 연인이 있다는 말을 들었지, 하고 생각했으니까, 그래서 간 것뿐이고! 기분 나쁘지 않거든?!"

"아무래도 좋다만, 빨리 먹어."

"꼭꼭 씹어서 먹고 있는 것뿐이거든요~."

얄미운 표정으로 말하기에, 그대로 출발할까 하고 생각했지만, 단념했다.

그 후 약 5분.

"하음…… 잘 먹었습니다. 자, 뭘 꾸물대고 있는 거야. 빨리 출발해. 날이 저문다구?"

"너 말이다……."

어이없어하면서도, 이것이 그녀의 평소 태도였지, 하고 어딘가 그립게도 생각했다.

마동마차를 출발시키고, 왕도에서 나와 가도(街道)를 주행했다.

"그러고 보니 악령과 신역은 어떻게 다른 거지. 마물이 나오지 않는 만큼, 시련? 이라는 게 있는 건 들었지만."

"글쎄. 그때그때 다르려나. 마물은 아니지만, 수호자는 있어. 사람도 아니고, 신의 사자인 거니까, 천사라고 보면 되려나."

"천사를 쓰러뜨리는 건가. 신의 분노를 살 것 같군."

"아하하. 신이 준비한 시련이고, 괜찮아."

"확실히, 공략할 수 없으면 페널티가 있는 거지? 그렇다면 악령 쪽이 좋지 않나?"

"아니, 신역은 그만큼 '기권'이 통해. 그러니 처음 초난도는 신역 쪽을 추천하는 거야. 최악의 사태가 '죽음'이냐 '페널티'냐 하면 알기 쉽잖아?"

실력을 시험한다는 의미라면 과연, 확실히 신역이 더 적합하다.

"기권이라. 게임 같네."

"아~…… 뭐, 그럴지도 모르겠네. 게임과 달리 실제로 미로를 걷거나, 함정에 공격당하면 도저히 놀이하는 기분으로는 있을 수 없게 되지만."

"아아, 그런 방면으로 미궁 같은 거군. 그리고 마지막에 보스가 기다리고 있는 거고."

"맞아. 일단 말해 두지만, 초난도는 고난도까지와는 차원이 다르니까 말이야."

"악령이라면 마물이 강해지는 거겠지만, 신역의 경우는 어떻지? 시련이 어려워지는 건가?"

토와는 어딘가 먼 곳을 보는 듯한 눈을 했다.

"…………뭐, 가면 알게 될 거야."

『정원 미궁』 클로리스로라. 과연 어떤 시련이 기다리고 있는 건가.

악령은 지하 미궁이지만, 신역은 탑이라고 한다.

그걸 발견했을 때, 코우스케는 한순간에 그렇다는 걸 깨달았다.

"엄청나게 크군……."

주위는 모두 평지이고, 달리 큰 건물도 없어 더욱 그렇게 보인다.

탑이라고는 해도, 코우스케가 상상했던 그것들과는 다르다. 접지 면적에 비해 전장(全長)이 높은 건조물이라는 이미지였지만, 시야를 지배하는 강대한 신역은 그 범위에 다 들어가지 않는다.

마치 바벨탑이다. 벽돌과 아스팔트로 형성된 거리와 탑. 하늘까지 닿을 듯이 겹쳐 쌓인 그것들은, 보는 이에게 잡다하면서도 장엄한 인상을 안겼다.

가까이 다가감에 따라 그 위용에 눈이 이끌렸다.

무단 진입 금지를 나타내는 울타리와 순회하는 병사를 곁눈질하면서 통용구로 향했다.

본인 확인이 끝나고 통과되었다. 마차를 세우고, 둘이서 내렸다.

"그런데, 정말로 너도 따라오려고?"

"보호자 겸 판단자 역할. 인원수로 미묘하게 내용이 변하니까, 필요하면 도와줄게. 단지, 만약 수호자의 방까지 도착했을 때 같이 들어가는 건 무리야. 거긴 한 사람씩만 들어갈 수 있어."

힘을 합쳐 시련을 돌파하는 것도 좋지만, 마지막의 마지막은 자신의 힘이 시험받는다는 것인가.

입구는 민가로밖에 보이지 않는 건물의 현관문 같다.

"참고로 기권할 때는 그만두고 싶다고 강하게 생각하면 이곳으로 보내질 거야."

"워프라는 건가?"

자연 속성에도 사상 속성에도 그것을 가능케 하는 것은 없다.

아마도 『공간』, 신의 권능인 개념 속성에 의한 것이리라.

"도와주세요 토와 님, 이라고 말할 수 있다면 도와줄 테니까 말이야?"

"도와주세요 쿠로 님, 이라고 말할 수 없어도 도와줄게."

코우스케의 말이 불만이었는지, 토와는 흥, 하고 콧방귀를 뀌었다. 어떻게든 선배처럼 행동하고 싶은 모양이다.

문에 손을 대고 열었다. 어둠이 펴져 있어 무엇이 기다리고 있는지도 알 수 없다.

그래도 망설이지 않고 발을 내디뎠다.

꽃밭이었다.

그야말로 공간 전이라도 한 것처럼, 갑작스럽게 바뀐 경치.

어느샌가 옆에 토와가 서 있었지만, 뒤돌아봐도 문은 없다.

공간 전이라도 한 것처럼이 아니라, 한 모양이다.

넓은 동굴인 것 같다. 일대에 갖가지 색깔의 꽃이 흐드러지게 피어 있고, 공기가 향긋한 향기를 실어 온다.

하지만 동굴치고는 밝다. 부드러운 햇살이라도 비치고 있는 것 같다. 아니——.

실제로 태양이 있었다.

단, 유치원생이 그린 듯한 디자인의 태양이.

"뭐든지 있구만……."

"뭐든지 있어……."

정신을 바짝 차리려고는 생각하지만, 아무래도 경치가 그걸 방해한다.

그때, 쿡쿡쿡 하는 웃음소리가 들려왔다.

둘이 동시에 주위를 경계했지만, 아무도 없다.

나비가 몇 마리 날고는 있지만, 그밖에는 아무것도—— 나비?

"쿡쿡쿡…… 눈을 빼앗기는 것도 어쩔 수 없지만, 눈만으로 그칠까?"

그 목소리는 나비에게서 나오고 있었다. 아니, 나비가 아니다. 나비 같은 날개가 난 소인이다.

요정, 이라고나 말하면 좋을까.

그녀들이 코우스케와 토와 주위를 떠돌면서 인분(鱗粉)을 흩뿌렸다.

"쿡쿡쿡…… 아름다운 꽃에는 가시가 있다고 하지만, 가시에 찔리는 고통으로 그칠까?"

"쿡쿡쿡." "쿡쿡쿡." "쿡쿡쿡."

"뭐야, 귀여운데 불온한 말을 하는데……."

"이거 베도 되는 건가? 엄청 망설여진다만."

여하간 작을 뿐이지 거의 인간이다. 혹은 그걸 포함해서 시련일지도 모르지만…….

"아니, 어떠려나…… 쓰러뜨려도 좋을 때랑, 쓰러뜨리면 곤란할 때가 있으니까. 그래서 성가시——"

토와의 목소리가 끊겼다.

봤더니 그녀의 몸이 갑자기 기울어—— 쓰러지려던 참이었다.

"토와!"

심장이 얼어붙는 느낌으로 그녀에게 뛰어가 팔에 안았다.

"토와, 어이!"

그녀의 몸에는 힘이 들어가 있지 않고, 눈은 감고 있다.

후회의 감정이 밀려왔다. 방심 따위 해서는 안 됐다. 꽃밭이든 간에 불탄 들판으로 바꾸고, 요정이든 간에 베어 버렸어야

했다. 이건 틀림없는 초난도 시련이니까.
“젠장!”
그녀의 얼굴은 평안해서, 마치 자고 있는 것 같다.
“새근…….”
아니, 그보다 자고 있었다.
“어…… 자고 있네………….”
단숨에 긴장이 풀렸다. 다시 정신을 바짝 차리려 했지만, 그녀가 자고 있는 것뿐이라는 게 판명되어 안심하고 말았다.
그 순간, 무릎에서 힘이 풀썩 빠졌다.
무릎 아래가 움직이지 않는다.
“쿡쿡쿡…… 달콤한 향기에는 주의해야 하지 않을까?”
무엇이 우스운지, 요정들은 계속 웃고 있다. 가련한데, 지금에 와서는 섬뜩하다.
『치유』도 초속 재생도 기능하지 않는다.
“쿡쿡쿡…… 상태 이상에 걸렸다가 치유하는 것의 되풀이를 보려고 시련이 있는 줄 알아?”
혀를 차는 소리가 새어 나왔다.
꽃향기인지 요정의 인분인지는 모르겠지만, 흡인하면 어떠한 작용을 일으킨다. 토와의 경우는 수면이고, 코우스케의 경우는 두 다리가 뜻대로 움직이지 않는 것. 아름다운 경관도, 웃긴 형상의 태양도 냄새에서 의식을 돌리기 위해서인가.
얼핏 보기에 안전한 환경일지라도 위기의식을 게을리하지

말라는, 그런 시련인 것이리라.

코우스케는 『풍』 속성 마법으로 꽃향기와 인분을 날려버리고, 동시에 요정이 가까이 올 수 없도록 대처했다.

토와를 품에 안은 채 공중에 떠서 나아갔다.

먼 곳까지 둘러봐도 출구 같은 것이 없다. 그래도 나아갈 수밖에 없었다.

"쿡쿡쿡…… 재미없어."

"그럼 웃지 마."

무심코 새어 나온 말이 계기가 된 건 아니리라.

그 타이밍에 다시 경치가 바뀌었다.

넓은 통로다. 좌우 및 뒤쪽에는 흙으로 만들어진 높은 벽. 요정의 모습도 없다.

"후아암……."

눈꺼풀이 위아래로 깜박거리며 토와의 의식이 돌아왔다.

깊은 안도감에 숨이 새어 나왔다.

그러고 보니, 코우스케의 두 다리도 자유를 되찾은 상태였다. 『풍』 마법은 무슨 이유에서인지 풀려 있었고, 코우스케는 지면에서 있다.

"……어, 쿠로. 뭐 하는 거야? 어, 어, 공주님 안기?! 기분 나빠!"

"너 말이다…… 사람이 얼마나…… 뭐, 됐어."

손을 놓았다. 토와가 떨어졌다.

"아야…… 엉덩이 찧었거든요?"

“그러냐. 우그러들어서 작아지면 좋겠네.”

“원래부터 신경 쓸 만큼 안 크거든! ——이 아니라, 뭐가 어떻게 된 거야?”

“꽃밭에서 얼빠지고 도움 안 되는 녀석이 바보처럼 콧물 방울 부풀려서, 쿠로 님이 안아서 옮겨 준 거야.”

“우와아…… 비꼬는 거 봐…… 걱정했다든가, 괜찮아? 같은 말은 할 수 없는 걸까나.”

그녀는 불평과 함께 엉덩이를 문지르며 어딘가 겸연쩍다는 듯 말했다.

5년 후배에 동갑인 소년에게 도움을 받았기 때문이리라.

“그래서, 또 전이?”

“그런 방식인 것 같네.”

“그래서 말이야, 쿠로. 이 상황, 뭔가 짐작 가는 바 없어?”

“솔직히 말하면 거대하고 둥근 돌덩이가 굴러올 것 같은 장소네, 하고 계속 생각하고 있었어.”

“아하하. 그럴 것 같아. 게다가 말이야, 뭔가 땅울림이 나지 않아?”

“나고 있네. 게다가 앞에 거대하고 둥근 돌덩이가 보여.”

“……보이네.”

“그런데, 토와.”

“왜 그래?”

“『풍』 마법을 쓸 수 없어.”

"……어? ……아니, 토와는 쓸 수 있는데?"

"…………."

토와의 표정이 웃는 얼굴로 변했다.

"어라~, 큰일이네. 이대로는 쿠로 찌부러지잖아. 아~, 이럴 때 『풍』 마법을 쓸 수 있는 동료가 있으면 좋을 텐데 말이야~? 참고로 토와, 쓸 수 있는데 말이지~?"

"그럼 얼른 해."

"그럼 먼저 갈게."

"잠깐잠깐잠깐!"

날아오르려 하는 그녀를 멈췄다.

바위는 앞으로 10초 정도면 격돌할 것 같다.

"너, 이럴 때 그러기냐?"

"선배가 도와줬으면 할 때는~, 뭐라고 하면 되더라~?"

"큭……."

잔뜩 놀림당한 울분이 쌓여 있는 것이리라. 그렇다고 해서 저버릴 수 있을 거라고는 생각하지 않지만, 죽음과 맞바꾸면서까지 의지하고 싶지 않은 걸까 하고 그녀가 침울해지는 것도 좋지 않다. 문제 대처에 필요한 마법을 한쪽만이 쓸 수 있는 상황이 나온다면 더더욱 관계는 양호하게 유지해 둬야만 한다.

"……도와주세요, 토와 님."

빠른 어조로 불쑥 말했다.

"어쩔 수 없네~. 그렇게까지 말하지 않아도 도와줄 텐데 말이야~."

더할 나위 없을 만큼 의기양양한 얼굴로 말하기에, 무심코 악다구니가 새어 나왔다.

"…………납작가슴."

"그럼 이만."

"잠깐잠깐잠깐!"

결국, 아슬아슬한 타이밍에 그녀의 『풍』 마법으로 돌덩이를 회피했다.

천장이 높은 건 이 회피방법이 정답이었기 때문이리라.

난제이기는 해도, 앞에다 무리는 붙이지 않는다. 시련이니까, 돌파 방법은 있다.

그리고 다시 전이.

정사각형 방이다. 한쪽 면에 커다란 문이 설치되어 있고, 작은 열쇠 구멍이 뚫려 있다. 그리고 지면에는 무수한 열쇠가 굴러다니고 있었다.

"올바른 열쇠를 찾는 걸까나. 귀찮지만, 뭐 할 수 있겠지. 그럼 쿠로는 그쪽, 부, ……터."

마치 스프링클러처럼 천장에서 물이 내리쏟아졌다.

"이런 느낌인가~ 빠지기 전에 올바른 열쇠를 찾아야겠네…… 참고로 말이야, 쿠로."

"……뭐야."

"토와, 수영 못 하는데……."

알고 있어, 라고 생각했지만 입 밖에는 내지 않았다.
"저기, 만약 그런 상황이 되면, 남자답게 구해줘야 해?"
아랫입술에 검지를 대고 절묘한 각도로 고개를 기울이는 모습은, 자신이 귀엽게 비치는 순간을 숙지하고 있는 사람의 그것이었다. 하지만 오빠에게는 통하지 않는다.
"남에게 뭘 부탁한다면 그 나름의 말투라는 게 있지 않나?"
"큭, 역시 꽁해있어……!"
쫄딱 젖으면서도, 그 시련 역시 어떻게든 돌파.
그다음은 장미 정원 미로였다.
두 사람 다 마법 사용은 금지된 모양이고, 막다른 곳도 많아서 수수한 작업이 계속되었다.
"……저기, 이건 무슨 시련이지."
"글쎄…… 장시간의 수수한 작업이라도 집중이 끊어지지 않도록 하기 위한 시련 아니야?"
"……과연."
떨어지지 않도록 둘이서 걷고 있었지만, 또 막다른 곳.
단지, 인간 어린아이 정도 되는 하얀 토끼가 다회를 열고 있었다.
"여어, 좋은 날씨네."
"여어, 좋은 장미지?"
두 명의 토끼는 컵을 흰 접시에 놓고, 두 사람에게 다가왔다.
한쪽의 목소리는 달콤하고, 다른 한쪽의 목소리는 중후했다.
"이제 세계관 엉망진창인 거 아닌가?"

"그런 거 신경 쓰면 더 괴로워져."

"……그러냐. 그래서, 이건 그건가, 쓰러뜨리면 안 되는 녀석인가."

"실은 한 패턴 더 있어."

"……쓰러뜨릴 수 없는 녀석, 이라든가?"

"……맞아."

도망치는 토끼처럼 쏜살같이 빠져나왔지만, 최종적으로 막다른 곳에 몰리고 말았다.

"재도전을 기다리고 있을게."

"다시 만날 날이 기대되는군."

하얀 토끼가 두 사람을 만졌고, 깨닫고 보니 입구로 되돌려져 있었다.

"……마, 마물을 쓰러뜨리는 편이 몇백 배나 편하다만."

두 번 정도 시작 지점에 되돌려지면서도 어찌어찌 골에 도착하자, 이번에는 숲속.

"부탁이다…… 후려갈겨서 어떻게든 되는 문제로 부탁해."

"너무 야만적이잖아…… 하고 싶은 말은 알겠지만."

나타난 것은 곰이었다. 사나운 맹수로서 나타났다면 얼마나 편했을까.

하지만 나타난 곰은 마스코트처럼 귀여운 모습을 한 새끼 곰이었다.

"뀨우."

울음소리까지 보호욕을 자아내는 듯했다.

시련의 의도는 이해가 된다. 적이 언제든 망설임 없이 죽일 수 있는 존재로 있어 줄 거라는 보장은 없다. 여성이나, 때에 따라서는 아이도 죽여야만 하는 적이 될 수 있다. 상식이나 윤리, 자신의 감정이 거부하는 일들도 반드시 해야 할 때가 있다. 그런 상황에서의 방심이나 망설임은 죽음을 부른다.

때문에 마음의 준비를 끝내 둘 필요가 있고, 망설임 없이 목숨을 끊는 행동도 취할 수 있어야 한다.

불괴의 검을 뽑았다.

"……어, 쿠로, 죽이는 거야? 이렇게 귀여운데?"

"넌 어느 쪽 편이야……."

그렇지만 여동생에게 보이고 싶지 않은 장면이기는 하다.

"너, 잠깐 뒤돌아보든가 눈 감고 있어."

"……아니, 볼래. 쿠로가 한다는 건, 토와가 쿠로에게 시키는 것과 마찬가지야. 일어나는 일에서 자기만 도망치는 건, 싫어."

겁쟁이인 주제에, 묘한 데서 각오를 다진다. 여동생은 성가시지만 강한 정신의 소유자였다.

새끼 곰은 동그란 눈동자로 이쪽을 보며 종종걸음으로 다가왔다. 경계심을 털끝만큼도 느낄 수 없다.

그 목을 베었다.

정확히는, 베려고 검을 휘둘렀다.

하지만, 막혔다. 귀여운 손에서 뻗어 나온 예리한 손톱에.

복수의 기척.

깨닫고 보니 대형 곰 집단에 둘러싸여 있었다.

"……아아, 하지만 이편이 수월해."

명확히 자신에게 적의를 향하는 편이, 그걸 돌려주는 데 망설일 필요가 없고 싸우기 쉬운 건 확실하다.

"이건 도와줄게. 괜찮지?"

"이 녀석들도 평소에는 꿀이나 핥으면서 살고 있을지도 모른다고. 새끼가 습격받아서 화난 것뿐이라면 어떻게 할래?"

"뭐어~? ……그럼 우선은 격퇴하는 방향으로 하고, 그게 무리라면 쓰러뜨려야만 하는 적이라는 거니까……."

토와의 의견을 채용했지만, 아무래도 죽이지 않으면 시련은 돌파할 수 없다는 걸 알게 되어 전멸시켰다.

정신 차리고 보니 주위가 온통 꽃밭인 곳에 서 있었다.

처음 관문으로 돌아온 것인가 싶었지만, 요정은 없고 대신 날개가 난 청년이 서 있다.

토와의 모습이 없지만, 그때 떠올렸다.

신역에는 천사라고 할 수 있는 수호자가 있고, 한 사람씩만 도전할 수 있다는 것.

"당신이 천사?"

제복(祭服) 같은 순백색 의상, 속세와 동떨어진 투명한 시선. 알비노 체질 인간처럼, 색소가 빠진 하얀 천사.

"보고 있었어. 꽤 즐겁게 공략한다면서, 신선한 기분으로 볼 수 있었지."

엷은 미소는 부드럽고, 목소리는 온후하다. 하지만 어떻게 해도 거기서 감정을 읽어낼 수가 없다.

마치 인간다움을 연출하고 있는 듯한 위화감.

"초난도라는 것치고는 무르더군."

"……무척 곤란해하는 것처럼 보였는데?"

"…………."

"애초에 난도라는 건 바깥의 인간이 결정한 것에 불과해. 덧붙여서."

한 박자 뜸을 둔 뒤, 그는 말했다.

"시련은 아직 끝나지 않았어. 너희들이 말하는 난도는 하나의 신역을 가리켜서 결정되는 것이지? 그렇다고 한다면, 그래. 무르다고 하는 건 다소 성급하지 않을까? 아직 넘어야만 할 벽이 하나 남아 있으니까. 너의 눈앞에, 이렇게 가로막고 서 있으니까 말이다."

"……그렇군."

검을 뽑았다.

"나는, 품평을 관장하는 자. 이름은 없다. 어떻게든 불러야겠다면, 천사나 클로리스로라로. 와라, **쿠로노 코우스케**. 너라는 인간의 본질과 적성을 판단하도록 하지."

코우스케를 전생시킨 것은 이 세계의 신이다. 그의 권속이기 때문인지, 그는 코우스케의 본명을 알고 있었다.

놀랄 틈도 없이, 그의 윤곽이 흐릿해졌다. 영상에 노이즈가 생기는 것처럼, 실체가 흔들렸다.

개체를 인식할 수 없어졌고, 그리고, 그것이 갑자기 개였다.

서 있던 것은, 토와였다.

아니── 모습을 모방하고 있을 뿐이다. 정확히는, 목소리까지도.

"네가 가장 마음이 흔들렸던 건, 제1시련에서 그녀가 잠에 빠졌을 때였지. 어지간히 소중한 소녀일 거야. 그러면, 어떨까. 소중하게 여기는 소녀야말로 전장에서 죽여야만 할 적이라고 한다면, 너는 그 검은 칼날을 망설임 없이 목에 내리칠 수 있을까? 닮은 이 모습으로, 마음껏 시험해 보도록 하지."

성격이 나쁘다, 는 것과는 다르다. 그는 단순히 코우스케를 시험하는 데 더 적합한 방법을 선택했을 뿐.

감정을 이해하지만, 천사는 그것을 가지고 있지 않은 것이리라. 그러니 연기할 수는 있어도 실감이 따르지 않는다. 얼음이 녹듯이 위화감이 사라졌다.

"──저기, 쿠로. 토와를 죽일 수 있어?"

"……최악이군."

한 번은 자신의 행위로 죽게 만들고 만 여동생을, 두 번째 인생에서만큼은 행복하게 만들겠다고 결심한 상대를.

모습을 모방하고 있을 뿐이라고는 해도, 이 손으로 죽여야만 한다니.

적이라는 것만으로 누구든지 간에 죽일 수 있는지 아닌지를 헤아리는 시련으로서는, 지나치게 잘 기능하고 있다.

"토와는 쿠로를 죽일 수 있지만 말이야――【홍염(紅焔)】."

코우스케와 천사를 잇는 직선상에 불꽃이 달리고, 화염이 뿜어져 나왔다.

【흑전】을 발동하여 그 몸이 칠흑의 갑옷에 뒤덮인다. 화염의 궤도상에서 벗어남으로써 공격을 회피.

"으음~……. 그럼 이렇게 할까――【홍군(紅裙)】."

그녀의 몸에서 화염이 폭발적으로 뿜어져 올랐고, 주위 일체가 꽃밭에서 완전히 바뀌어 업화(業火)에 휩싸였다.

토와의 마력이 충만하므로 마력 감지도 곤란하다. 아니, 부자연스러울 정도로 마력 농도가 균일한 점을 보면, 그녀 자신은 『위요』 속성으로 탐지에서 벗어나 있는 것이리라.

"【홍련 · 무진(紅蓮 · 無盡)】."

화염의 벽을 깨고, 화염탄이 사방팔방에서 밀어닥쳤다.

【흑장】을 발동. 『검은』 벽이 우뚝 솟아 화염탄을 모조리 집어삼켰다.

『집어삼킴』은 성공. 하지만 그 결과가 묘했다. 얻은 것이 마력뿐인 것이다.

마법 정보는 없음. 어디까지나 천사에 의한 재현이라는 점과 관련이 있는 것이리라.

"【홍련 · 발무(紅蓮 · 撥無)】."

마법이 연이어서 발사되었는데, 다음 것은── 유사 태양이 낙하하는 것이었다.

예전에 토벌한 수호자 소그르스의 최종 수단과 매우 흡사하다. 그때는 정신오염 가속과 맞바꾸어【흑도야】를 발동하는 사태가 되었지만, 지금은 다르다. 단기간에 코우스케는 성장해 있었다.

무수한【흑식】을 계속 발사했다. 통상적이라면 마력 고갈을 일으킬지도 모르지만, 소멸하기 바로 직전까지 마법은 역할을 다하고자 움직인다. 튕겨서 사라지기는 하지만, 그것은『집어삼키는』허용량을 넘었기 때문이다. 즉, 기능 자체는 작동하고 있다. 집어삼킨 마력량은【흑식】발동에 필요한 양을 살짝 웃돌고 있다.

즉, 공격하면 할수록【흑식】의 밀도는 높아져 간다. 충돌할 때마다 거스름돈이 오는 상태니까. 나머지는 이제 제때 맞느냐 아니냐의 문제가 된다.

태양이 낙하하여 코우스케를 남김없이 태워버리는 것이 먼저인가,『흑』의 무리가 먹어치우는 것이 먼저인가.

결론부터 말하자면, 제때 맞췄다.

태양은 큰 구슬 정도까지 축소되어, 마지막 일격에 의해 세계에서 사라졌다.

그리고── 그 안에서 토와가 나타났다.

"──뭣."

경악이 유발한 사고의 공백은 한순간의 것. 요격으로 이행할 시간은 아직 어떻게든――.

"그만해, **코우**."

멈췄다.

여동생이 울 것 같은 얼굴로, 그만하라고 말하고 있다.

어떻게 검을 휘두를 수가 있을까.

코우스케의 이름을 알고 있었던 것이다. 토와와의 관계도, 과거도, 알 방도가 있었다 해도 이상하지는 않다.

그것을 이용하려 드는 것도 또한 상정했던 범위 안이다.

행동은 상정했던 범위 안이라도, 코우스케가 받은 마음의 동요는 예상을 도움이 안 되는 것으로 바꿀 정도였다.

"【홍창 · 천착(紅槍 · 穿鑿)】."

화염을 묶어 만들어진 창이 코우스케의 가슴을 꿰뚫었다.

천사는 화려하게 착지하여, 낙담한 것처럼 미소 지었다.

"너는 자신을 복수자라고 믿고, 수단을 고르지 않는 인간이라고 생각하고 있었던 모양이지만, 그건 옳지 않아. 아아, 너는 노력했고말고. 필요하다고 생각되는 모든 것을 자력으로 마련하고, 눈 뜨고 볼 수 없는 참극을 일으켜 보였어. 복수는 달성되었다. 하지만 그건 정말로 **최적의 답이었나**?"

체내가 불탄다. 무릎을 꿇고, 격통에 몸부림친다.

"너는 알고 있었어. 가해자에게도 가족이 있다는 걸. 여동생이 있는 사람도 있었다. 전원을 혼자서 상대하는 것보다도, 한 사람씩 죽여 가는 게 편하다. 두 명째 이후는 경계는 당하겠지만, 다섯 명을 한꺼번에 죽이는 것에 비하면 용이하겠지. 아아, 인질이라는 건 악인에 대해서도 유효한 경우가 많아."

생각한 적은 물론 있다. 그게 더 편하게 죽일 수 있을지도 모른다고.

하지만 실행에는 옮기지 않았다.

코우스케의 복수 행위에 부모님은 관계가 없듯이.

가해자의 우행에도 그 가족, 특히 형제는 상관없다.

"하지만 은폐에 가담한 부모에게도 너는 손을 대지 않았다. 일그러졌다고는 해도, 자식을 사랑하는 부모의 마음이라고 해석하기라도 한 건가? 어느 쪽이건, 너는 위험을 무릅쓰고 복수를 감행했다. 어리석은 자도 아닐진대, 어리석은 행동에 나섰지. 성공한 것은 사전 준비가 있었다 해도 기적적이다. 결론을 말하자면."

토와의 얼굴을 한 천사가 코우스케를 내려다보고 웃었다.

"너는, 지나치게 상냥해. 도저히 수단을 고르지 않는 인간이 아니야. 고르고 말아. 무의식적으로. 정상에서 벗어나도 여전히 정상을 잊지 못하지. 이상(異常)에도 끝이 있다. 너의 덧없는 미덕 또한 드문 것이기는 해도 유일하다고 부를 수 있는 것은 아니야. 생래적인 선성(善性)에 사로잡혀 망가지지 못하고 있는 너에 대한 평가는, 다시 말하지만 '지나치게 상냥하다'다. 그 때문에 타인을 죽이는 일도 있겠지. 하지만 그 때문에 타인을 죽이지 못하는 경우가 더 많아. 부끄러워할 것은 없다. 사람에게는 적성이라는 것이 있으니까. 그걸 헤아리는 것이 나의 역할이고, 그건 완수되었다. 끝이다, 쿠로노 코우스케. 이번 품평은 부적격인 것으로 하겠——"

목소리가 멈췄다. 어째서일까. 알 수 없다.

코우스케가 화염의 창을 붙잡고, 뽑아내려 하고 있기 때문일까.

"그만두는 편이 좋아. 너는 여동생을 죽일 수 없어. 하지만 전장에서 가족이 죽고 죽이는 건 그리 드문 일도 아니지 않은가? 그러니 이건 적성과 마음의 준비의 문제야. 가장 괴로울 터인 존재를 상대로 그것이 가능하다면, 어떠한 상대라도 죽일 수 있겠지. 하지만 불가능하다면, 경계선이 어딘가에 그어져 있다는 말이 된다. 누군가를 죽일 수 없는 사람에게, 너는 등을 맡기라고 할 텐가? 목숨을 맡기라고 할 것인가?"

확실히, 그건 어느 의미로 동료에 대한 불성실이다.

자루를 붙잡는 손도, 체내도 뜨겁게 불타고 있다.

그래도 단숨에 뽑아내고, 창을 버렸다. 의식이 날아갈 것 같았지만 이를 악물고 버텨, 순식간에 재생을 행했다. 검을 버리고, 일어섰다.

"여동생의 행복을 지키고자 전장에 서는가. 아아, 어쩌면 가능할지도 모른다. 삐걱거리는 소리를 내는 마음을 혹사하는 것에는 익숙해져 있을 테니까. 하지만, 오래는 버티지 못한다. 전쟁이 종결되는 것보다, 너 자신이 망가지는 것이 먼저다. 그렇기에 부적격이라고 판단하지 않을 수 없어. 이해하지 못할 네가 아니지 않은가."

천사를 봤다. 토와의 모습을 하고, 토와의 목소리로 말하는 천사를.

검을 허리 위치에서 거머쥐고, 뒤로 당겨 끌어모은다. 노리는 것은 심장이다. 알아차리고 있을 텐데, 천사는 움직이지 않는다.

경치가 변했다.

눈이 내리는, 밤의 공원.

토와의 모습은 5년 전의 그것으로, 찢어지고 더럽혀진 중학교 교복을 입고 있다.

"구해줘, 코우."

그녀가 죽음에 이르기까지 몇 번이고 내뱉었을 말이 마음을 갈기갈기 찢었다.

"아아, 구해줄게."

"어?"

그 심장에, 칼날을 찔러 넣었다.

"……코우?"

코우스케는 여동생을 죽일 수 없다. 아아, 그 말대로다.

수단을 고르고 만다. 아아, 그럴지도 모른다.

그래도, 쿠로노 코우스케는 생각하는 것을 그만두지 않는다.

"……과연, 여기서 부적격이라고 판단되면 쿠로노 토와의 행복을 도와줄 수 없게 된다. 그렇다면, 아아, 쿠로노 코우스케는 여동생의 모습을 한 누군가를 죽임으로써 자신의 마음이 삐걱대는 사태를, 받아들이는 건가. 필요가 있다면, 스스로 마음을 훼손하는 것도 마다하지 않는다…… 그렇다면.”

“주절주절 시끄러워. 이 이상 그 얼굴과 목소리로 웃기지도 않는 말을 지껄이지 마.”

천사의 모습이 청년의 것으로 돌아갔다.

“선성 하나라면 평가는 변하지 않았을 거다. 그 불굴의 면을 잘못 보고 있었다는 걸 인정하고, 결론을 뒤집도록 하지.”

글래스가 반응하고, 시야에 글자가 지나갔다.

【공상(功賞)】에 『품평이 시련, 돌파』가 추가되었습니다.

——실행자 보정(각종 스테이터스 극도 상승).

아무래도 합격인 모양이다.

“쿠로노 코우스케. 신이 찾아낸 영걸의 그릇이여. 네가 이번 역할을 완수할 수 있기를 기도하마.”

“……역할, 이라고?”

하지만 대답을 들을 시간은 주어지지 않았고, 시야가 표백되어——.

정신을 차리고 보니 신역의 입구에 서 있었다.

제 3 장

예측할 수 없는 운명, 죽음으로 인도하다

(역주: 조유홍안(朝有紅顔). 헤이안 시대의 시인 후지와라노 요시타카의 시구 '아침의 홍안, 저녁의 백골'로부터. 죽음은 예기치 않게 찾아온다는 의미.)

영웅 규격이라는 것은 주로 달트라에서만 사용되는 표현이다.

육체적 수치와 마술적 수치에 의한 정의는 없고,

그렇다면 당연히 하한도 상한도 정해져 있지 않다.

하지만 척도는 있다.

육체적 수치가 높게 나오면 전사, 마술적 수치가 높게 나오면 마법사에 맞는다고 한다. 그러나,

영웅 규격은 양쪽 모두가 높게 나오는 자를 가리킨다.

레벨 1 시점에서 마법전사가 맞는다고 판단되는 자.

그렇지만 같은 영웅 규격 사이에도 차이는 생긴다.

일률적으로 영웅 규격이라고 칭해진들, 인간이라는 사실에서는 벗어날 수 없다.

그들에게도 또한 인간이기에 존재하기 십상인 점은 따라다닌다.

나이를 먹은 자가 더 우수하다고는 할 수 없고,

강한 자에게 건전한 정신이 깃든다고는 할 수 없으며,

어떻게 해도 평등이나 대등은 얻을 수 없다.

그래도 온갖 영웅 규격에 공통되는 항목이 있다고 한다면,

이것이 있다면 영웅 규격이다, 라는 조건을 정한다면,

그들은 대체로──단 한 명의 예외를 제외하고서이기는 하지만──

신에게 사랑받고 있다는 점, 그 하나일 것이다.

"어…… 쿠로, 클리어해버린 거야……?"

쿠웅~, 하는 의성어가 들릴 것 같을 정도로, 토와의 얼굴이 충격으로 일그러져 있다.

"넌 떨어졌지?"

"그, 그래서 뭐! 원래 토와는 이 미궁에 맞지 않았다 뭐."

"……너, 18살이나 되어서 어미에 '뭐'는 좀 아니잖냐……."

"상처에 소금을 바르지 마! 여자는 몇 살이 되어도 여자니까 괜찮아!"

토와는 뺨을 부풀리고 있지만, 코우스케는 솔직히 안도하고 있었다.

그런 건, 부적격이면 되는 거다. 사람을 죽이는 적성 따위 평화로운 시대에는 필요 없다.

전시하에 필요하다고는 해도, 여동생이 그걸 가지고 있지 않은 걸 코우스케는 기쁘게 생각했다.

하지만 그건 이미 판명되었을 터다. 리갈은 토와가 엘피와 더불어 적성이 없다고 말했다. 그리 무겁지 않다고는 해도, 신역을 기권함으로써 부과되는 페널티를 생각하면 동행자를 그녀로 정한 것은 묘하다. 혹은 페널티로써 능력 저하를 일으킴으로써 위험한 임무가 배정되는 사태를 피하려고 해준 것인가. 그것도 아니면 단순히 손이 빈 사람이 없었던 것뿐인가.

두 사람의 임무만은 갑작스럽게 변경된 것이기에, 리갈에게 그러한 의도가 있어도 이상하지는 않다.
"……지쳤어. 쿠로, 밥 사줘."
"어째서야."
"미궁 공략에 어울려 줬잖아."
"하아아? ……뭐, 됐나. 생명의 우정이면 괜찮아?"
"딱히 쿠로한테 세련된 저녁 같은 건 기대하고 있지 않아."
"열 받는 껌딱지군."
"가슴은 상관없잖아!"
뺨을 부풀리는 그녀를 보고, 자연히 미소가 새어 나왔다.
동시에, 조금 전 천사를 찌른 생생한 감촉이 되살아났다.
시련이라고는 해도, 가짜라고는 해도, 여동생을 이 손으로 죽인 기억.
"……쿠로? 괜찮아?"
그녀도 시련은 받고 있다. 코우스케가 돌파했다면, 무엇을 했는지는 짐작이 가리라.
"그래, 괜찮아."
지금 눈앞에 살아있는 여동생이 있다. 무슨 문제가 있을까.
그 순간까지는 문제 따위 없었다.
갑자기 통용구가 소란스러워지고, 무슨 이유에서인지 말에 탄 한 무리의 병사들이 이쪽으로 왔다.
선두에 있는 군인은 본 적이 있었다. 리갈의 부관이다.

병사들의 얼굴에는 당혹감이나 긴장이 배어 나오고 있었고, 분노를 노골적으로 드러낸 자도 일부 있다.

코우스케와 토와의 눈앞에서 멈추고, 선두에 있는 남자가 말에서 내렸다.

“나노란슬롯 경, 신센텐스드아서 경.”

도르드레니크라 이름을 댄 장년 남성은 경례를 했지만, 그 표정은 차가웠고, 우호적인 태도가 아니었다.

“미궁 공략 후라 지치셨을 것으로 생각합니다만, 시급히 말씀드려야만 하는 것이 있습니다.”

“당신, 리갈의 부관이지. 병사를 모아서는 할 말이라는 게 뭐지?”

코우스케가 묻자, 도르드레니크는 참을 수 없다는 듯이 이를 빠득거렸다.

“……보고드릴 것이 있습니다.”

“보고?”

보고가 시작될 때까지, 10초 이상의 시간을 필요로 했다.

들은 그것을 이해하는 데 걸린 시간은, 한층 길다.

“어젯밤, 귀족가에서 소사체(燒死體)가 발견되었습니다. 그리고 조금 전에 신원 확인이 완료되었습니다.

유해는『벽력의 영웅』리갈그레이르 브로시우스안리스 돈아우렐리아누스 명예 장군의 것이었습니다.”

“——뭐?”

의미를 알 수 없었다.

말의 의미가 아니다.

그런 일이 일어나는 현실을, 예상할 수 없었다.

토와는 눈을 크게 뜨고, 입을 덮는 것처럼 손을 대고 있다.

"리, 리갈이 살해당했, 다고?"

"틀림없는 그의 유해라고 합니다."

다른 누구도 아닌 리갈의 직속 부하에게서 나온, 이가 갈려 나가는 듯한 목소리.

그걸 앞에 두고 거짓말이라는 둥의 말을 하는 건 아무리 코우스케라도 불가능했다.

그런 건 코우스케보다 그가 훨씬 말하고 싶을 테니까.

말할 수 없을 만큼 리갈의 죽음은 확정적이라는 것이니까.

코우스케와 리갈은 알게 된 지 얼마 되지 않았다. 그러기는커녕 직접 얼굴을 마주한 것은 단 하루.

그럼에도, 그야말로 영웅에 걸맞는 그릇의 소유자라고 단언할 수 있었다.

영웅의 중심. 달트라에서 으뜸가는 선도자.

그와 헤어질 때를 떠올렸다. 리갈이 자신에게 말하려 했던 무언가를 그에게서 듣는 건 이제 불가능하다.

그는 불에 탄 사체로──.

"……──아니, 잠깐. **소사체**?"

그가 화재로 죽었다고도 생각되지 않는다. 소사체라는 건,

불에 타 살해당했다?

리갈 정도 되는 남자를, 누가?

거기서 코우스케는 깨닫고 말았다.

보고만이라면 이 인원수는 필요가 없으며, 애초에 글래스로 정보를 송신하면 끝난다.

리갈은 소사체로 발견되었다.

그리고, 영웅인 그를 태워 죽일 수 있는 자는 그리 없다.

"기다려, 아니야. 너희는 뭔가 착각하고 있어."

하지만 코우스케의 말을 들어도 미래는 변하지 않는다.

"왕실은 이를 트와일라이트 쿠로이시스 신센텐스드아서 명예 장군에 의한 범행이라 생각하고, 체포 명령을 내리셨습니다. 부디 저항하지 말아 주시기 바랍니다."

코우스케도 토와도, 경직되었다. 너무나도 갑작스러운 부보. 그리고, 마찬가지로 갑작스러운 원죄(冤罪).

"그, 그런 말도 안 되는 이유가 통할 것 같아?! 리갈이 정말로…… 살해당했다고 치고, 어째서 그걸로 토와를 체포한다는 이야기가 되는 거냐!"

코우스케에게서 내뿜어지는 살기에 말 몇 마리가 날뛰기 시작했고, 도르드레니크의 말에 이르러서는 도망쳐 버렸다.

병사 중에도 겁에 질려 떠는 자가 나타났지만, 도르드레니크만은 동요하지 않고 코우스케를 똑바로 바라본 채다.

"넵. 우선, 돈아우렐리아누스 명예 장군은 확실히 불에 타 사망하셨음을 보고드립니다. 그는 자연 속성에 강한 내성을 가지고 계셨기에, 필연적으로 범인은 내성을 넘어 그를 불태울 수 있는 마법을 보유하고, 게다가 그에게서 끝까지 도망칠 수 있을 정도의 실력의 소유자라는 것이 됩니다. 현장에서는 혈흔은커녕 머리카락 한 올도 발견할 수 없었으니까요. 더욱이, 그의 유해는 제1외주구에서 발견되었습니다. 실례지만 나노란슬롯 경은 모르시리라고 생각하여 보충설명을 드리자면, 제1에서 제2까지의 환형 성문에는 정규군에 의한 검문이 깔려 있습니다. 예상되는 범행 시각에 내부에 있었던 영웅은 돈아우렐리아누스 명예 장군을 제외하면 신센텐스드아서 명예 장군 단 한 사람. 그건 틀림이 없습니다."

"그……건, 죽일 수 있었던 이유이지, 죽인 이유도 아니고 증거도 아니야. 뭣하면, 지금부터 귀족가에 침입해 줄까. 토와 이외의 녀석도 가능하다는 걸 알게 되면, 그 가정은 무의미하잖아."

도르드레니크는 어디까지나 냉정하게 뒷말을 계속했다.

"외람된 말이지만, 제아무리 나노란슬롯 경이라 할지라도 경비에 걸리지 않고 환형 성문을 돌파하는 것은 곤란하리라 사료됩니다. 앞서 말씀드린 환형 성문에는 특수한 마동경비 시스템을 채용하고 있기에, 통행 허가가 없는 자의 마력 파장을 감지하면 종소리가 울리게 되어 있습니다. 벽 일체를 『집어삼키』신다면 따르겠습니다만, 그렇다면 경비의 눈에 띄지 않을 리도 없겠지요. 범행은 내부에서 일어났고, 범인은 내부에 있는 자이며, 그 힘을 가진 건 신센텐스드아서 명예 장군 한 명입니다."

가능과 불가능의 문제다.

토와 이외에는 불가능하고, 토와만이 가능했다고 한다면 의심이 향하는 건 피할 수 없다.

"……그래도, 혐의 이상은 되지 않아. ……그렇지, 리갈의 글래스는?! 범인을 봤을지도 모르잖아. 영상을 확인할 수 있다면——"

"……알고 계시리라 생각합니다만, 글래스 자체에 기억 영역은 존재하지 않습니다. 그리고 영상이 보존되어 있었다 한들, 보존 장소인 그의 뇌는……."

글래스에 의한 정보 보존은 인간의 뇌에 있는 쓰기 가능한 잉여 영역을 이용하여 이루어진다. 전용 마법구를 외부 기억 장치로 사용하는 것도 가능하지만, 도르드레니크라면 그 정도는 이미 조사하였을 것이다. 말하지 않는다는 건, 어느 쪽이건 간에 글래스의 기록은 없었다는 것.

"그럼, 토와의 글래스 영상을 확인해! 지금 당장! 그렇게 하면 알 수 있잖아!"

"……취조는 군 시설에서 한다고 합니다."

"바보인가? 지금 이 자리에서 알 수 있는 걸, 어째서 일부러——설마."

토와의 결백을 증명하는 방법은 있다. 하지만 증명은 요구하지 않는다.

즉, 이것은——.

"토와를 범인으로 꾸며 낼 속셈인가."

피가 끓어오른 것처럼 몸이 열을 띠었다.

도르드레니크는 어딘가 마음이 괴로운 듯이 말했다.

"목격 정보도 여럿 나와 있습니다. '붉은 옷을 입은 소녀'를 보았다는 내용입니다. 어느 사람이건 이름 있는 귀족 가문과 연이 있는 자이니, 신빙성을 높을 것이라 사료됩니다. 어두웠다는 점이나 거리 문제로 제출된 영상에 의한 개인 특정은 이루어지지 않았습니다만, 예, 확실히 붉은 의상으로 몸을 감쌌으며, 체격으로 보아서는 소녀로 생각됩니다. 적어도 귀공의 '그렇게는 생각되지 않는다'는 희망적 관측보다는 훨씬 믿을 수 있는 정보가 아닐까 합니다."

코우스케는 할 말을 잃었다.

납득한 것은 아니다. 하지만 그들을 설득할 말을 준비할 수 없다는 걸 깨닫고 만 것이다.

토와를 연행하는 것은 결정된 사항이다. 의견으로 그것이 뒤집힐 일은 없다.

"……리갈은 그런 시간대에 어디에 갔던 거지."

"……불명입니다. 누구에게도 알리지 않고, 집을 빠져나간 듯하여."

"그래서 토와를 만나러 갔다가, 살해당했다고? 너희들 진심으로 그렇게 생각하고 있는 거냐? 이 녀석이, 리갈을 죽인 후에, 바보처럼 신인의 미궁 공략에 어울릴 정도로 **맛이 가** 있었다고?"

토와에게 씌워진 혐의는 사라지지 않을 것이다. 하지만 위화감 자체는 다른 자도 느끼고 있었던 모양이다.

적의의 농도가 약간 옅어져 갔다.

"……저희도 이러한 걸 바라는 건 아닙니다. 하지만 왕실의 명에 따라, 신민의 생활을 지키는 것이 정규군의 존재의의이기에."

그렇게 말하고, 도르드레니크는 머리를 숙였다.

그는 임무에 충실하게 따르고 있는 것뿐이다.

이곳에 있는 병사 전원이 토와를 범인으로 단정 짓고 있는 건 아니다.

"그게 아니면, 귀공은 이리 말씀하실 생각입니까. ――영웅이니까, 다소 의심스러워도 묵인하라, 고."

말이 막혔다.

"아니야……! 리갈이 정말로 살해당했다면…… 국가를 뒤흔드는 사태야. 그 범인으로 의심되는 자를 통상적인 절차를 밟지 않고 즉시 체포하는 것 역시, 아무것도 이상하지 않아."

이건 일종의 테러 행위다.

달트라가 왕권으로 통치되는 국가라는 것을 고려하면, 왕실 직속인 영웅을 살해하는 건 왕족 살해에 버금가는 대죄다. 그에 대한 조사에 초법규적 조치가 허용되는 데 의문을 품을 여지는 없다.

하지만 문제는 거기에 있지 않다. 명백히 누군가가 토와를 함정에 빠뜨리려 하고 있는 것이다.

왕실의 결단에 관여할 수 있는 누군가가.

"토와는 범인이 아니야."

"그건 취조를 통해 밝혀야만 할 것으로 생각합니다. ……슬슬 괜찮겠습니까. 그녀를 인도해 주셨으면 합니다."

도르드레니크와 병사들은 잘못되지 않았다.

단지 직무를 다하고 있을 뿐이다. 그들을 원망하는 마음은 없다.

그래도, 코우스케는 생각하지 않을 수 없었다.

"웃기지――마!"

이유 하나로 여동생을 내밀 수 있다면, 애초에 복수자 따위는 되지 않았다.

뭔가, 뭔가 방법이 있을 터다.

하지만 그녀가 그것을 가로막았다.

"쿠로, 이제 괜찮다구?"

토와의 목소리였다.

망설이는 기색으로 뒤돌아보자, 그녀는 겨우겨우라는 느낌으로 미소를 띠고 있다.

"이야~, 난처하네~. 하지만 괜찮아. 저지르지 않은 죄고. 금방 석방될 거래도."

코우스케는 그렇게는 되지 않을 거라고 생각하고 있었다. 이건 명백히 토와에게 죄를 뒤집어씌우려 하는 자의 소행이다.

분명 토와도 그건 깨닫고 있다.

깨달은 상태에서, 이 이상 사태를 복잡하게 만들지 않기 위해 저항하는 걸 포기한 것이다.

"괜찮지 않아. 너는 리갈을 죽이지 않았잖아."

"응. 하지만 쿠로가 토와의 몫까지 화내 줬으니까, 됐으려나 싶어서. 내가 결백하다는 걸 증명해서, 금방 나올 거야. 그러면 밥 사줘. 가게 찾을 시간 생겼으니까, 잘 조사해 두도록."

병사가 다가와 마봉석——마력 발로를 막는 광물——으로 만들어진 수갑을 그녀에게 채웠다.

그녀는 저항하지 않는다. 이송용 마동마차가 근처에서 정차했고, 그녀가 연행되어 갔다.

"……안 돼, 이런 건. 토와……!"

코우스케라면 할 수 있다.

이 자리에 있는 인간 전원을 제압한 뒤에, 그녀와 도망치는 것쯤은 간단하다.

간단하지만, 그렇게 해서, 그 뒤에는?

시로와 에코나는 어떻게 하나. 데리고 갈 것인가? 시로에게는 안내인이라는 일이, 에코나에게는 마술사라는 꿈이 있는데. 데리고 가건 두고 가건, 문제는 그것만으로 그치지 않는다.

리갈에 이어 추가로 두 명의 영웅이 사라지는 건 치명적인 손실이다. 라이크를 포함하면 연속해서 네 명.

민중은 정신적 지주를 잃는 것이 된다.

적이 절호의 기회를 놓칠 리도 없고, 달트라는 힘든 싸움을 강요당하게 된다.

그 끝에, 패배해 버리면. 이 나라의 인간을 기다리고 있는 건 노예 생활이거나 죽음이다.

발이 꿰매어진 것처럼 움직이지 않는다. 중력이 배가 된 것처럼 몸이 무겁다.

이럴 때 깨닫고 싶지 않았다.

리갈이 지닌 것의 한 조각 분량에도 미치지 않겠지만, 아무래도 코우스케에도 영웅으로서의 책임감이 갖추어져 버린 모양이다.

그걸 버리는 건, 분명 가능하다.

하지만 그렇게 해서, 같이 도망치면, 영웅을 살해했다는 오명을 덮어쓴 여동생은 행복해질 수 있을까.

——정말로 구해 줄 거야?

어렸을 때 여동생이 한 말이 되살아났다. 코우스케는 어떻게 대답했지.

받아들이지 않았나.

첫 번째 때 추태를 드러내 놓고선, 그걸 되풀이하는 건가.

다리가 움직였다.

달려가려 했던 코우스케 앞을, 도르드레니크가 막아섰다.

“참아 주십시오. 나노란슬롯 경.”

“비켜, 너한테 볼일은 없어.”

코우스케에게서 살기가 솟구쳤다. 하지만, 그것도 금방 안개처럼 흩어졌다.

또다시, 토와에 의해.

"정말, 그만해. 그런 얼굴 하면, 모두가 사이를 의심할 거야. 쿠로는 일편단심 시로 씨잖아?"

그녀 자신이 구해주기를 바라고 있지 않다. 그 사실이, 코우스케의 충동을 손쉽게 지워 버렸다.

"토와……!"

그녀가 이송용 마차에 올라탄다.

문이 닫히기 직전, 코우스케에게 미소 지었다.

"……그러면, 저희는 이걸로 실례하겠습니다. 나노란슬롯 경에게는 왕도 귀환 후 보고서 제출을 부탁드립니다. 또한, 다음 명령이 내려질 때까지 왕도에서 대기하시게 될 테니 그 점 양해해 주십시오."

그렇게 말하고, 도르드레니크와 병사들도 떠나갔다.

쫓아가려다가 다리가 엉켰다. 그 자리에 무릎을 꿇었지만, 일어설 기력은 이미 없다.

메마른 웃음소리가 간헐적으로 새어 나왔다. 그건 금방 눈물로 변했다.

결국, 아무것도 변하지 않았다. 커다란 무언가의 앞에서는, 작은 모든 것은 무력할 수밖에 없는 것이다.

그날 중에 토와의 처형이 결정되었다.

처형일은 닷새 후.

그리고 처형인은── 코우스케였다.

◇

새로운 7영웅 중 리갈이 사망하고, 토와가 그를 살해하였다고 하여 체포되었다.

크윈은 초난도 미궁 공략.

파르페는 전장에 투입.

곧바로 연락이 닿아 비교적 빠르게 합류할 수 있었던 건 루키우스와 엘피뿐이었다.

두 사람은 코우스케에게서 연락이 닿자마자 돌아왔다.

그리고 밤으로 접어들 무렵, 세 사람은 엘피의 진료소에 있었다.

토와가 연행된 뒤, 코우스케는 일반인보다 몇 배나 빨리, 하지만 그로서는 길다고 할 수 있는 시간을 들여 냉정함을 되찾았다.

에코나에게는 술집에 머무르도록 연락했다.

그러고 나서 루키우스와 엘피에게 연락하여, 지금에 이른다.

코우스케와 엘피는 의자에 앉아 있었지만, 루키우스는 벽에 등을 기대고 서 있었다.

"……이야기는 잘 알았습니다. 그래서, 쿠로. 리갈의 유해는……."

"유족이 우선이라고 해서 뒷전으로 밀렸어. 그 사람, 아내가 잔뜩 있었던 것 같으니까."

말랑, 하고 머리가 부드러운 것에 둘러싸였다.

엘피한테 안긴 것이다.

"너, 몰골이 말이 아니야. ……괜찮아. 우리가 힘이 될게."

놀리는 기색도, 유혹도 아닌 걱정에서 온 포옹. 엘피가 그런 행동을 할 정도로, 지금의 코우스케는 지독한 몰골을 하고 있는 모양이다.

"……고마워, 엘피."

가볍게 등에 손을 돌리고, 그러고 나서 살며시 떼어 냈다. 고마웠지만, 위로받을 시간은 없다.

"응? 내가 안고 싶으니까 안고 있던 것뿐인걸. 떨어져 주지 않을 거야."

"……널 본받아서 가급적 평상심을 유지할 수 있도록 명심하겠어."

다시 한번 떼어 내자, 그녀는 과장되게 "아앙……" 하는 요염한 목소리를 내며 자리에 앉았다.

그걸 보고 어찌어찌 쓴웃음을 지을 수 있을 정도의 여유는 되찾았다.

"물론 저도 협력하겠습니다."

"루키우스도 고마워. 그래서, 묻고 싶은 게 있어."

"무엇이든지."

"달트라가 리갈을 살해한 범인을 붙잡는 데 혈안이 되는 건 이해할 수 있어. 용의자다운 용의자가 토와뿐이라면 붙잡는 것도 이해가 돼. 하지만 이 빠른 속도는 뭐지. 원래 달트라의 일처리가 빠른 건 알고 있었어. 하지만 이건 아무리 그래도 이상해."

루키우스는 어려운 표정을 지었지만, 그리 시간을 두지 않고 대답했다.

"……생각할 수 있는 이유는 여럿 있습니다. 우선 국민과 병사에 대한 케어라는 측면. 리갈은 7영웅 중에서도 최고 선임자고, 왕실과 군부의 신뢰도 두터운 분이었습니다. 그만큼 신민에게도 그의 이름과 공적은 퍼져 있다는 것입니다. 영웅이라는 건 바꿔 말하면 살아있는 전설 같은 존재입니다만, 그는 우리와 비교해도 그 전설의 두터움이 현격히 다릅니다. 그런 사람이 암살되었다고 하면, 그 충격은 가늠할 수 없습니다."

코우스케도 그 생각은 하고 있었다.

"그렇다고 해서 숨길 수도 없습니다. 그의 죽음으로 전쟁에서 패배하는 것 아닌가 하고 성급하게 생각해 버리는 신민도 많겠지요. 그만큼 그는 영웅으로서의 책무를 다하고 있었습니다. 간결하게 말하자면, 달트라는 1초라도 빨리 범인을 붙잡아 처벌을 내리고 싶은 겁니다."

사건이 일어나고 말았을 때, 해야 할 일은 대처와 해결.

사태를 수습하는 것과 범인을 체포하고 이후의 피해를 억제하는 것.

"하지만 그 범인 역에 토와를 이용하는 건 현명한 선택인가? 실제로 라이크 건에서는 영향을 생각해서 그 녀석의 죽음을 미화했잖아. 영웅의 배신이라니, 나라에 대한 신뢰가 흔들리는 것 아닌가?"

"예, 평시라면 말이지요. 하지만 그걸 회피할 방법이 있습니다."

코우스케는 그 말을 듣고 나서 몇 초 생각한 뒤, 깨달았다.

뼈가 부서지는 것 아닐까 싶을 정도로 주먹을 꽉 쥐면서, 내뱉는 것처럼 거칠게 말했다.

"지금은 전시 중이야. 토와가 아크스바오나의 자객이었다고 발표하면 민의를 아크스바오나 쪽으로 부추길 수 있지. 그래도 적의 자객을 영웅으로 인정하고 만 것, 간파하지 못했던 것에 대한 비난은 있겠지만, 그에 대한 대응이라는 의미도 있는 처형이라고 할 수 있어. ……그것뿐만이 아니야."

"예. 『벽력의 영웅』을 죽인 국가의 적을 전설의 『검은 영웅』이 처형하고, 거기다 그걸 『집어삼킴』으로써 신민의 불만은 해소되고, 병사의 사기는 향상됩니다. 신화대로 『검은 영웅』이 적의 힘마저도 집어삼키고, 동료를 위해 그걸 사용한다는 어필이 되니까요."

애초에 연행하는 시점에서 알고 있었던 것이다.

범행 시각의 영상을 제출하면 토와의 결백은 그 자리에서 나타낼 수 있었다.

하지만 나온 것은 체포 명령. 즉, 사실 확인을 할 생각은 처음부터 없었다는 것.

"……이 일을 계획한 건 왕족이거나 귀족이야."

루키우스도 엘피도 코우스케의 말을 부정하지 않았다.

"……예. 믿고 싶지는 않습니다만, 외부자도 아니거니와 군부도 불가능합니다."

외부자의 범행일 가능성은 낮다. 군부라면 자국군의 전력을 줄이는 듯한 짓은 하지 않을 것이다.

"리갈을 죽이고, 죄를 뒤집어씌운 토와를 쿠로로 하여금 죽이게 하는 시나리오. 제정신인 인간은 쓸 수 없을 것 같으니 말이야. 그 점도 포함해서 생각하면, 귀족이지."

경비 시스템이 코우스케조차 들키지 않고 돌파하는 것이 불가능하다면, 필연적으로 내부의 범행이라는 게 된다. 외부자라면 불가능한 침입을 가능하게 만드는 것보다도 리갈이 벽 밖에 있는 때를 고를 터다.

"달트라 왕은 현왕입니다. 본래라면 이러한 행위를 간과할 리가 없습니다만……."

"귀족이라면 할지도 모르는 건가?"

"이유가 있다면 하겠지. 그들은 악신에게 저항한 영웅의 후예. 사람들을 승리로 이끈 영걸의 자손. 옅어져 있다고는 해도, 그 능력도 정신도 보통과는 먼 곳에 있어."

그야말로 적성은 가지고 있다는 말이 되는 건가.

"하지만 대체 어떤 목적으로……."

"그건 가장 먼저 생각해야 할 게 아니군. 그것보다 루키우스, 왕은 정말로 제정신이야?"

"……불경합니다. 하지만 염려는 지당합니다. 이것만큼은 저를 믿어 주실 수밖에 없군요."

"……아니, 미안. 믿을게. 그렇다면 왕이 이번 건을 묵인해야만 하는 이유가 있었던 거군."

"……이유라. 리갈 관련이면 기보르네 문제일까?"

"화평은 그가 추진하고 있던 것입니다만, 목숨을 빼앗으면서까지 철회시킬 만한 것도 아니겠지요."

"영웅의 목숨보다 무겁다는 것이 되면, 국가 레벨의 문제겠지. 아크스바오나 관련으로…… 그렇군, 중요한 안건이고 아직 정식으로 정해지지 않은 건 있나?"

루키우스와 엘피가 동시에 얼굴을 마주 보고, 눈을 크게 떴다.

"……예. 신창동맹 제국(諸國)에 의한 군사동맹이 체결되기 직전입니다."

"그거군. 귀족 중 누군가…… 일개 개인은 아니겠지만, 어쨌든 그 녀석들의 행위라는 걸 왕은 알아차리고 있어. 범인도 이 시기니까 실행한 거야."

"……이럴 때 국정의 중추에 있는 귀족원 내에서 영웅 살해 움직임이 있었다는 게 알려지면, 국가의 위신에 상처가 가. 신뢰는 땅에 떨어지겠지. 그렇게 되면 동맹 따위 이뤄질 리 만무해."

"아아, 그래서 왕은 범인의 계획에 낄 수밖에 없었어. 주위의 협력을 얻지 못하게 되는 위기와 토와를 저울질하고 말이야. ……개인과 국가이니까, 올바르고 현명한 왕이기에 잘못을 묵인할 수밖에 없었지."

예를 들어, 온 세계의 인간이 죽을병에 걸려 있고.

거기에 신이 나타나서 말하는 것이다.

특정한 한 명을 희생양으로 바치면, 전 인류를 구해주겠다고.

그때, 온 세계의 인간이 그 한 명의 죽음을 바라는 건 악인가?

코우스케는 그렇지 않다고 생각한다.

극단적인 이야기로 두 명과 한 명을 저울질했을 때, 두 사람을 선택하는 것이 선이라고 생각한다.

선택하지 않아서 양쪽 모두를 잃는다면, 선택할 수 없는 인간은 악은 아니어도 선은 될 수 없다.

나라의 운명을 짊어질 때, 아무것도 선택할 수 없는 겁쟁이만은 되어서는 안 되는 것이다.

호불호로 선악으로 분류되는 행위일지라도, 선악으로 잴 수 없는 행위일지라도, 국익이라는 면에서 최소한의 대미지를 계산할 수 있고, 거기다 그 대처도 겸한다고 한다면 그건 필요한 것이라고 판단되어야만 한다.

코우스케가 아무리 납득할 수 없더라도.

그 결단이 국가를 떠받치는 것이 된다면. 국민을 지키는 것으로 이어진다면.

대상이 자신이라면 납득했을지도 모른다. 원죄라도 최종적으로는 받아들였을지도 모른다.

하지만, 그녀만은 안 된다. 쿠로노 토와만은 희생양 따위가 되게 두지 않을 것이다.

"오래전부터 국정에 관여했던 귀족과 영웅이라고는 해도 5년 전에 나타났을 뿐인 소녀. ……확실히 그 두 개의 선택지라면 토와를 선택할 수밖에 없겠지요."

"……웃기지도 않아."

완전히 같은 의견이다. 이런 건 결코 인정할 수 없다.

"……하지만 이 모든 게 사실이라면, 저희는── 움직일 수 없습니다."

무엇보다도 코우스케 일행이 영웅이니까.

귀족의 음모를 파헤친 뒤에 기다리고 있는 것은 국가의 위기다.

정의가 파멸을 일으킨다는 걸 알고도 여전히 그것을 완수하려 하는 행위는 옳다고 할 수 있을 것인가.

루키우스와 엘피는 그에 고민하고 있다.

코우스케에게 있어서는 생각할 필요도 없는 일이다.

"두 사람이 도와주지 않아도, 나는 하겠어."

분명히 말해 두었다. 그들에게 협력을 강제할 수는 없지만, 포기만은 하지 않겠다고.

"……하나, 여쭙고 싶은 것이 있습니다."

루키우스는 표정을 흐리고, 기분 탓인지 성량을 낮추어 말했다.

"저도 토와를 구하고 싶다는 마음은 같습니다. 단지…… 이렇게 말하기는 그렇습니다만, 당신이 그녀를 구해 내기에는 다소 관계성이 희박한 것 아닌지요?"

만난 지 얼마 되지 않았는데, 어째서 그렇게 필사적인가. 묻고 싶은 건 그런 것이리라.

리갈도 말했었다. 루키우스도 또한 코우스케와 토와의 관계에 무언가를 느끼고 있는 것이다.

엘피를 봤다. 요염하게 고개를 기울이고 살짝 미소를 지을 뿐, 그녀는 아무 말도 하지 않았다.

루키우스는 신뢰할 수 있는 동료다. 지금에 와서 숨겨야 할 내용은 아니리라.

"여동생이야."

간결하게, 단적으로 말했다.

"……여동생? 토와랑, 쿠로가, 말입니까……? 아니, 이런 거짓말을 할 분은 아니지요……그렇다면, 당신은."

그도 또한 영웅 규격. 머리 회전도 일반인의 몇 배 이상이다.

그러니 동요는 했을지언정 금방 잦아들고, 개시(開示)된 정보 하나로 대략적인 상상이 간 모양이다.

그의 눈동자와 표정에 떠오른 것은, 경악과 슬픔이 뒤섞인 감정.

"당신은…… 그러면, 토와와 재회하기 위해서? 이 세계에서, 여동생을 찾고자……?"

코우스케를 보는 루키우스의 눈이 지금까지와는 약간 달라졌다.

"어딘가의 누구 씨와 같은 이유지?"

청년의 얼굴이 괴로운 듯이 일그러졌다.

"그만둬 주십시오…… 저는 포기했습니다. 그녀를 버리고, 영웅의 길을 선택했으니까요."

"……그건, 무슨."

"루키우스도 너와 같은 동기로 이 세계에 있었다는 거야. 여동생이라는 부분까지 말이야."

루키우스는 미소를 띠고 있었지만, 그곳에는 채 얼버무릴 수 없는 슬픔이 배어 나와 있었다.

이 세계에 와서 가족이나 연인, 아는 사람을 찾으려고 생각하는 사람은 코우스케 이외에도 있었을 것이다.

하지만 세계는 당연히 그들 전부가 만날 수 있는 기적을 준비해 주지 않는다.

"저는 찾는 것을 일찌감치 포기했습니다. 쿠로와 비교될 만한 자격은 없습니다."

루키우스가 자기 혐오로 단정한 얼굴을 일그러뜨리자, 코우스케의 목소리도 자연히 무거워졌다.

"……그렇게 따지면 나는 운이 좋았던 것뿐이야."

"아니요, 쿠로. 현재 상황을 보면 행운 따위라고는 입이 찢어져도 할 수 없을 겁니다. 그리고, 그래도 당신은 구하겠다고 말하고 있습니다. 그 부분이 저와 당신의 차이입니다."

"그렇다고 해서 토와까지 포기할 이유는 안 되는 거 아니야?"

가벼운 느낌으로 거리낌 없이 말한 건 엘피다.

"이런 짓을 꾸민 이유는 모르지만, 그걸 생각할 필요도 없을 거야. 우리가 생각해야만 하는 건, 토와의 무죄를 증명하고 동맹 체결을 이루는 방법이야."

"그런 방법이 있다고 해도, 닷새로는 도저히……."

"어떻게든 하는 거라구. 괜찮아, 괜찮아. 왜냐면 우리는 영웅이잖아? 다른 사람은 할 수 없어도, 설령 불가능하다고 해도,

현실로 바꾸어 보일 정도가 아니면 안 되지."

말은 믿음직했지만, 코우스케는 물어보지 않을 수 없었다.

"그건 큰 도움이 되겠지만…… 괜찮은 건가?"

"후후후…… 나는 기본적으로 내가 즐거우면 그걸로 괜찮아. 하지만 정해 둔 게 하나 있어. 귀여운 환자만은 저버리지 않는다, 고 말이지. 의사의 귀감이라고 칭찬해 줘도 된다구?"

"귀엽지 않은 환자는?"

엘피는 생긋 미소 지을 뿐, 대답하지 않았다.

"쿠로."

루키우스가 불러, 시선을 향했다.

"저 역시 그녀를 저버린다는 생각은 할 수 없습니다. 부디 조력을 허락해 주셨으면 합니다."

그의 마음은 이해하고 있었다. 반대도 체념도 현실을 보고 말하고 있었던 것뿐.

"……라이크 때도 같은 말을 해 줬었지."

"그랬습니까……?"

"그래. 이번에도 물론 환영이야. 마음이 든든해."

복수는 혼자서 할 수밖에 없었다. 누구의 손도 빌릴 수 없었다. 그래서 이용하기만 했다.

하지만 지금은 다르다. 힘을 빌려주는 동료가 있고, 코우스케는 그에 의지할 수 있다.

"그 녀석을 구하겠어. 반드시."

이번에야말로, 라는 말만은 가슴속으로 덧붙였다.

리갈을 죽이고, 토와를 함정에 빠뜨린 자는 이 왕도에 있다.

손이 닿는 범위에 있다면, 반드시 붙잡는다.

그리고 응보를 받게 해야만 한다.

이리하여, 세 사람은 움직이기 시작했다.

"신센텐스드아서 경과의 면회를 부탁하고 싶다."

"죄송합니다만 허가할 수 없습니다."

코우스케는 군의 구치시설을 찾아와 있었다.

석조 건물로, 그것 자체는 오두막 정도의 크기에 불과하다. 지하 감옥으로 가는 입구인 모양이다.

세 사람은 이야기가 정리되자 우선 해산했다. 두 사람은 요 최근의 귀족 가문의 동향을 탐색해 주고 있다.

이 세계에 온 지 얼마 되지 않는 코우스케는 정보 수집이라는 면에서는 그다지 도움이 되지 않는다.

비단 그런 이유 때문만은 아니지만, 여동생의 얼굴을 한 번 봐 두고 싶었다.

초병이 두 명 있다.

한 명은 매부리코에 평균 키. 한 명은 얼굴은 평범하지만, 키가 2미터 가까이 됐다.

매부리코가 온 얼굴에 구슬땀을 띠면서 코우스케에게 대응하고 있다.

"그런가. 누구라면 허가를 낼 수 있지?"

"아, 아뇨, 그런 것이 아니라. 현재 그녀에게 접촉하는 것은 허가가 내려지지 않습니다. 모쪼록 이해해 주십사 하고……."

"하지만 열쇠를 꽂고 돌리면 문은 열리지? 물리적으로 불가능하지 않다면, 누군가가 괜찮다고 말하기만 하면 통과할 수 있을 거다. 그 말을 할 수 있는 게 누구인지 알려 달라고 부탁하고 있는 것이다만?"

매부리코 두 명은 "히익" 하고 겁에 질린 듯이 오그라들고 말았다.

코우스케는 다시 시선을 2미터짜리 초병으로 향했다.

"그것조차도 허가할 수 없습니다, 인가?"

"…………."

"과연, 무시인가. 현명할지도 모르겠군."

적어도 이야기가 진척되지 않는다는 결과를 코우스케에게 안겨줄 수 있다.

"어이, 거기서 뭘 하고 있지! ……응? ……당신은 설마, 쿠로 공이십니까?"

어떻게 할까 하고 생각하던 차에, 군인 몇 명이 이쪽으로 다가왔다.

아는 사람이 두 명 있었다.

저난도『화』미궁 제스트의 경비대장 레이스.

중난도『암』미궁 포라다슈 경비대장 에스타.

말을 건 사람은 레이스다. 중년 군인으로, 아무렇게나 자란 수염이 무성했다.

"어라, 무슨 일이지 너. 그런 곳에서."

붉은 머리에 묘령의 여자 군인인 에스타가 코우스케를 보고 미소를 띠었다.

경비대장끼리 회의라도 있었던 것일까 하고 추측했다.

그들의 등장에 초병 두 명이 나란히 경례했다.

레이스의 "편히 있도록"이라는 한마디에 초병은 팔을 내렸다.

"하여, 쿠로 공. 이런 곳에 어떠한 용건으로?"

"토와…… 신센텐스드아서 경을 만나게 해 줬으면 한다고 말했더니, 허가할 수 없다는 말을 들어서 어떻게 해야 할지 몰라 하고 있어."

몇 명의 표정이 흐려졌다.

"그건 당연하지. 그 계집애는 리갈을 살해한 용의자니까."

애칭으로 부르는 점을 보면 에스타는 리갈과 친교가 있었던 걸지도 모른다. 범인이나 하수인이 아니라, 용의자라는 말을 써 준 것이 아주 약간 기뻤다. 그녀도 역시 단정하고는 있지 않은 것이다.

"하지만 만나고 싶어, 에스타. 어떻게든 안 될까?"

시선의 교차가 잠시 이어지고, 이윽고 에스타가 씨익 웃었다.

"영웅이 나이에 걸맞게 어린애처럼 어리광을 부리고 있다고. 어른으로서는 응해 줘야겠지. 확실히 체포는 도르드 녀석이 담당이라고 했을 터야. 내가 말해 두지. 레이스, 너도 글래스로 메시지를 보내. 하는 김에 너희들도 지금 『검은 영웅』에게 은혜를 입혀 두라고."

다른 총괄 대장들도 모두는 아니지만 몇 명인가가 응해 주었다.

잠시 후, 초병 두 명이 움찔 반응했다.

아마도 도르드에게서 글래스에 메시지가 온 것이리라.

"시, 십 분만 허가하겠다고 합니다."

매부리코가 그렇게 말했다.

코우스케는 레이스와 에스타 일행에게 "고마워"라며 허리를 굽히고 머리를 숙였다.

2미터 초병이 잠긴 문을 열었다.

통과할 때, 작은 목소리로 코우스케에게 말했다.

"영웅님이라고 해도, 좋게 봐줄 수 없는 행위인 줄 압니다."

코우스케는 부정하지 않았다.

"그래, 알고 있어. 미안하다고도, 생각해."

그 대답은 의외였는지, 그의 눈동자가 가늘게 떠졌다.

"폐를 끼쳐서 미안하다. 그래도 만나고 싶어."

그는 콧방귀를 뀔 뿐, 그 말에는 대응하지 않고 "손을"이라고 말했다.

면회 조건으로 마봉석 수갑을 채우라는 것인 모양이다.

확실히, 만에 하나 코우스케가 토와를 데리고 도망치려 했다간 큰일이다.

코우스케는 순순히 따랐다.

수갑을 찬 상태로 계단을 내려갔다.

조금 걷기 힘들었다. 신발 소리가 묘하게 반사되어 울렸다. 빛은 최저한밖에 없다. 조명의 빛이 제한되어 있다.

다 내려가자, 수감실은 여덟 개 있었다.

직선으로 뻗은 복도 하나와 그 양쪽에 수감실이 네 개씩 늘어서 있는 형태다.

일곱 개는 빈방이라고 해도 좋을까. 아무도 수감되어 있지 않았다.

"……쿠로?"

그녀는 헤어졌을 때 그대로의 복장으로 수감실 침대에 앉아 있었다.

단지, 반지나 머리 장식을 비롯한 장비는 몰수된 모양이다.

"죄수복은 아니군."

코우스케는 가급적 농담처럼 말하고는, 웃었다.

토와도 그에 응했다.

"토와는 미소녀니까, 죄수복이라도 완벽히 소화하겠지만 말이야~."

그녀는 일어서서 창살 앞까지 왔다.

"어라, 혹시 사식 없어? 면회라고 하면 사식이잖아~?"

"미안하다…… 거기까진 생각을 못 해서."

"뭐, 상관없나~. 마지막 날에는 좋아하는 메뉴를 주는 모양이고."

가벼운 느낌으로 내뱉어진 그 말에 코우스케의 마음이 삐걱댔다.

"……벌써, 들은 거냐."

"응. 이야~, 미안해? 미소녀와의 식사 약속이 취소되다니, 쿠로도 유감이겠지만."

"……토와."

"한층 미안하지만, 토와를 처형하는 역할은 쿠로래. 이렇게 될 거였으면 친해지지 말 걸 그랬네~."

"……토와."

"아. 하지만 토와 말이야, 잘됐다고 생각하는 게 하나 있어. 토와의 시체를 쿠로의 마법으로 『집어삼켜』 준다면 죽은 후에 쿠로의 도움이 될 수 있잖아. 에헤헤, 그건 좋네~라고 생각해. 사과는 아니지만, 그걸로 좀 봐주라."

"토와……!"

코우스케는 수갑째 양손으로 창살을 내리쳤다.

그녀가 몸을 움찔 떨고는, 쓰고 있던 웃는 얼굴의 가면을 떨어뜨렸다.

그리하여 내비친 것은, 죽음을 두려워하는 소녀의 얼굴이었다.

"괜찮아. 강한 척하지 않아도 돼. 생각한 걸, 그대로 말해줘."

그녀는 그래도 어떻게든 다시 미소를 띠려고 했지만, 그건 얼굴 근육이 볼품없이 경련하는 것으로 끝났다.

실이 끊어진 것처럼, 그녀는 그 자리에 주저앉았다.

잠시 지난 뒤, 쉰 목소리가 들려왔다.

"전에 이야기했었지…… 남자가 껄끄럽다는 거."

기억을 봉인하고도 여전히 그 몸은 기억하고 있는 것이리라. 자신의 죽음을 초래한 것이 남자라는 것을.

그녀는 바닥의 한 부분을 바라보고, 그것에만 힘을 쏟음으로써 무언가를 참으려 하고 있는 것 같았다.

"토와 말이야, 그거 말고 껄끄러운 게 두 개 있어. 하나는 어두운 곳. 어쩐지, 무척 무서워져."

죽은 것이 밤이기 때문이다.

"다른 하나는 말이야…… 추운 곳. 몸이 이상하게 떨려서, 말이지…… 잘 움직일 수 없게 돼."

얼어죽었기 때문이다.

그녀의 몸은 죽음의 고통을 무엇 하나 망각하고 있지 않다.

코우스케도 그 자리에 무릎을 꿇었다. 어떻게든 그녀와 눈을 맞출 수 있도록.

토와의 목소리가 서서히 물기를 띠어 간다.

"여기 끌려올 때까지, 계속 기분이 나빴어. 감옥에 넣을 때는 난폭하게 팔을 붙잡고서는, 등을 억누르고 말이야. 그렇게까지 하지 않아도 좋지 않아?"

"……그래."

"게다가 여기, 엄청 어둡고. 불 정도는 켜 줘도 좋을 텐데 말이야……."

"……그러네. 말해 둘게."

"게다가, 조금 추워. 그야, 버틸 수 없는 건 아니지만, 한번 그렇게 생각하면, 떨림이, 멈추지 않아서…….”

“……그것도, 어떻게든 할게.”

“저기, 쿠로.”

“……응.”

“토와, 리갈을 죽이지 않았어. 죽일 리가 없어.”

“……알고 있어.”

“리갈이 살해되었다는 것만으로도 믿어지지 않는데, 그걸 토와가 했다고 한다구? 그래도, 마지막에는 알아줄 거로 생각했어. 하지만…… 아하하, 아니었던 모양이야.”

“……토와.”

“달트라는, 토와를 죽이고 싶은 모양이야.”

“────.”

그리고 마침내, 억누르고 있던 말이 한꺼번에 터져 나왔다.

“왜일까……. 왜, 왜! 왜?! 왜 토와가 처형되어야만 하는 거야! 이상하잖아! 하지 않았어! 안 했는데! 지금까지 잔뜩잔뜩, 달트라를 위해 힘썼는데, 어째서 달트라가 토와한테 죽으라고 하는 거야! 왜?! 어째서 아무도 구해주지 않아?! 토와가 지금까지 해 왔던 건 뭐였어?! 신은 쿠로한테 토와를 처형시키기 위해서 쿠로랑 토와를 전생시킨 거야?! ──그렇다고 한다면……! 이런 건…….”

그녀가 천천히 고개를 들었다. 흐트러진 머리, 줄줄 흐르는 눈물, 비통한 외침과 절망에 물든 눈동자.

"……토와, 그런 역할……싫어……."

어린애처럼 흐느껴 울고, 그녀는 몇 번이나 몇 번이나 탄식했다.

"……싫어, 싫어싫어싫어! 이런 거 싫어! 이상하잖아! 내보내 줘! 토와 아무것도 나쁜 짓 하지 않았으니까! 내보내 줘! 내보내 줘! 내보내 달라구……!"

그녀가 창살에 주먹을 부딪치기를 반복했다.

새된 소리가 울려 퍼졌다.

전생에서는 여동생이 괴로워하고 있을 때, 노는 데 정신이 팔렸었다.

지금은 눈앞에서 여동생이 괴로워하고 있는데, 힘이 있는데, 구하지 못하고 있다.

탄식의 눈물은 코우스케의 눈동자에서도 흘러 떨어졌다.

"……더는 싫어…… 구해줘, 쿠로………… 구해줘…… 코우."

두근, 하고 심장이 강하게 맥동했다.

――그렇다.

자신은 약속하지 않았던가.

그녀가 구해주길 원하면, 그것이 옆 교실이든 다른 섬이든 다른 세계든 구하겠다고.

첫 번째 때는 같은 마을에 있었는데, 코우스케 자신의 태만으로 그녀는 목숨을 잃었다.

하지만 지금 여동생은 살아서 눈앞에 있다.

두 사람 모두 이제 지구와는 다른 세계에 있지만.

나눈 약속은 세계를 넘어서도 유효하다.

적어도, 코우스케에게 있어서는.

바늘 2천 개를 삼키기 전에, 이번에야말로 여동생을――.

"……구해줄게."

토와가 젖은 눈동자로 코우스케를 올려다봤다. 눈가가 빨개지고 퉁퉁 부어서는, 오빠를 바라봤다.

"반드시 구해줄게. 이번에는, 이 세계에서는, 널 구해 보이겠어."

토와는 그런 코우스케를 보고 연약하게나마 미소 지었다. 말의 의미는 올바르게 전해지지 않았을 텐데.

"……고마워. 하지만, 가능할 리 없어."

"보증은 할 수 없어. 하지만, 할 수 있는 것도 있어."

창살 틈으로 손을 뻗었다.

수갑 때문에 손가락밖에 건너편으로 갈 수 없다.

"……쿠로?"

"너의 무죄를 증명하고, 이곳에서 내보내 줄게. 그리고, 체포 명령을 내린 왕에게 사죄시키겠어."

오른손 중앙의 세 손가락을 굽혀 엄지손가락과 새끼손가락을 세웠다.

어릴 적의 그녀가 원했던 한 가지 의식을. 이번에는 이쪽에서 꺼냈다.

"약속할게."

그녀는 눈꺼풀을 살짝 뜨고, 끔뻑끔뻑하며 깜박이기를 반복했다.

이윽고 그녀는 가슴에 손을 대고, 슬픈 듯이, 그러면서도 무언가를 그리워하는 것처럼 미소 지었다.

"……후후, 손가락 걸기다. 쿠로는 어린애 같은 점이 있구나."

"뭣하면 서약서라도 쓸까?"

"당신을 반드시 구하겠습니다, 라고? 아하하, 그렇게 무게 잡는 건 쿠로한테는 어울리지 않아. 얼굴로 봐서."

"너도 사로잡힌 공주 역엔 어울리지 않잖아…… 가슴으로 봐서."

"가슴이 작은 공주님도 있잖아! 아아~, 그런 말 하는 사람은 신용할 수 없는데~."

"됐으니까, 얼른 해."

약간 난폭하게 재촉하자, 그녀의 강한 척 하는 면모는 금방 사라졌다.

"……괜찮겠어? 거짓말하면 바늘, 음~, 2천 개? 삼키게 할 거니까 말이야."

"꼭 지킬게."

"그럼…… 믿어 줄까나~."

그녀는 그렇게 말하고 가느다란 손가락을 코우스케의 손가락에 감았다.

서로 약속이 가능한 한 강하게 맺어지도록, 손가락에 힘을 주었다.

두 사람은 초병이 면회 종료를 알리러 내려올 때까지, 줄곧 손가락을 걸고 있었다.

제 4 장

굳게 지켜질 약속, 이번에는 죽게 두지 않으리니

(역주: 포주지신(抱柱之信). 장자 도척편에 나오는 구절. 약속을 굳게 지킨다는 의미.)

영웅 규격 내방자는 대체로 가호를 소유하고 있다.

가호라는 것은 운명이나 성질에 강하게 관여하는 외적인 힘을 가리킨다.

그자를 지키는 힘을 본인의 영혼에 더하는 것.

모든 영웅 규격은 신에 의한 가호를 얻는다.

그렇다. 신에 의한, 이다. 하지만 그렇게 되면 섭리에서 벗어나는 자가 한 명 존재하게 된다.

쿠로노 코우스케. 그가 가진 가호는 신의 사랑이 아니라, 사람의 마음이 기적으로까지 승화된 것.

불순물이 없는 순수한 정애(情愛)가 운명에 간섭할 정도의 힘을 얻은 것.

원래부터 준비된 주형(鑄型)에 부어지는 비적(秘跡)과 달리, 그를 위해 여물어진 기적.

(역주: 비적(秘跡) 신의 은총을 받기 위한 기독교,특히 그중에서도 가톨릭에서의 의식.)

그것은 틀림없는 가호이지만, 그렇다고 해서 신의 사랑을 대신하는 것은 되지 않는다.

신이 그를 사랑하지 않는 이유는 되지 않는다.

즉, 이런 것이다. 『영원(토와)의 기도』로 인해 다른 가호를 가지지 않는

쿠로노 코우스케라는 영웅 규격은 세계의 규칙을 무시하고 있다.

신은 그를 사랑하지 않았던 것인가? 그건 말도 안 된다.

『흑』을 지닌 자를 수호하지 않는 건, 가령 신이 개인적 감정으로 그를 싫어할지라도

일어날 수 없는 사태다.

신에게는 11가지 측면이 있고, 어떠한 기준 아래에 어느 측면으로부터의 사랑을 얻는다.

그렇기에, 영웅 규격이라고 해도 좋다.

그렇다면 신은 소년을 사랑할 수 없었던 것인가, 라는 이야기가 된다.

전지전능에 한없이 가까운 신이라는 존재라 하여도 깰 수 없는 섭리가 있는 것인가.

그렇다고 하면, 그를 사랑하는 것은 그것에 저촉하는가. 저촉한다고 하면 그것은 어째서인가.

어쩌면 신은 쿠로노 코우스케를 사랑했기 때문에,

쿠로노 코우스케에게 가호를 줄 수 없었던 것인가.

현재 이 이상(異常)을 알아차린 자는,

쿠로노 코우스케 본인을 포함하여 누구 한 명도 존재하지 않는다.

구치 시설에서 나오자 도르드레니크가 서 있었다.

토와를 붙잡으러 온 자들을 이끌고 있던 남자로, 리갈의 부관이기도 했던 장년 군인이다.

"면회를 허가해 줘서 고맙다."

2미터 초병이 수갑을 풀어주는 사이에, 코우스케는 말했다.

비꼬는 것으로 받아들인 것인지, 그는 떫은 표정을 지었다.

"5명이나 되는 경비대장이 탄원하면, 무시할 수도 없습니다. 특히 레이스와 에스타는 심했습니다. 사적인 감정을 억제하지 않고 귀공이라면 문제 따위 일어나지 않는다고 주장하는 형편이니……."

"가져야 할 것은 의지가 되는 어른이군."

"……저 역시 귀공에게 불신을 품고 있는 것은 아닙니다. 무엇보다도 리갈…… 그가 신용하기에 충분하다고 판단했으니까요. 단지…… 신센텐스드아서 경을 대하는 귀공의 태도는, 친교가 두텁지 않은 친구에 대한 것이라고는 생각할 수 없었습니다."

주위에 살기를 날리면서까지 토와의 연행을 저지하려 했던 코우스케의 행동은, 확실히 만난 지 얼마 되지 않은 친구를 위한 것치고는 지나친 것이었다.

그때만큼은 여동생이 끌려가는 분노를 그대로 드러내고 만 것이다.

하지만 당연히 두 사람의 관계성을 모르는 사람이 보면 단순히 위화감이나 이상한 것으로 비친다.

도르드레니크가 아니어도, 만나지 못하게 하는 판단은 잘못되지 않았다.

"하지만 결국 허가해 줬지?"

"레이스와 에스타가 문제없다고 판단했다면, 저의 염려는 기우였다고 생각을 고쳐먹었기에. 적어도, 그 두 명의 사람 보는 눈은 정확하니까요. 그것보다 귀공에게 할 이야기가 있어서 왔습니다."

"……이야기?"

그가 걷기 시작했기에 쫓아가서 그 옆을 걸었다.

"그의 유해가 안치된 빈궁(殯宮)에 입장하시는 걸 희망하시는 듯하여."

빈(殯)은 장례 의례 중 하나인 모양이다.

유해를 안치한 관을 본 장례식이 이뤄지기까지의 기간 동안 임시로 안치하고, 그것이 부패 · 백골화되는 등의 변화를 직접 봄으로써 남겨진 자들이 그 사람의 죽음을 확인한다는 의례라던가.

달트라에서는 주로 귀인이 죽었을 때만 볼 수 있는 문화다.

빈궁은 왕성 내에 설치된 임시 안치를 위한 시설이다.

리갈의 경우에는 유해가 탄화되어 있기에 물질적 변화는 확인할 수 없지만, 국가에 크나큰 공헌을 한 영웅의 유해를 함부로 다룰 수는 없다는 것이리라.

"그래. 유족 우선이라는 이유로 쫓겨났어. ……이제 만날 수 있나?"

토와의 얼굴을 보는 것뿐만이 아니라, 리갈의 유해를 보고 싶었다.

시설에 도착한 시점에서 부탁해 두었는데, 어찌어찌 허가가 내려진 모양이다.

"예. 안내하겠습니다."

"도르드레니크, 였지…… 에스타처럼 도르드라고 불러도 좋을까?"

"좋으실 대로."

"그럼 도르드. 장소라면 알고 있으니까, 안내할 필요는 없어."

"조금 전에도 말했듯이, 이야기해 두고 싶은 것이 있기에."

"……호오. 그건 기대되네."

코우스케는 실실 웃고 있었지만, 도르드는 그것이 이해되지 않았던 모양이다.

"……눈물 자국이 보입니다만."

"그래서?"

"그런 것치고는 너무나 경망한 태도로 여겨집니다."

"아하하. 괴로우면 괴로워 보이는 것처럼 하고 있으라는 건가? 그러면 한 발짝도 움직일 수 없게 된다고."

발을 멈추고 싶어질 정도로, 무릎을 꿇을 것만 같을 정도로 고통스럽고 괴롭다.

괴로움에 몸을 맡겨서는 아무것도 이룰 수 없게 된다. 그런 건 사양이다.

단 한순간 미소를 지우고 말하자, 도르드는 금방 미안한 듯한 표정을 지었다.

딱히 그 자신에게 무슨 심정이 있는 건 아니기에, 코우스케로서도 평범하게 대할 셈이다.

그의 입장에서 보면 코우스케가 자신에게 악감정을 품고 있다고 생각하고 있을지도 모른다.

"도르드는 일을 한 것뿐이잖아. 딱히 원망하고 있지도 않고 미워하고 있지도 않아. 다만, 이야기가 있다면 빨리 해 주면 기쁘겠어."

아직 납득은 하지 못한 것 같지만, 도르드는 기분을 다잡는 것처럼 헛기침한 뒤 입을 열었다.

"딱히 신센텐스드아서 명예 장군의 체포는 군부 주도에 의한 판단이 아닙니다. 부디 오해가 없으시길."

"귀족원이지? 그 정도는 나라도 짐작할 수 있어."

도르드는 깊게 끄덕였다.

예를 들어 아크스바오나는 군사 국가이고, 좀 더 말하자면 군벌 국가다.

군사력을 배경으로 정치 활동을 할 뿐만 아니라, 정치 그 자체를 군인이 담당한다.

그에 비해 달트라의 정치는 귀족원이라는 의회에서 나온 의견을 국왕에게 올리고, 허가가 내려진 것이 실현되는 것이다.

국가에 이바지하는 인물을 배출하고, 왕권에 존재를 인정받음으로써 귀족으로 계속 존재하려 하는 것이 이 세계의 귀족이다.

코우스케도 그들 전부가 악이라고는 생각하지 않는다. 생각할 수 있을 리가 없다.

단지, 귀족으로 계속 존재하는 것에 사력을 다하는 자는 많이 있을 것이다.

"군은 왕실의 명령에 따를 수밖에 없습니다. 그리고 왕실에 그 명령의 기초를 올리는 것이 귀족원인 이상, 국가의 앞날은 귀족의 발상에 좌우된다고 해도 과언이 아닙니다."

"왕에게 인정받기 위해 귀족원 녀석들은 '이것이 가장 국가를 위한 길입니다'라고 의견을 정리한다는 건가."

"저뿐만이 아니라 군부에서는 이 판단을 의문시하는 목소리가 많이 나와 있습니다. 애초에 신센텐스드아서 명예 장군이 돈아우렐리아누스 명예 장군을 죽일 수 있을 거라고는, 도저히……."

말끝을 흐리며 말하는 그에게, 코우스케는 쓴웃음을 지었다.

토와는 이미 사람을 죽이는 적성이 없다고 판단되어 있었다.

천사가 토와의 모습을 모방했을 때처럼, 본인에게 적성이 있다면 전사로서도 활약할 수 있었겠지만…….

천직과 적성은 다르다. 능력적으로 어떤지와 정신적으로 어떤지는 별개 문제인 것이다.

"무리겠지. 하지만 알게 되어서 안심했어. 현재의 영웅은 기본적으로 군속이 돼. 군부 입장에서 보면 귀중한 전력이자 동포를 동료 살해의 원죄로 죽이고 싶지는 않겠지. 하지만 군인이니까 정해진 것에는 거역할 수 없어. 토와 한 명을 위해 쿠데타도 일으킬 수 없어. 그러니 불만스럽게 생각하는 것밖에 할 수 없지."

코우스케가 생각했던 대로, 역시 그들은 적이 아니다. 아군이 될 수 없는 것뿐.

"신민과 일부분밖에 모르는 일반병은 납득시킬 수 있겠지만, 이건 영웅분께 너무나 부당한 처사입니다. 솔직히 저는 귀공이 신센텐스드아서 명예 장군을 탈옥시키는 것 아닐까 하고 걱정을 품었을 정도입니다. 연행할 때 한순간 발하신 살기에는 나잇값도 못 하고 실금하는 줄만 알았습니다."

"……아하하. 미안해."

"아뇨, 그건 그렇고…… 한때 영웅이라 불렸던 그들의 선조와 달리, 귀족이라 이름을 바꾼 그들 대다수가 전장에 나가지 않게 된 지 오래되었기 때문일까요. 그들의 의견은 '국익'이라는 것 단 하나만을 바라보고, 그곳에 확실하게 존재하는 개개인의 의사를 소홀히 하고 있는 것처럼 생각될 때가 있습니다."

"뭐, 그게 바로 영웅의 후예라는 증명일지도 모르지."

도르드는 의미를 알 수 없는 모양이라 의아한 듯한 표정을 지었다.

"라고 하심은?"

"영웅이라는 건 예로부터 신이나 그에 가까운 자의 목소리를 듣고 신탁 · 신명 · 천계 · 천명을 받은 자를 가리켜. 이 세계에서는 명확하게 신이 이계에서 불러내어 강력한 힘을 얻게 된 인간이지. 신화시대의 영웅에 이르러서는 신과 함께 싸웠잖아. 하지만 말이야, 내방자는 원래 이계에서 평범하게 살고 있었어. 평범히, 불행하게."

"……예, 거기까지는, 어찌어찌."

"영웅들은 부름을 받고, 신의 의사에 따라 평화를 위해 목숨을 버렸어. 난폭하게 말하자면, **신의 목소리에 살해당했지**. 그걸 바람직하다고 여기는 정신 구조를 지니고 있었어. 영웅이라는 건 말이야, 한결같이 인격 파탄자야. 그도 그럴 것이, 평범한 인간이 평화를 위해 죽을 수 있겠어? 괴물과 싸우고, 적이라고는 해도 신에게 맞서겠어? 사람들이 그들을 칭송하는 건 그것이 위업이니까. 요컨대, 평범한 인간은 할 수 없는 것을 훌륭히 해냈으니까, 대단하다는 논리지. 그걸 역할로 받아들이는 시점에서 제정신이 아닌 거라고."

플라스는 영웅이 되고 싶어 하고 있다.

그것도 일종의 광기다. 영웅이 무엇인지를 알고 나서도, 영웅이 되고자 하는 소망을 잃지 않는 자.

앨리스는 분명 영웅을 낳고 싶은 것이리라.

종류가 다를 뿐, 두 사람 다 씌어 있다.

세계를 평화로 이끄는, 영웅이라는 허상에.

비슷한 예를 더 말하자면, 에코나와 만났을 때 있던 청년 귀족.

그도 몰락을 면하기 위해서라는 이유만으로 마법구 보유 마물에 도전하는 무모한 행동을 저질렀다.

그 세 명으로부터 쉽게 상상할 수 있다.

"영웅의 후예도 그 광기를 이어받고 있어. 이 세계를 평화로 이끈다. 신민의 안전을 유지한다. 그걸 위해서라면 무엇이든 할 수 있다. 보라고, 지금 있는 영웅을 버리는 것이라도 필요하다고 판단하면 실행했지. 죄의식이 있든 없든 상관없어. 그걸 할 수 있다고, 그 녀석들은."

어째서 그런 것을 알 수 있는가.

코우스케도 제정신이 아니기 때문이다.

코우스케가 원래 있던 세계에도, 예를 들면 뉴스에서 비참한 사건의 보도를 보고 '이런 짓을 하는 녀석은 죽어 버리면 돼'라고 말하는 사람은 많다.

악인의 죽음을 쉽게 바라는 것은 정의감의 돌발적인 발로다.

하지만 범인이 있는 곳에 가서 죽이는 사람을 따져 보면, 그 순간 수는 줄어든다.

그러기는커녕 타인이 버린 담배꽁초나 민폐 행위를 주의하는 사람도 그리 많지 않을 것이다.

나쁜 것을 나쁘다고 판단할 수 있는 것과 실제로 벌을 주는 것은 별개인 것이다.

그것이 정상. 그거면 된다. 무관계하고 손이 닿지 않는 곳에 있는 악까지 어떻게든 할 수 있다고 생각하는 녀석이 있다면,

이상하기 짝이 없다.

그 정도까지는 아니더라도, 코우스케는 그것을 연결하고 만다.

나쁜 짓을 한 자가 있다면 나쁘다고 말한다. 죽이는 편이 좋다고 생각하면 죽인다.

그것이 광기가 아니고 무엇인가.

라이크는 말할 나위도 없고, 엘피의 호기심 우선인 사고 형태도 그 부류이리라.

파르페는 그야말로 전투광이고, 알아차리지 못했을 뿐 리갈에게도 그러한 부분이 있었을 터다.

토와 역시 영웅이라는 역할을 수락하고 있었다. 그 각오는 미덕일지라도, 일반인의 그것을 넘어 있다는 점에서 광기.

루키우스는 비교적 정상으로 보이지만, 그도 또한 가슴에 무언가를 품고 있는 것이리라.

어쨌든 영웅이라는 건 별반 완전하고 완벽한 초인이 아니다.

강대한 힘을 가진 이상자(異常者)인 것이다.

우연히, 인간의 세상을 위해 이용되는 것을 싫어하지 않을 뿐.

"……그러면, 나노란슬롯 공 역시 자신을 미치광이라고 생각하시는 것인지?"

"너희들이 토와를 붙잡으려 했을 때, 모두 한꺼번에 죽일 수 있다고 생각했어. 실행에 옮기지 않았을 뿐."

"그러면 저희는 자기도 모르는 사이에 사선을 넘고 있었던 거군요."

도르드의 웃음은 약간 굳어 있었다.

코우스케는 얼버무리는 것처럼 "아하하" 하고 웃었다.

웃으면서 생각했다.

조금 전의 이야기를 참작하여 토와를 구출할 방법을 찾아낼 수 없을까.

"저기, 귀족원 회의록은 볼 수 없어?"

최근의 회의 기록을 볼 수 있다면 어느 귀족이 어떤 발언을 했는지 알 수 있다.

이 상황을 만드는 데 일조한 자가 누구인지 판명된다.

그자가 곧 진범인인 건 아니겠지만, 실마리 정도는 붙잡을 수 있지 않을까.

루키우스나 엘피도 손을 쓰고 있겠지만, 코우스케 쪽에서 도전하기만 해 봐도 헛수고는 아니다.

"어려울 것으로 생각합니다……. 적어도 저나 군부의 인간은 허가가 내려지지 않겠지요. 영웅도 군속이기 때문에 마찬가지 취급을 받을 것으로 생각합니다. 이 경우, 귀족 중 아는 사람이 있다면 그 사람에게 부탁하는 편이 가능성이 생겨나지 않을까요."

"……아는 귀족이라."

플라스가 있었지만, 그녀는 본가와의 관계가 좋지 않았을 터다.

밑져야 본전으로 글래스에 메시지를 보냈다.

나머지는 앨리스인데, 코우스케는 그녀에게 메시지를 보내지 않았다.

그녀의 언동을 떠올리고, 의심을 품고 있었기 때문이다.

"으음, 루키우스 정도라면 아는 귀족이 있을 법, 한가?"

작은 목소리로 중얼거리고, 루키우스와 엘피에게도 같은 메시지를 보냈다.

"……역시 나노란슬롯 공은 진범을 찾을 생각이시군요."

"잘못됐어?"

"왕실의 명에 거역하는 것이 되기 때문에 군부는 대대적으로 움직일 수 없습니다. 단지 명령이 가지는 의미도 짐작이 갑니다. 동포를 구하려 하는 귀공의 감정은 정상입니다. 가능한 한 협력하고 싶다고 생각하고 있습니다."

코우스케는 도르드의 눈을 봤다.

여동생의 생사가 걸린 문제다. 지푸라기라도 잡고 싶은 마음이다.

하지만 이 사람 저 사람 가리지 않고 신용하다가 뒤통수를 맞는 경우도 생각할 수 있다.

"그럼 일단 부탁하고 싶은 게 있는데."

"무엇이든지."

코우스케는 자신에게 불리해지지 않을 범위의, 하지만 절실한 부탁을 말했다.

"감옥을 말이야, 밝게 해 줬으면 좋겠어. 그리고 따뜻하게도. 어두운 거랑 추운 걸 힘들어하는 모양이니까. 아, 그리고 그 녀석에게 식사를 가져다 주는 사람은 여자로 해 주면 고맙겠어."

도르드는 코우스케의 말을 잠시 음미하는 것처럼 잠자코 있었지만, 이윽고 끄덕였다.

“잘 알겠습니다. 제 권한으로 가능한 범위이기에 대응토록 하겠습니다. 하지만 하나 여쭈어도 괜찮겠습니까.”

“괜찮아. 내가 대답할 수 있는 거라면.”

“당신의 집착은 동료 의식을 넘은 것처럼 생각됩니다. 신센텐스드아서 명예 장군과는 어떠한 관계이신지?”

그건 그렇다. 여동생이니까.

하지만 그걸 솔직하게 말할 수는 없다.

“아아, 원래 있던 세계에 두고 온 여동생과 판박이야. 정말로, 다른 점을 찾는 게 어려울 정도로. 그래서 감정 이입을 깊게 하고 있는 걸지도 모르겠어.”

“……과연.”

“토와를 구한다 한들 원래 있던 세계가 변하는 것도 아닌데, 이상하려나.”

코우스케가 여동생을 구하지 못했던 사실은 무엇을 해도 변하지 않는다.

“아니요. 동포의 무죄를 증명하기 위해 움직이는 모습, 제게는 눈부시게 비칩니다.”

“너무 빛나서 도르드의 눈을 망가뜨리지 않도록 조심하지.”

코우스케의 농담에 도르드는 어이가 없다는 듯 쓴웃음을 지었다.

“……게다가 말이야, 리갈을 죽인 녀석을 그대로 내버려 둘 수는 없잖아.”

그에게서 표정이 사라지고, 무겁게 끄덕였다.

"……범인은, 어떠한 이유로 그를…… 아니, 무슨 이유가 있다 한들."

도르드는 리갈의 직속 부하다. 섬겨야 할 국가가 섬기고 있던 남자를 죽였다. 그 심중은 코우스케 정도로는 헤아릴 도리가 없다.

그렇다. 이건 토와를 구출하기 위한 행위인 것만이 아니다.

리갈의 원수를 찾아내 죗값을 치르게 하기 위한 행위이기도 한 것이다.

두 사람은 그걸 재차 인식하고 빈궁 앞에 도착했다.

성당을 연상케 하는 건조물이다. 사당이라고 했는데, 죽은 자를 모시는 시설이기에 완전히 잘못된 인상은 아닐지도 모른다.

도르드가 선도하는 형태로 코우스케가 그에 뒤따랐다.

천장이 높다. 문을 지나면 곧바로 통로가 있고, 양옆에 좌석이 늘어서 있다. 이 역시 성당 내부와 비슷하다.

가장 안쪽에 받침대가 있고 그 위에 관이 놓여 있었다.

관 안에 리갈이 있는 것이리라.

그가 죽었다는 건 이미 들어서 알고 있을 터인데, 이곳에 와서 확인하는 것에 공포를 느꼈다.

"……안내는 끝났잖아? 아직 있는 거야? 도르드."

망설임을 얼버무리는 데 최적의 화제를 발견하여, 코우스케는 그것으로 도피했다.

"돈아우렐리아누스 명예 장군의 유해에 관해 아직 이야기하지 않은 것이."

"아아. 어차피 나더러 먹으라고 하는 거지?"

상상은 할 수 있었다.

"……짐작하신 대로, 『집어삼켜』 주십사 하여."

도르드는 괴로운 듯이 말했다.

그 자신도 그런 말을 하고 싶지는 않으리라.

"그…… 사모님들은 납득한 건가? 만약 나였다면 알지도 못하는 꼬맹이한테 남편의 유해를 주겠다는 생각은 들지 않을 텐데."

"물론 옥신각신하였다는 듯합니다만……. 최종적으로는 납득하신 모양입니다."

"납득……? 어떤 이유로."

"나노란슬롯 공이 『집어삼켜』 주시면 죽은 후에도 영웅으로서 살아갈 수 있다고 말씀하신 부인이 있으셨던 모양이라……."

과연, 죽은 남편을 생각해서……라는 것인가.

확실히 그는 그것을 바랄 것 같다고 코우스케도 생각했다.

시간을 벌 소재가 없어져, 코우스케는 각오를 굳혔다.

침을 꿀꺽 삼키고 관으로 다가갔다.

통로가 몹시 긴 느낌이 들었다. 실제 거리가 아니라, 코우스케의 마음이 착각을 일으키고 있다.

관 앞에 도착했다.

관 뚜껑은 덮여 있지 않았고, 유해에는 천이 덮여 있다.

코우스케는 그것이 리갈이라고 생각할 수 없었다.

인간의 형태를 한, 숯이다.

이것을 남편이라고 생각해야만 했던 부인들의 심중을 생각하니 가슴이 아팠다.

"……리갈."

고작 하루. 하지만 그를 알기에는 그걸로 충분했다.

영웅으로서의 책무를 다하고, 그 범위 안에서 올바른 일을 하는 자.

이상에 눈이 흐려지지도 않고, 현실을 최상이라고 맹신하지도 않으며 이상과 현실의 양립을 가능한 한 실현하고자 했었다.

술에 약하고, 왕성한 정력가. 그릇이 큰가 싶더니만, 어린애처럼 삐치는 점도 있었다.

그래도 그는 영웅이었다. 그야말로 코우스케가 생각하는 영웅을 체현하는 자였다.

크하하! 하는 웃음소리는 들리지 않는다. 이제, 두 번 다시.

"기보르네와의 화평 교섭은 루키우스가 이어받는다고 하네. 라이크에 이어 당신도 죽었으니까, 전장에 나갈 영웅은 어떻게 될까. 이 건이 끝나고 달트라가 매듭을 짓겠다고 한다면, 내가 가게 될지도. 어느 쪽이건 아크스바오나는 멈춰야만 하니까 말이지."

눈물은 흐르지 않았다.

박정한 걸까.

아무래도 상관없다는 건 아니다. 그저, 울어야 할 때라고는 생각되지 않는 것이다.

코우스케는 슬퍼하고 싶은 것도, 탄식하고 싶은 것도 아니다.

그에게, 전하러 온 것이다.

"이것만은 약속하겠어. 당신의 힘은, 내가 올바르다고 생각하는 것을 위해 사용하겠다고."

『흑』이 코우스케에게서 새어 나왔다. 정중하게, 천천히, 관 안에 가득 차 간다.

그리고 그의 유해를 감싸고── 두근, 하고 그의 유해를 『집어삼켰』다.

『흑』이 사라지고, 관에는 아무것도 남지 않았다.

"……장례식은 빈 관을 이용해서 치러지는 건가."

조금 거리를 두고 대기하고 있던 도르드가 대답했다.

"예. 거국적인 장례식이 될 것입니다."

국장이라고 하는 것이었던가. 죽여 놓고서, 죽음을 치장하는 데는 돈을 아끼지 않는다고 한다.

그 오만함에 화가 치밀었다.

"……도르드."

"예."

"범인을 붙잡겠어."

"예."

"방금, 협력하겠다고 말해 줬지."

"예."

"이 건에 관한 자료를 줘."
"넵."
뒤돌아보니 그는 경례하고 있었다.
눈에 눈물마저 띠고 있다.
"리갈은 좋은 상관이었던 모양이네."
코우스케는 미소 지었다.
미소 지으면서, 마음속으로 딱 하나 탄식하고 있었다.
토와의 원죄를 증명하기 위해서도 범인은 생포하는 것이 바람직하다.
그래서, 한탄스럽다고 느꼈다.
리갈을 죽이고, 토와를 울린 녀석을 죽일 수 없는 것이 무엇보다도 한탄스럽다.

◇

돌아가는 마차 안에서 코우스케는 자리에 앉아 조용히 생각하고 있었다.
우선 도르드에게 받은 사건 자료.
원래 있던 세계에서의 전자화와 같은 기술——이 세계에서는 마소화라고 하는 모양이다——이 적용되어 글래스로 열람할 수 있게 된 그 자료를 훑어보았다.
이미 알고 있는 정보는 생략하고, 새로운 정보만을 입력했다.

• 유해에서 검출된 마술 속성은 고순도의 『화』, 즉 『염』 속성이었다.

• 유해에서는 그가 착용하고 있었던 마법구와 성장 『일기통섬』이 탈취되어 있었다.

• 목격 정보는 그랑쉬르 가문의 사용인과 체르위치 가문의 차녀가 자택 창문에서. 각자 붉은 의상을 입은 누군가가 리갈을 불태운 장면을 봤다고 한다.

• 목격자에 의하면 리갈은 마법을 발동할 새도 없이 살해당했다고 한다.

• 범인은 목격자가 있다는 걸 알아차린 낌새는 없고, 그 후 홀연히 모습을 감췄다고 한다.

• 범행 현장은 그랑쉬르 가문, 체르위치 가문, 간가레인 가문, 글라카라독 가문 저택 부근.

앞 두 가문은 들은 적이 없지만, 간가레인 가문은 달트라에서 말하는 은행인 간가레인 대차상회의 경영자이고, 글라카라독 가문이라고 하면 얼마 전에 만났던 앨리스의 생가이자 『홍의 계승자』이다.

이 정보를 보건대 『염』 속성에서의 연상으로 『붉은 영웅』의 후예인 글라카라독 가문이 의심스럽다.

하지만 내려진 것은 토와를 체포하라는 명령.

달트라의 정규군은 경찰 조직도 겸하는, 소위 국가 헌병과 비슷한 존재다.

왕실의 명령에는 따라야만 하고, 그나마 할 수 있었던 것은 유해를 발견했을 때의 정보 수집 정도.

요컨대 본격적인 조사는 이루어지지 않았다는 것.

몇 안 되는 정보를 나열하고, 시야상에 전개하여 바라봤다.

리갈은 반격할 새도 없이 살해당했다고 되어 있는데, 코우스케는 이것에 위화감을 느꼈다.

리갈의 실력이라면 공격당한 뒤에 반응해도 회피는 늦지 않을 터다.

그것이 불가능했다고 생각하기보다, 필요 없다고 판단했다고 생각하는 편이 자연스럽다.

즉, 범인은 밤길에 마주쳐도 수상하다고 생각되지 않는 인물이었다.

그리고, 리갈이 자택에서 빠져나왔다는 사실.

아마도 내밀하게 이야기하고 싶은 것이 있다는 말에 응한 것이리라.

제1외주에 살고 있으면서도 리갈이 경계하지 않고 상담에 응하는 상대.

귀족이면서, 아는 사이인 사람.

역시 글라카라독 가문이 수상하다. 아니, 공범자가 있다고 생각하는 편이 자연스럽다. 이름이 나온 가문은 의심해 두어야만 한다.

하지만 네 가문의 누군가가 범인이라 쳐도 수수께끼가 남는다.

어떻게 리갈은 죽였는가 하는 문제다.

귀족이라고 해도 피가 옅어진 현대 사람은 영웅에는 한참 못 미친다. 죽이는 것 따위 불가능하다.

하지만 마법구를 장비하고 있었다면 어떨까?

오래된 가계라면 오리지널 마법구를 다수 보유하고 있어도 이상하지 않다.

현재, 달트라에서는 유사 영웅 계획이라는 것이 진행되는 중인데, 이것은 마법구 조합에 의해 영웅 미만인 내방자나 귀족의 피를 잇는 군인의 스테이터스를 영웅 규격까지 끌어올리고자 하는 것이다.

그렇다고는 해도 실제로 영웅과 동등한 수치를 재현하려고 하면 온몸에 오리지널 마법구를 착용해도 충분할지 어떨지 알 수 없다. 그래서 계획은 적의 병사를 크게 웃도는 스테이터스 실현이라는 쪽이 정확하다.

왕실이 보관하고 있는 것이 아니라, 귀족이 간직하고 있는 마법구로 리갈을 죽일 수 있는가.

가령 가능하다고 하면, 한 가문뿐만이 아니라 복수의 가문이 마법구를 공출했을 터.

그렇게까지 하여 리갈을 죽이고, 토와에게 죄를 뒤집어씌운 건 어째서인가.

조금 전에는 의사 결정을 우선하여 동기에 관해서 이야기하지 않았지만, 예상은 할 수 있다.

아마도――.

어느샌가 마차가 정차해 있었다.

노크 뒤, 문이 열렸다.

"도착했습니다. 자택이 아니라 이쪽으로 괜찮으셨습니까?"

마차가 멈춘 곳은 생명의 우정 앞. 운전사는 도르드가 맡아 주었다.

"……아아, 고마워."

코우스케는 사고를 일단 끝맺고 하차했다.

그 이상 대화하는 일 없이, 도르드는 마동마차로 온 길을 되돌아갔다.

가게 안으로 들어가자 기분 탓인지 손님이 평소보다 적어 보였다. 또한 활기도 없었다.

코우스케를 발견한 시로가 걱정한 기색으로 달려왔다.

"어서 와…… 그, 돈아우렐리아누스 경에 대한 일, 들었어."

"……그래서 다들 어두운 건가."

"저기…… 붙잡힌 신센텐스드아서 경은……."

시로는 토와가 여동생이라는 걸 알고 있다.

애초에 그녀는 코우스케가 여동생을 찾는 것에 협력해 줬고, 트와일라이트가 여동생이 아니었을 때는 코우스케는 토와라는 이름이 붙은 다른 후보자가 있는 곳으로 갈 터였다. 이 나라에 남아 있다는 사실만으로도 트와일라이트가 토와라는 것은 알아차릴 수 있었을 것이다.

진심으로 마음 써주고 있다는 걸 알 수 있는 그녀의 표정에,

코우스케도 약간이지만 미소가 지어졌다.

"……괜찮을, 리가 없겠지. 뭔가, 뭐든 좋으니까, 내가 할 수 있는 거 있어?"

조금 생각한 뒤, 코우스케는 이 이상 분위기가 가라앉지 않도록 농담을 했다.

"가슴 만지게 해 주면 기운이 날지도 모르겠는데."

기껏 걱정해 줬는데! 라며 그녀가 화내고, 거기에 실실 웃는다……는 예정이었는데.

예상과 반대로 시로는 뺨을 물들이고, 고개를 끄덕였다.

"……모, 모두가 안 보는 데서라면…… 정말 그걸로 기운이 난다면 말이지만……."

그녀의 상냥함을 잘못 보고 있었던 모양이다.

아침의 건도 그렇고, 이전만큼 농담이 통하지 않게 되었다. 아마 관계가 연인으로 바뀌었기 때문이리라.

그녀에게 있어 코우스케의 농담은 이미 연인의 요구로 들리는 걸지도 모른다.

……조심해서 말해야 하겠군.

"아…… 아니, 지금은 됐어. 그래서, 에코나는 벌써 자고 있어?"

뒤늦게 농담이라는 걸 깨달은 모양인지, 시로는 한층 얼굴을 빨갛게 물들이더니 바로 끄덕였다.

"……응. 전에 두 사람이 묵었던 방. 데리고 갈 거야?"

"그래…… 밥을 먹을 기분도 아니고."

"그래도 뭔가 입에 넣지 않으면 할 수 있는 것도 못해."
…………?
"할 수 있는 것?"
마치 코우스케가 무엇을 할지 알고 있는 듯한 말투가 신경 쓰였다.
하지만 시로는 코우스케야말로 무슨 말을 하는 거냐는 듯이 고개를 갸웃하고는 말했다.
"구할 거지?"
당연하다는 듯이. 그녀는 코우스케가 그렇게 할 것을 조금도 의심하고 있지 않았다.
그리고 거기에 대해 반대도 하지 않고 의견도 내지 않았다. 아무 말도 하지 않고, 그저 존중해 주고 있었던 것이다.
천천히, 가슴에 열이 퍼진다.
"……역시 가슴 만져 둬야겠어. 남들 눈에 띄지 않는 곳으로 안내해 줘."
시로는 이번에야말로 어이가 없다는 듯이 눈을 가늘게 뜨고 코우스케를 노려보았다.
"그 권리는 이미 실효됐어."
"빨라! 어째서야. 이상하잖아."
"그걸 모르다니…… 여자 마음을 공부하지 않으면 안 되겠네."
"어디서 배우면 되는데."
"실전으로밖에 배울 수 없어."

"……초식남이 늘어날 만도 하군."

"아무도 지고 싶지 않으니까 말이지. 너는 지는 데 익숙한 것 같지만."

"얼굴 보고 말한 거냐? 이 무슨 실례되는 왕가슴……."

"가슴 얘기만 하는 네가 그런 말을 해?"

불평을 늘어놓으면서도, 시로는 아주 약간 기쁜 듯이 미소를 지었다.

"……응. 평소의 너다워졌어."

"신경 써 줘서 고맙네."

"괜찮아. 코우스케라면, 괜찮아."

근거 없는 말이다. 그것 하나로 변하는 현실은 없다.

단지, 코우스케의 마음은 그것만으로도 쉽게 힘이 솟아나고 만다.

내가 생각해도 단순해서 유감스럽다.

그때, 시로의 시선이 코우스케에게서 벗어나 뒤쪽을 향했다.

뒤돌아보자 한 명의 남자가 서 있었다.

본 기억은 없다. 단순한 손님——은 아니었다.

"쿨럭……. 나노란슬롯 경은 있을까."

◇

칙칙한 금발이 푸른 눈동자를 완전히 뒤덮을 정도로 자라 있다.

눈구멍이 움푹 팬 것처럼 보일 정도로 깊은 다크서클이 생겨 있었다.

키는 180 후반 정도일까. 자세가 구부정한 탓에 실제 키보다 작아 보인다.

피부는 갈색이지만 햇볕에 그을린 게 아니라 히스패닉계 같은 자연스러운 색깔이다.

얼굴 조형 자체는 단정하여, 건강하지 못해 보이는 부분을 전부 고치면 필시 여성의 시선을 끌 수 있으리라.

마른기침이 심한 모양이다. 쿨럭쿨럭, 하고 잦은 빈도로 기침을 하고 있다.

하얀 롱코트를 걸친 남자와 눈이 마주쳤다.

"제가 그 사람입니다만, 당신은?"

"……실례했군. 나는 그레이르폰 루크스 아키나라고 한다. 마술사 나부랭이지. 너한테는 친구 일로 할 이야기가 있어서 왔다. 이곳을 자주 방문한다고 들어서 말이야."

말 사이사이에 기침을 하면서도 남자는 이름과 방문 이유를 말했다.

아키나라는 마술사는 들어본 적이 있다.

분명 리갈의 친구다.

그렇다면 조금 전 말한 친구라는 것도 리갈을 말하는 것인가.

"……리갈에 대해서는?"

"관조차 보지 못하고 어슬렁어슬렁 물러나서 돌아오는 길이다."

금색 머리카락 너머로 보이는 푸른 눈동자에 분노다운 감정은 떠올라 있지 않다. 하지만 그 목소리에서는 명백히 느껴졌다. 납득하지 못했다는 마음이.

"그래서, 무엇 때문에 저에게?"

"……조금 전 글래스에 녀석의 부관이 보낸 메시지가 왔다. 너라면 내 이야기에 귀를 기울여 줄지도 모른다고 말이야."

도르드의 주선이라는 건가.

"이야기……입니까. 아키나 씨, 그건 긴급한 볼일인가요?"

"그래…… 하지만, 그 전에. 너는 영웅이지? 일개 마술사 상대로 격식을 차릴 필요는 없어. 나 개인으로서도 불편해. 그리고, 괜찮다면 그레이라고 불러."

"……알았어, 그레이. 그럼 나도 쿠로라고 불러 줘."

도르드가 쓸데없는 이야기를 시키기 위해 그를 보냈을 거라고는 생각되지 않는다.

이야기를 듣기로 하고, 둘이서 카운터석에 앉았다.

분위기를 읽어서인지, 시로는 이미 일을 하러 돌아간 상태였다.

마스터가 나무 맥주잔 두 개를 카운터에 덜컥 놓았다.

코우스케는 우유고, 그레이의 것은 술이다.

그레이는 맥주잔을 잡으려 오른손을 뻗었지만, 기침이 나올 것 같았는지 손길을 되돌려 입가에 댔다. 기침을 하고, 그러고 나서 다시 맥주잔에 손을 뻗고―― 하지만 직전에 입가로. 그리고 세 번째 도전도 역시――.

"……한쪽을, 왼손으로 하면 되지 않을까?"

코우스케가 조심스럽게 말하자, 남자는 잠시 자신의 왼손을 본 뒤 기침에 맞춰 그것을 입가에 댔다.

오른손은 맥주잔에서 떨어지지 않았다. 술을 입에 머금는 데도 성공.

"……멍하니 있다 보니, 생각이 떠오르지 않았어."

술집의 소란스러움과는 어울리지 않는, 음울하다고도 느낄 수 있는 음성이었다.

단지, 기분이 나쁜 것은 아니라는 것도 알 수 있는 목소리다.

리갈의 친구라면 코우스케보다도 심적 충격은 훨씬 크리라.

평소에 할 수 있는 것을 하지 못하게 되는 것도 어쩔 수가 없다.

"……그 기침은 병인가?"

본론에 들어가기 전에 조금 이야기해 둬야하나 싶어 화제를 던졌다.

그레이도 의도를 파악한 건지, 마른기침을 한 뒤 입술을 살짝 일그러뜨리며 끄덕였다.

"그래. 태어날 때부터 폐가 약해서 말이지."

"그런 건 마법으로 고칠 수 없는 건가?"

"마법에는 개입 한계라는 것이 있어. 치유 마법이 잃어버린 혼을 되돌릴 수 없듯이, 천부 형질을 치유 대상으로 선택하는 것이 불가능한 모양이야."

천부 형질이라는 단어를 들어본 적은 없지만, 그렇게 번역되었다는 것은 글자의 뜻 그대로 받아들이면 되는 것이리라. 하늘이 부여해준 형질. 즉, 태어났을 때부터의 성질은 본인에게 있어서의 '정상'이니까, '치유' 마법의 대상이 될 수 없다는 것인가.

"『흑』의 경우에는 용적당 『집어삼킬』 수 있는 양이라는 형태로 개입 한계가 정해져 있지 않나?"

"……놀랐어. 정답이야. 뭐든 가능하지는 않아."

"딱히 『흑』에 한정된 이야기는 아니야. 예를 들어 『백』, 즉 『부정』에 의한 취소 역시 모든 것을 대상으로 할 수 있는 건 아니야. 『부정의 부정』은 불가능하다고 정해져 있어."

예를 들어 크원이 한 인간의 존재를 『없었던 것』으로 한다.

첫 번째 『부정』이다.

하지만 그것을 후회하고, 『없었던 것』으로 한 사실을 『없었던 것』으로 하여 원래대로 되돌리는 것은 『백』에는 허용되지 않는다.

하나의 사항에 『부정』을 거듭할 수는 없는 것이다.

따라서 죽은 자의 소생도 불가능하다.

죽음이란 삶을 『부정』, 즉 인정하지 아니한 상태이기 때문이다.

코우스케의 정신오염 또한 마찬가지 이유로 『부정』할 수 없다.

그것은 코우스케의 『정상』을 조금씩 『부정』하는 것이기 때문이다. 또한 『부정』된 상태를 『정상』으로 보기 때문에 『치유』도 할 수 없다.

상처나 손상을 『부정』할 수 있는 건 그것이 과정에 지나지 않기 때문일 것이다.

물건이 부서진다는 건 인간의 주관이고, 형태가 있는 것은 그것을 바꾸어 가는 게 섭리다.

인간의 부상도 죽음 그 자체에 이르기까지는 당연한 것으로서 『부정』의 대상이 될 수 있다.

그리고 『흑』도 『백』도 전개 한계라는 것이 있다.

마법의 출력이다.

코우스케의 경우 【흑도야】에 의해 그 벽을 일시적으로 넘을 수가 있다. 그 대신에 정신오염이 가속하는 것이다.

크윈의 경우는 어떤지 모르지만, 마찬가지로 자신의 한계를 넘을 때는 대가가 요구된다.

『백』의 경우에는 기억이다.

그녀의 평판을 듣는 한, 현재는 기억을 잃을 정도로 발동할 필요는 없을 것 같다고 생각되지만, 들은 적이 없기에 자세한 것은 알지 못한다.

"역시나 마술사, 라고 하면 되려나."

"나는 기술 국가 메레크트에 오래 체류해서 말이지. 거기서는 색채 속성이나 개념 속성마저도 이용한 마법구를 만들 수 없을까 하고 진지하게 생각하는 자도 있었어. 그걸 그대로 말한 것에 불과해."

확실히 앨리스에게서도 메레크트에 가 있다고는 들었다.

"흐음, 그럼 언제 이쪽에?"

"오늘이다."

"리갈의 부보를 들어서……라는 것치고는 너무 빠른데."

"며칠 전에 영웅 회의로 왕도에 들를 테니 오랜만에 만나자는 이야기가 되어서 말이지. 와 봤더니, 죽어 있었어."

코우스케는 건넬 말을 찾을 수 없었다.

그건 과연 어떤 심경이었을까.

"유해를 한번 보려고 간 건 좋았지만, 문전에서 거절당했다. 자랑은 아니지만 난 이 나라에서는 어느 정도 유명해서 말이지. 리갈의 친구라는 사실도 주로 녀석이 선전했기 때문에 아는 사람은 적지 않아. 그런 내가 입장조차 허가되지 않는 건 묘하다고 생각했어."

손에 땀이 천천히 배는 것을 알 수 있었다.

"……그리고, 어떤 추측을 세웠다. 보여주지 않는 게 아니라, 보여줄 수 없는 것 아닐까. 좀 더 정확히 말하자면── 보여줄 것이 없는 게 아닐까."

그는 카운터를 향해 있던 몸을 코우스케 쪽으로 향했다.

"하지만 귀족은 만날 수 있었다고 했어. 즉, 유해는 그때까지는 존재하고, 어느 시점부터 소실됐다. 거기서 너를 결부시키는 데 마술사의 식견은 필요 없지."

자연히 목소리가 긴장으로 딱딱해졌다.

"……아아, 그래."

그의 시선이 꽂혔다. 마치 품평을 하는 듯한 눈매였다.

"네게 할 이야기가 있다는 말에 거짓은 없어. 하지만 봐 두고 싶었다는 것도 사실이다. 내 친구의 유해를 먹은 영웅이 어떤 얼굴을 하고 있는지를."

코우스케는 처음 만났을 때 리갈이 했던 말을 떠올렸다.

──'내 친구 중에도 마술사 남자가 있는데, 그 녀석은 대단해. 발상을 실현함으로써 사람들의 생활을 풍요롭게 만들지. 이 세계에서 내가 가장 신뢰하고, 평생의 벗이라고 망설임 없이 단언할 수 있는 건 그 녀석 정도야. 그의 공적은 우리 영웅에게도 뒤떨어지지 않을걸'이라고.

에코나가 꿈을 이야기했을 때, 확실히 그렇게 말했었다.

그레이가 그 친구인 것이리라.

리갈이 평생의 벗이라고 인정한 유일한 존재.

과연, 확실히 그레이에게는 코우스케를 확인할 자격이 있는 것처럼 여겨졌다.

친구의 힘을 계승하기에 충분한 그릇인지 가늠할 권리가 그에게는 있다.

"하나, 묻도록 하지. 너에게 있어, 녀석은…… 리갈은 어떤 남자였지?"

"영웅."

대답하기까지 걸린 시간은 제로. 우문도 우문이다. 생각할 필요도 없고, 당연히 망설일 필요도 없다.

"내가 누구의 유해에, 무엇을 했는지 정도는 이해하고 있어."

매장되어야 할 그것을 이 세상에서 지우고, 육체에 주어질 터였던 영원한 휴식을 빼앗았다.
힘을 얻는다. 단지 그뿐인 것과 맞바꾸어서.
명령은 상관없다. 코우스케 자신이 자기 의사로 그것을 선택한 것이다.
"아직 뭔가 묻고 싶은 게 더 있나?"
그의 눈동자를 똑바로 바라봤다.
그레이는 코우스케의 눈동자 속에서 피와 살보다 깊고, 멀리 떨어진 장소에 있는 마음을 투시하려 하고 있는 것 같았다. 푸른 안광은 오랫동안 이어졌지만, 불현듯 느슨해졌다.
"……아니. 터무니없는 무례를 저질렀군, 사죄하지. 녀석의 힘을 얻고 들뜨지도, 우쭐해지도 않으며, 그렇다고 해서 중압감에 짓눌리는 것도 아니야. 너는 『집어삼키는』 힘이 있으면서도, 타인에 대한 경의를 버리지 않고 있어. 적어도 남의 힘을 얻는 것은 네게 있어 침탈이 아니라 계승인 거군."
『집어삼키는』 거라고 한마디로 말해도, 마법과 육체로는 성과에 차이가 있다.
마법의 경우 얻을 수 있는 건 마력과 마법식. 무기와 자세의 정보를 취득하는 것과 비슷한 것.
육체의 경우에는, 전부다. 마력도, 적성 마술 속성도, 습득했던 마법 전부의 마법식도, 그 몸에 스며들어 후천 스킬로서 발현한 모든 기술의 종류도 얻는 것이 된다.
물론 일부분으로 그러한 성과는 얻을 수 없다. 하지만 코우스케는 그의 유해를 남김없이 먹어치웠다.

그 행위는 기억과 정신을 제외한 인생의 집대성을 빼앗는 것과 마찬가지다.

아무런 고생도 하지 않고, 영웅의 모든 것을 손에 넣는다.

확실히, 술자의 정신 여하에 따라서는 그건 손쉬운 강탈 행위에 지나지 않으리라.

그레이가 우려하는 것은 당연하다. 누구든 소중한 사람의 죽음을 가볍게 취급당하고 싶지 않다.

그가 마음속으로 어떻게 생각했을지는 알 수 없다.

하지만 영웅의 벗은 적어도 코우스케는 그러한 부류의 인간이 아니라고 판단해 준 모양이다.

"쿠로, 너는── 녀석의 죽음을 어떻게 생각하지."

이것이, 본론인가.

"……말할 수 있는 건 하나. 리갈을 죽인 건 토와가 아니라는 거다."

"그래서 너는 어떻게 할 거지."

놀라지도 않는다. 그레이는 이곳에 올 때까지 어느 정도는 추론을 세우고 있었던 것이리라.

"내가 옳다고 생각하는 것을."

그레이는 탐색하는 듯한 시선으로 코우스케를 흘낏 보고, 흐릿한 미소를 지었다.

아무래도 합격인 모양이다.

"그러냐……. 그렇다면 나는 너의 목적에 협력할 수 있을지도 모르겠군."

"……그 말은?"

"네가 수사를 하고 있는 시점에서 그녀의 결백은 증명된 것이나 마찬가지. 그녀가 범인이라면 글래스의 영상 기록을 보여주는 것만으로도 너를 멈출 수 있을 테니까 말이다. 그렇게 하지 않는 건, 할 수 없으니까. 그렇다면 원죄라는 걸 알면서도 처형을 감행하도록 유도할 수 있는 자가 의심스러워. 즉, 귀족이다."

예리하다. 왕족을 제외한 건 루키우스와 마찬가지로 왕의 능력을 신뢰하기 때문일 것이다.

"너는 그 목적에 대해 생각해 봤나?"

"아아, 내 입으로 이런 말을 하는 건 기분 나쁘지만……."

코우스케의 말을 받아서인지, 뒷말은 그가 계속했다.

"——너를 강화하고, 그 아이를 낳음으로써 다시 영웅 규격을 얻는 것이 하나의 목적이겠지."

신화의 영웅이나 우수한 내방자들은 건국에 관여하고, 귀족으로 이름을 바꾸어 나라를 부흥시키는 데 공헌했다.

그 피가 옅어져 감에 따라 모든 면에서의 우월함은 이전만큼은 아니게 되어 갔다.

현대에 와서 다른 길을 모색하는 귀족 가문이 나타나고 있는 것처럼, 이미 무력 면에서 공헌하는 것조차 일개 병사 정도까지 떨어진 그들은 전환기에 와 있다고 해도 좋다.

귀족으로서의 우위성이 사라졌을 때, 그들은 단순한 사람이 된다.

하지만 그리 간단히 현실을 받아들일 수 있는 사람만 있는 건 아니다.

플라스처럼 건전한 영웅 소망을 품는 사람이라면 그나마 나으리라.

하지만 그렇게는 되지 않는다. 틀림없는 영웅의 후예. 광기를 이어받는 자들이라면.

리갈을 죽인 건 아마 그가 7영웅을 조정하는 역할을 담당하고 있었으니까.

그가 죽고, 그 힘을 코우스케가 이어받으면 어떻게 될지는 상상하기 어렵지 않다.

민중의 불안을 불식하기 위해, 리갈의 힘과 의사를 이었다고 대대적으로 발표되고, 치켜세워진다.

요컨대 코우스케를 영웅들의 중심에 앉히고 싶은 것이다.

최상의 영웅의 아이라는, 값어치를 원하는 마음에.

토와를 함정에 빠뜨린 것에도 의미가 있다고 한다면, 범행에 관여한 자도 자연히 보인다.

강력한『염』속성을 코우스케를 통해 아이에게 발현시키고 싶은 누군가, 다.

단, 이것은 광기 운운하는 차원의 이야기가 아니다. 전시하에 있어 명백히 국익을 해치는 행위다.

"그것만이라면 어리석은 행동이겠지. 하지만 말이야, 귀족의 사고는 일부 극단적이기는 해도 결코 무능한 건 아니야. 그건 평화로운 세상에서 달트라가 여기까지 번영한 것으로부터도 말할 수 있는 사실이지."

그렇다. 이건 일종의 폭주다.

왕도 길티어스에서 지내고 있을 뿐인 코우스케라도 알 수 있는 것이지만, 이 나라는 평화롭고, 청결하고, 활기가 넘치고 있다. 정부의 일은 신속하고, 많은 백성은 선량하다. 죄를 범할 정도로 궁지에 몰린 인간이 애초에 없는 것이다. 국민에게 여유를 줄 수 있는 국가를 세운 것은 틀림없는 왕실과 귀족원.

이번 사건 하나만을 보고 그들을 어리석다고 단정할 수는 없다.

"그렇다면 이런 웃기지도 않는 짓을 저지른 후에 어떻게든 처리하는 방법이 있다는 건가?"

그레이는 작게 끄덕이고, 중간에 헛기침한 후 뒷말을 이었다.

"달트라와 아크스바오나의 국토는 그밖의 나라와 비교하면 너무나도 광대해. 그만큼 많은 악령과 신역, 그리고 신전을 보유하고 있다는 것이기도 하지. 그러면 영웅 말고는 공략할 수 없고, 마물의 진출이라는 위험을 안고 있는 초난도 악령을, 전쟁을 하면서 동시에 처리할 수 있다고 생각하나?"

"————."

무리다. 국내에 초난도 악령이 몇 군데 존재하는지는 모르지만, 그레이의 말투에서도 극소수가 아니라는 것만은 확실하다.

요전의 영웅 회의에서는 크원 한 사람이 여러 곳을 공략할 것이 요구되고 있었다. 그녀의 실력도 있겠지만, 일손이 부족하다는 것은 명백하다.

그런 가운데 리갈과 토와를 잃으면 전쟁뿐만 아니라, 국방력을 심대하게 해치는 것이 된다.

공헌할 국가가 멸망해서는 본말전도다. 일그러져 있어도 영웅의 혈족. 그것을 모를 리도 없다.

즉, 생각할 수 있는 가능성은——.

"……영웅은 **공식적으로 인정된 자가 전원이 아니다**?"

있을 수 있는 이야기다. 힘을 가진 모든 인간이 명예나 지위를 원한다고는 할 수 없다. 혹은 대외적으로 영웅의 총 숫자를 속여두어야만 할 이유가 있는 것인가. 인간형 병기라고나 할 존재는 자국에 있어 전력이자 방위력이 될 수 있지만, 타국에 있어서는 위협도 될 것이다.

이 세계에서 대국이라고 하면 달트라와 아크스바오나뿐이다.

평화를 유지하고 싶은 달트라 입장에서 보면 무턱대고 타국을 자극하고 싶지는 않다.

백성에게조차 정확한 수가 알려지지 않았다는 것도 충분히 생각할 수 있다.

"그렇다고 치고, 그레이는 어째서 그것을?"

"일부의 무명(無銘) 영웅을 알고 있기 때문이다. 그들은 공식적인 무대에 징발되지 않을 뿐, 책무가 면제되는 건 아니야. 선택지는 두 개. 초난도 악령을 공략할 것인가, 연구에 협력할 것인가."

"연구……?"

곧바로 떠오르는 것은 영웅의 메커니즘이라고나 할 수 있는 것에 대한 해명일 것이다.

조용히 살고 싶다면 그렇게 할 수 있다. 단, 필요에 따라 일은 해야만 한다는 것인가.

『검은 영웅』, 『붉은 영웅』과 같은 이름을 가지지 않는 그들에게도 임무는 부과된다.

"힘에는 책임이 따른다는 건가?"

"하나 확실한 것은, 국가는 국민의 안전에 대해 무책임하게 있어서는 안 된다는 거다."

그 말대로였다. 영웅 규격은 의사를 가진 병기와 같은 것. 나라 정도가 아니라, 세상에 둔다면 세심한 주의를 기울여야만 하는 존재. 싸울 수 있는 자와 그것마저 거부하는 자, 양자에게 선택지가 준비되어 있는 만큼 그나마 낫다고 생각해야 할지도 모른다.

"……요컨대, 이런 건가. 리갈과 토와가 죽어도 숨겨 둔 영웅을 공식적인 무대로 끌어내면 된다는 건가."

"보충분은 너와 마찬가지로 최근에 나타난 것으로 하고, 추궁을 면하겠지. 또한, 3년 전에 영웅 여섯 명을 잃은 건에 이어 녀석이 죽음으로써 영웅의 평균 연령이 크게 낮춰진 것, 신센 텐스드아서 경이 아크스바오나의 밀정이었다는 것 등으로 각국의 불안을 부추겨 영웅 공출을 요구할 속셈이라고 나는 생각하고 있어."

동맹 이야기는 이전부터 나오고 있었을 터다. 그것이 지금까지 체결에 이르지 않았다는 것을 비추어 보건대, 위기의식의 결여나 자국의 소모 등으로 미적지근한 태도를 보이는 국가가 있다고 생각된다.

이런 시기에 이르러서도 달트라가 어떻게든 해 주는 것 아닐까 하고 방관을 계속하겠다는 것이다.

하지만 이것도 또한 부정할 수 있는 것은 아니다.

협력함으로써 자국이 손해를 입는 데 저항을 보이는 건 자연스러운 일이고, 또한 상황을 지켜보는 것을 선택하고 말 정도로 그들에게 있어 달트라는 강대한 국가라는 것도 크게 연관이 있는 것이리라.

과연, 확실히 여러 가지를 하나씩 늘어놓고 보면 이해는 된다.

필요한 것은 각국의 위기감. 그것들을 환기하고 체결이 이루어지면 결과적으로 전력은 모인다.

리갈과 토와의 힘도 코우스케에게 집중될 뿐, 완전히 잃은 것은 아니다.

계획이 이렇게 준비되면, 이것은 아무리 왕이라도 부정할 수 없다.

범인들은 나라의 신뢰를 인질로 잡고, 국익을 성과로 삼았다.

토와 한 명과 나라의 운명. 일국의 왕으로서 비교할 수 있을

리가 없다.

왕의 선택은 옳다. 왕으로서.

하지만 코우스케 또한 자신의 행위가 잘못되었다고는 생각하지 않았다.

여동생이 원죄로 처형된다는 것이다. 구하는 게 뭐가 나쁜가.

"마지막 확인이다. 너는 이래도 리갈의 원수를 분명히 밝히고, 신센텐스드아서 경의 원죄를 해소하는 것이 옳다고 생각하나?"

"당연하지."

코우스케의 즉답을 듣고, 그도 또한 곧바로 질문을 거듭했다.

"정의를 이룬 끝에 기다리고 있는 것이 파멸이라 해도?"

"그렇다면 정의를 포기하는 게 아니라, 파멸을 회피할 방법을 찾으면 돼."

그 대답에 그레이는 놀란 것처럼 눈을 휘둥그레 뜨더니, 잠시 후 소리 내어 웃었다.

"…………과연, 발상의 전환. 너는 마술사에도 맞을지도 모르겠어."

감탄 반, 놀라움 반인 웃음에 쓴웃음을 되돌려 주고는 표정을 다잡았다.

"과대평가야……. 그것보다 대답을 듣고 만족했다면 슬슬 본론으로 들어가 줘."

그가 가져다준 정보는 충분한 수확이었지만, 그래도 루키우스나 엘피의 도움을 받고 있는 현재 상황으로서는 시간이 조금 지나면 같은 답에 이를 수 있었을 것이다.

애초에 그는 이렇게 말했다. 협력할 수 있을지도 모른다고.

그는 말한다.

"아무래도 너와 나는 동일한 목적을 갖고 있는 모양이다. 그렇다면 부디 들어 줬으면 하는군. 진범인을 꾀어내는 데 유효하다고 생각되는 계책이 하나 있어."

"——드, 들려줘!"

자기도 모르게 벌떡 일어서려다가, 코우스케는 어떻게든 자신을 진정시키고자 다시 앉았다.

그것은 소년에게 있어 낭보나 다름없다.

그레이는 계책을 이야기했다.

지금까지와 마찬가지로 사이사이에 마른기침을 하면서도, 마지막까지.

다 듣고, 코우스케는 표정을 찌푸렸다.

어리석은 계책이었기 때문, 이 아니다. 오히려 반대다. 유효하다고 판단했기에, 저항감을 느끼지 않을 수 없다.

"……확실히 범인은 움직일지도 몰라. 하지만 너의 목숨을 걸고, 게다가 명성을 땅에 떨어뜨리는 것이 돼."

그렇다. 효과적이기 때문에 리스크가 높았다.

그 리스크야말로 범인 확보라는 리턴을 낳는 것으로 이어진다.

그래도 그 리스크를 받아들일 각오의 출처를 확인하지 않는 이상은, 신용할 수 없다.

그레이도 코우스케가 생각하는 것은 알고 있는지, 스스로 이야기하기 시작했다.

"…………쿨럭, 이건 부끄러운 내 이야기가 되지만."

학원생 시절, 그레이는 고독했다.

그 발상에 많은 사람이 따라가지 못했던 것이다. 천재에게 고독이 항상 따라다닌다는 에피소드는 드물지 않다. 그레이도 예외가 아니었던 것이리라.

그럴 때 우연히 만나, 이름의 '그레이르'라는 부분이 일치하는 걸 계기로 리갈은 그레이를 자주 상대해 주게 되었다고 한다.

그레이는 리갈이 부러웠다.

압도적인 재능과 타인이 그것을 인정하게 만드는 실적.

어느 날, 그 말을 했더니 리갈은 무슨 바보 같은 소리냐며 웃고는, 이렇게 말했다고 한다.

——'그 발상으로 세계를 풍요롭게 만드는 사람이, 폭력으로밖에 사람들을 구할 수 없는 영웅을 부러워하다니, 너는 참으로 바보구만!'이라고.

그레이는 리갈이 단순히 자신을 상대해 주고 있었던 게 아니라, 경의를 가지고 접해 주고 있었던 것임을 깨달았다.

그리하여 그레이는 그 발상을 살리는 데 인생을 바치게 된다.

즉, 그레이는 인생을 살아가는 데 있어 무엇보다 큰 활력이 되는 버팀목을 리갈에게서 받은 것이다.

"녀석은…… 여성 편력도, 술버릇도 나빴다. 우직하기까지 한 이상론자여서 남들이 꺼리는 때도 있었겠지. ……하지만 그래도 영웅이었어. 내게 있어서는 둘도 없는 친구였다……. 그런 녀석을, 그런 녀석을 국가의 중추인 귀족들이 자신들의 욕심에 빠져 죽인 거라면, 나는 그걸── 용서할 수 없어."

복수심이다.

코우스케는 그레이의 기분을 잘 알 수 있다.

규칙 측이 악을 허용한다는 걸 알았을 때의 절망과 분노를 잘 이해할 수 있다.

"너한테…… 딱 하나 부탁이 있다."

"들어보지."

"……진범을 죽일 수는 없겠지. 그건 좋아. 하지만 범인을 붙잡게 되면, 그때는 그자와 이야기를 하게 해줬으면 한다."

자신이 죽이게 해 달라고 말하리라 생각했지만 그건 아닌 듯하다.

그의 복수심은 코우스케보다 훨씬 이성적인 모양이다.

"……약속하지."

그의 계책에는 코우스케의 협력이 불가결하다.

동시에 코우스케 입장에서 보면 그의 협력이 불가결하다.

토와를 구할 수 있다면 어쩔 수 없다.

"너의 복수심에 협력하지. 그러니 내 목적에 협력해 줘."

그레이는 깊이 끄덕이고 오른손을 내밀었다.

"……악수다. 너의 출신 세계에서는 없는 문화였을까."

"아니……. 있었어. 단지, 누군가와 악수를 하는 건 오랜만이라고 생각한 것뿐이야."

이쪽도 오른손을 내밀고, 서로 꽉 쥐었다.

"실은 이미 발표 준비는 되어 있어. 내일 낮에라도 실행할 수 있다."

"그럼 그렇게 하지. 협력해 줄 사람도 가망이 있어."

코우스케는 우유가 든 잔을 들고 그레이 쪽으로 들었다.

"건배다. 달트라에는 없는 문화였나?"

그레이는 흐린 웃음소리와 함께 자신의 잔을 코우스케의 그것에 가볍게 댔다.

"비꼬기에 능숙한 영웅에게."

"친구를 생각하는 연구자에게."

두 사람은 서로 웃으며 각자 잔을 입에 댔다.

◇

사실 코우스케는 신문을 읽은 적이 없다. 뉴스를 알고 싶다면 더 간편한 수단이 얼마든지 있었기 때문이다.

다만, 이런 이야기는 들은 적이 있다.

예를 들어 조간은 이른 아침에 배달된다. 새벽 네 시나 다섯 시 정도에 배달되는 것도 그리 드물지 않은 모양이다.

그런데도 그 신문에 당일 0시에 일어난 사건이 기술되어 있어

놀랐다, 는 이야기다.

입고 · 인쇄 · 판매점에 운송 · 판매점에서 배달이라는 흐름이 있음에도 불구하고, 몇 시간 전의 사건에 관한 정보를 실을 수가 있다, 는 것이다.

물론 여러 이유나 사정이 있는 것이리라.

어쨌든 원래 있던 세계의 신문조차 기사 교체는 심야 시간대라도 늦지 않는 경우가 있다, 는 사실이 중요하다.

달트라에서는 신문 같은 매체가 정보문지라 불리고 있는 모양이다.

신민은 그 매체를 통해 정치경제, 국제 정세부터 마을 수준의 사건 등에 관한 정보를 얻는다.

전쟁이나 미궁 공략에 대한 정보도 실리므로, 얼굴을 드러내지 않은 코우스케 이외의 영웅은 만난 적이 없어도 알고 있다는 사람은 많을 터다.

그레이의 계책은 그것을 이용한 것이었다.

토와가 구류된 다음 날의 1면 기사다.

『메레크트에서 돌아온 대마술사 아키나 씨── 색채 속성 마법구 개발에 성공?! 누구나가 신화영웅의 힘을 행사할 수 있는 세계가 도래하는가』

이 정보에 왕도는 거세게 뒤흔들렸다.

신문 1면에는【흑전】을 발동하고 있는 그레이의 사진도 큼지막하게 게재되어 있다.

물론, 코우스케가 한 짓이다.

술집을 뒤로한 두 사람은 그레이가 사전에 이야기를 해 놓았다고 하는 기자가 있는 곳으로 향했다.

이때, 코우스케는 기자 본인에게서는 보이지 않는 위치에 숨어 모습도 나타내지 않았다.

문지사(聞紙社)로서도 스스로 나서서 허위를 실을 수는 없으므로, 당연히 사실 확인은 한다.

거기서 그레이는 준비했던 가짜 마법구를 발동한 척 하고, 그에 맞춰 코우스케가『흑』을 꺼냈다.

『집어삼키는』 대상은 조정할 수 있기에【흑전】을 그에게 둘러도 그를 먹을 걱정은 없다.

어쨌든,『흑』을 눈앞에서 직접 본 기자는 대흥분.

메레크트에서는 색채 속성을 연구하고 있는 사람도 있다는 건 유명하고, 그레이는 그 메레크트에서 수행했던 몸이다. 거기다 영웅 리갈이 친구라고 공언했던 인물에 국내에서도 일류 마술사로 유명하다.

안 그래도 신뢰할 수 있는 사람이 실연(實演)까지 하면 의심도 사라질 것이다.

그 시점에서 그레이와 코우스케를 연결하는 선은 술집에서의 만남밖에 없고.

술집 사람이 코우스케를 배신할 걱정은 없다.

일반 손님은 전술했듯이 얼굴을 드러내지 않아서 코우스케가 『검은 영웅』이라는 것을 모르고, 아는 사람은 마음씨 좋은 내방자뿐.

코우스케가 그레이에게 협력하여 『흑』을 위장했다고 생각할 수 있는 사람은, 없다.

계책은 아직 계속된다.

루키우스나 엘피의 힘도 빌려, 이전에 리갈과 결투했던 연무장을 대절했다.

그리고 그곳에는 군 상층부와 귀족원 사람이 가득 차 있다.

그날 낮의 일이다.

라이크에 이어 리갈을 잃고, 거기다 토와를 처형하게 된 달트라로서는 간편하게 색채 속성의 유사 영웅을 만들어 낼 수 있다는 이야기에 흥미를 나타낼 게 분명하다.

경우에 따라서는 아크스바오나와의 역학 관계를 역전시킬 수 있으니까.

모의전 형식으로 성능 테스트를 하게 되었다.

그레이는 그에 응했고, 테스트 상대는 루키우스가 맡게 됐다.

코우스케와 엘피는 심판이다.

코우스케가 대전 상대를 맡지 않는 건, 만에 하나 마법구가 폭주했을 때 외야에서 냉정하게 『집어삼키』고 사태수습에 힘쓸 수 있도록——이라는 표면상의 방침이다.

애초에 그레이의 색채 속성은 코우스케의 것이니까 두 명 몫의『흑』을, 게다가 한쪽은 상대가 쓰고 있는 것처럼 보이게 꾸미면서 싸운다는 건 난도가 높다.

안 그래도 귀족들은 영웅의 후예인 만큼 다른 사람들보다 마력 감지 능력이 높다.

코우스케에게서 새어 나오고 있다는 것을 들키지 않으면서 마력을 제어해야만 한다.

사전에 그의 옷 안쪽에 대량의『흑』을 숨겨 두었다. 코우스케와의 연결이나 마력 기관의 활발화를 은닉하기 위해『위요』속성을 응용하고, 코우스케는 어디까지나 평소 상태를 가장한다.

관객이 마른침을 삼키고 조용히 지켜보는 가운데, 시작되었다.

초수는 루키우스.

"【창천(蒼天)이여, 떨어져라】."

루키우스의 머리 위에 얼음으로 된 원기둥이 여럿 전개되고, 즉시 사출되었다.

신호는 필요 없다.

그레이는 마치 정말로『검은 영웅』이 된 것처럼, 말했다.

"【첫 번째 위흑 · 장사(葬事)의 장(章)】."

팔찌형 가짜 마법구를 들었다.

그 순간, 그에게서『흑』이 넘쳐 그 몸을 감쌌다.

그리고 그의 앞에서 방벽이 되어 모든 공격을──『집어삼켰』다.

경악에 찬 목소리가 여기저기서 일어났다.

사정을 알고 있는 루키우스, 엘피, 코우스케 세 사람도 진심으로 놀란 것처럼 연기했다.

"……설마, 정말로 이런 일이."

루키우스의 연기는 생생해서, 떨면서 후퇴도 하고 있다.

그러고 나서 초조해진 것처럼 공격을 연발.

그레이는 그것 전부를『집어삼켜』보였다.

이윽고, 그가 말했다.

"쿨럭…… 거기까지 해 주겠나, 내용(耐用) 한계다."

팔찌가 깨졌다.

마법구로서의 성능을 연출하기 위한 장치다.

완전히『흑』을 재현했다고 말하는 것보다 알기 쉬우며 받아들여지기 쉽다.

"본 바와 같이 나는『흑』을 개발하는 데 성공했다. 이건 20가지의 기존 속성을 조합하고 600개의 마법식을 거듭함으로써 색채 속성의 성능을 재현하는 것이다. 현재는『집어삼키』는 기능에 소재가 버티지 못해 허용량에 난점이 보이지만, 연구 자금을 원조해 준다면 더욱 성능을 높이는 것도 가능해지겠지"

사전에 준비한 장치는 앞으로 두 개.

그레이가 거기서 코우스케를 봤다.

"나는 나의 벗 리갈을 대신하여 국가에 공헌하고자 한다. 거기 있는『검은 영웅』처럼 영웅에 임명받아 놓고서 영웅 죽이기밖에 못 하는 애송이와는 비교할 수 없는 공헌이 가능하다고 생각한다만 어떠한가."

그렇다.

그레이와 코우스케를 연결하는 것은 없다.

그가 거짓말을 하여 얻는 것 또한 표면적으로는 없다.

탄로 나면 이제까지 쌓아 왔던 일체의 신용을 잃고, 사기꾼 마술사라는 오명이 입혀지게 된다.

그래도 어쩌면 진범만은 노리는 바를 알아챌지도 모른다.

두 사람의 협력 관계를 의심할지도 모른다.

따라서 그 의심마저 없애 둘 필요가 있었다.

처음 보는 사이인 코우스케와 그레이가 터무니없이 험악한 관계라는 것을 주위에 알림으로써.

"죽은 사람 같은 낯빛을 한 은둔형 외톨이가 장난감 하나로 꽤 큰소리를 치는데 그래."

그레이는 도발하는 것처럼 미소 지었다.

"쿨럭…… 너는 운이 좋았다. 내가 이걸 발표하기 전에 내방할 수 있어서. 그렇지 않다면 너 같은 우매하고 감정적인 무능한 놈을 나라에서 등용할 이유가 없지."

"……시험해 보겠어? 너의 장난감과 내 『흑』, 무능한 건 어느 쪽일까."

살의마저 내뿜으며 앞으로 나오는 코우스케를 엘피가 제지하고, 루키우스가 중재하듯이 걸어 나왔다.

"두 분 다 부디 진정해 주십시오. 그레이 공, 저는 쿠로가 영웅으로서 충분한 자격을 가졌다고 생각합니다. 쿠로, 그레이 공의 발명은 실로 대단한 것입니다. 양산화가 이루어지면 전사율도 대폭 낮아지겠지요."

루키우스를 사이에 끼고 그레이는 계속 말했다.

"내 발명은, 나의『흑』은 사람을 구한다. 그에 반해 너는 어떻지. 킬파로미데스 경에 이어 신센텐스드아서 경의 처형까지 담당할 줄이야. 너의『흑』은 더럽혀져 있어."

"……그러냐. 그렇다면 남의 더러움을 지적하는 너는 어지간히 청렴하겠군?"

"쌍방 거기까지. 우리는 모두 달트라의 동포입니다."

루키우스의 말에 두 사람은 마지못해 물러났다.

그레이는 주위를 둘러보면서 말했다.

마지막 한 수다.

"그뿐만이 아니다. 모든 영웅은 그 우위성을 잃게 된다. 이 마법구가 완성되면 모든 일반 병사가 영웅이 되는 것이다. 이건 영웅의 후예인 귀족보다 신민이 국가에 훨씬 공헌하는 미래가 도래함을 가리킨다. 국가를 위해 전장에서 목숨을 바치는 병사들이야말로 진정한 영웅임을 나타내게 되는 것이다!"

군부 사람이 일어나 매우 감동했다는 듯이 박수갈채를 일으켰다.

그에 반해 귀족원 사람들은 기분 나쁠 정도로 조용히 바라보고 있었다.

리갈을 죽이고 토와를 함정에 빠뜨린 자들의 심리 상태를 단적으로 표현한다면 이렇다.

자기들이야말로 세계를 구한다.

그들에게 있어서는 영웅의 후예인 자신이 구제에 공헌하는 것이 중요한 것이다. 자신의 피가, 선조처럼 세계를 구하는 것을 무엇보다도 갈망하고 있다.

어떻게 해서 코우스케를 얻을 생각인지는 모른다.

하지만 그런 건 아무래도 좋다.

어차피 금방 무너질 계획이니까.

그들이 그레이에게 해야 할 것은 하나다.

경고? 아니다. 타국에 정보가 유출되면 달트라로서는 커다란 손실이다.

그러면 어떻게 하는가?

살해다.

하지만 그레이는『흑』을 사용할 수 있다.

간단히는 죽일 수 없다.

하지만 반드시 죽여야 한다. 그러면 죽일 수 있는 자를 보낼 수밖에 없다.

리갈이 가진 마법 내성을 넘어 그를 완전히 태워버린 예의 살인범.

누구나가 영웅이 될 수 있는 시대의 도래 따위, 결코 인정할 수 없는 범인은 반드시 그레이를 제거하러 나타난다.

"간이판이라면 당장이라도 제조를 시작할 수 있다. 괜찮다면 금방이라도 생산 체제에 관해 이야기를 나누고 싶다만."

◇

아니나 다를까, 제지가 걸렸다.

긍정적인 군부에 대해 귀족원은 반대의 뜻을 표명했다.

주장은 이렇다.

안이하게 그 마법구를 양산하는 건 위험하다.

영웅이라는 건 그 정신성마저도 포함하여 가리키는 존재이고, 그걸 가지지 못한 자에게 과도한 힘을 부여하는 건 위험하다.

양산화가 진행되면 일반 병사뿐만 아니라 신민에게 유출되는 일도 일어날 수 있다.

그렇게 됐을 때, 『검은 영웅』의 힘을 이용한 범죄가 일어나지 않으리라는 보장도 없다.

힘은 세심한 주의를 기울여 운용되어야만 하는 도구이며, 간단히 손에 넣을 수 있는 것이어서는 안 된다.

국가를 위해 목숨을 바치는 병사라고 해도 마음을 뒤집지 않을 거라고는 단언할 수 없다.

역으로 그것을 가진 배신자가 아크스바오나에 붙어, 적 또한 이것을 양산하게 되면 전황은 수렁에 빠진다.

따라서 더욱 상세하고 국익으로 이어지는 생산 계획을 귀족원에서 합의한다.

말만 놓고 보면 그리 잘못되지도 않은 의견이라고 생각됐다.
전부, 코우스케와 그레이가 노렸던 대로다.
여기서 '그럼 빨리 양산합시다!'라는 이야기가 되기라도 한다면 곧바로 거짓말이 들통나고 만다.
우선 보류해 주지 않으면 곤란한 것이다.
귀족들이라면 보신을 위해 적당한 구실을 내세울 거라고는 생각했지만, 이렇게나 예상대로일 줄이야.
군인에게 정치는 허용되지 않는다.
군부는 물러날 수밖에 없고, 그레이는 표면상 분한 듯한 표정을 지으며 연구실로 돌아갔다.
그리고, 밤.
코우스케는 그의 연구실에 있었다.
물론 이곳을 방문하는 건 누구에게도 들키지 않았다.
그의 연구실은 빈말로도 깔끔하다고는 말하기 어려웠다.
이곳저곳에 계측기 같은 것이나 처음 보는 기구가 어지럽게 널려 있다. 아날로그 지향인 건지, 종이 자료가 방대하다. 벽에 걸린 칠판뿐만 아니라, 주위의 벽에도 문자나 수식이 휘갈겨져 있다.
출입구는 하나. 코우스케는 책상 밑에 숨어 침입자를 기다리고 있었다. 거기다 마력 누출을 막기 위해 피막을 발생시키는 【나, 그 옷을 걸칠지니(클러베리 웨리어)】를 발동. 이로써 범인은 코우스케를 알아차릴 수 없다.

사실은 그레이가 안전한 장소에 있기를 바랐지만, 그 자신이 진범인과 대면하는 것을 강하게 원했다.

원래는 붙잡고 나면 이야기를 하게 해 줬으면 한다는 것이었으나, 간곡한 부탁에 코우스케는 그의 각오를 참작하기로 했다.

마법구 연구 자료 자체는 적도 원하고 있을 터. 곧바로 살해되지는 않을 것이다.

마소화된 데이터의 경우 암호화하고 패스워드를 설정하는 것도 가능하다.

진범인이 그레이의 발명을 믿고 있는 이상, 발견하는 즉시 살해한다는 수단은 취하지 않을 거라고 예상할 수 있다.

다만 그렇다고 해서 절대적인 건 아니다.

코우스케는 미리 그의 백의 뒷면 부분에 『흑』을 숨겨 두었다.

최악의 사태에 직면해도 곧바로 적의 마법을 『집어삼킬』 수 있고, 눈으로 볼 수만 있다면 『백』으로 손상을 『없었던 것』으로 할 수 있다.

그리고, 그것은 너무나도 자연스럽게 나타났다.

침입자라고 하기에는 숨어드는 낌새도 없이, 초대받은 손님처럼 당당히 문을 열고 출입했다.

"실례할게요~."

그레이는 코우스케가 숨어 있는 책상 쪽에 서 있다.

문은 그 정면에 있기에 침입자와 그레이가 마주 본 형태다.

"……네가 녀석을, 리갈을 죽인 건가── 앨리스 양."

말을 잇는 것도 겨우라는 느낌으로 그레이가 말했다.
놀라지는 않았다. 예상은 할 수 있었던 것이다.
"그 반응, 역시 함정이었던 거네요~. 저는 수상하다고 생각했답니다~."
맥이 빠진, 혹은 태평한 목소리로 『홍의 계승자』 앨리스는 말했다.
"그래도 역시 방치는 할 수 없지 않나요~. 실제로 『흑』을 봐 버리면 다들 초조해하지요~? 그게 함정이라면 쿠로 씨도 있는 거죠? 아아, 얼굴을 보고 싶네~. 3초 이내에 나와 주지 않으면 저, 그레이 씨를 태워버릴지도 몰라요~?"
코우스케는 책상 밑에서 나와 그의 옆에 섰다.
앞에 나서지 않았던 것은 아직 그레이의 이야기가 끝나지 않았다고 판단했기 때문이다.
앨리스는 학원 교복 위에 로브를 걸쳤을 뿐인 차림이었다.
이 건에 관해서도 탄로 나지 않을 거라고 생각하고 있는 건가.
다만 온몸에 장식구(裝飾具)를 장비하고 있다. 장식 과다라고 할 수 있을 정도로.
전부 마법구이리라. 과연 이걸로 영웅을 죽일 수 있을 정도의 은혜를 얻을 수 있는 건가.
"아아, 역시 저, 쿠로 씨를 사랑하고 있어요. 당신과 눈이 마주친 것만으로도 가슴이 아플 정도로 고동을 호소한답니다. 전신이 뜨거워지고, 그리고 **여기**가——"

그녀는 자신의 하복부에 손가락을 대고 천천히 매만지면서 말했다.

"어쩔 도리도 없이, 쑤셔 마지않아요."

흥분 때문인지 그녀는 뺨을 붉게 물들이고 있었다.

"이런 것을 남들은 사랑이라고 부르는 거죠~? 그렇다고 한다면 틀림없이, 무엇 하나 잘못된 것 없이, 저는 사랑에 빠진 소녀라는 것이 되네요. 나머지는 당신이 받아들이는 것뿐. 늑대가, 되는 것뿐이에요."

유혹하는 것처럼, 교태를 부리는 것처럼. 그녀는 코우스케를 황홀한 눈동자로 바라본다.

"사절한다. 너 같은 걸 먹으면 배가 아파질 것 같아."

"너무해! 꽃도 무색할 아름다운 소녀가 이렇게나 용기를 쥐어짜 뜨거운 사랑을 속삭이고, 풋풋한 사랑을 노래하며 몸을 원하고 있는데, 쌀쌀맞은 태도로 거들떠보지 않는 것이 영웅이 할 행동인가요? 저, 슬퍼서 울어버릴 것만 같아요~."

흑흑, 하고 눈가에 손을 대며 우는 흉내를 내는 그녀는 불쾌할 정도로 자연스러웠다.

"너희의 목적은 알고 있어."

코우스케가 철저히 차갑게 말하자, 그녀는 의아하다는 듯이 고개를 갸웃했다.

"정말인가요? 알고 있다면, 어째서 이런 어리석은 행동을? 저를 붙잡아서 진실을 밝혀 봤자 누구도 구원받지 못하는데."

"누구도 구원받지 못한다?"

평정을 유지하고 있을 셈이지만, 입에서 나온 목소리는 완전히 차가워져 있었다.

"그런 무서운 얼굴 하지 말아 주세요~. 제가 잘못했으니까요. 네, 신센텐스드아서 경이 구원받네요. 성과라고 하기에는 너무나 손실과 걸맞지 않은 목숨이지만요."

"그건 네가 결정할 게 아니야."

"네. 모든 가치를 결정하는 것은 당신이에요. 단지, 그건 미래의 일이고, 현재는 저희가 가치를 결정하죠. 당신을 위해 모든 것을 갖추고, 당신에게 모든 것을 바칩니다. 그러니 당신도 부디 저희에게 모든 것을 부여해주세요."

말은 주고받고 있는데, 마음은 교차조차 하지 않는다.

"너희가 말하는 목적을 위해서라면…… 녀석을 죽여도 상관없다고?"

"녀석? 아아, 리갈 아저씨 말인가요……. 어? 아키나 씨, 당신 머리 쪽은 괜찮은가요? 상관없고 뭐고, 필요하다면 영웅은 죽어야만 하는 거잖아요. 쿠로 씨가 국가의 지주가 되어 견인해 나간다. 우리가 그의 아이를 낳고, 다음 대의 영웅을 키운다. 이런 멋진 일이 있나요? 그의 죽음은 허사가 되지 않아요. 오히려 당신 쪽이야말로 친구의 죽음을 무가치하게 만들려 하고 있는 거라고요~?"

"……제정신이 아니군."

그레이의 입에서 잠꼬대처럼 새어 나온 말이 실태를 단적으로 나타내고 있었다.

"당신이 이해할 수 없는 것도 당연해요. 영웅의 피가 흐르고 있지 않으니까요. 쿠로 씨라면 저희의 고뇌를 이해해 주시겠지요? 영웅으로서의 정신은 있는데, 힘이 따르지 않고 있는 모든 자의 비원이라고요. 쿠로 씨, 당신은 희망이에요. 저희에게 드리우는 어둠을 밝힐 빛. 자, 비춰 주세요."

그녀는 손을 모으고 기도하는 것처럼 코우스케를 올려다봤다.

"알 바냐."

그녀의 열량에 비해 코우스케의 목소리는 뼛속까지 추워질 듯한 것이었다.

하지만 그 온도는 그녀에게 서로의 차이를 이해시키는 데는 이르지 못했다.

"……또 그러신다~. 이런 걸, 으음, 쿠로 씨 세계에서는 확실히~, 츤데레? 라고 하던가요~? 저 알고 있답니다~. 그래도 그래도~, 튕기시는 건 이제 충분하지 않나요~?"

코우스케는 대답하지 않았다.

"……앨리스 양. 정말로 손톱만큼도, 후회는 하지 않는가. 죄악감을 느끼지 않는가."

앨리스는 한순간 그레이를 보고, 성가신 듯이 표정을 찌푸렸다.

"어째서 그런 걸 느껴야 하는 거죠. 쓸데없이 죽게 했다면 모를까, 쿠로 씨의 안에서 그의 힘은 계속 살아가는 거라고요~? 이제부터 쿠로 씨의 힘을 이어받은 아기가 잔뜩, 자~안

뜩! 태어나요! 생명은 다음 대로 이어지기에 의미있는 것이지요? 대체 어디에 죄의 요소가 있나요?"

"리갈은, 영웅이었어."

"? 안 그러면 일부러 죽일 의미가 없죠~? 그렇다고 해도 그렇게 고생은 하지 않았지만요. 아버지가 내밀히 할 이야기가 있다고 말했더니 아저씨도 참, 의심도 하지 않고 혼자서 나와서는. 나머지는 간단했어요."

"……녀석은, 이 나라를 생각하고 있었어."

"그럼 죽길 잘한 것 아닌가요~. 쿠로 씨와 저희의 아이가 세계를 구한답니다~. 세계에 공헌할 수 있었네요~? 아저씨도 천국에서 기뻐하고 계실 것으로 생각해요~. 이제 됐나요?"

이 인간에게는 말이 통하지 않는다.

마음의 규격이 다르니까.

이쪽의 정상에 공감을 나타내는 기능을 가지고 있지 않으니까.

인간의 형태를 한 괴물인 것이다.

대화는 무의미.

그래도 그레이는 마지막에 물었다.

"영웅은, 세계를 위해 소비되어도 좋다고?"

앨리스는 상냥하게 대답했다. 시선은 그레이를 향해 있었지만, 그라는 개인을 보고 있지 않은 시선이다.

"그런 것을 바로, 영웅이라 부르는 거죠~?"

그걸 들은 그레이는 죽은 벗을 생각해서인지, 강하디강하게 이를 갈며 그녀를 노려보았다.
지옥 바닥에서 울리는 원념을 굳힌 듯한 목소리를 냈다.
"네놈들의 죄과는 영원히 씻을 수 없을 정도로 무겁고 추잡하다."
하지만 그것마저도 그녀에게는 닿지 않는다. 고막을 통과하는 헛소리로 처리된다.
"이해는 구하지 않겠어요~. 영웅이 없었다면 절멸했을 자의 후손이, 그 영웅의 삶을 이해할 수 있다고도 생각되지 않고 말이죠~?"
자 그럼, 하고 그녀는 다시 코우스케를 향했다.
"쿠로 씨. 슬슬 좋아좋아 모드로 나와 주시지 않으면, 이쪽도 강제적인 수단을 강구할 수밖에 없게 되는데, 어떨까요?"
코우스케가 말없이 검에 손을 대는 걸 보고, 앨리스는 작게 한숨을 내쉬었다.
"저도 당신을 꼭두각시로 만들고 싶지 않답니다~. 제가 당신을 사랑하는 것처럼, 당신에게 사랑받고 싶다는 소녀 감성인 소망도 있고 말이죠~."
"죽어버려."
그녀는 자신의 입술을 부드럽게 쓰다듬었다.
"저, 사랑받기 위한 노력은 아끼지 않는 유형이란 말이죠~. 그저께도 말했지만, 당신 취향에 맞는 여자가 되고자 노력할 수 있답니다~? 서방님을 이해하려고 이계의 '일본'에 대해서도 공부했고요~, 물론, 야한 것도요. 당신을 위해서라면 어떤 것이든 기꺼이 할 수 있어요. 무릎을 꿇고 발을 핥으라고 말씀하시면 핥겠어요. 개처럼 울라고 말씀하시면 울겠어요. 이 몸도 마음도 남김없이 당신의 뜻대로랍니다~? 자, 하고 싶으신 것, 시키고 싶으신 것은 무엇인가요?"

"자신의 죄를 인정하고, 벌을 받아라."

"……아무리 서방님의 명령이라도, 존재하지 않는 것은 인정할 수 없네요~."

코우스케는【흑전】을 발동하고 오른손에 쥔 불괴의 검을 겨누었다.

"그 이상, 너에게 바라는 것은 없어."

"'일본' 분은 겸허하다고 들었는데, 정말이군요. 좀 더 수욕(獸慾)에 몸을 맡——기익?!"

그녀의 어깻죽지에 흑검이 꽂혀 뒤에 있는 벽까지 관통했다.

코우스케의 찌르기는 그녀의 반응속도를 넘은 모양이라, 앨리스는 멍하게 있었다.

"네가 리갈을 죽였다고? **너 따위가**? 질 나쁜 농담은 그만둬."

코우스케의 살의를 받고, 그녀는 그제야 의식을 현실로 되돌렸다. 하지만 일그러진 표정은 경악이나 고통에 의한 것이 아니라, 말하자면 감격이었고. 그러기는커녕 그 눈동자는 넘칠 것만 같은 희색(喜色)으로 가득 차 있었다.

"대단해, 대단해대단해대단해! 이렇게나 마법구를 잔뜩 달고 있는데, 전혀 보이지 않았어요! 아아, 아아, 아아! 좋아해

요 쿠로 씨, 사랑해요 쿠로 씨! 당신의 아이를 낳게 해 주세요! 당신과의 아이라면 분명 영웅이 태어나요! 글라카라독 가문에 이 이상 저 같은 무능한 인간이 태어나지 않을 거예요!"

장광설을 들을 생각은 없다. 코우스케는 꽂힌 검을 살을 가를 듯한 궤도로 베어 올리고, 그대로 되돌리는 칼날로 그녀의 왼팔을 잘라 떨어뜨리려 했다.

그러나 그녀는 그것을 오른팔로 붙잡았다.

"———!"

봤더니 그녀는 오른손에만 장갑을 끼고 있다. 아니, 금속적인 질감과 형상으로 보건대 건틀렛인가.

그 색깔은 검은색. 코우스케의 검, 리갈의 팔찌, 토와의 반지와 같다. 아마 이것도—— 보구이리라.

영웅 인정과 함께 하사되는 것이 보구라고 한다면, 글라카라독 가문에 보구가 남아 있어도 이상하지는 않다. 영웅의 죽음과 함께 회수되는 건가 하고도 생각했지만, 지금 사실을 확인할 여유는 없었다.

문제는——.

"당신과 함께라면 영웅의 후예가 올바르게 영웅으로 존재할 수 있는 세계를 되찾을 수 있어! 영웅으로서 충분한 그릇을 가지지 못한 『새벽』도 아니고! 영웅을 사칭하는 『홍』도 『창』도 아니고! 영웅으로서 충분한 힘을 가지지 못한 『신유』도 아니거니와, 정의라는 망상에 얽매이는 『벽력』도 아니야! 신에게 저주받은

『백』 따위 논외! 당신이야말로! 당신이! 우리의 재생에 걸맞아! 새로운 인도자로서, 부디! 부디 군림을!"

"이번 건에 관여한 쓰레기들을 모두 감옥에 처넣고 나서 말이다."

"감금 플레이가 취향이신가요~? 그건 또 참으로 특수한 성벽이신데……. 하지만 저, 힘낼게요!"

"평생 짖고 있어라."

밀어도 당겨도 움직이지 않는다. 즉단. 영거리에서 【흑식】을 펼쳤다.

"와아."

검은 자유가 되었다.

앨리스가 공격을 회피했기 때문이다.

귀족이나 평범한 공략자라면 반응도 하지 못하고 베일 일격을, 태평한 목소리와 함께 피했다.

처음 공격은 보이지 않았다고 하면서도, 이번에는 피해 보였다.

이유는 곧바로 판명되었다.

그녀의 몸에서 방전하는 것처럼 뿜어져 나오는 전격에 의해.

앨리스의 왼손 손목에는 검은 팔찌가 장착되어 있다.

자신의 마법으로 상처를 입지 않는 리갈의 보구. 그에 의해 가속의 디메리트를 벗어나고 있는 것이다.

심장이 작열(灼熱)된 것처럼 몸이 열을 띤다. 분노로 살의가 날카로워진다.

"그건 네가 가지고 있어도 될 물건이 아니야."

"네. 모든 보구는 오로지 당신에게만 어울려요. 물론 바치고 말고요. 하지만 그 전에 검을 거두어 주실 수는 없나요? 부부 싸움치고는 조금 지나치게 과격해요. 그게 아니면, 난폭한 걸 좋아하신다든가?"

대답 대신에 코우스케가 내지른 건 『작단』의 칼날.

볼 수 없게 만들어 지각을 저해하기 위해 『위요』를 두른 바람의 칼날은 그녀에게 직격했다.

하지만 그녀의 반신이 잘려나가는 일은 없었다. 또다시 오른팔의 건틀렛이 막아냈다. 그렇지만 충격까지는 완전히 죽일 수 없었던 모양이라, 그녀의 가냘픈 몸은 후방으로 날아갔고, 연구실 벽면을 뚫고 야외로 내던져졌다. 분진이 흩날리고 종이 다발이 흩어졌다.

쫓아가는 것처럼 밖으로 나갔다. 부지 내의 정원에서 자빠져 있던 앨리스가 부들거리면서 일어났다. 고통이나 공포가 아니라, 환희에 떨고 있는 것이다. 또다시, 이 상황에 이르러서도.

"더, 더 보여주세요. 제가 모르는 당신에 대해, 남김없이 가르쳐 주길 바라요."

열병에 달뜬 환자처럼 얼굴을 붉히면서, 사랑에 빠진 소녀 같은 말을 했다.

그 이상(異常)이 상대에게 어떻게 전해질지 따위 고려도 하지 않고.

코우스케는 생각했다.

처음 일격으로 났던 어깻죽지의 상처가 어느샌가 사라진 상태였다. 『뇌』뿐만 아니라 『신유』 속성도 사용할 수 있는 모양이다. 오른손의 건틀렛은 튼튼하기만 한 것이 아니라, 착용자에게 괴력을 주는 것으로 생각된다.

그녀가 가진 보구는 두 개뿐만이 아니다. 잘 보니 초커, 귀걸이, 반지, 발찌 등의 형태로 온몸에 검은 장식구를 착용하고 있다. 그것들 전부가 보구라고 한다면, 그녀에게 협력하고 있는 귀족 가문의 수는 대체 어느 정도일지…….

무수한 마법구에 더해, 여러 개의 보구를 장비한 그녀는 영웅과의 전투에 버틸 수 있는 스테이터스를 발휘하고 있는 모양이었다.

"그렇게나 영웅이 좋으면, 그 모습으로 전장에 나가면 돼."

하지만 그러한 것은 생각도 하고 있지 않으리라. 여러 귀족 가문이 협력해서 겨우 한 명의 유사 영웅을 연출할 수 있다는 결과에 만족할 거라고도 생각되지 않고, 그것보다도 더욱 현실적인 문제로서——.

"아핫, 서방님은 심술쟁이시네요~. 이런, 이런 꼴사나운 모습으로 승리를 보인들, 누가 저를 영웅이라고 인정할까요. 짜깁기투성이로 겉바른 가짜를 맹신할 정도로 사람들의 눈은 옹이구멍이 아니라고요~."

"주위의 눈을 속이고 영웅을 죽인 쓰레기가 말하니 설득력이 있는데."

그렇지만 그것은 본심이기는 해도 진상은 아니다.

"쿠로 씨. 마지막 권유예요. 저희와 손을 잡고 세계를 구해주지 않겠어요?"

오른손을 가슴에 대고, 왼손을 내민다.

그녀는 아직 쿠로가 그 손을 잡는 것을 기대하고 있었다.

그래서 쿠로는 그 맹목적인 희망을 깨부수고자, 단언했다.

"내 두 번째 인생에, 너는 필요 없어."

"그럼, 세뇌할 거예요."

앨리스는 태연히, 아무렇지도 않게 웃는 얼굴로 말했다.

"로젠글라이스 경의 『신유』 정도는 아니지만, 이쪽에도 사람의 정신에 간섭하는 방법은 있어서 말이죠. 다소 시간은 걸리겠지만, 끝나면 어머나 신기해라, 좋아좋아 모드인 서방님의 완성이에요."

"어디 해 봐, 유사 영웅."

움찔, 하고 앨리스의 눈썹이 흔들렸다. 고작 그뿐인 미세한 변화. 하지만 그 변화는 어찌할 수 없을 만큼 잘 말해 주고 있었다. 그녀의 열등감과 분노를.

"……아내의 콤플렉스를 자극하다니, 너무한 서방님이네요~."

"뜻대로 되지 않는 상대를 세뇌하려 하는 녀석보다는 나아."

"금방, 그런 저를 정말 좋아하게 될 거예요──【홍창·비상(飛翔)·팔연(八連)】."

공중에서 업화가 뿜어져 나오고, 그녀의 뒤에서 창 모양으로 압축된다. 대기를 불태우는 화염 창의 수는 여덟. 그 전부가 일제히 코우스케를 향해 밀어닥쳤다.

【흑식】을 탁류처럼 하늘로 보내서 창 전부를 『집어삼킨』다.

"【홍우(紅雨) · 폭포】."

연달아 발사된 것은 불씨의 비였다. 하나하나는 선향 불꽃의 불티, 혹은 반딧불이의 빛을 연상케 했다. 그것이 폭포처럼 내리쏟아지고, 접촉면이── 폭발했다.

극소 폭탄의 소나기라고 할 수 있다. 창을 집어삼킨 『흑』을 그대로 폭우 속 우산처럼 전개. 연구실이 폭발로 무너져 버리면 그레이가 말려들고 만다. 앨리스는 코우스케가 그렇게 판단할 것을 내다보고 비를 내렸던 모양이라, 유쾌하게 입가를 일그러뜨리고 있다.

"【홍하(紅霞) · 무애(無涯)】."

그녀의 모습이 희미해졌다. 아니, 정확히는── 주변 일대가 붉은 안개로 뒤덮였다. 살포된 홍(紅)은 입자 하나하나가 비와 마찬가지로 폭탄인 듯했고, 그러면서도 마력 밀도와 위력은 상승해 있었다. 【흑전】이 매 순간 터지고, 장갑이 튕겨 나갔다. 파손 부분은 곧바로 수선했지만, 근본적인 해결은 되지 않는다.

몸이 불타오른다.

"────?!"

디스크에 흠집이 난 영화를 보고 있는 것 같았다. 어느 순간부터, 갑자기 장면이 건너뛴다. 경과가 빠져 있으니까, 결과가 갑자기 비친다. 동요하고, 낙담하며, 살짝 짜증이 나는 그것. 그것이 현실에 일어났다.

코우스케는 붉은 안개에 대한 대처법을 생각했고, 그리고 홀연히 불꽃에 몸이 불타고 있었다.

신경을 태우는 것 같은, 이 아니다. 실제로 코우스케는 육체와 함께 신경이 장작처럼 타고 있는 것이다.

그 격통은 그야말로 어떠한 고통 속에서든, 어떠한 곤경 속에서든 끊어지지 않았던 사고가 단절, 될, 정, 도……로.

"아핫. 불의 세기는 어떠신가요~, 서방님?"

여자가 서 있다. 진하고, 어두운 붉은 머리카락과, 눈.

"제 실력으로 어떻게 아저씨를 죽일 수 있었는지, 이야기해 드릴게요. 우선 이 귀걸이. 사용 대상은 한 명이고 그에 대한 하루 동안의 효과 지속 시간은 짧지만, '대상의 인식을 거절'한답니다~. 그래서 쿠로 씨는 제가 눈앞에 다가가 그 몸에 손가락을 대도 알아차릴 수 없었던 거예요."

몸에 갖가지 보구를 잔뜩 걸치고 있는 여자가 즐거운 듯이 귀걸이를 손으로 만지작거린다. 정말로, 유쾌해 보인다.

"다음은 이거예요. 이 반지가 또 대단한 물건이라서요. '상대에게 닿고 있는 한, 자신의 공격은 적의 내구도를 무시하는' 거예요. 영웅 상대로는 불가능하다고 할 수 있는 전제 조건이지만, 그건 귀걸이 덕분에 클리어할 수 있어요. 그, 러, 니~. 리갈 아저씨가, 쿠로 씨가 이 세계에 와서 신에게 아무리 많은 은혜를 받았다 하더라도, 후훗, 현재 당신들의 내구도는 평범한 사람 수준이에요. 아니, 가지고 있던 방어 성능 전부가 박탈되면 그 낙차에 정신은 버티지 못하겠지요. 넘어진 것만으로도 눈물을 흘리는 어린아이 쪽이 차라리 잘 버틸 거예요. 실제로 지금 쿠로 씨의 얼굴은 엄청나다고요. 끌어안아서 머리를 쓰다듬으며 위로해 주고 싶을 정도로 불쌍해요."

불쌍하다고 말하고 있지만, 여자는 무척이나 기뻐 보였다.

"저항하지 말고, 몸을 맡기는 거예요. 포기해도 아무도 당신을 비난하지 않아요. 괜찮아요. 아픈 건 싫죠? 제게 전부 맡겨주세요. 저는 당신을 사랑해요. 행복하게 만들어 드릴게요."

녹아내리는 것처럼 몸이 아프다. 그 와중에 황홀한 말이 귀에 스며들어 간다.

어여삐 여기는 듯한 미소와 가학의 기쁨에 떠는 표정이 겹친다.

몸이 아파서, 아파서 더는 버틸 수 없어서. 어째서 이러고 있는지 알 수 없어서. 눈앞의 사람에게 따름으로써 지옥에서 해방된다고 한다면, 상대가 여신으로마저 보였다.

소년의 눈동자를 들여다보고, 체념을 느꼈는지 여자는 만족스럽게 끄덕였다.

"그래요. 그거면 돼요. 무엇보다 이런 일을 당신이 할 필요는 없었어요~. 신센텐스드아서 경 한 사람을 구할 뿐인 자기만족으로 나라를 위기에 빠뜨린다. 그런 영웅답지 않은 행동——을?"

아아, 살았다.

코우스케는 진심으로 그렇게 생각했다.

신센텐스드아서 경. 토와. 토와. 여동생.

그것을 떠올리지 못했다면 분명 굴복했을 것이다. 아니, 코우스케는 이미 꺾여 있었다. 그러니까.

자기 인식마저 애매하게 만들 정도의 격통 속에서, 상대 쪽에서 버팀목을 환기해 주어서, 정말로 살았다.

덕분에——.

"어, 어라? 쿠로 씨, 이건, 또 특이한, 플레이, 인"

앨리스의 복부를 검이 꿰뚫고 있다. 그녀의 미소는 경련하고 있었다.

최고급 대마법 소재로 짜여 있기 때문인지, 옷은 살짝 눌어붙어 있을 뿐 불타지 않았다. 육체는 이미 초속 재생을 걸어 완치. 사고는 재가속. 최속.

"어, 떻게."

그녀는 알 수 없으리라. 사람이 아니라, 영웅 소망을 가장 먼저 생각하는 사람은.

사람을 생각하는 마음은 때로 삶에 대한 욕구를 웃도는 것임을. 평생 깨닫지 못하리라.

그녀의 오른팔은 코우스케의 어깨에 닿아 있었지만, 그것이 떨어졌다.

일섬.

"앗."

귀걸이가 달린 오른쪽 귀.

“잠.”

반지와 팔찌가 끼워진 왼팔.

그것들을 『흑』으로 집어삼키고――.

“멈춰.”

코우스케의 움직임이 딱 멈췄다.

그녀의 손상 또한 곧바로 재생했지만, 그 얼굴에 깃든 것은 미처 숨길 수 없는 동요.

“어……떻게, 어떻게 된 걸까요. 아, 아니, 말을 할 수 없지요, 참.”

무의식적인 것이리라. 그녀는 초커에 손을 댔다. 아마 명령을 강제하는 보구. 지금까지 쓰지 않았던 것으로 보아, 발동에는 조건이나 제한이 걸려 있는 보구이리라.

이로써 눈에 보이는 장소에 달린 마법구 중 상세 불명인 것은 오른쪽 발목의 발찌뿐.

“마, 말도 안 되지 않나요~? 뇌가 타지 않도록 머리는 피하고 있었다고는 해도, 죽음을 청할 정도의 극심한 고통 속에서, 어떻게 하면 전의 같은 걸 쥐어짜 낼 수 있는 걸까요~. 아니, 애초에 어떻게 움직――?!”

『작단』의 칼날은 또다시 오른팔에 가로막혔다.

“……발찌는 ‘마법의 지각’ 정도인가.”

생각해 보면 그녀는 마법 공격에 대한 반응은 뛰어났던 반면, 검극에 대한 반응은 둔했다. 『뇌』 속성으로 가속한 것에 의한 건가도 싶었지만, 그래서는 검극만 좇을 수 없었던 이유가 되지 않는다.

즉, 어떠한 효과에 의해 마법 공격에 대한 우위성을 점하고 있다.

"저, 저기~? 어떻게 움직일 수 있는 걸까요~?"

어찌어찌 미소를 띄운 엘리스가 식은땀을 흘리며 고개를 갸웃했다.

명령을 강제하는 보구의 원리는 불명이다. 하지만 효과만은 명확하다. 멈추라는 그녀의 말을, 뇌가 지령으로서 몸에 보내고 있다. 그렇다면 『신유』를 가진 코우스케의 대항책 또한 명쾌하다. 사고가 계속되고 있는 이상, 마법식을 구축하는 건 가능하다. 호흡과 고동이 지속되는 이상, 장기의 움직임은 정상이다. 그중에는 마력 기관도 포함된다. 그렇다면 뇌로 가는 지령을 철회하는 마법을 짜서 발동하는 것쯤은 손쉬운 일이다.

하지만 코우스케는 그것을 일부러 설명하지는 않았다. 정체를 알 수 없는 공포는 상대의 몸을 위축시키고, 다음 행동을 느리게 만든다. 그 우위성을 포기할 정도로 마음에 여유가 있지는 않았다.

틀림없이 자신은 한 번, 그녀에게 패배 직전까지 내몰렸으니까.

보구와 함께 마법구도 몇 개 회수했지만, 그녀는 아직 많은 마법구를 장비하고 있다.

전부 박탈할 때까지 안심할 수는 없다.

마법 공격을 감지할 수 있다고 한다면── 직접 전투를 걸 뿐이다.

땅을 박차고 찰나에 거리를 좁혔다. 오른쪽 아래에서 올려치다시피 참격을 휘둘렀다. 이미 그녀에게 회피할 힘은 없는 모양이라, 오른팔은 손쉽게 어깨에서 빠지는 것처럼 끊어졌다. 자세가 무너졌을 때 다리를 후리고, 지면에 등이 처박혀 신음하는 그녀의 오른쪽 발목을 절단.

"……윽. 여, 여자아이의 몸을 난폭하게 다루다니, 나쁜 사람이네요."

격통에 일그러지는 표정, 진땀이 흐르는 이마. 그래도 그녀는 웃어 보였다. 다부지다기보다, 그렇게밖에 할 수 없는 것처럼.

"그 목을 날리면, 조금은 조용해질까?"

"당신은 절 죽일 수 없어요."

"그래? 몰랐네."

복부에 검을 내리꽂았다.

"악, 크흑………… 그, 렇게, 안쪽을 찔러도, 괴롭기만 할, 뿐인데 말이죠~."

"초속 재생은 마법구인가? 보구인가? 어느 쪽이든 간에, 어디에 달고 있지."

그녀가 몸에 달고 있는 건 이미 목에 있는 보구뿐이다. 그것도 다시 사용하지 않는 걸 봐서, 역시 제한이 붙어 있는 것이리라. 그녀의 패배는 뒤집히지 않는다. 그런데도 앨리스는 웃는다. 쿡쿡, 하고.

"서방님밖에 들어갈 수 없는 곳이랍니다~?"

"……………………너."

착용의 정의는 닿아 있는지 어떤지다. 확실히 체내에 넣는 건 전투 중에 잃어버릴 리스크를 큰 폭으로 낮춘다. 하지만 그렇다고 해도, 그녀가 말하는 장소는――.

"정상이 아니군."

"제 패배예요. 쿠로 씨가 직접 제 무장을 해제해 주세요. 자아, 부탁드려요."

"죽어도 사양이야."

"아하하, 어지간해서는 죽지 않는 사람이 그렇게 말하면, 거절의 의사가 얼마나 확고한지 알 수 있네요~."

"꽤 여유로운데."

그녀의 계획은 달성될 수 없는데도.

"저기, 쿠로 씨. 저희는 확실히 정상에서 먼 곳에 있어요. 하지만 그렇다고 해서 그 마음의 가치까지 훼손되는 것은 아니랍니다. 미치광이라 하더라도, 세계를 구하면 그것은 칭찬받아 마땅하겠지요."

"그렇군. 다만, 너희에게 어울리는 건 벌뿐이다."

"벌이라는 건 죄의 무게에 따라 정해지는 것이에요. 그러면 묻겠습니다만, 저희 마음의 무엇을 가리켜 죄라고 하는 걸까요? 당신 역시 알 거예요."

"알 바냐."

"아니요, 알고 있는 것이에요. 예를 들면, 그래요, 사랑하는 사람이 있다고 쳐요. 이 세상에서 가장 사랑스러운 사람. 무엇보다도 소중한 사람. 누구보다도 행복해야만 한다고 바라지 않을 수 없는 사람. 그런 사람이 있다면 그것은 무척 행복한 것이지요? 여기서 질문이에요. 쿠로 씨, 사랑하는 사람을, 다른 누구도 아닌 자신이 행복하게 만들어 주고 싶다고 바라는 것은—— 죄인가요?"

"———."

여기에 이르러 겨우 이해했다.

그들의 광기는 누구의 마음에나 깃드는 그것과 동종의 것이다. 단지 대상이 지나치게 클 뿐.

사랑하는 사람을 자신이 행복하게 만들고 싶다. 그 마음을 부정하는 것은 사랑을 모르는 사람뿐일 것이다.

이번 건에 관여한 귀족들의 마음은, 사랑이다. 세계에 대한 사랑. 자신들이야말로 선조처럼 세계를 구하고 싶다는 소망. 그 마음이 죄인가? 코우스케는 단언할 수 있다.

"아니, 그 마음은 죄가 아니야."

꽃봉오리가 피는 것처럼 앨리스가 활짝 미소 지었다.

"네, 네! 그렇고말고요. 쿠로 씨라면 이해해 주실 거라고 생각했어요~."

"너희의 죄는, 그 행동에 있는 거니까."

"……………………네?"

한순간 어안이 벙벙한 표정을 짓는 앨리스.

"정말로 그 사람의 행복을 바라지 않을 수 없다면, 행복하게 만드는 것은 자신이 아니어도 될 거다. 다른 누구도 아닌 자신 행복하게 만들겠다는 마음은 죄도 악도 아니지만, 그 사람의 행복과는 상관없는 개인적인 집착이야."

앨리스는 대꾸할 말을 찾을 수 없는지, 산소를 원하는 물고기처럼 입을 뻐끔뻐끔 벌리고 닫았다.

코우스케는 토와의 행복을 바라고 있지만, 딱히 자기가 행복하게 만들겠다고 고집하는 건 아니다. 그녀를 사랑하고, 행복하게 만들 수 있는 사람이 나타난다면 그거야말로 바라 마지않는 일이다. 그녀를 온갖 피해에서 지킬 수 있는 사람이 있다면, 그건 얼마나 기쁜 일일까.

지금 그녀를 구할 수 있는 게 자신이니까, 그렇게 하는 것뿐.

바라는 것은 토와의 행복이지, 토와를 행복하게 만드는 자신이 아니다.

"세계를 사랑한다? 아니야. 세계를 구할 수 있는 자신들밖에 사랑할 수 없는 거야."

"그, 그렇, 다고 해도, 그것이! 그것의 어디가! 이건, 저희 가슴에 끊임없이 켜지는 이 감정이, 사랑, 사랑이라는 데! 변함은 없어요!"

그제야 그녀에게서 미소가 완전히 벗겨졌다. 초조와 분노, 정체가 파헤쳐진 수치에 의해 단정한 얼굴은 크게 일그러져 있었다. 그 모습은 그녀의 아름다운 얼굴로도 상쇄할 수 없을 만큼──.

"너희들의 사랑은, 추해."

"……………………그런, 건."

앨리스는 표정을 잃고, 양손으로 눈을 덮다시피 하며 울기 시작했다.

하지만 그것도 금방 애써 억누르는 듯한 웃음소리로 변했다.

"후훗…… 아핫…… 아~, 그러네요~. 그래서, 당신은 이제부터 어떻게 할 생각이죠?"

그 입가는 미소를 짓는 형태로 휘어져 있지만, 눈동자에 희색은 없다.

"예, 저는 졌고말고요. 네, 당신이 추하다고 말씀하신다면 저희는 잘못된 거겠지요. 그래서 어떤가요~? 신센텐스드아서 경한 사람을 구해서 만족하시나요? 그 정의가 감미롭다고 한다면, 자기만족으로 나라를 위기에 빠뜨린 당신의 그것은 추악하지 않다고 말씀하시나요?"

"걱정하지 마. 너희의 죄를 폭로하고 각국의 협력을 얻어 낼 방안이라면 있어."

그때까지라면 생각할 수 없었던 일이지만, 그녀는 코우스케를 불쾌하게 올려다봤다.

"어떤? 정치를 담당하는 귀족이야말로 썩어 있었다고 받아들여진 뒤에, 어떠한 억지를 부리면 타국이 조력을 제안한다는 거죠? 쿠로 씨, 당신은 우수해요. 하지만 만능은 아니에요. '일본'에서 갓 온 청년이 외교를 쉽게 보는 건 그만두는 편이——"

"내 방안이라고는 말하지 않았어."

앨리스의 말을 가로막고 코우스케는 이야기를 끝냈다. 이후에 관해 그녀에게 이야기할 필요는 없다.

"그것보다 나머지 두 개의 보구를 빨리 벗어."

"스스로 해 주시라고 말씀드렸지요~? 그게 아니면, 여자아이의 부드러운 살결과 비부에 닿는 것은 처음인가요? 영웅씩이나 되는 분이, 귀엽기도 하셔라."

"너의 초속 재생은 어디를 기점으로 삼고 있지?"

"……………………뭐라고요?"

"마법은 뇌가 기능하지 않으면 쓸 수 없어. 하지만 초속 재생은 장비하고 있는 것만으로 자동으로 발동되는 모양이야. 그래서 신경 쓰였어. 예를 들어 그 머리를 날리면, 어디서부터 재생하지?"

"————."

"몸통에서 머리가 생겨나나? 아니면 머리에서 몸통이 생겨나는 건가. 장착한 위치로 보면 아마 몸통에서 머리겠지? 거기서 의문인데, 머리가 생겨난 너는, 머리뿐인 너와 동일 인물인가?"

"?!"

앨리스의 몸이 공포로 위축되는 것을 알 수 있다.

"머리를 절단해도 의식은 수 초 남는 모양이야. 그렇다는 건 말이지, 초속 재생으로 생겨난 너와, 몇 초 후에 죽는 너로, 한순간뿐이라고 해도 네가 두 명 존재하는 것이 되지 않겠어?"

"쿠, 쿠로 씨, 기다려 주세요."

"그렇다고 한다면 그건 무척 즐거운 것이라고 생각해. 왜냐면 그건 즉, 몇 번이든 너를 죽일 수 있다는 거잖아? 리갈의 몫, 토와의 몫, 국민을 속인 몫, 아아, 그레이를 죽이려 했던 몫도 넣자고. 준비는 됐어? 일단, 한번——"

"벗을게요."

앨리스는 항복하는 것처럼 양손을 들었다. 그 손은 떨리고 있었다.

그녀들은 다른 누구도 아닌 자신들이라는 마음으로 움직이고 있다. 그 자신이라는 건 현재 사고하고 있는 자신이고, 그것이 끊어지는 건 무엇보다도 두려운 일인 것이다. 자신의 눈앞에서 새로운 자신이 태어난다. 그런 와중에 현재 사고하고 있는 자신은 끝을 맞이하고 만다. 그 단절은 그야말로 죽음과 동일한 것.

자신에게는 이용 가치가 있으니까 죽이지 않는다. 그렇게 잘난 척하고 있던 그녀의 여유를, 그녀가 숨기고 있는 보구의 성능으로 깨부쉈다.

앨리스는 떨리는 손으로 초커를 벗고, 그러고 나서 가랑이에 손을 뻗었다. 뺨을 물들이고, 음란한 소리를 내면서 그것을 끄집어냈다.

"……쿠로 씨가 수치 플레이를 좋아하는 귀축이라고는 생각지도 못했어요~."

앨리스는 벗은 보구를 코우스케에게 건네려 했지만, 코우스케가 언제까지 시간이 지나도 손을 내밀지 않는 걸 보고 삐친 듯이 획 던졌다. 그것을『흑』으로 회수한다.

"그런 더러운 것처럼 취급하시면 소녀의 마음에 금이 찌지직 가 버리는데요~."

죽음의 위기가 지나자 그녀는 넉살 좋게도 원래대로 돌아왔다.

"널 구속한다."

마봉석에 의한 구속에도 그녀는 저항하지 않았다.

"이번에는 수갑인가요~. 특수한 플레이는 얼마든지 받아들이겠지만~, 이거나 저거나 전부 쿠로 씨와의 합궁이 선행되어야 비로소 받아들일 수 있는 거라고 저는 생각하거든요."

패배를 인정해도 목적은 포기하지 않는다. 그건 그녀의 안에서 모순되지 않는 모양이다.

"그런데 쿠로 씨. 도무지, 도무지, 이해가 안 되는 게 있는데요."

"너한테는 이해되는 쪽이 적을 텐데 말이다."

"당신은 어째서 이런 일을 하는 거죠? 아키나 씨는 이해가 가요. 어리석다고는 생각하지만, 리갈 아저씨의 원수를 벌하고 싶은 거겠죠. 네, 이해할 수 있어요~. 하지만, 당신은?"

"옳다고 생각한 일을 한 것뿐이야."

"아뇨, 그건 거짓말은 아닐지라도 목적 그 자체는 아니에요. 알고 싶어요. 당신이 이런 일을 한 진짜 이유."

"알아서 어쩌게."

"어찌할 도리가 없더라도, 좋아하는 사람에 대해서는 알아 두고 싶은 거랍니다~?"

여전히 그 대사 하나만을 놓고 보면 사랑에 빠진 소녀의 마음으로 들리지 않는 건 아니다. 어쩔 수가 없을 만큼, 상황에 맞지 않는다는 게 치명적이지만.

그녀에게 대답하려고 생각한 것은 아니었다.

하지만 그 말을 들음으로써 자연히 상기되고 말았고, 그렇게 되면 털어놓지 않고서는 있을 수 없다.

낄끄러워하는 남자들에게 연행되고, 어둠에 떨고, 추위에 얼어붙고, 처분에 탄식하고, 울면서 도움을 호소한 여동생의 모습.

어째서 이런 일을 했는가. 이유는 하나다.

"너 때문에, 토와가 울었잖냐!"

오빠가 움직이는 데 그 이상의 이유가 어디에 있으리.

하지만 두 사람의 관계성을 모르는 앨리스 입장에서 보면 그 분노마저 의아해서 견딜 수 없을 것이다.

"……………………의미를 모르겠어요."

결국 닿지 않는다. 이만큼 헛수고인 짓은 없었다.

"의미를 모르겠네요~? 토와가 울었다? 신센텐스드 아서 경이 눈물을 흘렸다고요? 농담인가 뭔가인가요? 소녀가 흘린 눈물 하나로, 국가의 계획에 저항하기로 결정했다고요?"

"그렇다면 뭔데."

"——부러워요."

"…………뭐?"

"부러워서 견딜 수가 없어요. 이렇게나 타인을 질투한 것은 오랜만이에요. 신센텐스드아서 경의 어디에서 그만한 가치를 찾아낸 건가요? 생김새? 그렇다면 한없이 그녀와 가까운 모습으로 고치겠어요. 목소리도, 어조도, 행동도! 그렇게 하면 저는 당신에게 사랑받을 수 있나요?"

목적을 위해서라면 수단을 고르지 않는 광기. 그것이 또다시 잘못된 방향으로 드러나고 있었다.

"부족한 게 있다면 말씀해 주세요. 어떤 것이든 할 테고, 어떤 요망에도 부응하겠어요. 그러니 이야기를 나눠요. 제가 신센텐스드아서 경을 대신할 수 있다면, 그녀를 구출할 필요도 없어지는 거지요? 저라면 그녀보다 훨씬 당신에게 애쓸 수 있어요."

앨리스는 진심으로 말하고 있는 모양이었다.

필사적으로 설득하고 있는 셈인 모양이었다.

그것이 코우스케가 대화를 포기하게 만드는 요인이 된다는 것도 알지 못하고.

"딱 하나, 말해 둘 게 있어."

"네, 어떠한 것이든."

"네가 영웅의 아이를 낳을 일은 앞으로 영원히 없어."

"――――아뇨, 그건."

"이야기는 끝이다."

"기다려 주세요, 아직 교섭의 여지가."

"없어."

무릎으로 서서 간원하는 것처럼 다가오는 앨리스의 이마를 망설임 없이 칼자루 끝으로 때렸다.

초속 재생을 잃은 그녀는 그대로 의식을 잃고, 쓰러졌다.

◇

"……끝났나."

연구실 벽면에 뚫린 구멍에서 그레이가 나왔다.

"그래."

그 나름대로 코우스케를 방해하지 않도록 버텨 주고 있었던 것이리라.

"……쿨럭. 남의 연구실을 꽤 엉망진창으로 만들어 줬군."

그레이 나름의 농담이라는 걸 눈치채고 코우스케는 웃었다.

"나중에 『없었던 것』으로 할 테니 봐줘."

그는 어깨를 으쓱이고는, 그러고 나서 앨리스를 봤다.

"이야기는 띄엄띄엄하게나마 들렸다……. 모든 귀족은 아니겠지만, 이러한 생각을 품은 자, 그에 찬동하는 자가 있다는 건 중대한 사태야."

동감이었다.

하지만 지금 그의 머릿속을 차지하고 있는 건 그런 우려가 아니다.

갓난아기라도 알 수 있을 살의를 눈치챈다면 이해할 수 있었다.

그레이는 지금 앨리스를 죽이고 싶다는 충동과 필사적으로 싸우고 있다.

"……리갈은 아크스바오나를 멈추기 위해 달트라에서 싸우는 것을 선택했다. 국가를 위해 진력한 영웅을, 사욕을 위해 죽인 그들에게 존재 가치는 있는 건가."

대답이 궁해졌다. 하지만 얼버무리지는 않는다.

"어떠……려나. 달트라가 지금의 상태까지, 즉 아크스바오나에 대항할 수 있을 만큼의 군대를 지니고, 그러면서도 신민이 평화를 향수할 수 있는 상태까지 발전할 수 있었던 건 틀림없이 귀족 덕분이야. 지금, 일부 귀족이 부패했다고 해서 그걸 부정할 수는 없어."

"너는 앞으로도 귀족원에게 정치를 맡겨야 한다고 주장하는 건가?"

"귀족밖에 정치를 모르는 나라야. 곧바로 신민을 등용할 수도, 정치 형태를 바꿀 수도 없어. 급격한 변화를 강제한다면 그것은 혁명이 되어 버려. 전시 중에 할 행동이 아니야."

코우스케도 그 정도는 상상이 간다. 이성과 감정은 가능한 한 떼어 놓고 생각해야만 한다. 다른 누구도 아닌 감정에 몸을 맡겨 귀족의 부패를 파헤치려 했던 코우스케이기에 뒤처리 정도는 냉정하게 생각하고 싶다.

"……그러면 묵과할 건가."

그의 눈동자에 분노가 맺히는 것을 보고 코우스케는 고개를 가로저었다.
"설마. 좋은 귀족과 나쁜 귀족이 있다는 이야기를 하고 있는 거야. 그러니까, 나쁜 귀족만 없앤다. 고름만 전부 빼내는 거야."
지금이라면 할 수 있다. 지금, 할 수 있게 된 것이다.
앨리스를 봤다.
현명한 그레이다. 곧바로 이해해 주었다.
"……쿨럭. 과연, 영웅님은 정화까지 해 주시는 건가."
그레이가 유쾌하게 웃자, 코우스케는 조금 전의 그를 흉내 내어 어깨를 으쓱였다.
그리고, 그레이에게 사죄했다.
"미안하다. 마음은 그야말로 아플 정도로 잘 알지만……."
"네가 사과할 건 없어. 오히려 위험을 무릅쓰고 약속을 지켜 준 것에 감사한다."
앨리스는 토와를 구출하는 데 필요하다.
그리고 다른 해충을 밖으로 끌어내기 위한 도구이기도 하다.
"……쿠로, 하나 묻고 싶다."
"내가 대답할 수 있는 거라면."
"리갈은, 행복했을까."
그레이는 거기서 말을 한 번 삼키고, 잠시 후 계속했다.
"내방자는…… 과거 생에서 불행했던 사람인 거지. ……신의 의사는 헤아리기 힘들지만, 윤회를 무시하고 전생된 너희에게는 행복해질 권리가 있다고 생각한다. 그 뛰어난 힘으로 행복을 붙잡을 자격이 있다고 생각해. 하지만……."

그레이는 고개를 숙이고, 주먹을 세게 쥐었다.

"……하지만 녀석은 살해당하고, 신센텐스드아서 경은 무고한 죄로 투옥되었다. 이 세계는 너희들에게 있어 결코 낙원은 아닌 모양이야. 이 괴로운 세계에서 너희들이 힘을 가졌기 때문에 위해를 받는다고 한다면, 내방자는 대체 무엇을 위해 전생하는 건가……."

현실인 이상 행복한 일만 있을 수는 없다.

원래 있던 세계와 달리 현지인을 크게 능가하는 힘을 가지고 살 수 있는 아클레어는 많은 내방자에게 있어 행복해질 수 있는 세계일 것이다.

약한 마물을 사냥하는 것만으로도 먹고 사는 데 문제는 없다. 저축도 충분히 할 수 있다.

하지만 영웅이 된다면 이야기는 달라진다.

리갈이나 토와 같은 예는 드물겠지만, 죽음은 언제나 근처에 있다.

그레이는 리갈이 그런 가운데서 행복했을지 신경 쓰이는 것이다.

코우스케가 무슨 말을 해도 그것은 본인의 말이 아니다.

그래도 묻지 않을 수는 없는 것이리라.

코우스케는 일부러 단언하기로 했다.

"그래, 리갈은 행복했다고 생각해."

"……근거는."

당장이라도 울 것만 같은 얼굴로 이쪽을 보는 그레이에게,

코우스케는 이를 드러내고 장난스럽게 웃었다.

"리갈은 여자를 정말 좋아했잖아? 그런 남자가 하렘을 쌓았다고. 그 시점에서 불행하다고는 입이 찢어져도 말할 수 없겠지."

그레이는 멍해진 듯한 표정을 지은 뒤, 젖어 있던 눈을 곡선 모양으로 가늘게 뜨고는 웃었다.

"그럴, 까."

"그리고 하나 더."

한 박자 뜸을 두고, 그러고 나서 뒷말을 이었다.

"너 같은 친구를 가질 수 있었던 건 저세상에서도 자랑하고 싶어질 정도의 행복이었을 거다."

예상치 못하게 맞은 것처럼 그레이는 눈을 휘둥그레 떴다.

다시 고개를 숙이고 만다.

"……그럴, 까."

"당연하지."

친구를 죽인 범인을 붙잡기 위해 성공한 사람으로서의 커리어마저도 망설임없이 내던져 보였다.

그 행위의 시비는 제쳐 두고서라도, 그만큼 깊은 우정은 좀처럼 볼 수 없다.

피가 이어지지 않았어도, 사람은 남을 위해 이런 일까지 할 수 있는 것이다.

틀림없이 쌍방에게 있어 서로는 유일무이한 친구였으리라.

앨리스 같은 녀석들이 있는 반면, 그레이 같은 사람도 있다.

탄식이 나올 일은 정말 많지만, 마찬가지로 위안이 되는 것도 가득하다.

한 명의 연구자가 자신의 행위로 세계와 코우스케에게 그것을 증명해 보인 것이다.

"……그렇다면 좋겠지만."

나온 목소리는 흔들리고 있었다.

애써 억누르는 듯한 울음소리가 공기에 섞인다.

"쿨럭…… 쿠로."

마른기침을 한 번 하고, 이어서 이름을 불렀다.

"그래."

그레이는 백의 소매로 눈가를 닦고 코우스케를 봤다.

"……나는, 네 친구가 될 수 있나."

이번에는 코우스케가 놀랄 차례였다.

눈을 몇 번 깜박이고 나서, 자연히 풀어진 표정 그대로 시치미를 뗐다.

"어라, 아직 친구가 아니었던가?"

그레이는 또다시 허를 찔린 것 같은 표정이 되었다.

그러고 나서 쿡쿡 웃었다.

"정말로 재미있는 남자야, 너는."

두 사람은 한동안 서로 웃었다.

이제부터의 고생을 생각하면 긴장을 늦출 수 있는 건 지금 정도라는 걸 알고 있었기 때문일지도 모른다.

코우스케는 재차 앨리스를 봤다.

――끝났어, 리갈.

그리고, 겨우 토와를 구할 수 있다.

할 일은, 아직 남아 있다.

◇

그 후 코우스케는 앨리스를 마차에 싣고 그레이와 함께 군부로 향했다.

그레이의 발명이 거짓이라는 건 아직 세간에 알려지지 않았다.

따라서 앨리스 외의 다른 자객이 준비되어 있지 않으리라고는 장담할 수 없다.

가급적 코우스케 근처에 있는 편이 유사시에 안전하다고 봐서 취한 조치다.

군부까지는 마동마차로 향했다.

그레이는 마술 적성은 있지만, 마력량은 적다.

그 불편함에서 착안하여 마력을 에너지로 비축하는 마법구와 마동마차의 조종석에 있는 수정을 접속하는 마법을 개발했다. 그 결과 에너지를 비축한 마법구로 마력 공급이 가능해짐으로써 마력량이 적은 사람도 마동마차를 운전할 수 있게 되었다.

마력퇴라고 하는 것이었던가, 마력전지라고나 할 수 있을 발명과도 다르다.

코우스케가 운전했기에 그 마법구를 쓸 기회는 없었지만, 이것이 보급되면 마력을 많이 가지지 못한 사람이라도 평소 조금씩 마력을 비축해 둠으로써 큰일을 할 수 있게 된다는 것이다.

지금 있는 마동식 마법구는 주로 마력퇴에 의해 가동하고, 이것은 안의 마력이 다하면 교환할 수밖에 없다. 그리고 마력퇴는 고액이다. 필연적으로 일부 귀족이나 군부 말고는 엄두를 낼 수 없다.

그의 발명품은 마류관(魔留管)이라고 하는 모양이다.

이걸 들었을 때, 코우스케는 곧바로 그레이에게 상담을 청했고, 그레이는 이를 승낙해 주었다.

이런저런 생각을 하는 사이에 도착.

마차를 세운 뒤 마봉석과 끈으로 구속된 앨리스를 둘러메고 그레이와 함께 내렸다.

도르드가 있었다.

토와를 사로잡은 부대를 이끌고 있던 장년 군인이지만, 코우스케에게 협력해 준 사람이기도 하다.

그와 그 부하 몇 명이 달트라식 경례를 했다.

이미 도르드에게는 앨리스와의 일련의 대화, 그 영상을 보내 놓았다.

참고로 영상만이 아니라 음성까지 기록되는 구조인데 이것은 글래스에 녹음기능이 달린 게 아니라, 영상 기록에 따라 주위에서 발생한 음파를 집적하고 마소화한다는 것 같다.

소리의 악보라고 할 수 있는 것을 만들어 재생할 때 안구 접촉면에서 극미량의 마력을 얻음으로써 비로소 음성으로 바꿀 수 있는 것이라고.

어쨌든 그녀의 자백과 변명도 되지 않는 주장은 전부 군부에 넘어가 있다.

그러자 거기서 앨리스가 몸을 살짝 움직이더니, 희미한 신음을 흘렸다.

아무래도 일어난 모양이다.

코우스케는 그녀를 지면에 내던졌다.

"……꺄앙. 아파요~. 일어나자마자 가정 내 폭력인가요~?"

코우스케는 머리가 아파졌다.

상황이 이렇게 됐음에도 손톱만큼도 변화가 없다.

아니, 그 정도로 기특해질 거였다면 광기도 기껏해야 얼마 되지 않는 것이었으리라. 이것이야말로 그녀가 틀림없는 영웅의 혈통이라는 증거라고도 할 수 있을지도 모른다.

미치광이 입장에서 보면 저 정도의 절망은 다시 일어서는 데 시간이 필요하지 않다는 것.

그레이뿐만 아니라 도르드를 포함한 그 자리의 전원――물론 그녀를 제외한 전원이라는 의미다――이 얼굴을 찌푸렸다.

"어머머, 이런 식으로 저를 긴박(緊縛)하셔선, 아이참~. 어떻게 할 생각이신가요? 색골."

"긴박이 아니라 구속이다. 색골인지는 모르겠지만 군경에

넘길 거다. 공정한 재판을 받아.”

“네에~?! 벌이라면 쿠로 씨한테 받고 싶어요. 이제 두 번 다시 실수하지 않도록 처음부터 다시 길들여 주시면 기쁘겠는데 말이죠~?”

코우스케는 대응하는 걸 그만뒀다.

“빨리 데리고 가 줘. 머리가 어떻게 될 것 같아.”

도르드가 끄덕이고, 그의 부하가 움직였다.

“앨리스글라이스 텐나이트 글라카라독, 당신을 포박한다.”

“쿠로 씨, 정말 이대로 전부 해결될 거라고 생각하시나요~? 왕실은 신센텐스드아서 경을 처형할 수밖에 없다고 판단한 거라고요? 발표도 해 버렸어요. 이 상황에서 그걸 뒤집고, 명문 글라카라독 가문을 포함한 유력 귀족의 이름을 더럽히는 것이 국익으로 이어진다고 생각하시나요? 귀족원이 그런 바보 같은 방책을 인정할 거라고 보나요? 당신이 말하는 방책이 정말 의도대로 기능하려나요~.”

그녀의 말에 도르드의 부하의 움직임이 멈추고 말았다.

청년 병사는 망설이는 것처럼 코우스케를 봤다.

“인정할 거고, 기능도 해.”

“어째서 그렇게 단언할 수 있죠~?”

“우선 귀족원 쪽인데, 그걸 인정하지 않는 녀석들은 전원 국정에서 빠지게 할 거다.”

“? 당신이 뭘 할 수 있다는 거죠?”

“앨리스, 너는 사형이다. 하지만 자기 자신이 소중한 네가 그것을 받아들일 수 있을까? 나는 그렇게는 생각되지 않아. 너는 나와 그레이가 이어져 있을지도 모른다고 의심했었지? 거기까지 머리가 돌아가는 녀석이라면 일이 탄로 나고 규탄받는 사태도 상정하고 있을 거다.”

“…………”

그녀는 미소 짓고 있었지만, 코우스케의 평가를 어떻게 받아들여야 할지 가늠하지 못하고 있는 모양이었다.

“너는 이번 건에 협력한 인간을 알고 있어. 증거도 일부러 남겼을 게 틀림없다. 그 녀석들을 전원 붙잡을 수 있다면 협력자도 붙잡을 수 있겠지. 고구마처럼 줄줄이 엮여 나온다고 하면 통하려나. 아니면, 일망타진이라고 하는 편이 알기 쉽나?”

그녀들은 동일한 목적을 위해 모였을 뿐, 견고한 동료 의식이 있는 건 아니다. 당연하다. ‘다른 누구도 아닌 자신들’에서 말하는 ‘자신들’에 포함되는 건 기껏해야 자신의 혈족 정도고, 그 외에는 최악의 경우 끊어 버릴 수 있다.

앨리스가 다른 귀족에게 의리를 지킨다는 인간다운 점을 가지고 있을 거라고도 생각되지 않는다.

심히 유감이지만, 극형을 넌지시 비치든지 하면 전부 실토할 것이다.

“만약 거절하면 어떻게 되는 걸까요~?”

“그 경우에는 제대로 처형해 주지. 아아, 내가 자진해서 담당을 떠맡도록 하지. 최소한의 자비로서 너의 힘을『집어삼켜』주마."

"……아하하~. 그건 그것대로 매력적이지만 말이에요~. 저로서는 모처럼 자궁이 기능하고 있기도 하고, 기분 좋게 수를 늘리는 방향으로 갈 수 있으면~, 하고 생각하는데요~."

"네가 가지고 있던 마법구와 보구로, 보유하고 있는 귀족 가문을 알아낼 수 있어. 그것뿐만이 아니야. 만약 스스로 말하지 않겠다고 한다면――."

그곳에, 한 명의 여성이 나타났다.

"와 줬어~."

엘피였다.

그녀에게도 도르드에게 보낸 것과 같은 영상을 송신했던 것이다.

그리고 동시에 부탁도 했다.

"그래서 준비는?"

그녀는 자신의 손을 반대쪽 어깨로 뻗어 주무르기를 반복하면서 대답했다.

"나를 누구라고 생각하는 거야?"

"……변태?"

"부정할 생각도 없지만, 거기서는 의지할 수 있는 명의라고 말해 줬으면 했어……."

"로젠글라이스 경……. 아니아니아니, 아무리 상대가 죄인이라고는 해도, 그 왜, 저기, 최저한 보호되어야 할 인권이나 사생활이라는 게 있지요~?"

"아아, 그렇지."
"그렇다면,"
"하지만 너한테는 없어."
엘피가 쿡쿡, 하고 음탕하게 웃었다. 일부러 그러는 것이리라.
"기대되네? 당신 같은 미친 인간의 내용물은 얼마나 질퍽질퍽하고 흐물흐물할까?"
"……쿠로 씨, 쿠로 씨. 전부 솔직하고 정직하게 술술 이야기하면, 사형은 면할 수 있나요?"
"그렇게 기도하면서 말하면 돼."
"……저기, 으……아, 본가와 연락을 취하게 해 주세요."
"괜찮다만, 누구랑? 전원 체포되어 있다고?"
"………………아하."
"토와가 처형되기로 한 건 정치적 판단이다. 하지만 너를 붙잡아서 정보를 토해내게 하는 건 치안 유지야. 미안하군, 귀족님. 이미 군경의 관할이다. 너의 집안은 아무런 도움도 되지 않아."
그녀는 고개를 숙이고, 어깨를 떨었다.
울고 있는――건 아니었다.
"후훗, 후후훗, 아하하핫! 대단해요! 대담하고 도박 같은 계책을 쓰신다 싶더니! 소녀 한 명을 위해 움직이는 바보 같은 사람이라고 생각하고 있었더니! 마무리는 실수하지 않고 섬세하게 이유를 내세워 몰아넣는군요! 귀족 가문의 자기 보신이라는 본질까지 계산에 넣고 계셨던 거네요! 네, 완패예요. 전부 다 몽땅 이야기할게요. 부디 저의 목숨만은 살려 주세요. 그리고 언젠가면 돼요, 당신의 아이를——"

"데려가."

"앗, 기다려 주세요, 이야기가 아직 끝나지 않았어요."

"할 이야기는 없어."

"아뇨, 당신들의 방안이라는 것이 기능할 거라고 주장하는 근거를 듣지 않았어요."

"누구의 눈에도 명백한 위기를 제공할 것이기 때문이야."

"……그건, 무슨,"

대답하지 않고 청년 병사를 시선으로 재촉했다. 청년 병사는 당황한 듯 끄덕이고는 그녀가 혀를 깨물지 않도록 재갈을 끼우고 연행했다.

"엘피, 부탁해도 되겠어?"

엘피는 드물게도 진지한 표정을 짓고, "당연하지"라고 대답했다.

"이런 계집애라도 리갈을 죽인 범인이니까 용서는 하지 않아. 이야기하는 정보가 진짜인지 어떤지, 뇌를 발가벗겨서라도 철저히 확인할 거야."

그녀는 그렇게 말하고 병사 뒤를 따랐다.

남은 것은 도르드와 또 한 명의 부하다.

"……귀공들의 기만행위에 대해서다만."

예상했던 것이기에 두 사람은 놀라지 않았다.

정보문지의 정보도 이걸로 허위였음이 세간에 드러난다.

그렇게 되면 문지사에도 폐가 될 뿐만이 아니라 그레이의 명성도 땅에 떨어질 것이다.

불완전한 부분이 있었다고 발표되면 나은 편이고, 나라 전체에서 사기꾼이라고 인식될 가능성도 높다.

문지를 읽었을 뿐인 사람에게 있어서는 그레이 한 사람의 자작극이라고 여겨지겠지만, 귀족원과 군부 사람의 일부는 연무장에서 실제로 『흑』을 봤다.

그 마법구가 가짜라면, 그 퍼포먼스는 코우스케가 한패였을 경우에만 성립한다.

당연히 같은 죄다.

그레이는 아무런 변명도 하지 않았다.

"쿨럭, 마땅히 받아야 할 벌을 받겠다. 저항은 하지 않아."

코우스케는 과장되게 양손을 붙인 뒤 내밀어 보였다.

수갑을 채우라고 말하는 것만 같은 동작이다.

"나도 마찬가지다. 하지만 그 전에 토와를 해방해 줘. 그걸 확인할 수 있다면 일단 불만은 없어."

두 사람의 그 태도에 도르드는 고개를 갸웃했다.

"귀공들이 무슨 말을 하는 건지 알 수 없군. 그 모의전에 관해서는 수사 활동의 일환이라고 판단했다만?"

코우스케와 그레이는 무심코 서로 얼굴을 마주 봤다.

다시 도르드를 보니 씨익 웃고 있다.

"……하지만 그건 명백한 사기 행위이지 않은가."

"흠. 확실히 속았지. 하지만 사기죄라는 것은 그것 자체를 가리키는 게 아니다. 속이고, 손해를 입히는 행위까지 발전했을 경우에만 사기죄가 되는 것이다."

듣고 보니 그 말대로다.

아니, 문지사에는 어느 의미로 손해를 입힌 게 되지만, 그 점을 국가의 적을 사로잡기 위한 수사 협력이라는 형태로 하고, 또한 그것이 진범인 체포에 도움이 되었다는 것을 다소 각색하여 발표하면 그리 큰 비판은 일어나지 않는 것 아닐까.

그래도 뭔가 보충은 해야 하겠지만, 그 부분은 지금까지 거절했던 얼굴 노출을 허가함으로써 어떻게든 용서받을 수 없을까. 어떨까.

어쨌든 죄를 묻지는 않는다는 것이다.

"그래도 잠깐. 귀족원과 군부의 귀중한 시간을 낭비했어. 이걸 용서하면 본보기가 되지 않잖아."

그것 또한 사실일 터다.

하지만 도르드는 미소를 무너뜨리지 않았다.

"무슨 말을 하나. 영웅이 나타나면 결투를 한다. 그건 전통이었을 터이다만? 마법구에 의해 『흑』 사용자가 생겨나고, 돈아우렐리아누스 명예 장군 대신 그람류네이트 명예 장군이 그 상대를 맡았을 뿐인 일."

"……아니, 하지만 그건 억지인 것 아닐까. 애초에 내 마법구는 가짜이고, 그게 허위라는 걸 간파한 군부가 그 성능 테스트를 관례에 따른 결투라고 판단하는 건 무리가 있다고, 생각하는데."
"귀족원도 가만히 있지 않을 텐데?"
코우스케 쪽은 그렇게 말하면서도 이미 얼굴에 미소를 띠고 있다.
"곧 귀족원 편성에 큰 변화가 있을 것이다. 신체제 귀족원에서 과연 그러한 불만이 나올지 어떨지."
"그래도……."
근본이 성실한 것이리라. 그레이는 물고 늘어졌다.
코우스케는 감질이 나서 이야기를 서둘렀다.
"그래서, 토와는 해방해 주는 건가?"
"그래, 지난번에 면회했던 장소로 향하면 된다. 석방 절차에 들어갔을 거다."
코우스케는 달려가고 싶은 마음을 참고, 우선 그레이를 봤다.
"고맙다, 그레이! 네 덕분이야!"
"……무슨 말을 하나. 그건 이쪽이 할 말이야. 나는 됐어, 가 주도록 해."
코우스케는 끄덕이고 도르드를 봤다.
"이미 늦었겠지만, 그래도 그레이를 노리는 자가 있을지도 몰라. 한동안 부탁할 수 있을까?"
도르드는 분명하게 끄덕였다.
"확실히 맡았다."
그 말을 다 듣고, 코우스케는 이번에야말로 달리기 시작했다.

◇

초병은 교대한 모양이라, 장신과 매부리코 병사는 아니었다.

급히 뛰어오는 코우스케를 보고 초병이 경례했다. 한 명인 모양이다.

코우스케도 맞경례를 하고 급히 물었다.

"토와는?!"

"방금 클라이스 이등병…… 아뇨, 실례했습니다. 다른 초병이 감옥에서 데려오고 있습니다!"

"그런가……!"

이윽고 문이 열렸다.

초병에 이어 수갑이 벗겨진 토와가 나왔다.

"……처, 처형 집행이 빨라졌다는 결말은 아니……겠지?"

그녀는 어딘가 불안한 듯이 말했다.

아무래도 석방 이유는 전해지지 않은 모양이다.

"진범을 붙잡았어."

그녀는 눈을 깜박거리기를 반복한 뒤, "거짓말……"이라며 입가에 양손을 댔다.

눈동자가 서서히 젖어 간다.

코우스케는 그녀에게 다가가 양팔을 벌렸다. 그녀 쪽도 천천히 코우스케의 가슴에 다가왔고.

끌어안기 직전에, 뒤로 펄쩍 물러났다.
그녀를 포옹하려던 팔이 허공을 갈랐다.
꽤 볼품없는 구도였다.
마주 선 토와는 얼굴을 붉히며 변명하는 것처럼 말했다.
"아, 안 돼……. 목욕 안 했으니까, 분명 그거야, 냄새 날 테고……."
단숨에 맥이 빠졌다.
"……뭐, 뭐어? 그런 아무래도 좋은 개똥 같은 이유로 창피를 주지 않았으면 좋겠는데."
"아, 아무래도 좋지 않거든?! 아무리 토와가 초절정 미소녀라도 목욕하지 않으면 땀 냄새라든가 나거든? 쿠로는 그런 예민한 부분은 알지 못할지도 모르겠지만 말이야!"
"네가 땀을 흘렸건 냄새가 나건 아무래도 상관없어! 분위기 파악해!"
"네, 네에?! 파악할 수 있거든요? 척척 파악해 버리거든요? '분위기를 파악하는 데 있어서 토와보다 능숙한 사람은 전 이계를 뒤져 봐도 찾을 수 없겠지'라는 말을 들은 적이 있을 정도거든!"
"지금 넌 분위기 파악도 전혀 못 하고 있고, 설령 그런 바보 같은 칭찬을 하는 녀석이 있다면 그 녀석은 사람을 칭찬하는 재능이 없으니까 알려주는 게 좋아."
"뭐?! 토와는 남 칭찬하는 거 잘하거든!"
"너잖냐! 자화자찬도 어설프더니 거짓말하는 것도 어설플 줄이야!"

자기 무덤을 파는 여동생이었다.

"뭐, 뭐……! 그, 그렇게 말하자면 쿠로는 손가락 걸기 어설펐는걸!"

무슨 일이 있어도 말싸움에서 지고 싶지 않은 듯, 여동생은 시답잖은 말을 하기 시작했다.

"그런 거에 잘하고 못하고가 있겠냐! 그보다 이쪽은 목숨을 걸고 무죄를 증명하고 왔습니다만?! 조금은 기특한 태도를 보이는 게 어때, 왕껌딱지."

"왕?! 왕을 붙여?! 그렇게까지 말하기야?! 애초에 지금 가슴은 상관없지 않아? 단순한 흉보기였지! 아니, 그보다 딱히 도와달라고 부탁한 적 없거든요?!"

"부탁했잖아. 울면서 '구해죠~'라고 했잖아. 확실히 들었는데 말이다~, 평소의 치켜 올라간 눈에 힘을 빼고 애원했었는데 말이지~."

이미 토와의 얼굴은 심홍색이라고 할 수 있을 정도로 빨갛다. 귀와 목까지.

"아아! 진짜, 거기까지는 말 안 했어! 거짓말하지 마! 정말 어째서 이런 녀석한테 의지해 버린 걸까, 토와도 참! 백마 탄 왕자님이 없으니까 쿠로면 되겠다고나 생각한 걸까! 그래그래, 뭐어? 생긴 것도 성격도 낙제점이지만, 결과는 합격점이려나. 수고하셨습니다~. 노고가 많았네~."

“……열 받네. 『검은 영웅』 모욕죄로 한 번 더 감옥에 처넣을 수 없으려나.”

“할 수 있으면 해 보시지? 밝아졌고 따뜻해졌고 식사도 여자가 가져다주고, 목욕 못 하는 거 말고는 쾌적했거든~.”

“그것도 내가 부탁했는데.”

“우와아, 생색내는 거 봐~. 그런 남자는 인기 없다고 토와 어디선가 들었는데~. 얼굴이 평범하니까 하다못해 성격 정도는 좋게 만들자? 응?”

어느샌가 초병이 사라졌다.

아무도 갇혀 있지 않은 감옥을 지키고 있어도 의미가 없으니, 당연하다고 하면 당연했다.

코우스케는 슬슬 애들 장난에 어울려 주는 걸 그만두기로 했다.

그녀에게 다가가 팔을 잡았다.

“잠깐, 그러니까 안 된대도……!”

토와의 몸은 조금씩 떨리고 있었다.

당연하다.

억울한 죄로 사형을 선고받고, 혼자서 감옥에 갇히고.

얼마나 불안했을까.

얼마나 무서웠을까.

풀려났다고 해서 곧장 기운을 차릴 수 있을 리가 없는 것이다.

하지만 거기서 강한 척하고 마는 것이 토와라는 소녀였다.

그러나 주위에는 이미 사람은 없다.

코우스케는 그녀를 억지로 끌어안았다.

확실히, 땀 냄새가 났다.

하지만 신경 쓰일 정도는 아니다.

코우스케가 토와의 등에 손을 돌리고 있는 반해, 그녀는 양손을 코우스케의 가슴에 대고 있다.

몇 번인가 떨어지려고 때리는 척을 했지만, 이윽고 그것도 멈췄다.

코우스케의 옷을 잡고, 소리죽여 울기 시작했다.

조금 망설이고 나서, 말없이 그녀의 머리를 쓰다듬었다. 전생 후는커녕 초등학교를 졸업할 즈음에는 하지 않게 되었던 것. 훨씬 더 어렸을 적, 그녀가 아직 울보였을 때 가끔 했던 것.

"……흑……흐윽…………쿠로."

"그래."

"……쿠로, 어느 쪽이야."

"어느 쪽이냐니."

"오빠? 동생?"

"……오빠야. 너는 오라버니라고 불렀었어."

"후훗…… 코우잖아, 재설정 시도하지 마."

크응, 하고 콧물을 훌쩍이며 그녀는 코우스케의 허리에 팔을 둘렀다.

힘을 꼬옥 넣었다.

한쪽 빰을 가슴팍에 갖다 댄 상태에서 코우스케를 올려다보고,

온화한 표정을 지었다.
속삭이는 듯이, 말했다.

"구해줘서……고마워."

코우스케는.
그 말에 더는 참을 수가 없어져서.
시야가 눈물로 흐릿해지고, 목소리가 나오지 않게 되었다.
5년 전, 코우스케는 여동생을 구하지 못했다.
하지만, 이번에는.
이 두 번째 인생에서는.
구할 수 있었다.
그녀를 끌어안는 팔에 어떻게 해도 힘이 들어간다.
"으응…… 괴로워, 코우."
"토와…… 미안."
"어째서 사과하는 거야? 코우는 토와를 구해 줬는데. 이런 거, 보통은 못 해."
"아니야, 토와. 나만이 아니야. 도와준 녀석이 많이 있어. 너를 구하려고 해준 사람이…… 이 세계에는 많이 있어."
토와는 "그렇구나……"라고 중얼거린 뒤, 망설이는 기색으로 속삭였다.
"일본에는, 없었어?"

"……모르겠어. 하지만, 나는, 혼자였어. 혼자서, 할 수밖에 없어서……."

분명 그녀는 깨닫고 있을 것이다.

코우스케의 성격에, 남매라는 관계, 그리고 자신의 과거를 더하면 상상이 되고 말 것이다.

쿠로노 코우스케의 불행도, 소년이 무엇을 했는지도.

토와는 달래는 것처럼 코우스케의 등을 톡톡 두드렸다.

"…………코우."

"……응."

"……너는, 정말로, 바보네."

"그래."

기억이 돌아온 것은 아니리라.

단지 그렇게 부르는 게 잘 와 닿으니까 쓰고 있는 것뿐.

"저기, 엘피한테, 갈까."

"——어, 째서……."

그것이 가리키는 바를 코우스케는 금방 이해할 수 있었다.

그래서, 이해할 수 없었다. 그 이유를.

토와는 고개를 들고 코우스케를 치뜬 눈으로 바라봤다.

"코우에 대해서, 전부 떠올리고 싶으니까."

"……하지만, 그렇게 형편 좋게 되는 건가? 가령 그것 자체는 가능했다 쳐도, 그게 계기가 되어서……."

죽음의 기억을 떠올리고 말지도 모른다.

그것은 잊는 편이 좋은 기억일 터다.

"……응. 무서워. 이상해져 버릴지도 모른다고 생각하면, 엄청 무서워."

그녀의 떨림은 아직 수그러들지 않았다. 그리 간단히 사라지지는 않는 공포를, 그녀는 속에 품고 있다.

"그러면——"

"하지만, 코우가 있어."

그 눈동자에 깃든 것은 흐림 없는 신뢰라.

"————."

"있어 줄, 거지?"

코우스케는 치사하다고 생각했다.

그런 식으로 말하면 거절할 수 있을 리가 없다.

오빠라는 생물은 결국 그런 걸지도 모른다. 적어도 코우스케는 얼마나 귀찮다고 느낄지라도, 번거롭다고 생각할지라도, 그녀를 저버리는 것만은 불가능할 것 같았다.

"그리고, 과거 생에서의 남자친구도 떠올려 줘야만 하고 말이야~."

그 자리의 분위기를 누그러뜨리려는 듯이, 토와가 익살맞게 말했다.

코우스케는 그에 맞추는 것처럼 코웃음을 치고, 알려 주기로 했다.

"너, 남자친구 없는 역사=연령이라고."

"어?!"

"아빠랑 나 말고 다른 남자랑은 같이 나간 적도 없고, 손조차 잡은 적이 없었을 거다. 아마."

"그런 천연기념물 같은 초절미소녀가……."

"그리고, 너는 딱히 초절미소녀가 아니야. 잘 쳐줘야 미소녀다."

"거기는 초절미소녀로 괜찮잖아!"

"가족의 콩깍지 낀 눈으로 봐도 초절은 붙일 수 없겠네. 기껏해야 소녀겠지."

"'미'까지 빼면 안 되잖아! 거긴 어떻게 해서든 유지해야 되잖아!"

토와는 코우스케의 가슴에 손을 되돌려 그걸 몇 번이고 때렸다.

"아~, 심술부리는 사람한테 토와를 끌어안을 자격은 더는 없어요~다. 즉시 떨어져 주세요~!"

뺨을 부풀리며 삐치는 그녀가 재미있어서, 코우스케는 흐뭇한 기분이 들었다.

조금만 더 이렇게 달라붙어 장난치고 싶다고 생각했다.

그럴 때가 아닐지도 모르지만.

앞으로 조금만 더.

토와는 엘피한테 가자고 제안했다.

스스로 덮개를 덮은 기억의 봉인을 풀 결의가 되었다는 것이다.

하지만 엘피는 현재 앨리스를 취조하는 데 한창 협력하는 중이다.

지금 당장은 어려울 것이다.

그래서 코우스케는 먼저 해야 하는 것을 끝내기로 했다.

"저기, 토와. 왕은 어디에 있어?"

"응? ……으음, 달트라 왕은 타국에서의 평판도 좋고, 방탕하게 지내지도 않고 국정에 전념하고 있으니까…… 집무실, 이려나. 왜냐면 토와의 무죄가 증명된다는 건 대사건이잖아. 그 임금님이라면 자고 있다가도 벌떡 일어나는 게 보통이라고 생각해.

"장소는 알아?"

"당연히 왕성이야. 정무관이나 군인이라도 허가되지 않으면 들어갈 수 없는 구역이 있으니까, 그중 어딘가라고는 생각하지만 역시 자세한 위치까지는…… 그런데 갑자기 왜 그래."

물론 목적은 집무실이다.

"손가락 걸었잖아. 체포 명령을 내린 왕에게 사죄시키겠다고."

"아, 응, 했지만…… 어?! 진심이야?"

당황한 기색을 보이면서도 코우스케의 손을 놓는 일 없이, 토와는 이끌리는 대로 걷고 있다.

"당연하지. 이대로라면 우리는 이 나라에 있을 수 없어. 이후로도 '그편이 국익으로 이어지니까'라는 이유로 버리는 장기짝이 된다면 이런 나라는 사절이다."

달트라 이외의 국가는 아크스바오나를 멈출 수 없다.

그건 분명하다.

그렇다고 해서 감정은 버릴 수 없다.

나라라는 총체를 존속시키기 위해, 희생양이 필요한 때도 있을 것이다.

군인 역시 필요하다면 자살이나 다름없는 명령이 내려질 때가 있을 것이다.

그것은 전부 나라를 위해.

더욱 정확하게 말하자면 나라에 사는 백성이나 자신의 소중한 사람을 위해서다.

영웅도 싸우다가 목숨을 잃는 경우는 있을 것이다.

백 보 양보해서, 그건 괜찮다.

영웅이기를 스스로 선택한 자가 그렇게 죽는 것은.

하지만 이번 건은 이야기가 다르다.

나라를 위해서 싸웠는데, 나라 자체가 명예를 더럽혔다.

리갈은 국가에 모살당하고, 토와는 국가에 처형당할 뻔했다.

이런 처우는 너무나 부당하다.

받아들이기 어렵다.

버젓이 통할 거라고 생각한다면 그 오만함을 시정해 줘야할 것이다.

그렇지 않더라도, 그녀에게 사죄는 해줘야겠다.

"너를 죽이려 했던 나라 따위, 사실 1초도 머무르고 싶지 않아. 하지만 이 세계에서 도망칠 수는 없어. 게다가 너를 저버린 녀석에게는 뭐라 한 마디 해주지 않으면 분이 풀리지 않아."

달트라를 저버리는 건 죄 없는 신민을 저버린다는 것과 같은 뜻이다.

하지만 그것은 이성으로 생각한 이유. 그러니 저버릴 수 없다는 정의의 논리.

그것과는 별개로 감정은 미쳐 날뛸 것만 같이 불타오르고 있다. 용서할 수 없다는 복수자의 격노.

"…………코우, 과거 생에서 시스콘이라는 말 들었지."

코우스케의 손을 꼭 잡으면서 토와가 말했다.

어이없어하는 듯한 목소리지만, 뺨은 기쁜 듯이 풀어져 있다.

"그래. 같은 정도의 빈도로 너는 브라콘이라는 말을 들었지만 말이다."

"아하하, 또또 그런 재미없는 농담………… 어, 정말?"

"이런 재미없는 거짓말을 해서 뭐해. 밸런타인에 초콜릿을 건네는 기분 나쁜 녀석이었어."

"네에? 그런 건 세 배의 보답을 기대한 전략에 불과하거든요? 밸런타인은 연금술 같은 거니까. 한 달 뒤에 이익을 얻기 위한 투자니까."

"호오…… 그런 것 치고는 너한테서 초콜릿을 받았다는 남자는 없었는데 말이지."

토와는 침묵했다.

"……아~, 토와, 아빠한테는 줬었어?"

"티가 날 정도로 나보다 호화로운 포장으로 말이지."

"……후후후, 역시 전략."

"범위가 좁은데~."

"토와는 단아하고 청초하니까~."

"난폭하고 거칠고 껌딱지라는 걸 잘못 말한 거겠지."

"잠깐, 누구보다 사랑하는 여동생한테 껌딱지는 좀 아니지 않아? 저기, 그거 뭔데? 츤데레? 괜찮아, 목숨을 걸 정도로 토와를 사랑하는 건 이미 알고 있으니까. 좋아한다고 드러내놓고 표현해 줘도 기분 나쁘다고 말하지 않을 테니까 안심하라구? 토와 착한 아이니까, 속으로만 그렇게 생각해 줄게."

"안심해. 너한테 좋아한다고 한 적은 지금까지도 앞으로도 절대 없어. 네가 울면서 매달린 적은 헤아릴 수 없을 만큼 있지만."

"네? 토와는 태어났을 때부터 한 번도 운 적 없거든요?"

또 대담한 거짓말을 한다.

"그럼 태어났을 때도 울지 않았다는 소리냐?"

"응, 토와는 냉정했다구."

"호오, 그러면 가장 먼저 한 말은?"

"'이 목욕물, 온도가 딱 좋네요~'."

"냉정하군. 그리고 넌 역시 바보네."

"뭐……!"

기분 나쁜 듯이 뺨을 부풀리는 토와를 데리고 군 시설에서 왕성으로 향했다.

이미 토와의 석방은 널리 알려진 모양이라 위병들에게 검문

받는 일 없이 왕성 안으로 들어갈 수 있었다. 이런 부분은 영웅 특권이라고 해도 좋을지도 모른다.

코우스케는 마력 탐지로 마력이 높은 인간을 찾았다.

집중하기 나름이지만, 영웅 규격이라면 왕성 안 전체를 수색 범위로 삼는 건 손쉬운 일이다.

코우스케, 토와, 엘피의 것을 제외하면 반응은 미약한 것뿐.

참고로 루키우스는 앨리스가 작전을 간파한 상태에서 에코나나 다른 사람들을 노리는 것도 고려하여 생명의 우정에서 대기해 주고 있었다.

"…………있다. 영웅처럼 마력이 높은 건 아니지만…… 질이 다른 마력."

모든 왕족이 왕성에서 생활하고 있는 건 아닌 모양이다.

특별한 마력 반응은 세 개.

하나는 과거에 배알한 적 있는 제3왕녀의 것.

다른 하나는 파장이 진정된 상태다. 이건 취침 중인 것이리라.

토와의 말을 믿는다면, 왕은 깨어 있을 거라고 했다.

그렇다면 남은 하나의 반응이 그것이리라.

"코, 코우. 정말로 갈 거야? 상대는 임금님이라구?"

"그래서? 이쪽이 무례했다면 벌을 받는 것도 이해가 되지만, 이번 경우는 상대가 가해자잖아. 피해를 받았으니까 따진다. 대체 어디에 문제가 있어."

"그 양아치 같은 정신이려나."

코우스케는 그녀에게서 손을 떼고 그 얼굴을 양손으로 감쌌다.

꾸욱, 하고 그녀의 부드러운 뺨에 손바닥이 파고들었다.

"허 하흔 허햐."

불만스러운 시선을 보내는 그녀와 똑바로 눈을 맞췄다.

"유치해도 바보 같아도 꼴사나워도, 하는 거야. 남의 소중한 것을 상처 입힌 녀석은 용서하지 않아. 원래 있던 세계에서도, 이 세계에서도 그건 변함없어. 반드시 후회하게 할 거다. 알았으면 따라와 줘."

손을 놓고 걷기 시작한다.

토와는 "역시 시스콘이잖아……"라며 뺨을 부풀리고 있지만, 미소를 완전히 숨기지는 못했다.

왕성 내에는 마동식 승강기가 배치되어 있지만, 사용 허가가 필요하기에 이번에는 포기했다.

"아아~, 불량배 같아서 무서운 오빠네~."

그녀가 코우스케 옆에 붙어 입술을 삐죽였다.

"네가 죽은 뒤에 삐뚤어졌으니까 말이지."

농담조로 말했지만, 틀림없는 사실이기도 했다.

"흐음~, 그렇게나 토와를 사랑했던 거네~? 삐뚤어질 정도로 슬펐구나? 하아, 정말 못 말릴 오빠네요~."

그녀는 놀리는 것처럼 히죽히죽 웃고 있었다.

어떻게든 코우스케를 한번 당황하게 만들고 싶은 모양이다.

무리지만.

"그 말대로야. 가슴은 없어도 여동생이니까 말이지."
"……아~, 진짜! 정말 열 받아! 아직 커질 가능성 있으니까! 두고 보라구, 왕가슴이라고 소문 자자한 시로 씨보다 커질 테니까 말이야!"
코우스케는 턱에 손을 대고 진지한 표정을 지어 보였다.
"……패드 100장 정도 집어넣으면 되려나?"
"모욕이다! 빈유모욕죄야! 누가 이 녀석을 체포해!"
나라의 최고 권력자에게 따지러 가는 장면인데, 두 사람 사이에는 긴장감이라는 것이 전혀 없었다.
호흡이 맞는 남매간 다툼을 하면서 두 명의 영웅은 계단을 올라갔다.
있는 곳은 마력 탐지로 알고 있었지만, 문 앞에 위병 두 명이 서 있어서 한층 알기 쉬웠다.
코우스케는 긴장한 기색도 없이 걸어갔지만, 토와는 약간 주눅이 든 모양이라 발걸음이 무거웠다.
"수고하는군."
코우스케는 위병에게 가볍게 손을 들어 인사했다.
글래스를 착용함으로써 드러나 있는 스테이터스를 숨길 수 있다. 하지만 이름 부분만 표시 설정을 해 놓았기에 두 사람은 금방 코우스케가『검은 영웅』임을 알게 된 모양이다.
여담이지만 글래스의【이름】은 잠정명(暫定名)과 본명의 두 종류가 있어서, 전자는 성명(姓名)에서의 이름(名) 부분만 표시할 수 있다. 코우스케가 처음에 『쿠로』였던 건 잠정명 표시로 되어 있었다는 것이다.

달트라에 태어난 사람은 국가에 신고된 시점에 그것이 본명으로 등록된다.

나라의 승인을 받지 않는 한 본명 변경은 불가능하다.

즉, 풀네임으로 된 가명을 만들 수 없다는 것이다.

이름을 댈 수야 있지만, 글래스의 이름조차 숨기는 인간은 아무도 신용하지 않는다.

달트라 사람은 자리에 맞춰 잠정명과 본명 표시를 바꾸는 듯하다.

코우스케도 바깥을 걸을 때는 『쿠로』, 필요한 때는 본명과 바꾸고 있다.

생각하는 것만으로 끝나기에 수고도 들지 않고, 도움이 된다.

코우스케가 말을 건 위병들은 반사적으로 경례하고 나서, 거의 동시에 의아하다는 듯한 표정을 지었다.

"나노란슬롯 공, 신센텐스드아서 경. 두 분과의 알현은 폐하의 예정에 없었던 것 같은 생각이 듭니다만."

코우스케 쪽에서 봐서 오른쪽, 주근깨가 인상적인 청년 위병이 말했다.

그 목소리는 긴장 때문인지 약간 높아져 있다.

코우스케는 망설였다.

이 두 사람에게 폐는 끼치고 싶지 않다. 그저 일을 하고 있을 뿐인 위병이다.

억지로 돌파하면, 그것이 실력상 어쩔 수 없는 것이라고 해도 나중에 책임을 지게 될 것이다.

그건 내키지 않는다.

그러니 답은 간단했다.

"빌어먹을 달트라 왕!『검은 영웅』님이 얼굴을 보러 와줬다고!"

물론 본인이 나올 거라고는 생각하지 않는다.

국왕의 경비가 젊은 위병 두 명일 거라고는 생각할 수 없기 때문이다.

그렇다기보다 마력 탐지로 안에 한 명 더 있는 건 알고 있었다.

실제로, 나온 것은 왕의 것과는 다른 마력 반응.

신민보다는 약간 높지만, 내방자치고는 낮다.

아마도 귀족일 것이다.

군복 위에 디자인이 비슷한 코트를 걸치고 있었다.

역전(歷戰)의 수완가라는 분위기가 감도는 마흔 가까운 남자다.

검을 차고 있다. 근위병, 혹은 전속 기사라고 하는 것이었던가.

특별히 개인 한 명에게 붙는 경호역 군인이다.

"……무슨 짓이지. 나노란슬롯 공."

그것만으로 인간을 사살할 수 있을 것 같은 눈빛이었다.

코우스케는 웃으며 받아넘겼다.

"어라, 번역 마술이 잘 작용하지 않았던 건가? 만나러 와줬다고 말하고 있는 거다. 원래라면 그쪽에서 무릎 꿇고 빌러 와야만 하겠지만.”

“……조금 전 귀공의 발언, 불경죄로 그 머리가 날아가도 불평할 수 없을 것이다.”

“호오, 이번에는 내 차례인가? 리갈을 죽이고, 토와를 죽이려 하고, 다음은 나인가. 좋아, 해보라고. 나를 죽일 수 있는 녀석이 이 나라에 있다면, 어디 해봐.”

“…………귀공은 치명적인 오해를 하고 있다. 동포가 투옥된 괴로움은 미루어 헤아리고도 남지만, 나의 주군께서는 결코 귀공이 추측하는 것 같은 어리석은 행동에 손을 대지 않으신다.”

“그러냐. 그럼 이번의 어리석은 행동은 어떤 사정이 있어서 실현될 뻔했는지, 본인의 입에서 듣도록 할까.”

“허락할 수 없다. 폐하의 정무를 방해하는 것은 영웅이라 해도 용서받지 못할 죄이므로.”

“아하하, 사람 한 명을 무고한 죄로 처형하는 건 죄가 아니라는 거냐?”

“부디 물러가 주길 바란다.”

“애초에 너한테는 말 걸지 않았어. 망할 주군의 폭주도 멈추지 못하는 녀석이 잘난 듯이 떠드는 말은 듣고 싶지 않군.”

이름도 모르는 기사가 검 자루에 손을 댔다.

“입을 조심하라. 나노란슬롯 공. 그 경거망동, 이미 죽음의 죄에 달해 있다.”

“내가 할 말이다. 죽여버리고 싶은 걸 참고 사죄랑 설명할 기회를 주겠다고 말하고 있는 거라고. 정신 나갔냐."
앞으로 한순간만 더 늦었어도, 기사는 검을 뽑았을 것이다.
목소리가 났다.
제3왕녀가 달고 있던 것과 같은 마법구를 착용하고 있는 것이리라. 연령대가 노인이라고 할 수 있을 정도의 목소리인 건 알지만, 개인을 특정할 수 있을 듯한 특징은 배제되어 있다.
"됐다."
아니, 인식할 수 없도록 가공되어 있는 것이다.
살짝 열린 문에서 전해지는 목소리에, 기사는 물고 늘어졌다.
"하오나……."
"그자들에게는 물을 권리가 있겠지. 못조, 그대는 그곳에서 대기하고 있거라."
"무슨……! 하오나 소인의 우고(愚考)로는 나노란슬롯 공은 현재 말이 통하는 상태가 아닌 것 같습니다."
"정말로 어리석은 생각이군. 됐으니까 비켜."
그를 밀어내고 방으로 들어갔다.
토와가 흠칫흠칫 떨면서 뒤를 따랐다.
가면을 쓰고 로브를 착용한 노인이다.
집무용 책상 너머에서 등받이가 몹시 높은 의자에 앉아 있다.
못조인가 하는 기사가 원망하는 기색으로 이쪽을 보고 있었기에, 웃는 얼굴로 문을 닫았다.
"그대가 『검은 영웅』인가. 일전의 식전에는 짐이 아니라 어리석은 자식을 보낸 것을 이 자리를 빌려 사죄하겠네."

"하? 네가 사과해야 할 건 그런 시답잖은 게 아니잖아."

의외로 달트라 왕은 코우스케의 불손한 태도에 아무런 반응을 보이지 않았다.

가면 속에서는 미친 듯이 격노하고 있을지도 모르지만, 몸짓이나 태도에는 나타나지 않았다.

"그대의 분노는 지당하다. 신센텐스드아서 경에게도 사죄하도록 하지."

반대로 코우스케의 불쾌지수는 계속해서 올라가고 있었다.

"야. 가면 쓰고 사죄라니, 장난하냐?"

토와가 코우스케의 소맷자락을 꾹 쥐면서 속삭였다.

"그 양아치 같은 말투 그만둬. 시비조도."

코우스케는 얼굴을 찌푸렸다.

설마 나무람을 들을 거라고는 생각하지 않았지만, 다른 누구도 아닌 토와가 그렇게 말한다면 어쩔 수 없다.

"……가면은 딱히 됐어. 사죄는 일단 들었다. 들은 것뿐이지만 말이야. 묵인한 이유도 알고 있다. 그래서, 어떻게 할 거지? 토와를 풀어줬다는 건 이번 일에 관여한 귀족을 탄핵한다는 거겠지?"

달트라 왕은 작게 끄덕였다.

"그럴 생각이다. 그람류네이트 경 및 로젠글라이스 경을 통한 헌책(獻策)도 확인하였다."

토와가 "헌책?"이라며 고개를 갸웃하는 가운데, 왕은 계속해서 말했다.

"이쪽이야말로 묻겠다. 나노란슬롯, 신센텐스드아서 경. 그대들은 앞으로도 달트라의 영웅으로서 책무를 다하겠는가."

◇

그날, 리갈이 이야기하려 했던 것은 무엇인가.

코우스케는 루키우스와 엘피에게서 그것을 듣게 되었다.

한 남자의 기록. 한 남자의 기억. 그리고 무엇보다도, 한 남자의 목적.

리갈은 이십몇 년 전, 아크스바오나의 신전에 전생했다.

그렇다. 달트라가 아니라, 아크스바오나의 국토에 출현한 영웅 규격이었던 것이다. 내방자——아크스바오나에서는 방황자라고 하는 모양이다——로서 두 번째의 인생을 받은 리갈은 훗날의 황제인 리온셀에게 거두어졌다.

그들은 금방 서로를 리갈, 리온으로 부를 정도의 친구가 되었다. 리온셀은 황족으로서의 행동거지는 몸에 익히고 있었지만, 친한 사람에게까지 그런 취급을 받는 건 좋아하지 않았고, 리갈 또한 그 의사를 존중했다. 리온셀은 총명하고 몽상가이지만 현실주의자이기도 했다.

나라가 기울고 있다는 것을 알아차리고, 그때부터 대항책을 생각하고 있었다고 한다.

리온셀은 황족이라는 입장을 살려 내방자와의 교류 기회를 많이 가졌다. 그가 특히 관심을 나타냈던 것은 아클레어에서 본 이계, 즉 방황자들이 원래 있던 세계에 관한 정보다.

무수한 세계에서 선별된 무수한 불행과 그것을 짊어지는 자들.

하지만 리온셀에게 있어 그것은 충분히 연민할 만한 처지이면서도, 전부는 아니었다.

고갈되는 자원. 약점을 이용하려 드는 무역 상대. 다름 아닌 우국지사이기에 리온셀은 고민했다고 한다.

그리고 몇 년이 지난 어느 날, 그는 말했다.

"전쟁을 할 수밖에 없다."

그 결론은 리갈 입장에서 보면 성급했지만, 그렇다고 해서 대놓고 거부할 수 있는 것도 아니었다.

누구나 막연한 위기감을 느끼면서도 구체적인 타개책을 찾아내지 못하고 있는 가운데, 그것은 유일하다고 해도 좋은 활로라는 건 분명했기 때문이다.

하지만 일단 전쟁을 시작하게 되면 많은 피가 흐른다.

리갈의 말에 리온셀은 웃으며 이렇게 대답했다고 한다.

"서로 마법을 가진 아클레어 국가라면 그렇겠지. 과학이라는 무력을 가진 이계 상대로 싸움을 걸면 심한 타격을 입는다. 하지만 그것들이 존재하지 않는 이계라면 어떤가."

리온셀은 총명하고 몽상가이면서 현실주의자였다.

황족이라는 태생 때문인지 신의 존재를 확신한다. 그렇지만 신앙은 하지 않는다. 방황자가 찾아오는 기적을 기적이라고 이해하면서도 동시에 해명할 수 있는 것으로 판단했다.

그런 그는 이렇게 생각한 것이다.

이계의 죽은 자를 그 영혼만이라도 아클레어에 보내 육체를 내려주는 신의 비적(秘跡), 혹은 비술은 존재한다. 그렇다면 이론상으로는 반대도 가능한 것 아닌가? 하고.

오히려 죽음이라는 요소가 반드시 필요한 것은 아니지 않을까 하고.

리온셀은 신전, 신역, 악령, 온갖 유적을 연구하는 기관을 설립했다.

만류하는 자는 있었다. 그야말로 그의 지기인 방황자들이 반대했다.

아무리 굶주렸어도 무력한 이계를 침략하여 번영을 바라서는 안 된다고.

하지만 리온셀은 들어주지 않았다. 다만 자비 깊은 목소리로 말했다.

괜찮다. 너희들의 세계를 침략하지는 않는다. 벗의 고향을 더럽히지는 않는다, 라고 말이다.

그는 나라의 통솔자로서 필요한 것을 전부 겸비하고 있었다.

하지만, 그렇기 때문에 인간으로서 갖추어야 할 몇 가지 것을 가지고 있지 않았다.

그리고, 리갈과 리온셀이 갈라서게 되는 사건이 일어난다.

동료를 생각하는 총명한 그라면 언젠가 귀를 기울여 줄 거라고 믿고, 포기하지 않고 진언을 계속했던 자들이 전원 살해당했다.
아니, 정확히는 리갈 이외의 전원이, 다.
그는 황족이고, 어찌할 도리 없을 만큼 황제에 적격인 자였다.
그래서 그 눈은 나라의 미래를 걱정하고, 백성의 행복을 바라보고, 자신의 소망에 겨누어져 있었다.
나라의 정점에 서서 세계를 내려다보는 자. 태어날 때부터 가지고 난 적성. 왕으로서 충분한 천품. 그것이 개인으로서의 그의 감정을 초월하여, 판단을 내렸던 것이다.
벗을 소중히 생각하는 마음과 나라를 중요하게 여기는 마음이 대립했을 때, 괴로워한 끝에 반드시 후자를 선택하는 자질.
책무의 집행자는 반대하는 친구를 전부 죽임으로써 입을 다물게 했다.
리갈은 그중에서 도망칠 수 있었던 단 한 사람이다.
『벽력의 영웅』은 웃는 얼굴 뒤로 계속 후회를 품고 있었다.
친구를 멈출 수 없었던 것. 친구를 멈출 수 있을 만한 대체안을 제시하지 못했던 것. 친구가 사랑하는 나라를 구할 수 없었던 것을.
그러면서도 타국에 대한 원망은 한 번도 입에 담지 않았다.
그 후, 명실공히 황제가 된 리온셀은 타국에 대한 침공을 개시했다.
이계로 향하는 문은 여전히 열리지 않은 것이리라. 제때 맞출 수 없으니까 아클레어의 나라에 손을 댔다.
리갈은 왕실과 자신이 믿은 사람에게만 이 이야기를 했다고 한다.

백성에게 알려지면 혼란을 초래한다. 이계로 간다는 발상도 그렇지만, 차원을 넘을 수 있다면 공간의 범위는 이미 간격으로서의 가치를 잃기 때문이다. 극단적으로 말해 이세계를 오갈 수 있는 기술이 있다면 대륙 중 어디에든 나타날 수가 있을 것이다. 가장 가까운 신전이나, 최악의 경우 거리 한복판에 언제 적국의 병사가 출현할지 알 수 없다. 실제로 가능한가 불가능한가는 문제가 아니라, 상상의 여지를 주는 것 자체가 혼란의 방아쇠가 된다.

또한, 귀족에게 알리는 것도 망설여졌을 것이다. 그 광기도 또한 정의보다 번영을 지지하는 것이 적지 않다. 선수를 빼앗기기 전에 다른 누구도 아닌 자기들이, 라는 생각으로 비약할지도 모른다.

그래서 앨리스도 몰랐다.

루키우스가 울 것 같은 얼굴로 말했던 것을 떠올렸다.

'……그날, 리갈은 당신에게 그것을 이야기하지 못했던 거군요. 말하려고는, 하고 있었지만요.'

말할 수 없었던 것이리라.

자신의 후회를 털어놓기에는 코우스케 자신에게 여유가 너무 없다고 생각한 것이 분명하다.

실제로 그 말대로다. 그 이야기를 들을 준비가 된 것은 시로에게 모든 것을 털어놓은 뒤의 일.

리갈은 그때를 기다려 주었지만, 다음 기회를 앨리스와 귀족들이 영원히 빼앗았다.

리갈뿐만이 아니다. 루키우스나 엘피, 토와가 달트라 측에 붙은 이유는 거기에 있었던 것이다.

전쟁에 이르기까지의 경위를 선악으로 판단하는 것이 어려워도, 아크스바오나 황제의 계획이 이루어지면 아클레어만의 문제가 아니게 된다.

대륙의 평화뿐만이 아니다. 달트라의 영웅은 이계를 수호하고자 싸우고 있다.

토와는 말했었다. 역할을 다하고 싶다고.

"……네, 토와는, ……저는, 앞으로도 계속 『붉은 영웅』으로 있겠습니다."

코우스케보다도 먼저 토와가 왕에게 의사를 전했다.

"나도다. 하지만 조건이 있어."

불상사를 공표한 후에 각국의 협력을 얻어 내는 방안이라는 것은 단순하다.

이 정보를 각국의 대표단에 공개한다.

그렇게 되면 협력 이외의 길은 없다.

달트라가 벽으로서 기능하지 않게 될 가능성까지 제시되었는데도 방관하기로 결정하는 어리석은 자는 없으리라.

정보 통제는 필요해지겠지만, 그들도 쓸데없이 혼란을 퍼뜨리는 것은 좋게 보지 않을 것이다. 비밀을 아는 자는 최소한으로 그칠 수 있다.

한시라도 빨리 아크스바오나를 멈춰야만 한다는 목적 아래, 각국은 단결할 수 있을 터다.

"……듣도록 하지."

"이 건에 관여한 가해자 측 사람 전원에 대한 처벌. 상세한 내용은 나중에 이야기하지. 그것과 이후 귀족원에서 올라오는 헌책은 채용하기 전에 한 번 영웅을 통해 줘야겠어."

"그건 귀족원의 의석을 원한다는 것인가."

"아니야. 나 같은 꼬맹이가 잘 알지도 못하는 정치에 관여해서 어쩔 건데. 그런 게 아니라, 단순한 체크다. 이번 건으로 대다수는 청소할 수 있을 거라고 생각하지만, 귀족 전체에 광기가 만연해 있다는 것은 상상하기 어렵지 않아. 그것이 국가의 발전에 기여하는 형태로 발휘되어 왔으니까 달트라는 여기까지 성장할 수 있었던 거겠지. 하지만 전쟁이 시작되고 말았어."

달트라 왕의 치세가 타국에서 좋은 평판을 받고 있다는 건 왕도에서 조금 생활한 것만으로도 알 수 있다.

귀족들도 우수하고, 국민의 불만도 거의 없다고 들었다.

즉, 귀족들은 광기를 품고 있을 뿐이지 잘못된 행동만을 하는 생물은 결코 아닌 것이다.

영웅의 후예로서 신의 피를 잇는 왕가의 버팀목이 되어 국가 번영에 협력한다.

그것이 지금까지 귀족이 존재하던 방식이었다.

하지만 전쟁이 시작되고 말았다.

그래서 그들의 국가에 대한 기여라는 존재의의에 전쟁이라는 수단이 더해지고 만 것이다.

지금까지 내정과 온당한 외교로 향해져 있던 힘이 전쟁이라는 가장 비효율적이고 어리석은 외교 수단에도 향해지게 되었다. 평화로운 세계를 쌓아 올리던 나라에 갑자기 '죽고 죽이는 싸움에서 이겨라'라는 목적을 주면 잘 해나갈 수 없는 것은 당연한 것이다.

광대한 국토를 지녔고, 그에 따라 많은 악령을 가졌기에 어쩔 수 없이 정규군을 확대해야 했을 뿐, 달트라는 딱히 전쟁 국가는 아니다.

요컨대 귀족의 폭주는 전쟁 때문에 일어난 것이다.

영웅의 본능이라는 것이 일깨워진 것일지도 모른다.

그렇다고 하여 인제 와서 무언가가 변하는 것도 아니지만.

"귀족원에서의 헌책이 정당한지 어떤지, 우리 영웅이 의견을 내겠어. 귀족의 말과 영웅의 말, 양쪽을 받아들인 뒤에 당신이 결정하는 거야. 우리에게 있어 참기 힘든 것은 그렇게 말할 거다. 무시하는 건 당신 마음이지만, 그때는 영웅을 잃을지도 모른다고 생각해."

"…………잘 알았다. 그렇게 조처하도록 하지."

"그리고 마지막으로 하나."

코우스케는 계속 불안한 표정으로 코우스케의 소매를 잡고 있는 토와의 머리를 쓱쓱 쓰다듬었다.

"전쟁이 끝나고, 이 대륙이 평화로워지면—— 우리를 자유롭게 해."

잠시 침묵이 실내에 가득 찼다.

"……자유, 라 함은."

"내방자에게는 전생한 이유가 있다고 생각한다. 신으로 짐작되는 녀석의 목소리도 들었어. 아크스바오나는 멈춰야만 해. 하지만 말이야, 그래도 우리는 인간이다. 전생에서 불행했을 뿐인, 이번에는 행복해지고 싶다고 생각하고 있을 뿐인 인간이라고. 영웅이라. 그게 역할이라고 한다면 다해 주겠어. 그러니까, 그게 끝나면 해방해 줘. 우리의 두 번째 인생에 그 이상 간섭하지 않겠다고 약속해."

이 세계에 와서, 처음에는 자살하려고 생각했다.

여동생도 와 있을지도 모른다는 걸 깨닫고, 찾기로 정했다.

토와와 재회하고, 이번에야말로 그녀가 행복한 인생을 살아 주었으면 좋겠다고 생각했다.

많은 만남을 거쳐 동료가, 친구가, 연인이 생겼다.

그러니 이 세계를 지키는 것은 좋다.

힘이 있고, 자신들이 사는 세계의 위기라고 한다면 힘을 보탤 것이다.

그걸로 충분할 터다.

"자유를 얻고 나서 군에 남고 싶다는 녀석은 그렇게 하면 돼. 하지만 나는 그만두겠어. 그밖에도 그만두고 싶어 하는 녀석이 있다면, 제지하지 마. 그걸 지금 여기서 약속해."

대답하기까지 1분 가까운 정적이 있었다.

이윽고 달트라 왕은 자리에서 일어나 머리를 숙였다.

"이번 건, 정말로 미안했다. 그대의 부탁, 왕으로서 보증하지."

토와가 작은 목소리로 "와아" 하고 놀란 듯한 표정을 지었다.

팽팽하게 긴장되어 있던 분위기를 이완시키는 것처럼, 코우스케도 어깨에서 힘을 뺐다.

"안심했어. 그게 진심 어린 사죄고, 당신이 정말로 나라를 제일로 생각하는 왕이라면 말이야."

"그대가 의심하는 것은 당연할 것이다. 그렇지만 짐에게 그것을 풀 수단이 있을지……."

"질문에 대답해 줘. 이번 건은 나라를 위한 일이라고 생각해서 한 것이지?"

"그렇다."

"그 때문에 영웅의 목숨을 가볍게 보았다. 그걸 인정하고, 사죄하여 고칠 생각이 있다고."

"멋대로라고는 생각하지만, 그 말대로다."

"귀족들을 벌하는 것만으로는 부족하지. 당신도 그걸 인정한 가해자 중 한 사람이야. 죽음으로써 속죄하라고 말하면 어떻게 하겠어?"

여동생이 "잠깐!"이라며 달래는 것처럼 팔을 당겼지만, 이번에는 무시했다.

필요했기 때문이다.

눈앞에 있는 인간의 본질을, 헤아리는 데.

"그것이 국가를 위해서라면, 이 목숨을 바치는 것 따위 아깝지 않다. 그와 맞바꾸어 그대들의 용서를 얻을 수 있다고 한다면 기꺼이 바치도록 하지. 하지만 평화가 제정된 후로 해 주길 바라네. 이번 실책에 이어 왕의 붕어라는 사태가 일어나면 나라가 흔들리고 마니까 말일세."

"평화로워지면 죽어 주는 건가."

"그렇다. 뒤를 맡기기 위해 자식이 있다. 내 목숨은 오로지 달트라를 위해 존재하기에."

적어도 이 남자는 이번 사건을 일으킨 귀족과는 다른 인종인 모양이다.

자기야말로 세계를 구할 거라는 오만은 가지고 있지 않다.

내방자는 말하자면 자국민조차 아니다.

일국의 왕으로서 어디까지나 신민을 우선한다는 건 그리 잘못되지 않은 것처럼 여겨졌다.

바로 그래서 이 나라는 번영하고, 많은 신민은 행복을 향유할 수 있다.

단지 그 비호를 받을 수 없는 사람에게서 불만이 나오는 것 또한 당연하다.

코우스케나 다른 이들은 이번 건으로 겨우 권리를 얻은 것이다.

침해받지 않고, 행복해질 권리를 쟁취했다.

"좋아. 알았어. 오늘은 이만 가지. 아, 당신이랑 또 만날 때, 일일이 못조와 싸워야만 하려나?"

"……사전에 연락이 있으면 시간을 비워 두지."

"그거 다행이군."

코우스케는 그렇게 말하며 웃고는, 토와의 손을 잡아끌고 집무실을 뒤로했다.

에필로그

코우스케와 토와는 엘피의 진료소에 있었다.

엘피에게 연락하자 먼저 가 있으라는 답신이 왔기 때문이다.

참고로 자기가 도착할 때까지 토와에게 욕실을 쓰게 해 주라는 말도 들었다.

그래서 코우스케는 지금 진료실 의자에 혼자서 앉아 있다.

참고로 왕도 길티어스는 상중하수도가 정비되어 있다.

코우스케가 아는 애매한 지식으로도, 확실히 고대 그리스 시점에서 하수도는 있었을 터다.

내방자는 코우스케가 봤을 때 현대 일본인이 오는 경우가 있는가 하면, 사무라이 같은 과거의 존재가 나타나는 일도 있다. 그렇다면 당연히 코우스케가 봤을 때 미래의 인간이 오는 경우도 있을 것이다.

예를 들면 200년 전의 아클레어에 현대 일본인에 상당하는 발전된 문명에서 온 내방자가 오는 경우도 충분히 있을 수 있는 것이다. 따라서 분야에 따라 기술의 진보에 차이가 있다.

수도에 관해서는 하수가 상수에 섞이고 마는 사태도 없는 모양이라 매우 위생적이다.

단지 처음 코우스케가 길티어스에 왔을 때 우물에서 물을 긷는 여성을 봤듯이, 상수라고 해도 각 가정에 수도가 완비된 건 아니다.

세금을 냄으로써 보증되는 것은 안전한 물을 우물에서 입수할 권리까지인 모양이다.

상수를 집으로 끌어오는 것은 별도의 시공비와 사용료가 드는 듯하다.

일반인 입장에서 보면 우물까지 걷는 것은 수고도 아닌 모양이라, 보급률은 그리 높지 않다.

그러한 사정도 있어 입욕은 기본적으로 대중목욕탕이 이용되는 듯하다.

각종 마법구에 의해 물이 철저하게 정화된 모양이라 전염병 등의 피해도 없다.

현대 일본인이 보면 몸을 씻는 건 당연하지만, 과거까지 거슬러 올라가 세계로 눈을 돌리면 꼭 그랬던 것은 아니다.

그 점에서 달트라 국민은 청결한 사람이 많아, 생활에 확실히 뿌리내린 문화인 것 같다.

어쨌든 엘피의 진료소에는 목욕 설비가 있었다.

영웅이기에 욕조에 물을 받고 나서 『불』 마법으로 온도를 조절하면 된다. 애초에 그 『물』도 마법으로 생성할 수 있으므로 실질적으로 욕조가 있으면 돈을 들이지 않고 목욕할 수 있다.

여자의 목욕은 오래 걸린다고 하지만, 토와는 꼭 그렇지도 않다.

탕에 들어가면 전신이 금방 삶은 문어처럼 빨개지는 것이다.

영웅이 되어도 피가 몰리기 쉬운 체질은 변하지 않는 모양이다.

스테이터스 상으로는 뜨거운 물 정도로 뻗을 리도 없기에, 정신적인 문제일지도 모른다.

토와는 목욕가운 한 장 차림으로 진료실에 돌아왔다.

“좋은 물이었어! 되살아났어! 두 번째 전생!”

“웃을 수 없는 내방자 조크는 그만둬.”

실제로 되살아난 인간이 말하니 뭐라 반응하기 힘들다.

코우스케는 어딘가 어색한 느낌에 목 뒤를 매만졌다.

그에 반해 토와는 성가실 정도로 객기가 넘친다. 그렇다, 객기인 것이다.

“뭔가, 여기에 오는 도중부터 기분이 가라앉지 않았어? 임금님 앞에서는 그렇게나 잘난 듯이 굴었으면서.”

“……아무래도 좋은데, 너 옷 입어라. 흘러내릴 가슴도 없으니까 안심이겠지만.”

“지금 세탁기 돌리고 있어. 그리고 다음에 또 가슴 작다는 거로 놀리면 태울 거야.”

“엘피의 옷 빌리면 되잖……아아, 미안하다. 빌려도 허무해질 뿐이니 말이지.”

가슴둘레의 격차를 앞에 두고 절망하는 미래가 보인다.

“【남김없이 태우라고(바일윈터)……】.”

“잠깐잠깐, 마법은 그만둬! 지금 건 세이프잖아!”

눈이 진심이었기에 코우스케도 진심으로 제지했다.

코우스케야 어쨌든 진료소가 불탄다.

"토와가 기분 나빠지는 단어 선택은 전부 아웃이야."

"뭐 이런 귀찮은 여자가…… 그러니까 남자친구가 안 생기는 거라고."

토와는 폭발했다.

"하, 하아?! 지금 그거 상관없지 않아?! 여자친구 생겼다고 해서 우쭐해져서 말이야~. 어차피 일본에서는 인기 없는 남자였지! 토와 아는걸, 코우 심술쟁이고!"

확실히 여자친구다운 여자친구가 생겼던 적은 없다.

"게다가 얼굴도 평범하고 말이지. 하지만 그렇다면 어째서 초절미소녀인 토와 님에게 남자친구가 생기지 않았던 걸까요~. 겉모습이 완벽한 만큼 속에 문제가 있기 때문일까요~."

토와는 의자에 앉은 상태에서 코우스케에게 돌려차기를 날렸다.

한순간 허벅지 안쪽으로 더듬어 올라간 끝부분이 보일 뻔했지만, 그다지 생각하고 싶지 않기에 의식에서 몰아냈다.

당연히 회피도 끝냈다.

"피하지 말고 벌을 받아."

"일일이 무력행사로 나오지 마."

"그렇게까지 여자애를 화나게 만든 자신의 죄를 뉘우치면 어떨까나."

"예이예이, 잔혹한 진실과 마주 보게 해서 미안하다. 그것보다 속옷도 입지 않았는데 목욕가운 차림으로 움직이지 마. 여동생의 알몸 따위 봐도 슬퍼질 뿐이라고."

"딱히 보여주려고 생각한 거 아니거든요?! 슬퍼진다든가 그런 말 하면서 어색하게 있었잖아! 좀 그만둬 주실 수 없으려나요~, 여동생의 샤워로 당황하다니, 깬다~."

"기복이 없어. 평야. 통짜몸. 드럼통. AAA 건전지."

"잠깐. 그거 설마 토와의 체형에 비유하고 있는 거야? 설마가 아니라 진짜로 비유할 속셈인 거지! 아~, 진짜 화났어! 처단이야! '토와 님 죄송합니다'라고 말하게 해주겠어!"

라며, 잠시 그런 식으로 장난치고 있자 엘피가 나타났다.

"……너희들, 남의 진료소에서 뭐 하는 거야? 아니면 지금부터 하려던 참이었어? 그러면 나가 줄게. 괜찮아, 나도 금기라든가 그런 거에 호기심 자극되는 타입이니까."

"귀가하자마자 전력 전개구만……. 앨리스는 어땠어?"

엘피한테는 이미 토와와의 관계성 갱신을 알려 놨다.

토와에게는 리갈 사건의 흐름을 이야기해 두었다.

이번 일의 진상을 듣고 진료소로 향하는 도중인 마동마차 안에서 토와는 눈물을 흘렸다.

"그 애 대단하네. 아예 시원시원하다고 할까……. 물 쓰는 것처럼? 아주 막힘없이 줄줄 말해 줬어. 일정 간격으로 너에 관한 질문을 던지는 부분 같은 건 호기심을 넘어 공포심을 느꼈다구."

앨리스에 관해서도 마찬가지로 이야기를 들었던 토와가 기가 막힌 것처럼 코우스케의 얼굴을 바라보고 있다.

"크윈도 그렇고 파르페도 그렇고 엘피도 그렇고 앨리스도 그렇고……. 코우는 이상한 여자애한테 인기가 많네. 시로 씨는 어때? 만난 적 없지만, 평범하지 않은 부분 있어?"
"어, 있어."
"어떤 점?"
"평범하지 않은 왕가슴이야."
"네, 저질~. 다음에 만날 일 있으면 일러야지~."
만나게 하고 싶지 않네, 라고 생각하는 코우스케였다.
"그보다 토와? 신뢰할 수 있는 주치의한테 대고 이상한 여자는 좀 아니지 않을까? 알몸으로 벗겨서 침대에서 아침까지 촉진한다?"
여동생은 방패로 삼는 것처럼 코우스케 등에 숨었다.
"이상하잖아! 평범한 정신과 의사는 환자를 알몸으로 벗겨서 침대에서 아침까지 촉진하거나 하지 않는걸! ……안 하지?"
"무슨 소리 하니. 그 정도는 보통이야. 치료의 일환이니까."
"…………그, 그런 거야?!"
거짓말쟁이 마법의와 바보 여동생이었다.
코우스케는 두통을 참는 것처럼 이마에 손을 대고, 의식적으로 낮은 목소리를 냈다.
"그래서, 부탁했던 건 가능할 것 같냐."
"확실히 오늘은 너무 많이 일했지만, 문제없어. 단지, 토와야 어쨌건…… 쿠로, 너는 정말로 괜찮아?"
그렇다. 코우스케는 지금 도망치고 싶어질 정도로 무서웠다.

토와 앞이라 평소처럼 행동하고 있는 것뿐이다. 그것마저 실패하고 있었던 것 같지만.

그도 그럴 것이, 그렇지 않은가.

토와의 기억이 돌아온다?

그것은 윤간당하고 동사한 기억을 되찾는다는 것이고.

그렇게 된 것이 오빠가 학원을 빼먹었기 때문임을 떠올린다는 것이다.

지금처럼 마음 편한 대화는 이제 두 번 다시 할 수 없을지도 모른다.

비난받고, 원망받고, 헐뜯어지고 멸시당하는 게 당연하다.

그래서, 무섭다.

한심하지만, 어쩔 도리가 없을 만큼 무서운 것이다.

거절당하는 것이 무섭다는 게 아니다.

그것은 그녀의 정당한 권리고, 코우스케가 받아야 할 벌의 하나라서 싫은 것이다.

벌을 받음으로써 자신 속의 죄의식이 아주 조금이라도 희미해지고 마는 것이.

용서보다도 거절 쪽이 마음을 편하게 만드는 경우가 있다. 상냥함보다도, 폭력이 마음을 구원하는 경우가 있다.

나쁜 짓을 했다는 의식이 있고 그것을 뉘우치는 마음을 가진 자는 벌을 받음으로써 마음을 짓누르는 고통에서 해방된다는 걸 알고 있다. 그것을 원하는 자도 있다.

코우스케는 싫었다. 그것은 결코 용서받아도 좋을 실수 따위가 아니니까.

가볍게 만들고 싶지는 않았다. 그것이 자신을 평생 괴롭히는 것이라고 해도.

하지만 다른 누구도 아닌 토와가 바란 것이다.

기억을 되찾을 때, 같이 있어 줬으면 한다고도 했다.

그렇다면 오빠로서 도망칠 수는 없다.

그 끝에 자신이 바라지 않는 결말을 맞이해도.

"……괜찮아. 나는, 괜찮아."

엘피는 염려하는 듯한 시선을 잠시 보내고 있었지만, 이윽고 부드럽게 미소 지었다.

"그럼 두 사람 다 침대에 앉아. 아, 옷은 벗지 않아도 된다?"

"당연하지, 변태 의사."

순식간에 본래 분위기를 되찾은 엘피. 상냥함은 찰나의 환상이었던 모양이다.

"치, 침대가 아니면 안 돼? ……만약 코우가 남매라는 제약을 넘어서 토와를 덮치면 어떻게 해야……."

"1억 년 금욕해도 그럴 일만큼은 없으니까 안심해."

엘피는 돌발적으로 시작된 남매 만담을 흐뭇하게 본 뒤, 진지하게 표정을 다잡았다.

"쿠로라면 알겠지만, 기억이 돌아오면 쇼크로 날뛸 가능성이 높아. 그러니 이것도 달아 줘야겠어."

책상 서랍에서 엘피가 초커를 꺼냈다.

마봉석이 끼워진 것이다. 무의식적인 마법 발동을 억제하기 위함이리라.

“나는 기억의 문을 여는 것과 다소의 진정 물질 정제로 벅차게 되니까, 네가 그녀를 억누르는 거야. 이 경우 정면에서 강하게 껴안는 게 좋겠지. 영웅인 토와의 괴력에 대항하려면 같은 영웅인 네가 최적일 거고.”

코우스케는 침대 위에 앉았다.

토와도 뒤를 따랐다.

어째서인지 얼굴이 빨갛다.

“자, 이제 목욕도 했으니까 괜찮지?”

맞이하는 것처럼 팔을 벌리자, “윽” 하고 토와가 주저했다.

“18살이나 되어서 하루에 몇 번이나 오빠랑 껴안는 건 창피하다고 할까~.”

“나도 이유가 없으면 여동생 따위 안고 싶지 않다고.”

“여, 여동생 따위라고 하지 마! 엄청 좋아하는 주제에!”

“그래그래. 제일 사랑하는 여동생을 안을 수 있어서 기쁘다. 얼른 해, 껌딱지.”

“다음에 그 말 하면 울 거니까.”

“그러면, 이제 말 안 할게.”

귀찮기에 이쪽에서 그녀를 끌어안았다.

목욕한 효과는 체온 상승과 달콤한 향기로 발휘되고 있다.

그래도 그녀의 몸은 역시 희미하게 떨리고 있었다.
"……무섭지."
다정하게 등을 쓰다듬었다.
정말로 자신의 어리석음이 원망스럽다.
여동생이 용기를 쥐어짜서 앞으로 나아가려 하고 있는데.
자신의 죄의식을 지킨다는 바보 같은 것에 떨고 있다.
코우스케는 이제 고민하기를 그만두었다.
"괘, 괜찮아……. 엘피도, 코우도 있고."
다부지게 미소 짓는 토와를 보고 생각했다.
기억을 되찾으면, 그 오빠에게 뭐라고 말할까.
이세계에서도 즐겁게 남매로서 지내자는 말은 나오지 않으리라.
그래도, 괜찮다.
——네가 앞으로 나아가는 것을 바란다면.
그걸 지지하겠어. 하다못해, 오빠로서.
"엘피, 부탁해."
토와가 코우스케를 꼬옥 끌어안았다.
"시작할게————【영역 침범 · 과거 창고 잠금 해제】"
곧바로 변화가 나타났다.
토와의 몸이 움찔 경련했나 싶더니만, 그녀는 눈을 부릅뜨고 부르짖었다.
"아……아, ———아————아악!!"
평소의 그녀와는 마치 딴사람 같은 목소리는 고통으로 심하게 일그러져 있다.

옷 너머로 손톱이 피부에 파고들 정도로, 코우스케의 등에 가해지는 힘이 강해졌다.

그녀 자신의 힘에 버티지 못하고, 토와의 손톱에 금이 가 빠직빠직 갈라졌다.

어떻게든 부르짖는 소리를 억누르고자 토와는 코우스케의 어깻살을 물었다. 찌르는 듯한 고통과 함께 피가 흘렀지만, 그런 건 아무래도 좋았다. 그녀가 조금이라도 편해진다면, 가령 이 몸이 갈기갈기 찢긴다 해도 기꺼이 받아들였을 것이다.

거기서부터 수십 분은 지옥이었다.

토와는 끊임없이 울부짖었고, 억제할 수 없게 되어서는 절규하고, 코우스케를 밀쳐내려고 날뛰었다.

기억의 플래시백이 일어나고 있는 모양이라, 그녀는 “하지 마” “구해줘”라는 말을 몇 번이나 몇 번이나 되풀이했다.

아빠나 엄마, 코우스케를 몇 번이나 불렀다.

그것은 과거의 한 장면을 재현하는 게 틀림없어서.

구해 달라고 그렇게 외치고 있을 때, 코우스케는 친구와 놀고 있었다.

사라지지 않는 죄악감은 짧은 기간에 그 크기를 토와를 잃었을 당시의 그것으로 되돌리고, 코우스케를 괴롭혔다.

그래도 그녀의 몸은 놓지 않는다.

지금, 코우스케는 여동생의 눈앞에 있으니까.

이번에는, 함께 있으니까.

그날의 그녀를 구할 수 없다고 해도.

하다못해, 지금의 그녀에게서 도망치고 싶지는 않았다.

영원하게도 느껴진 고통 찬 비명은 이윽고 딱 멎었다.

섬뜩할 정도로 갑자기 끊어졌다.

갑자기 중간에 끼어든 정적은 그녀의 힘없는 목소리에 의해 끝났다.

"…………코우."

"……응."

지금의 토와는『붉은 영웅』트와일라이트인가, 쿠로노 토와인가.

"…………그날, 학원. 어째서 오지 않았어?"

호흡이 멈췄다. 심장이 아프다. 고통에 압박되어 그대로 파열되고 마는 게 아닐까 싶을 정도로.

토와다. 5년 전, 코우스케가 잃은 여동생이, 그곳에 있었다.

수없이 악몽에 시달렸다. 그 속에서 몇 번이나 여동생에게 들은 말이었다.

어째서 학원을 빼먹었냐고. 어째서 함께 돌아가 주지 않았냐고. 묻는 여동생의 허상.

바로 지금, 본인이 그렇게 묻고 있다. 대답하지 않으면 안 된다. 하지만.

그 말을 하는 건 몹시 용기가 필요했다.

"…………치, 친구랑, 놀고 있었어."

목소리가 쉬고, 떨리고, 메어서, 변변히 말의 형태를 이루지 않는다.

마치 말을 잘 모르는 어린아이로 돌아간 것 같아, 답답해서 견딜 수가 없다.

아직 두 사람은 서로 부둥켜안은 채다.

코우스케에게 있어서는 행운인 일이었다.

그녀의 얼굴을 볼 용기가 도무지 솟지 않았으니까.

복수를 선택하고, 비도(非道)를 걷고, 사람마저 죽였으면서.

전생하고, 자살을 꾀하고, 마물 상대로도 태연하게 싸울 수 있었으면서.

18살인 가장 사랑하는 여동생의 얼굴을 보는 것이 무섭다고 한다.

"…………그렇구나. 후카미나 칸자키 정도?"

"…………응. 그리고, 아이자와."

"……코우 성격에, 놀자는 말, 거절할 수 없었던 거지? 잘 어울려 노니까."

화내고 있는 기색은 없다. 목소리는 부드럽고 차분하여.

코우스케의 심장만이 고동을 주장한다.

사과해야만 한다.

사과하는 거다.

한 마디, 미안하다고.

하지만, 말해서 뭐가 어떻게 되지.

용서받을 만한 것이 아니라고, 다른 누구도 아닌 코우스케 자신이 생각하고 있는데.

"그날 말이야, 토와, 코우 때문이라고, 생각했어."

"——————으, 아."

이상한 목소리가 나왔다.

어떤 말을 입 밖에 내는 게 정답인지 생각할 여유는 조금도 없었다.

"무섭고, 아프고, 창피하고, 괴롭고, 춥고, 더러워서. 이게 전부, 코우가 같이 있어 주지 않았기 때문이라고. 코우 때문이라고. 코우가 나쁘다고. 그렇게 생각했어."

당연하다. 그 말대로다. 코우스케가 나쁘다. 코우스케만이 나쁘다. 그 잘못만 없었다면 됐던 것이다.

그렇게 하면 아버지도 어머니도 여동생도, 그 지구의, 그 일본의, 그 마을에서, 지금도 웃을 수 있었을 텐데.

코우스케가, 전부 망쳐 버렸다.

"——도중까지는 말이야."

"…………어?"

그녀가 한 말의 의미를 이해할 수 없어서 경직됐다.

토와는 손을 떼고, 코우스케의 얼굴을 봤다.

오빠의 뺨에 손톱이 갈라진 손을 대고, 몹시 울어 눈가가 부은 얼굴로 미소 지었다.

"중간부터는 '아아, 코우가 없어서 다행이네'라고 생각했어.

그도 그럴 게, 그 녀석들 비겁하다구? 나이프나 스턴건 같은 거 가지고 말이야. 다섯 명이나 있고. 그러니까 코우가 아무리 강해도, 분명 무리였어. 그러니까, 그러니까 말이야? 토와, 딱히 화나지 않았다구?"

"아니야!"

코우스케는 외쳤다.

외치지 않고서는 있을 수 없었다.

"그래도 함께 있어 줘야만 했어! 나는 오빠니까! 어머니도 아버지도, 내가 너를 지킬 거라고 생각하고 학원에 다니게 했던 거야! 나는 그걸, 알고 있었는데! 하루쯤은 괜찮다고 생각했어! 네가 괴로워하는 사이에, 웃고 있었어! 비겁한 건 나야! ……전부, 내가."

눈물이 넘쳐흐르는 걸 멈출 수 없다.

이 세상에서 불행한 인간 같은 건 얼마든지 있다는 당연한 사실을 지식으로 알면서도, 어딘가 남의 일처럼 생각하고 있었다.

강간도 동사도 단어로서는 알고 있었지만, 실제로 일어나는 현실이라고는 인식하지 않았다.

여동생에게 그 말이 적용될 수 있다는, 일어나도 이상하지 않은 그것을 상정할 수 없었다.

그 사건은 코우스케의 무른 예측이 허용하고 만 것이다.

악인의 존재는 막을 방도가 없다. 그러므로 누구든지 대책을 소홀히 해서는 안 되는데.

코우스케가, 부모님이나 여동생의 신뢰를 태연히 배신했으니까.
그 탓에 소중한 것이 전부 부서지고 말았다.
그러니, 상냥한 말을 건네지 말았으면 한다.
그날의 코우스케의 잘못을, 절대로 긍정하지 말았으면 한다.
토와는 코우스케의 눈물을 손가락으로 살며시 닦았다.
"그 녀석들의 짓이, 끝난 후에, 말이야. 옷은 불태워지고, 엄청 추워서. 머리도 잘 안 돌아갔는데, 그래도 토와, 슬프지는 않았어. 코우, 집에 잘 갔으려나, 하고. 오늘 함께 있지 않아서 다행이야, 하고. 이제 죽을지도 모른다고 멍하게 생각하고. 이제 모두와 만날 수 없는 걸까나, 그런 생각도 하고 말이야. 그래서, 소원을 빌었어. 아빠랑, 엄마랑, 코우는 불행해지지 않기를, 하고. ……결국, 이루어지지 않았던 것 같지만."
눈물이 멈출 낌새는 없었다.
완전히 이해했기 때문이다.
코우스케한테는 가호가 있다고 한다.
『토와의 기도』라는 가호는 코우스케의 생존율을 높여 주는 것이라고 한다.
신의 사랑에 가까운 마음의 결정.
그것은 죽음의 순간에 처해서도 여전히 가족의 행복을 바란 여동생의 선성(善性)에 의한 것이다.
애초에 깨달았어야만 했다.
자기가 죽는 순간에 오빠를 원망하는 여동생에게서, 가호 같은 걸 얻을 수 있을 리가 없다.

제멋대로에 건방질지라도, 그 본바탕은 한없이 선량하고 상냥한 것이다.

코우스케는 그걸 알고 있었는데.

공포로 잊어버리고 있었다. 비난받고 원망받아 당연하니까, 라면서. 여동생의 상냥함마저 잊고 있었다. 끝까지, 자신이 싫어진다.

"…………보나 마나, 코우 성격에, 복수 같은 거, 생각하기도, 했지?"

토와의 목소리도 떨리고 있다. 울면서, 겨우겨우 웃고 있다.

"생각하기만 한 게 아니야. 실행했어. 그것밖에, 할 수 있는 게, 없어서."

"……바보네, 코우는. 그런 녀석들 죽여도, 좋은 일 따위 없는데."

"……그래도, 무엇 하나 얻을 수 있는 게 없다고 해도, 용서할 수 없었어."

무엇보다도 용서할 수 없었던 것은 자신이다. 자신을 죽이기 위해 다른 다섯 명을 죽였다. 그 순서가 코우스케한테는 어떻게든 필요했다. 죄라도, 악이라도, 광기라도, 어리석은 행동이라도, 필요했다. 어떻게 해서도.

"그래서, 끝난 후에는 자살이라니. 아빠나 엄마도 제대로 생각해 줘. 딸에 이어 아들까지 죽어버리면, 어, 얼마나…… 슬퍼할지."

그렇다. 코우스케는 결국 도망쳤을 뿐이다.

그 세계에서, 그 이상 살아가는 게 괴로워서.

남에게 끼치는 폐 같은 건 생각하지 않고, 자살하여 끝내려고 했다.

"하지만, 너를 만날 수 있었어. 다시 한번, 만날 수 있었어."

떨리는 그녀의 손을 망설이지 않고 잡았다.

그것이 그저 따뜻하다는 것만으로, 코우스케는 기뻐서 어쩔 수 없는 것이다.

과거의 생에서 몇십, 몇백, 몇천, 몇만 번 기도해도 이루어지지 않았던 기적이 눈앞에 있다.

"……훗훗후. 가장 사랑하는 여동생과 재회할 수 있었던 게……울 정도로 기쁘냐, 시, 시스콘 녀석."

이제 두 사람 모두 칠칠치 못한 우는 얼굴을 숨기려고도 하지 않는다.

엘피는 어느샌가 사라진 상태였다.

"아아, 기뻤어. 기뻤다고…… 네가 살아있어 줘서. 이번에야말로 행복해질 수 있는 기회가 주어진 거다, 라고."

다시 한번, 끌어안았다.

줄곧, 그녀가 죽은 후로 지금까지 줄곧 마음속에 담고 있었던 말을, 내뱉었다.

"……미안하다. 그때, 학원 빼먹어서……. 나, 계속, 그걸, 사과하고 싶어서……. 미안, 오빠인데, ……정말로, 미안해."

기억을 잃고 있었던 여동생과 타인을 연기하고 있었던 오빠.

남매로 돌아감으로써 코우스케는 겨우 쿠로노 코우스케로서, 그녀에게 하고 싶었던 말 전부를 입에 담을 수 있었다.

그것뿐이었다. 그것만을 말하고 싶어서, 말할 자격과 기회를 갖고 싶어서, 줄곧.

여동생은 달래는 것처럼 코우스케의 머리를 쓰다듬었다.

"괜찮아. 용서해줄게. ……이런 말 하면 안 된다고 생각하지만, 5년간, 잘 힘냈구나. 토와를 위해서, 힘냈던 거네. 사람을 죽이는 건 나쁜 거지만, 코우…… 그만큼, 화내 줬다는 거지."

착하다, 착해. 그런 말을 하고 나서 그녀는 코우스케의 머리를 가슴에 꼭 끌어안았다.

"저기, 코우."

"…………아아."

"감옥에서의 일 말인데, 그 손가락 걸기라는 거, 혹시 도서실 때 그거야?"

여동생도 또한 그때의 일을 기억하고 있었던 모양이다.

"……떠올리는 게, 너무 늦었어. 계속 기억하고 있었다면, 그렇게는 되지 않았을 텐데."

"……바늘 2천 개, 삼켜 주셔야겠네~."

"……그걸로는 부족하지. 무엇이든 할게. 내가 할 수 있는 거라면, 어떤 것이든."

거짓 한 점 없는 진심이었다. 그것이야말로 코우스케의 바람이었다.

"그럼, 소원이 있는데."
코우스케의 이마에, 그녀의 이마가 닿는다.
몹시 가까운 거리에서 눈이 마주친다.
꽃이 피는 것처럼 환하게, 여동생이 웃었다.
"'저기…… 코우는 말이야. 토와가 용이라도 구해 줄 거야?'"
그것은 그날의 재연. 짓궂은 오빠는 '용 여동생은 필요 없는데……'라고 대답하여 여동생을 화나게 했다.
지금도 자신의 정신 연령은 그다지 변하지 않은 걸지도 모르겠다며, 자조적으로 웃었다.
"'……그거, 네가 곤란해하고 있으면, 이라는 말이야?'"
"'그냥 곤란해하고 있는 게 아니야. 엄청 먼 데서 곤란해하고 있는 거야.'"
"'다른 섬에서?'"
"'응. 그리고 말이야, 다른 세계라든가.'"
"'다른 세계~?'"
동시에 웃는다. 먼 섬뿐만이 아니다. 다른 세계도 확실히 존재하고 있었던 것이다.
그런 걸 모르는 코우스케는 역시 그녀를 매정하게 떼어 놓는다.
'싫어. 너 스스로 힘내'라고, 그런 식으로 말하면서.
"'안 와줄 거야……?'"
코우스케가 언제까지고 말하지 않기에, 토와는 삐친 것처럼 꾸미면서 대사를 날렸다.

'…………귀찮네'라고는 지금이라면 절대로 말하지 않는다.
"'……알았어.'"
그녀의 양쪽 뺨을 손으로 감싼다.
"'으에?'"
18살이 내기에는 조금 무리가 있는 목소리다. 토와도 실감하고 있는 건지, 뺨을 붉게 물들이고 있다.
"'구하러 와주겠다는 거야?'"
"'그래. 옆 교실이든 다른 섬이든 다른 세계든, 구하러 가 줄게.'"
거기서, 리플레이는 끝.
그녀는 눈동자에서 물방울을 흘리면서, 그래도 만면 가득한 미소를 띠었다.
"약속, 지켜 줬어."
그것을 말하려고 해준 것이다.
"코우는, 약속을 지켜 줬어."
"……같은 마을에서조차, 지키지 못했는데."
"무슨 말을 하는 거야. 다른 세계까지 와주는 쪽이 어려운 게 당연하잖아. 그런데도, 똑바로, 구해 줬어. 그때부터, 줄곧 변하지 않아. 심술궂고, 금방 이마라든지 코 같은 데 튕기고, 토와를 귀찮다든가, 울보라고 하지만, 언제나 마지막에는 가까이 있어 줬어."
"…………아니야, 토와. 나는."
"코우는, 좋은 오빠야. 토와를, 꼭 구해줘. 안심시키려고 해줘.

토와만의, 자랑스런 오빠."

안 된다.

안 되는 거다. 용서받을 수 없다.

모든 것을 망쳐 버린 주제에. 여동생 한 명 구하지 못하고, 끝내 살인자로 전락한 주제에.

이런 식으로 마음이 구원받아서 괜찮을 리가 없다.

"아무리 그래도, 정말 좋아한다고는, 말해 주지 않을 거지만 말이야."

장난스럽게 웃고, 마치 지금까지의 대갚음이라는 것처럼 그녀는 코우스케의 코를 손가락으로 튕겼다.

"…………아야."

"아하핫, 이거 조금 재미있네."

밝게 웃고, 그러고 나서 그녀는 오른손을 내밀었다.

"새로운 약속을 하자."

그렇게 말하고 손가락을 거는 형태를 만들었다.

"코우가 토와를 지켜 주는 것처럼, 토와도 코우를 지켜 줄게."

그녀는 상쾌하게 웃는 얼굴로 말했지만, 코우스케는 천천히 고개를 가로저었다.

"……필요 없어. 그런 건, 부탁할 수 없어."

"무슨 말 하는 거야. 부탁하는 건 토와야. 코우가 말했잖아. 뭐든 하겠다고. 그러니까 반항하지 말아 주세요~. 잠자코 토와의 보호를 받아야만 한다고요~."

억지로 손가락과 손가락이 감겼다.

“자, 손가락 걸기. 벌은…… 필요 없겠지. 왜냐면, 절대로 안 깰 테니까.”

그렇게 기쁜 듯이 웃으니까.

코우스케가 반항할 수 있을 리도 없고.

“계약서는 필요 없어?”

그에 이끌리듯이 웃을 수밖에 없었다.

“아하하, 필요 없어.”

겨우 그녀가 안심한 것처럼 미소 지었다.

먼 옛날에 본, 여동생의 미소.

그녀의 그 얼굴을 보면 전부 뭐, 상관없나, 하는 생각이 들고 만다. 아무리 귀찮고 성가실지라도, 수지가 맞는 듯한 기분이 되고 만다. 그것을 인정하는 게 쑥스러워서, 예전의 코우스케는 자주 여동생의 이마를 손가락으로 튕기고는 했었다.

그런 말을 해서 그녀를 우쭐하게 만들고 싶지는 않기에 잠자코 있었다.

그날 나눈 약속을, 오늘 나눈 약속과 합해서 코우스케는 두 번 다시 잊지 않을 것이다.

다른 섬은커녕, 이세계는커녕 손이 닿는 범위에 있었는데도 오빠의 역할을 다하지 못했던 어린아이이다.

여동생의 원수를 갚고, 이세계(아클레어)에 전생하여 그곳에서 재회를 이룬 지금도, 사라지지 않았다.

바늘 2천 개를 삼킨다 한들, 이 고뇌와 같은 비탄과 자기 혐오에는 미치지 못하리라.

약속을 지키지 못했던 고통은, 지금도 여전히 코우스케의 마음속에 남아 있다.

그리고 아마도, 영원히 사라지지 않을 것이다.

하지만 영원히 사라지지 않는다고 하더라도, 그거면 충분하다고 생각했다. 그래야만 한다는 생각마저 들었다.

과거를 지우지 않은 채, 부정하지 않은 채 미래로 눈을 돌리자.

지금 눈앞에 있는 여동생과, 오늘 나눈 약속만은 거짓말로 바꾸지 않도록 살아가자.

자신에 대한 원망은 잊지 않는다. 하지만 그것보다도 우선 해야만 하는 것이 생겼으니까.

"이번에는, 더는 널 죽게 두지 않겠어."

"……불로불사로라도 만들 셈이야?"

"그런 의미가 아니야."

"알고 있어. 그것보다 인제 그만 콧물 닦아."

그녀는 목욕가운 소매로 코우스케의 얼굴을 닦았다.

"너도."

코우스케도 코트 소매로 그녀의 얼굴을 닦았다.

잠시 후, 두 사람은 깨달았다.

"자기 얼굴은 자기가 닦으면 되는 거 아닌가……."

동시에 같은 내용의 대사를 말했다.

몇 초 정도의 침묵.

이윽고 두 사람은 서로 얼굴을 마주 보고 웃었다.

처음에는 희미하게. 차츰, 슬픔을 날려 버릴 듯이 크게.

이걸로 전부 해결된 건 아니다.

그녀의 괴로움은 앞으로도 계속된다.

코우스케와 토와 앞을 막아서는 문제는 산더미다.

하지만 이 순간, 이 시간만큼은 함께 웃어도 괜찮을 것이다.

지금만은, 남매만의 오붓한 시간이 용납되어도 괜찮을 것이다.

후기

오랜만입니다. WEB 판을 알고 계신 분은 언제나 읽어 주셔서 감사합니다. 미타카입니다.

어찌어찌 2권을 간행할 수 있었습니다.

이번에도 전면 개고에 더해 5만 자를 넘는 가필을 하였습니다.

WEB 연재 시에 서적 1권에 상당하는 부분의 에피소드로 예상했던 것 이상의 반향을 받아, 허둥지둥 뒷이야기를 쓰게 된 본 시리즈입니다만, 2권에 수록되는 부분의 에피소드 덕분에 저 자신에게 있어서도 소중한 이야기가 되었습니다.

액션이나 코미디, 미소녀나 멋진 남자, 세세한 설정이나 스피디한 전개 등 본작은 제가 좋아하는 요소를 가득 담고 있습니다.

다만, 가장 중요시하고 있는 것은 등장인물의 마음의 흔들림입니다. 이것은 쿠로노 코우스케의 이야기입니다만, 동시에 그와 연관된 사람들의 이야기이기도 합니다. 이번에는 특히 그와 쿠로노 토와의 이야기라고 해도 되겠지요.

첫 번째 세계에서 구원받지 못했던 남매가, 두 번째 세계에서 어떻게 되는가. 끝까지 지켜봐 주신다면 기쁘겠습니다.

감사 말씀을 드립니다.

담당이신 I 님. 이번에도 매우 신세를 졌습니다. 무척 자유롭게 하게 해 주셔서 감사드리고 있습니다.

개고 미팅에서도 '반응이 좋을 요소를 넣는' 게 아니라 '작품의 만족도를 올리는' 방향으로 제안 받았습니다. 액션 장면 증량이나 미궁 공략 요소가 적어지지 않도록 하는 등, 작가 자신도 염려하고 있던 점을 적확하게 지적해 주셔서 기분 좋게 개고에 임할 수 있었습니다. 감사합니다……!

너무 열심히 개고한 나머지 제출이 큰 폭으로 늦어져 버려서 죄송합니다…….

등장인물 소개나 저번에 이은 장 시작 부분에서의 문장 등도 대응해 주셔서 감사했습니다.

일러스트를 담당해 주신 노자키 츠바타 님. 묘사에 모순되지 않고 그러면서도 그 인물다운 장식이 추가되어 있기도 하고, 서 있는 모습만으로도 성질이나 성격이 전해지는 캐릭터 디자인 등, 그 수완에 감탄이 그치지 않았습니다.

파르페가 머리에 작은 왕관을 쓰고 있거나, 머리카락에 리본이나 진주(?) 머리 장식을 달고 있거나, 레이스 장갑을 끼고 있기도 하고, 자연스럽게 통굽 신발을 신고 있는 것도 좋아합니다. 앨리스의 아름다우면서도 다른 곳을 보고 있는 듯한 미소도 완벽하게 표현되어 있어 오싹했고, 플라스는 표정이나 옷맵시, 분위기에서 착실한 느낌이 전해졌습니다. 그리고 그레이! 겉모습도 물론이거니와 의상이 무척 멋있어서 놀랐습니다. 권두의 펼침 삽화에 있는 리갈의 웃는 얼굴 같은 건 본편에서의 전개를 생각하면 가슴이 옥죄이는 것 같았습니다.

또한, 1권부터 계속해서 등장하는 캐릭터에 관해서는 일러스트를 고려하여 묘사하는 등, 본문 자체도 영향을 받고 있습니다.

이번에도 캐릭터의 매력을 몇 배나 끌어 올리는 여러 일러스트에 감사드립니다……!

WEB 판의 독자분들이 긍정해 주셨기에 코우스케의 이야기는 1부로 끝나지 않고 계속되었습니다.

1권을 구입해 주신 독자분들 덕분에 서적판 2권도 간행할 수 있었습니다.

그 밖에도 많은 분의 조력이 있어, 단순한 문자의 나열이 책이라는 형태를 얻는 데 이르렀습니다.

정말로, 감사드립니다.

미타카 호즈미

복수 완수자의 인생 2회차 이세계담 2

2019년 2월 24일 1판 1쇄 인쇄
2019년 3월 1일 1판 1쇄 발행

저 자 미타카 호즈미
일러스트 노자키 츠바타
옮 긴 이 주승현
발 행 인 유재옥
본 부 장 조병권
담당 편집 이성호
편 집 김다솜 김민지 김효연 김혜주 이문영 이용훈 정영길 조찬희 지미현
디 자 인 강혜린 박은정
라이츠담당 박선희 오유진
디 지 털 최민성 박지혜
발 행 처 ㈜소미미디어
제 작 처 코리아피앤피
등 록 제2015-000008호
주 소 서울시 마포구 토정로222, 403호 (신수동, 한국출판콘텐츠센터)
판 매 ㈜소미미디어
마 케 팅 한민지 한주원
물 류 허석용 최태욱
전 화 편집부 (070)4164-3962, 3963 기획실 (02)567-3388
판매 및 마케팅 (070)4165-6888, Fax (02)322-7665

ISBN 979-11-6389-216-8 04830
ISBN 979-11-6389-041-6 (세트)